UNA MAGIA SALVAJE

ALLISON SAFT

Título original: *A Far Wilder Magic*

Traducción: Graciela Romero Saldaña

Bajo el sello editorial CROSSBOOKS M.R.
Avenida Presidente Masarik núm. 111,
Piso 2, Polanco V Sección, Miguel Hidalgo
C.P. 11560, Ciudad de México
www.planetadelibros.com.mx

Diseño de portada: Planeta Arte & Diseño / Marilia Castillejos
Lettering de portada: David López
Ilustración de portada: © Istock
Diseño de interiores: Carmen Irene Gutiérrez Romero
Ilustraciones de interiores: Ilustración de mapa: Rhys Davies
Primera edición en formato epub: febrero de 2023
ISBN: 978-607-07-9732-3
Primera edición impresa en México: febrero de 2023
ISBN: 978-607-07-9640-1

Impreso en los talleres de Impresora Tauro, S.A. de C.V.
Av. Año de Juárez 343, colonia Granjas San Antonio, Ciudad de México
Impreso y hecho en México – *Printed and made in Mexico*

Dedicado a las personas que tienen sueños imposibles
y a las que sienten que soñar es imposible.
Les esperan muchas cosas en el horizonte.

Stillwater
Brightham
Oakmont
Dunway
Bridgeton
Gloudale
Estación de tren
Bardover
Carretera costera
Mar de la Medialuna
Wickdon
Granja de los Halanan
Mansión Welty

Placerdale
a Dartmere
Rt.88
AHÍA DE DUNWAY
Maywood
Riverside
Rt.47
NEW ALBION

1

Margaret no debería estar afuera esta noche.

Hace mucho frío para ser mediados de verano, la clase de frío que estremece hasta a los árboles. La mañana anterior, las hojas de afuera de su ventana brillaban bajo la luz del sol, rojas como la sangre y doradas como la miel. Ahora, la mitad ya se secó y cayeron como piedras; lo único que Margaret puede ver son las horas y horas de trabajo que tiene por delante. Un mar de cosas muertas.

Esa es la clase de pensamientos por los que la regañaría la señora Wreford. Casi puede escucharla: «Solo se tienen diecisiete años una vez, Maggie. Hay muchas mejores formas de malgastarlos que cuidando esa casa, créeme».

La verdad es que no todos tienen la posibilidad de malgastar sus diecisiete. No todos quieren ser como Jaime Harrington y sus amigos, echándose clavados desde el peñasco y bebiendo aguardiente barato al salir del trabajo. Margaret tiene bastantes responsabilidades como para andarse con esas tonterías y, además, no tiene madera para la chimenea. Hace dos días que llueve y el frío ya se instaló en la mansión Welty. Por las noches espera a Margaret ahí afuera y también la espera adentro, lanzándole miradas perversas desde una chimenea llena de cenizas blancas. Por mucho que Margaret odia la idea de partir la madera en ese momento, no tiene opciones: o se congela ahora o se congela más tarde.

Lo que queda del día se derrama sobre las montañas y baña el patio con una luz sanguinolenta. El frío solo incrementará cuando el sol termine de ponerse. Margaret pasó la noche anterior temblando por horas y sin poder dormir; ahora le duele todo, como si hubiera estado metida a la fuerza en una caja. No vale la pena volver a sentirse así mañana por procrastinar en su actividad menos favorita.

«Toca congelarse ahora».

Se jala el sombrero cloché de su madre para cubrirse las orejas, sale al porche y avanza con pasos pesados sobre las hojas secas hacia el jardín trasero, donde la espera una pila de madera junto a una carretilla oxidada. El agua que se acumuló en la carretilla está cubierta por una capa de hielo recién formado y refleja el brillo brumoso del cielo púrpura. Al acercarse a tomar un leño de la pila, Margaret alcanza a ver su rostro demacrado. Se ve tan cansada como se siente.

Acomoda el leño sobre la base para partirlo y toma su herramienta. Cuando era joven y flacucha, tenía que poner todo su peso en cada golpe. Ahora, mover el hacha le resulta tan sencillo como respirar. La herramienta silba en el aire y se hunde en la madera con un crujido que provoca que dos cuervos que estaban cerca se echen a volar. Margaret se reacomoda el hacha entre las manos y hace un sonidito de dolor entre dientes al sentir que se le entierra una astilla.

Inspecciona la sangre que le ha comenzado a correr en la palma de la mano antes de lamerla. El frío se le cuela en la herida y el sabor a cobre le llena la lengua. Sabe que debería lijar el mango antes de que la vuelva a atacar, pero no hay tiempo. Nunca hay tiempo suficiente.

Normalmente, se habría preparado mejor para el invierno, pero su madre lleva tres meses ausente y las tareas se le han acumulado. Hay que calafatear las ventanas, reemplazar algunas tejas y preparar las pieles. Sería más fácil si hubiera aprendido alquimia como su madre siempre quiso, pero, sin importar qué tan hambrienta o desesperada esté, nunca llegará a ese punto.

La gente dice que la alquimia es muchas cosas. Para los científicos más pragmáticos es el proceso de destilar la materia en su esencia, una forma de entender al mundo. Los kataristas, con su temor a Dios, dicen que puede purificar cualquier cosa, incluso a los hombres. Pero Margaret sabe la verdad. La alquimia no es ni progreso ni salvación. Es el hedor del azufre que no puede sacarse del cabello. Es maletas listas y puertas cerradas. Es sangre y tinta sobre el suelo de madera.

Sobrevivirá sin ella hasta que su madre vuelva a casa... si es que regresa. Desecha ese pensamiento en cuanto se forma. Evelyn viaja mucho por su investigación y siempre ha regresado. Solo se está tardando un poco más de lo normal, eso es todo.

«¿Dónde estás?».

Años atrás, cuando aún tenía ánimos para cosas así, Margaret se subía al techo e intentaba imaginarse que podía ver a más de mil kilómetros, hasta aquellos lugares fantásticos que alejaban a Evelyn de ella. Pero, sin importar cuánto lo intentara, nunca se materializaba nada. Lo único que veía era esto: el desgastado camino de tierra por la ladera de la montaña, el pueblo amodorrado con su tenue resplandor, como la barriga de una luciérnaga en la distancia y, más allá de los campos dorados de centeno y hierba, el mar Medialuna con su resplandeciente negrura, como un cielo nocturno lleno de estrellas. No se le concedió el don de la imaginación y Wickdon es lo único que conoce. Ni siquiera puede imaginarse el mundo fuera de ahí.

En una noche así, todos estarían acurrucados para protegerse del frío, preparando sopa de pescado y abriendo hogazas de pan de centeno. La imagen le pesa, pero solo un poco. Estar sola le va bien, más que bien. Es solo la idea de cenar papas hervidas lo que invita a los celos. El estómago le gruñe al tiempo que el viento sopla sobre su nuca. Las hojas que siguen vivas se mecen sobre su cabeza, imitando el sonido de la marea.

«Calla», parecen decirle. «Escucha».

El aire se queda horrible y escalofriantemente quieto. La piel de los brazos se le eriza. Lleva diecisiete años en esos bosques y nunca le habían dado miedo, pero ahora la oscuridad se siente pesada y extraña sobre su piel, como una capa de sudor frío.

Desde el bosque se escucha el crujido de una rama, tan estruendoso como un disparo. Margaret se da la vuelta hacia el sonido, con el hacha lista y un gesto desafiante.

Es Problema, su sabueso. Se ve a la vez majestuoso y ridículo con sus enormes orejas levantadas y su brillante pelaje color cobre. Margaret baja el arma y el metal hace un golpe seco al chocar contra la tierra congelada. Seguramente el perro se escapó por la puerta mientras ella estaba distraída.

—¿Qué haces aquí? —le pregunta, sintiéndose tonta—. Me asustaste.

Problema mueve la cola instintivamente, pero sigue mirando hacia los bosques con mucha atención. Seguramente él también siente la electricidad en el aire, esa que anuncia una tormenta. Margaret anhela el peso de un rifle en sus manos en vez del hacha.

—Ya basta, Problema.

El animal apenas voltea a verla. Margaret suspira molesta y su aliento se vuelve vapor en el aire. Obviamente no podrá competir contra un olor. Cuando Problema detecta uno, no lo deja ir por nada del mundo. Sigue siendo un excelente perro de caza, aunque muchas veces sea obstinado como un asno.

En ese momento, Margaret se da cuenta de lo oxidados que están los dos y lo mucho que extraña la emoción de la cacería. A su manera, la señora Wreford tiene razón. Sí hay más cosas en la vida que cuidar esa mansión derruida, más opciones para gastar su año diecisiete que sobrevivir. Pero lo que la señora Wreford nunca entenderá es que Margaret no mantiene la casa para sí misma, sino para Evelyn.

Antes de salir a cada viaje, su madre siempre le dice lo mismo: «En cuanto consiga lo que necesito para mi investigación, volveremos a ser una familia». No existe una promesa más dulce que esa. Su familia nunca volverá a estar realmente completa, pero Margaret atesora sus pasados recuerdos más que cualquier otra cosa en el mundo: antes de que su hermano muriera y su papá se fuera, y la alquimia quemara toda la ternura de su madre. Lleva esos recuerdos siempre cerca, como un amuleto contra la angustia, dándoles vueltas y vueltas en su cabeza hasta dejarlos suaves, tibios y como algo bien conocido.

Cada semana, los cuatro iban a Wickdon para comprar víveres y, sin falta, Margaret le pedía a su madre que la llevara en brazos de regreso a casa. Aun cuando ya era muy grande para que esa petición fuera razonable, Evelyn la levantaba y le decía «¿quién te dio permiso de crecer tanto, señorita Maggie?» y la llenaba de besos hasta que Margaret se reía a carcajadas. El mundo se volvía borroso y se iba cubriendo de sol mientras viajaba medio dormida entre los brazos de su madre y, aunque eran más de ocho kilómetros de camino, Evelyn nunca se quejó y jamás la bajó.

Cuando Evelyn termine su investigación, todo será diferente. Estarán juntas y serán felices de nuevo. Vale la pena poner su vida en pausa por eso. Margaret levanta su hacha y golpea el leño de nuevo. Mientras se agacha para recoger los trozos, un frío le recorre el cuello.

«Mira hacia allá», dice el viento. «Mira».

Lentamente, Margaret levanta la vista hacia el bosque. No hay nada más que oscuridad al otro lado de la cortina de su propio cabello mecido por el viento. Nada más que el susurro de las hojas allá arriba que cada vez suena más y más fuerte.

Entonces lo ve.

Al principio es casi nada. Un borrón que se mece como un barco entre la maleza. Un truco de su mente confundida. Luego, el brillo de un par de ojos inmóviles en la oscuridad. Le sigue un hocico afilado cubierto de sombras que se abren a su paso como agua. Al igual que la niebla que se extiende sobre el mar, de la oscuridad sale un zorro blanco del tamaño de Problema hasta quedar iluminado por la luz de la luna. Margaret nunca había visto a un zorro así, pero sabe exactamente qué es. Un ser ancestral, mucho más antiguo que las secuoyas que están frente a ella.

El hala.

A todos los niños de Wickdon les han contado leyendas del hala, pero la primera vez que ella escuchó una, fuera de su casa, fue el momento en el que se dio cuenta de que su familia era diferente. La iglesia katarista pinta a los hala y todo lo que sea de su tipo, es decir, a los demiurgos, como demonios. Pero su padre le dijo que nada que Dios haya creado puede ser malvado. Para los yu'adir, el hala es sagrado, un emisario del conocimiento divino.

«Si le muestras respeto, no te hará daño». Margaret se queda totalmente quieta.

La mirada del hala es completamente blanca, sin iris, y ella la siente como el filo de una espada contra su nuca. El hala abre el hocico en un gesto de advertencia que hace que algo pequeño y animal dentro de ella suelte un grito. Problema se eriza y gruñe.

Si ataca, el hala lo va a degollar.

—¡Problema, no! —Su voz se escucha ronca por la desesperación y eso basta para sacar al perro de su trance. Problema se le acerca con las orejas levantadas, claramente desesperado.

Antes de que Margaret pueda procesar lo que está pasando, antes de que pueda siquiera parpadear, el zorro desaparece.

Ella suelta una exhalación temblorosa y el viento parece imitarla, sacudiendo las hojas con un sonido quebradizo. Margaret se acerca torpemente a Problema, se arrodilla frente a él y lo abraza por el cuello. Huele horrible, con ese hedor a perro mojado, pero no está herido y eso es lo único que importa. Su corazón late al ritmo del de ella y es el sonido más hermoso que Margaret ha escuchado.

—Buen chico —le susurra, odiando el miedo en su voz—. Perdón por gritarte. Lo siento mucho.

¿Qué fue lo que pasó? Mientras su mente se aclara, el alivio se va y le permite darse cuenta de algo terrible. Si esa bestia está en Wickdon, pronto llegará la Cacería de la Medialuna.

Cada otoño, el hala aparece en alguna parte del bosque costero y se queda ahí por cinco semanas, sembrando el terror en el territorio elegido hasta que desaparece de nuevo la mañana después de la Luna Fría. Nadie sabe exactamente por qué se queda, a dónde va o por qué su poder se vuelve más fuerte con la luna creciente, pero las personas más acaudaladas de New Albion hicieron de su aparición un deporte nacional.

Los turistas llegan por montones en las semanas de celebración antes de la cacería. Los cazadores se alistan junto con los alquimistas con la esperanza de convertirse en el héroe que acabe con el último demiurgo vivo. En la noche de la Luna Fría, se montan en sus caballos para ir a buscar a la bestia. Los círculos tienen poder alquímico y cuenta la leyenda que solo se puede matar a un demiurgo bajo la luz de la luna llena. La espera hace que la cacería sea aún más dulce. Participantes y espectadores por igual están dispuestos a pagar con sangre por el honor de cazar al hala en su punto más alto. Entre más destructivo haya sido en esa temporada, más emocionante es perseguirlo.

La cacería no había llegado a Wickdon en casi veinte años, pero Margaret escuchó fragmentos de historias que se cuentan en el muelle sobre los aullidos de los sabuesos enloquecidos por su magia, el crujir de un disparo, los chillidos de los caballos al ser destazados mientras siguen vivos. Desde que era niña, solo ha visto a la cacería como un mito bañado de sangre. Una oportunidad para los héroes de New Albion, no para las chicas de campo con padres yu'adir. Nunca ha sido real. Pero ahora está aquí.

Tan cerca que podría inscribirse. Tan cerca que podría ganar.

La idea de decepcionar a su padre la preocupa, pero ¿qué le debe a él? Ser mitad yu'adir no la emparenta con el hala. Además, quizá matarlo por una causa noble es lo más respetuoso que podría hacer. Margaret no tiene interés en escuchar su nombre en los cantos de una taberna; nunca ha deseado el reconocimiento de nadie que no sea su madre.

Cuando cierra los ojos, aparece una imagen de la silueta de Evelyn dibujada sobre la oscuridad. De espaldas a la mansión, con la maleta en mano y su cabello como un listón dorado que ondea con la brisa. Yéndose. Siempre yéndose.

Pero si Margaret gana, quizá eso bastaría para que su madre se quedara.

El premio es dinero, gloria y el cadáver del hala. A este último, la mayoría de los cazadores lo tomarían como trofeo, como algo que hay que disecar y exhibir. Pero Evelyn lo necesita para su investigación sobre el *magnum opus* de la alquimia. De acuerdo con su madre, los místicos de hace mucho tiempo teorizaban que si el fuego alquímico incineraba los huesos de un demiurgo, quedaría la *prima materia*, la sustancia base de todas las demás. Con ese éter divino, un alquimista podría forjar la piedra filosofal, la cual concede inmortalidad y la capacidad de crear materia a partir de nada.

La iglesia katarista considera como una herejía cualquier intento de destilar la *prima materia*, por lo que casi ningún alquimista de New Albion, además de Evelyn, ha investigado al respecto. Crear la piedra es su única ambición. Lleva años buscando los pocos manuscritos que explican cómo hacerlo, y tres meses atrás salió del país para seguir otra pista. Pero ahora el hala, una de las últimas piezas faltantes de su investigación, está aquí.

Problema se retuerce para escapar de sus brazos y regresa a Margaret a la realidad.

—Pero claro que no —le dice, tomándolo por las orejas para plantarle un beso en la frente. El perro se retuerce más y Margaret no puede contener una sonrisa. Atormentarlo es uno de los pocos placeres de su vida.

Problema sacude las orejas, indignado, cuando Margaret al fin lo suelta, y luego se separa de ella. Se queda ahí, con la cabeza levantada en un gesto elegante pero con la lengua fuera y una oreja volteada. Por primera vez en días, Margaret se ríe. El perro la ama, es solo que lo oculta muy bien por orgulloso y dramático que es. Y Margaret lo ama abiertamente y mucho más que a cualquier otra cosa en el mundo.

Pensar en eso la obliga a poner los pies en la tierra. Problema es un excelente perro de caza, pero ya no es joven. Ponerlo en riesgo por una idea tan tonta como entrar a la cacería no es algo que ella esté dispuesta a hacer. No tiene tiempo para prepararse, apenas le alcanzaría el dinero para pagar la entrada, y no tiene conexiones con alquimistas de confianza, aunque en realidad no se puede confiar en ninguno de ellos. Solo pueden participar equipos de dos personas, un tirador y un alquimista.

Además, hasta donde ella sabe, solo hay un método infalible para matar a un demiurgo. Y la alquimia que se necesita... Preferiría morir antes que ver que alguien lo intentara de nuevo.

Aunque existiera otra forma, daría lo mismo. Si alguien descubriera que una chica yu'adir entró a la cacería, su vida se volvería un infierno. Solo ha logrado sobrevivir tanto tiempo gracias a que nunca llama la atención. «Es mejor así», piensa. Es mejor matar de un solo golpe a esa frágil esperanza que dejar que languidezca como un lobo atrapado en un cepo. En lo más profundo de su ser, Margaret sabe cómo termina esa historia. Sabe lo que le pasa a la gente que anhela cosas que están fuera de su alcance. Quizá en otra vida podría soñar. Pero no en esta.

Ir detrás de ese zorro solo le traería desgracia.

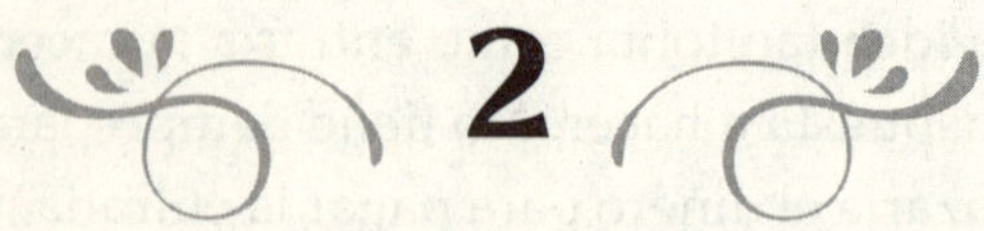

2

Wes despierta por el dolor agudo de su frente al estrellarse contra el frío cristal.

Cuando el taxi lucha por salir de una zanja en el camino, el chisporroteo de su motor suena sospechosamente parecido a unas carcajadas. Wes maldice entre dientes, frotándose la cabeza para aminorar el dolor que va creciendo en su cráneo; luego, con la orilla de su manga, se limpia suavemente la baba que se le había acumulado en la orilla de la boca.

No es que las calles llenas de baches de Fifth Ward se encuentren en mejor estado, pero esto es absurdo. Le dijeron que se hace una hora y media desde la estación de tren hasta Wickdon, pero a este ritmo tendrá suerte si no llega con una contusión a la puerta de Evelyn.

—¿Estás despierto? —Hohn, el chofer del taxi, le sonríe por el retrovisor.

Hohn es un hombre en sus cuarenta con un rostro amable y chapeado por el viento. Su bigote rubio termina en puntas perfectamente rizadas. Wes tuvo que usar casi todo lo que tenía ahorrado para pagarle el viaje. Si todo sale de acuerdo con el plan, no regresará a la ciudad en un buen rato.

—Sí —dice Wes con entusiasmo fingido—. Es muy rústico todo por aquí, ¿verdad?

Hohn se ríe.

—Me temo que no encontrarás muchos carros ni caminos pavimentados fuera de Wickdon. Espero que sepas andar a caballo.

Wes no sabe. Los únicos caballos que ha visto en su vida son bestias enormes y pesadas que jalan carrozas llenas de gente rica en el parque. Además, está seguro de que, si tomara clases de montar y alguien se enterara, se ganaría una buena paliza. Los chicos de Fifth Ward no andan a caballo.

Sus estudios ya lo están poniendo a prueba y ni siquiera han comenzado.

«No te quejes», se recuerda. Es su culpa que haya terminado en medio de la nada. Casi. En parte. Ligeramente.

Durante los últimos dos años, Wes pasó por más profesores de alquimia de los que puede contar. La primera vez que lo expulsaron, su mamá se enojó por lo que le hicieron. La segunda vez, se enojó con él. La tercera, se quedó sin palabras. Y así siguió en un ciclo de rabia y conmoción hasta la semana pasada. Cuando Wes le dijo que se iba a Wickdon, ella lo sentó a la mesa y lo tomó de las manos con tanta ternura que él tardó un momento en recordar que debía estar molesto.

—Te amo, mi tesoro. Sabes que es verdad. Pero ¿has considerado que no estás hecho para ser alquimista?

Claro que lo ha considerado. El mundo está decidido a recordarle que el hijo de inmigrantes banvish jamás podrá ser un alquimista de verdad. Sin embargo, nunca dudó tanto de su vocación como en aquel momento, viendo cada una de las nuevas canas que habían nacido en la cabeza de su madre.

A veces piensa que sería más fácil tomar un trabajo en cualquier lugar, haciendo cualquier cosa, para que su familia ya no tuviera que seguir sufriendo. Desde el accidente de su padre, Wes ha visto cómo su mamá vuelve de sus turnos extra y hunde las manos en parafina caliente cada noche. Ha visto a su hermana menor, Edie, ponerse más flaca y a su hermana mayor, Mad, volverse más dura. Casi todas las noches se queda en la cama preguntándose cuál es su problema: por qué no puede retener más de la mitad de lo que lee, por qué no puede traducir las palabras que no conoce en una página para darles significado, por qué no hay talento natural o pasión suficientes para compensar sus «limitaciones» a los ojos de sus maestros. Todo eso lo llena de ira, de preocupación y de odio hacia sí mismo.

Wes sabe que posee una magia innata, una especie de hechizo más banal que la alquimia. Cuando habla, la gente lo escucha; aunque ese don le ha ganado varias oportunidades para ser aprendiz, no lo ha ayudado en nada para mantenerlas. En cuanto falla en un examen escrito, puede ver en la mirada de su instructor el gusto de saber que tenía la razón, como si hubiera estado esperando que Wes le confirmara sus sospechas. Siempre dicen lo mismo: «Debí saber que no valía la pena darle la oportunidad a alguien como tú». Es obvio lo que quieren decir con ese «como tú», aunque nunca lo digan abiertamente: «un banvish».

Ya no quedan más alquimistas con buenas conexiones en el área metropolitana de Dunway con los que no haya reprobado o que no anuncien con claridad que «No se aceptan banvishes». Salvo Evelyn Welty, quien vive en un pueblo tan pequeño que ni siquiera aparece en el mapa.

Los nervios y el mareo por el movimiento del carro le revuelven el estómago. Baja la ventana y saca la cabeza para sentir el viento. Arriba, el cielo está tan azul y despejado que piensa que podría ahogarlo si respira profundo. En la ciudad, todo es gris: smog, concreto y la bahía plana. Pero aquí, el paisaje cambia tan rápido que apenas alcanza a registrarlo. Por toda la costa los peñascos están cubiertos de arbustos espinosos y florecitas azules. Más allá, los pinos se van mezclando con las enormes secuoyas. Wes no puede evitar pensar que las ramas de los abetos dobladas hacia arriba parecen estarle pintando dedo.

Cuando les dijo a los vecinos adónde iría, todos le ofrecieron más o menos las mismas palabras: «¡Pueblo chico!», «¡No hay gran cosa!» o «Bueno, al menos tendrás aire limpio». De todos los comentarios bienintencionados que recibió, sin duda la promesa de aire limpio fue la mentira más grande. No hay contaminación, claro, pero el aire sabe a sal y lo peor es que, con los cientos de focas tumbadas en la arena, apesta a algas horneadas por el sol y pescado podrido.

Así que eso es el encanto pueblerino.

De pronto, se da cuenta de que el viento podría desacomodarle el cabello, el cual se arregló cuidadosamente por la mañana, relamiéndolo hacia atrás con la paciente guía de sus hermanas. Cierra la ventana y mira su reflejo. Por suerte, su peinado sigue intacto. Christine y Colleen prácticamente se lo pegaron con quién sabe cuánto gel. Nada, ni un solo pelo fuera de lugar, puede arruinar su oportunidad de dar una buena primera impresión.

—Oye, Hohn —dice Wes—, ¿sueles andar mucho por aquí?

—Cuando era joven, sí. Tienen el mejor concurso de caza de zorros del país. De hecho, si los rumores son ciertos, Wickdon será la sede de *la* cacería en las próximas semanas. Será la primera vez que pase desde que yo tenía más o menos tu edad.

Casi todo el país se vuelve loco por *la* cacería, como dice Hohn. Wes no se considera muy devoto de la fe súmica, pero el concepto de la Cacería de la Medialuna le parece un poco sacrílego hasta para su moral tan laxa.

La tradición súmica dice que Dios creó a los demiurgos con su propia carne. Son su divinidad encarnada y, como tal, merecen ser respetados y temidos. Su mamá entierra las estatuillas de estos en macetas y cuelga amorosamente sus imágenes en las paredes. A veces les reza cuando pierde algo o les pide que le pasen algún recado a Dios, porque al parecer él está muy ocupado para recibirlos directamente. Cuando están de buenas, los kataristas llaman idolatría a esa clase de actos, y cuando están de malas, les dicen herejía. Es ese mismo desprecio el que los lleva a barrios de inmigrantes a lanzar piedras contra los vitrales de las iglesias súmicas.

Wes no está seguro de qué piensa Hohn o en cuál versión de Dios cree, si es que cree en alguna. Y como no quiere que lo eche del taxi, no comenta nada más.

—Ah, ¿sí?

—No hay muchas más razones para venir por aquí, la verdad. —Por el espejo, Wes nota que Hohn lo está mirando—. No te ofendas, hijo, pero no pareces alguien interesado en la cacería de zorros. ¿Qué te trae por aquí?

—No me ofendo. Soy alquimista. —Hohn asiente—. De hecho, soy aprendiz de Evelyn Welty —agrega Wes.

Solo es una mentira por omisión. En realidad la señora Welty no respondió su carta, pero Wes sabe que es una mujer ocupada. A todos los maestros que ha tenido los logró convencer presentando su caso en persona. Aunque le aterra que su encanto pudiera acabarse, cree que puede sacarle provecho una última vez.

—Conque Evelyn Welty. Te deseo la mejor de las suertes.

A su parecer, la iba a necesitar.

—Gracias.

Conocía los rumores: que ninguno de sus estudiantes aguanta más de dos semanas, que los pasillos de la mansión Welty están llenos de fantasmas, que Evelyn subsiste a través de la fotosíntesis, etcétera. En su experiencia, todos los alquimistas son un poco extraños. Técnicamente, cualquiera puede hacer alquimia, pero se necesita a una persona obsesiva para que quiera hacerla. Pasan años diseccionando textos antiguos y llenándose la cabeza con la composición química de miles de objetos. Para separar algo en sus partes, necesitas saber exactamente de qué está hecho. O quizá son los vapores sulfúricos los que terminan por volverlos locos a todos.

De cualquier modo, no es nada que Wes no pueda soportar. Si así debe ser, será una guerra de desgaste. Wes nunca ha perdido una batalla de voluntades.

Al fin, llegan a la civilización. Wickdon está acurrucado en la curva de un valle y es tan pintoresco como decían. La luz de las farolas baña los adoquines y se ven coloridas casitas y negocios a cada lado de la calle. Las ventanas de las tiendas proyectan un brillo suave entre la niebla, con la luz puesta sobre sus tentadoras ofertas de pan, víveres y más taxidermia y municiones que en un museo de guerra. Lo que más lo sorprende a Wes es la ausencia total de alquimia. En Dunway puedes encontrar al menos dos por cuadra: joyeros que venden anillos encantados, restaurantes que sirven comida con la promesa de distintos efectos fisiológicos, talleres llenos de herreros que producen ese acero fuerte pero liviano que hace que el ejército de New Albion sea tan increíble.

Mientras el carro avanza hacia el centro del pueblo, la gente va abriendo sus puertas y ventanas para verlo pasar. Una mujer muy joven que está barriendo la calle frente a su tienda mira a los ojos a Wes. Por reflejo, él le ofrece una enorme sonrisa, pero la mujer solo se da la vuelta, como si no lo hubiera visto. Con un gesto triste, Wes pega su cara al cristal y siente un frío tan amargo como el del rechazo. Lo molesta más de lo que quisiera reconocer. En casa, las personas lo conocen. Les cae bien. Le cae bien a todos.

Al menos así era antes de su racha de fracasos.

Aunque espera que se detengan en algunas de las encantadoras y coloridas casas en el camino, siguen avanzando hacia la orilla del pueblo. La cálida luz de las farolas aparece cada vez más distante de la anterior, y las llantas se sacuden estrepitosamente cuando el carro entra al camino de terracería. Wes se asoma por la ventana trasera, donde Wickdon brilla detrás del humo del escape.

—¿Adónde dices que vamos?

—A la mansión Welty. Evelyn vive un poco alejada del pueblo.

Siguen el camino serpenteante hacia las montañas. El motor suelta unos quejidos durante la subida. Wes encuentra el valor para mirar hacia el pueblo a lo lejos y el ancho mar más allá. El agua se ve oscura, gris como el acero, con algunas franjas color óxido donde atrapa los rayos del sol. Las secuoyas pronto bloquean su campo de visión y, tras avanzar un par de nauseabundos kilómetros bajo su alta sombra, el vehículo se detiene frente a una solitaria construcción de ladrillo rojo.

Las paredes están cubiertas de gruesas capas de enredaderas y las hierbas con flores corren por el jardín como la cerveza que se derrama de un grifo. La puerta de madera cruda se mece en un movimiento que más que una bienvenida parece un grito de ayuda. La mansión Welty parece la clase de lugar en el que no debería vivir nadie, la clase de lugar que claramente la naturaleza quiere recuperar.

Wes baja del auto y mira hacia la linterna encendida en una ventana del segundo piso. Hace más frío que cuando salió de Dunway por la mañana, demasiado para ser algo natural, aun con el viento del mar y la altura. Todo está muy tranquilo, muy silencioso. Ya extraña el ruido de Dunway: el ronroneo constante del tráfico y el suave ritmo de los pasos de sus vecinos de arriba, a su madre pasando el rato en la cocina y a sus hermanas discutiendo en su habitación. Aquí el único sonido es el graznido distante de un ave que no puede identificar.

Antes de permitirse caer en el desánimo sobre su nuevo hogar, Wes ayuda a Hohn a bajar las cosas de la cajuela. Todas sus posesiones materiales caben en tres maletas maltrechas y un morral con la correa muy desgastada.

—¿Necesitas ayuda para instalarte? —pregunta Hohn.

—Oh, no. No te preocupes. Estaré bien.

Hohn le lanza una mirada incrédula y luego se saca una tarjeta del bolsillo del pecho y se la entrega. Al frente están impresos el nombre y teléfono de Hohn con tinta descolorida, como si llevara años guardada en su chaqueta.

—Si vuelves a necesitar un auto...

—Sé a quién llamar. Gracias.

Hohn le pone una mano en el hombro y le da un apretón. Es un gesto tan paternal que Wes tiene que tragar saliva para aliviar el súbito pesar que siente.

—Entonces, es todo. Buena suerte.

Hohn inclina su sombrero, se sube al taxi y sale de ahí de reversa. La oscuridad repta hacia el espacio vacío que dejan los faros y, mientras termina de devorarlo, Wes tiene la sensación de que alguien lo está observando. Su mirada se lanza ansiosamente hacia la ventana del segundo piso, donde una silueta fantasmal tiembla suavemente con lo que parece ser la luz de un fuego.

«Contrólate, Winters».

Sube por las escaleras rechinantes del porche hasta quedar frente a frente con la puerta roja. Nunca había estado tan nervioso, pero, claro, nunca había tenido mucho que perder. Para asegurarse de que todo está en su lugar, se pasa una mano hacia atrás por el cabello y sonríe al ver su reflejo en la ventana hasta que el sudoroso gesto de desesperación desaparece de su cara. Todo está en orden. Ensayó su discurso un millón de veces. Está listo. Endereza los hombros, toca a la puerta y espera.

Espera.

Y espera.

El viento sopla por la veranda y se cuela por su abrigo raído con mucha facilidad. Está helando, y entre más tiempo pasa ahí, temblando, más convencido se siente de que algo acecha entre los árboles. A sus oídos, el sonido que hacen las hojas muertas al sacudirse se parece mucho a un murmullo. Escucha su nombre, susurrado una y otra vez.

«Weston, Weston, Weston».

—Por favor, abran —dice entre dientes—. Por favor, por favor, por favor.

Nadie acude. Quizá Evelyn no está en casa. No, eso no puede ser. La luz de arriba está encendida. Quizá no lo escuchó. Sí, eso debe ser. No lo escuchó.

Toca una y otra vez y los segundos se vuelven eternos. ¿Y si no abre la puerta? ¿Y si se mudó? ¿Y si está muerta, pudriéndose junto a esa linterna encendida con un fuego bajo? Estaba tan decidido que ni siquiera se le ocurrió pensar que podría fallar. Su plan siempre implicó un riesgo, uno que, ahora se da cuenta, podría dejarlo solo en medio de la nada. La idea es tan abrumadora, tan humillante, que golpea la puerta con más fuerza. Esta vez, escucha pasos en las escaleras.

«Al fin».

La puerta se abre y Wes se queda sin aliento, pues quien lo recibe es una muchacha. Bajo la tenue luz del porche, parece alguien salida de un poema que leyó en la escuela antes de dejarla, o como los Aos Sí de las historias de su madre. Mientras sus ojos se adaptan a la penumbra, el rostro de la chica se va aclarando con cada parpadeo. Su cabello suelto y dorado. Su piel blanca como la crema. Wes se prepara para el inevitable golpe del amor.

Pero no llega. En una inspección más cercana, la chica es mucho menos bella y mucho más adusta de lo que él esperaba. Ni hablar de su poco sentido de la moda, a juzgar por lo que dicen los catálogos de sus hermanas, pues su cabello es largo y el dobladillo aún más largo. Ella lo mira con un gesto de molestia, con los labios apretados y los ojos entrecerrados, como si Wes fuera la cosa más desagradable e inútil que se hubiera colado en su propiedad.

—¿Te puedo ayudar en algo? —pregunta ella con una voz tan fría como su mirada.

—¿Eres...? ¿Eres Evelyn Welty?

—No. —La palabra se queda flotando, angustiada, entre ellos.

Claro que no es Evelyn Welty. No parece ser mayor que él.

—¿Está en casa? —continúa Wes—. Me llamo Weston Winters y...

—Sé para qué ha venido, señor Winters. —A juzgar por su tono, seguramente asume que está allí para venderle aceite de serpiente—. Mi madre está de viaje por una investigación. Lamento que haya perdido su tiempo.

Es tan directa, tan tajante, que Wes aún está procesándolo cuando ella comienza a cerrarle la puerta.

—¡Espera!

La muchacha deja la puerta abierta apenas unos centímetros y desde ahí Wes puede ver la tensión que se refleja en la postura de sus hombros. Aún no ha superado su pánico, pero puede lograr que esto funcione. Aunque la ausencia de Evelyn es un bache que no se esperaba, podrá ver cómo arreglarlo ya que esté instalado. Su última oportunidad de tener el puesto de aprendiz está en manos de su hija y se puede ver que a ella le importa un bledo lo que él quiera o lo que le pase. La chica no le da nada de lo que pueda asirse. Ni una sonrisa ni un poco de calidez. Solamente lo mira sin ninguna emoción con sus ojos del color del whisky que le dejan la mente en blanco.

—Y... —Busca algo, lo que sea, para hacer que ella siga hablando—. ¿Para qué crees que vine?

—Vino a ser aprendiz de mi madre.

—Bueno, pues... Sí, es verdad. Escribí hace unas semanas, pero no recibí respuesta.

—Quizá debería aprender a leer entre líneas.

—Si me permites explicarte...

—Entiendo la situación. Cree que se merece todo, tanto que no le parece que su falta de planeación debería ser un impedimento para conseguir lo que quiere.

—¡Yo no...! —Wes toma aire. No le servirá de nada perder la compostura—. Creo que te di la impresión equivocada. Permíteme empezar de nuevo.

Ella no dice nada, pero tampoco se mueve, lo que Wes toma como una buena señal.

—Quiero ser senador. —Hace una pausa, intentando leer la expresión de ella, pero sigue completa y desconcertantemente estoica—. Mis posibilidades de lograrlo descansan en que haga estas prácticas. Mi familia no tiene dinero, así que me vi en la necesidad de salirme de la escuela, por lo que no podré entrar a la política a menos que tenga una carta de recomendación.

Solamente los alquimistas pueden convertirse en políticos. No es realmente una ley, pero bien podría serlo. Aunque New Albion luchó por su independencia como nación democrática hace casi ciento cincuenta años, la aristocracia sigue existiendo, disfrazada. A Wes no se le ocurre un solo político electo en los últimos diez años que no sea un alquimista universitario con abolengo katarista, una red de gente acaudalada detrás y con mucha educación. Al ser banvish, él nunca tendrá ese abolengo, aunque se convirtiera, pero puede abrirse paso para ser elegible por otros medios.

—Hay muchos alquimistas en la ciudad —dice ella—. No necesitaba venir tan lejos.

No tiene caso que le pregunte cómo sabe que es de la ciudad. Su acento siempre lo delata.

—Todos los alquimistas de la ciudad me rechazaron. —Le duele reconocerlo, pero lo hace—. Tu madre es mi última oportunidad. No tengo más.

—Si ya fracasaste como aprendiz de otros, no sobrevivirás aquí. Mi madre no tolera la mediocridad.

—Trabajaré más que cualquier estudiante que haya tenido. Lo juro.

—Señor Winters. —Su voz es una puerta que se cierra.

«Piensa, Winters. Piensa, maldita sea». Es su oportunidad. Su única oportunidad. Como la chica claramente no se deja llevar por la lástima, duda que le serviría de algo contarle su triste historia sobre cómo quiere luchar contra la injusticia y la corrupción en su gobierno. Así que tendrá que hacer lo que mejor le sale. Ni siquiera ella podría ser inmune a su encanto.

—¿Quizá podríamos seguir hablando adentro? —pregunta con su voz más seductora, recargado en el marco de la puerta—. Seguro te sientes sola aquí y yo vengo de muy lejos...

La puerta se cierra de golpe a unos centímetros de su nariz.

—Pero ¿qué diablos? ¡No puedes simplemente...!

Sí pudo. Wes se pasa los dedos entre el cabello hasta soltarlo de la prisión del gel. ¿Qué importa ya su aspecto? Todo lo que tiene está regado en la entrada. Sus ahorros son cada vez menos y aunque su madre le dio un poco de dinero como regalo de despedida, no se atreve a tocarlo. Ella ya sacrificó mucho, y todo para que él descubra que Evelyn Welty ni siquiera está ahí.

No, no puede irse a casa. Se moriría de vergüenza.

Con lo poco que le queda de dignidad, Wes baja del porche para recoger sus cosas. Tres maletas. Un morral. Dos manos. Ocho kilómetros de regreso al pueblo. Sin importar cómo haga el cálculo, no se ve nada bien. Mientras unos truenos estallan en la distancia, busca en lo más profundo de su ser ese optimismo por el que su hermana mayor, Mad, suele burlarse de él.

Ella lo acusa de malcriado. De idealista. Como si eso fuera algo malo.

Por un momento, está de vuelta en Dunway, sentado con Mad en la escalera de incendios mientras ella se fuma su tercer cigarro, y no en medio de la nada, temblando por el frío y la frustración.

La noche anterior se despidieron con mucho pesar. Wes recuerda que pensó que en realidad ya no la reconocía. Su hermana se trasquiló unas semanas atrás, intentando convertirse en una de esas chicas a la moda con melena y vestidos con cintura baja. Olía a humo y licor porque salió tarde de su trabajo en el bar, y obviamente estaba enojada con él de nuevo, aunque no lo reconociera. Los detalles la delataban: los hombros encorvados, el fumar un cigarro tras otro, el brillo molesto en sus ojos cuando al fin se dignó a mirarlo.

Wes odia que su propia hermana crea que es egoísta, que esté segura de que su nuevo intento de ser aprendiz terminará como los anteriores, que solo lo hace para evadir sus responsabilidades. Pero desde que su padre murió han estado así, sintiendo más coraje que amor por el otro. No sabe cómo llegaron a eso. Solo sabe que anoche estaban hablando y luego se empezaron a gritar, tanto como puede gritarse entre susurros, claro. Edie estaba dormida al otro lado de la pared y ninguno de los dos quería volver a pasar por todo el ritual para que se durmiera de nuevo.

«Eres un cretino, Wes», soltó ella al fin. «No tienes derecho a todo lo que quieres solo por quererlo».

Mad puede malinterpretar sus intenciones cuanto le plazca, pero la alquimia nunca ha sido un sueño que Wes persigue a pesar de su familia. Lo hace para ofrecerles una salida, para ofrecerles una vida mejor a todas las familias como la suya. Ahora más que nunca, Wes quiere demostrarle a Mad que se equivoca. Va a recorrer a pie los ocho kilómetros de regreso al pueblo aunque la vida se le vaya en ello. Y, si es necesario, volverá todos los días hasta que logre convencer a la hija de Evelyn Welty.

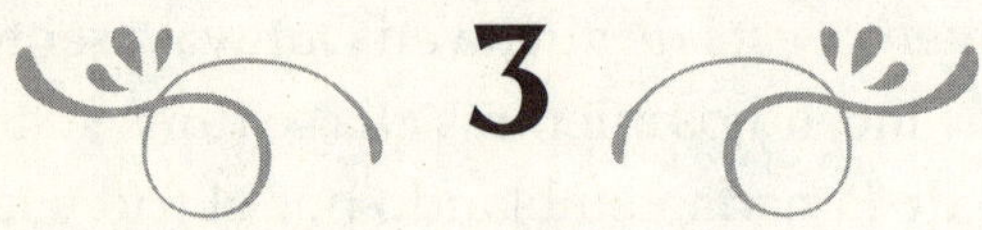

A la mañana siguiente, Wes ya se había acostumbrado al peso del rechazo y a la idea de enfrentar de nuevo los ocho kilómetros a pie y bajo el frío. Ha llegado muy lejos como para permitir que una muchacha como la hija de Evelyn Welty lo detenga. Cuando lo deje pronunciar más de tres palabras sobre la situación de su familia, ya no lo volverá a echar. Esa es la única clase de alquimia que ha dominado: convertir las palabras en oro. Convertir el corazón de las chicas en un material suave.

Se peina hasta lograr que su cabello quede en su lugar, quitándoselo de la cara con una capa de gel, y se abotona la camisa que Christine le planchó. Pero no quiere verse como él mismo. Quiere verse como un alquimista, alguien a quien se le pueda tomar en serio.

Se afloja el nudo de la corbata y lo vuelve a apretar, esta vez más fuerte y mejor acomodado. Cuando está perfectamente ataviado, observa su reflejo.

—Puedes hacerlo. Tienes que hacerlo. Si tuvieras que decirle a mamá que te volvieron a rechazar...

Ni siquiera puede terminar la frase. Si ve la decepción en el dulce rostro de su madre aunque sea una vez más, se morirá. Así que mejor se imagina como el aprendiz favorito de Evelyn y ve cómo el rostro de la mujer se ilumina, lleno de admiración, cuando él le demuestra sus capacidades. Se imagina leyendo su carta de recomendación llena de elogios, que será punta de lanza para su larga y cada vez más exitosa carrera política. Se imagina vestido con un traje caro hecho a su medida, y no ese genérico que le consiguió Mad, y una corbata de satén azul, detrás de un podio cubierto por la bandera de New Albion. Desde ahí, dará un discurso conmovedor y las cámaras de la prensa lanzarán sus flashazos hasta que todo el mundo esté lleno de luz. Les sonreirá a las hermosas mujeres sonrojadas, y todos los que dudaron de él, cada persona que dijo que era un banvish holgazán, borracho o iletrado se formará para estrechar su mano. Luego, trabajará para desmantelar su gobierno nacionalista desde adentro.

Cuando se permite soñar, el futuro es brillante.

Pero la fría realidad del presente le cae encima en cuanto pone un pie fuera del Wallace Inn. Una gruesa gota de agua corre por el tejaroz y se estrella sobre su cabeza, haciéndolo estremecer. Wes se pone un gorro de lana y arrastra sus maletas hacia la calle.

Llovió toda la noche y los adoquines tienen una cubierta que recuerda a la decoración de un pastel, brillante y plateada bajo la luz del amanecer. El aire se transformó en una niebla tan fina y brillante como un tul que cubre los coloridos edificios a cada lado de la plaza. A sus espaldas, un viento ligero se eleva desde el océano y trae con él su sabor a sal. Wes se cuela entre los crecientes grupos de personas y esquiva autos que se mueven lentamente mientras sus llantas van batiendo los charcos hasta convertirlos en lodo. Hay gente bajando de taxis con sus maletas y llegando desde el muelle junto con carretas llenas de brillantes pescados color plata.

O sea que la información de Hohn era cierta. La cacería llegó.

La culpa súmica ha evitado que piense mucho en entrar, pero es imposible evitarlo del todo dada la cantidad de artículos en las revistas y programas en la radio que inspira la cacería. Prácticamente es el deporte nacional, al menos para la gente con el estatus suficiente para que le importen cosas como la caza de zorros o con el patriotismo necesario para sentir orgullo por la historia de los colonizadores de New Albion. Durante las próximas cinco semanas, personas acaudaladas de todo el país llegarán por miles para participar en todos los concursos de perros, carreras de caballos y galas que preceden a la cacería. Para cuando termine, los espectadores estarán agotados de tanto haber exprimido sus carteras y deseado la muerte del hala. Solo los más dedicados seguirán a los sabuesos.

Hasta donde sabe, es un gran espectáculo. La emoción que ya puede sentirse en el aire es intoxicante y la fama que se promete a quien gane aún más, pero Wes no vino a hacer a un lado su moral para unirse a la cacería.

Sigue caminando con pasos apresurados al llegar a una callecita amodorrada. Afuera de las casas hay gente con gruesos abrigos barriendo las hojas que tiró la tormenta. Sus miradas lo siguen al verlo pasar, y solo le queda suponer que es porque se ve ridículo arrastrando su equipaje como una mula de carga. Al final de la cuadra, un hombre rodeado por sacos de yute llenos de hojarasca le hace una seña para que se acerque.

El hombre se apoya sobre el palo de su escoba.

—¿Está perdido? No encontrará ningún hotel por aquí.

—No, señor. No estoy perdido, señor. —Al menos, no exactamente. Wes espera que el hombre no intente darle direcciones, porque se le escaparían de la cabeza como agua en un colador. La diferencia entre la izquierda y la derecha es algo que lo supera—. Solo voy a casa de mi maestra.

—¿O sea que vas a la mansión Welty? Vaya manera de ir para allá.

Wes levanta la cara hacia el cielo aún nublado.

—Es un día hermoso para dar un paseo.

El hombre le ofrece una sonrisa amable, pero Wes puede ver con claridad la lástima que esconde detrás.

—Le diré una cosa: hoy solo vine para ayudarle a la señora Adler a barrer, pero mi casa está en la misma dirección a la que usted va. Espéreme aquí un minuto.

Y es así como Wes terminó en la parte trasera de la carreta de Mark Halanan, sobre un asiento hecho de maletas y sacos de cereal vacíos. Sobre el regazo lleva una gallina que va cacareando alegremente mientras Halanan guía a su pony hacia la mansión Welty. Wes hace su mejor esfuerzo para que no se le noten las náuseas que le provocan las sacudidas de las ruedas sobre el camino sin pavimentar.

—Hace mucho que no teníamos un estudiante de Evelyn en el pueblo —dice Halanan—. Llegan y se van.

—Eso he escuchado. —Lo dice con un tono más amargo de lo que hubiera querido. Siente que la frágil confianza que logró conjurar el día anterior ya ha comenzado a resquebrajarse.

Al parecer, Halanan nota su amargura, porque cambia de tema.

—Llega en muy buen momento. La inscripción para la cacería se abre pronto. ¿Tiene planes de entrar?

—¿Yo? Oh, no lo sé.

—La ceremonia de inauguración será en dos días. Después de eso, tendrá otras dos semanas para decidir.

—La verdad, no creo que tenga lo que se necesita.

—Es sensible. Eso es bueno.

Wes no cree que alguien le haya dicho «sensible» antes. Le gusta cómo suena.

—Gracias. Lo intentaré.

—Como sea, me alegra que haya gente dispuesta a hacerlo por Dios y el país o por cualquier razón. Alguien tiene que matarlo. Esa cosa es una amenaza.

Wes se prepara para recibir un sermón.

—¿A qué se refiere?

—Véalo con sus propios ojos.

Mientras llegan a la cima de una colina, Halanan señala con la mano hacia un dorado campo de centeno muy crecido que se extiende hasta encontrarse con una hierba tan imposiblemente verde que tiene el color de la absenta. En un peñasco se ven, una junto a la otra, una iglesia con el sobrio estilo katarista y una mansión, y Wes tiene que reunir todo su autocontrol para no hacer ningún comentario. Nunca había visto algo tan extravagante.

En la tierra bien cuidada se ve un huerto de manzanos, pero da la impresión de que el aire les pesara a las ramas, en las que unas hojas enruladas y oscuras se mecen como banderitas andrajosas. Conforme avanzan, Wes percibe el olor a fruta podrida y azufre. Casi todas las manzanas ya se cayeron de los árboles y están hinchadas y rezumando como forúnculos. La imagen lo deja helado. Siempre ha sabido que el hala es aterrador, pero hasta este momento no había sido más que un cuento que mamá les contaba por las noches cuando estaba de ánimo sombrío, para asustarlos y convencerlos de que hicieran sus oraciones.

«Viene a recordarnos que Dios está siempre con nosotros». Entonces hacía una pausa para darle dramatismo y luego agregaba, con tono severo: «Y siempre nos está observando».

La doctrina súmica dice que los demiurgos les enseñaron la alquimia a los humanos. Wes nunca lo ha creído del todo. Pero el claro hedor del azufre en el aire y el polvo negro regado sobre el pasto son producto de una reacción alquímica. Aún no está convencido de que el hala sea Dios encarnado, pero ahora sabe que cualquiera que se inscriba para la Cacería de la Medialuna está, al menos, un poco loco.

—¿Me está diciendo que un zorro hizo eso?

—No es cualquier cacería porque no es cualquier zorro. —Halanan hace una pausa—. Los chicos están emocionados. Probablemente es lo más interesante que ha visto la gente de Wickdon en su vida. No pueden pensar en otra cosa que no sea la cacería y disparar sus armas, pero es que no han visto lo que yo. Hoy es solo un campo destruido, pero se irá volviendo peor conforme se acerque el día de la caza.

—Sería mejor atacarlo desde ahora —masculla Wes. Pero aunque fuera posible matarlo antes de la Luna Fría, la victoria no significa nada si no cuesta trabajo conseguirla. Entre más peligroso sea el monstruo, más gloria tiene el héroe que acaba con él.

—Pero ¿qué tendría de divertido? —le pregunta Halanan con ironía—. La rabia les permite sentirse bien por lo que están haciendo. Los organizadores nos recompensan por la molestia de dejarlo andar por ahí, haciendo destrozos, pero hay pérdidas que no pueden repararse con dinero. Cuando yo tenía su edad, se robó a un bebé de su cuna. Ese año, nadie quería ganar más que el padre, pero al final, esa criatura siempre se sale con la suya.

—Oh. —No se le ocurre qué decir ante algo tan terrible.

—Pero, bueno, si me lo pregunta, los Harrington pueden permitirse tener una mala cosecha este año. Un poco de tragedia es buena para la salud.

Wes no está muy de acuerdo, aunque no sabe nada sobre los Harrington, además de que aparentemente tienen mucho dinero. Pero ya ha tenido que aguantar suficientes sermones como para saber que es momento de cerrar la boca.

Siguen su camino en un cómodo silencio hasta que la mansión y su verja de madera aparecen frente a ellos. Bajo la luz del día, la casa se ve aún más lúgubre y solitaria, cubierta por la niebla plateada que baja por las laderas. Halanan chasca la lengua y su pony se detiene frente a la puerta.

Wes se baja de un salto de la carreta y se pone a recoger sus cosas. Cuando está seguro de que no se le olvida nada, extiende una mano hacia Halanan, la cual el hombre toma, asintiendo con solemnidad.

—Gracias por el aventón.

—Buena suerte, señor Winters. Salúdeme a Maggie, ¿sí? Dígale que vaya a verme si necesita algo.

«Maggie». Debe ser la chica que vio anoche, la hija de Evelyn. Los nervios le retuercen las entrañas.

—Así lo haré, señor.

—¿Me permite darle un consejo, hijo? No intente nada raro. Esa muchacha ya tiene suficientes problemas.

Es una advertencia extraña y siniestra. Pero, pese a su rostro amable, Mark Halanan es un hombre corpulento y está mirando a Wes como si esperara una respuesta.

—Sí, señor.

Aparentemente satisfecho, Halanan gruñe y echa a andar a su pony. El animal suspira y sus cascos se van chapoteando en el fango, trotando resignado, de regreso a Wickdon.

De nuevo, Wes se queda solo.

La mansión lo mira casi con desprecio, pero no se permitirá sentirse intimidado. Bajo la fría luz del día, no hay nada razonable que pueda alejarlo de ahí. Tiene la ventaja del tiempo y una desesperación renovada.

Wes abre la verja y avanza por el jardín lleno de hierbas descuidadas, donde el suave olor de la descomposición emana de las hojas caídas. Cuando está a diez pasos del porche, un aullido gutural rompe el silencio. Wes se petrifica y, en ese mismo momento, un perro rojo sale por un lado de la casa y se lanza directo contra él. Bajo su miedo, hay un destello de alivio. El ataque de un perro es mejor que morir de humillación.

Por puro instinto, Wes suelta sus maletas y levanta los brazos. En un instante está tumbado de espaldas y sin aliento. El frío fango se cuela por su camisa. El perro lo aplasta contra el piso, echando gruesos chorros de baba sobre su cara. El hedor es repugnante, pero antes de que pueda quitárselo de encima, la bestia se agacha y le suelta un lengüetazo directo en la boca.

—Ya —gruñe Wes—. Quítate.

Le da un empujón al perro, pero esto no logra desanimarlo. El animal da vueltas a su alrededor meneando la cola y le olisquea el cabello con el fervor investigativo de un detective en un programa de radio. Lentamente, Wes se incorpora y observa su camisa. Tiene dos patas marcadas con fango en su pecho. Gruñe. Adiós a dar una buena segunda impresión.

—¡Problema! —Es la voz de una chica, y el perro responde a ella de inmediato. Ambos voltean hacia el sonido.

Y ahí, a unos metros de Wes, está la hija de Evelyn, Maggie, con un rifle de caza entre las manos. Mientras la sangre se le hiela de miedo ante la frialdad en la mirada de la muchacha, a Wes se le hace menos tolerable la idea de morir a manos de Maggie Welty que soportar la decepción de su madre.

Tras el momento de tensión, la chica le pone el seguro a su arma y la apoya junto a una pared exterior de la casa. Lleva un overol de piernas anchas metidas en sus botas de trabajo y una gruesa chamarra de mezclilla con las mangas enrolladas hasta los codos. Cuando se quita los guantes de jardinería, Wes nota el anillo de suciedad que rodea cada uno de sus antebrazos desnudos, como brazaletes de oro bruñido. El inesperado vuelco en su estómago lo desconcierta. A pesar de la suave luz del sol que baña su cabello y se refleja en sus ojos, esa mujer sigue sin ser hermosa.

Maggie le ofrece una mano. Él no quiere embarrarla de lodo, pero a juzgar por la expresión impaciente de la chica, eso no es algo que le importe. La toma por la muñeca y deja que lo levante de un tirón. Como miden lo mismo, quedan casi nariz con nariz. Wes decide que eso significa que ella es alta y no la otra opción. Sus alientos se hacen vaho en el aire.

—Volvió —dice ella.

—Sí, volví. Soy... Bueno, ya sabe quién soy. Y usted debe ser...

—Como le dije anoche, mi madre no está aquí. Lamento lo de su camisa. —Tras decir eso, se da la vuelta sin más.

—¡Oiga, espere un minuto! —Wes corre tras ella y la toma por el codo. La chica se voltea tan rápido y con tanta molestia en la mirada, que él da un paso atrás—. Lo siento.

El silencio es suficiente respuesta. Maggie se agarra el brazo como si se lo hubiera quemado. Tiene lodo desde el codo hasta la muñeca y un mechón de su cabello se escapó de la prisión del chongo que lleva sostenido con un prendedor de carey. Su aspecto casi militar de antes ya no está. Ahora se ve salvaje y agotada.

—Por favor, señorita Welty. Necesito ser aprendiz de su madre.

—¿En serio? —Wes escucha el mismo desdén que permeó la voz de Mad cuando le dijo: «No tienes derecho a todo lo que quieres solo por desearlo».

Esto lo llena de frustración. ¿Por qué todos están tan decididos a pensar lo peor de él?

—Mire, me puedo quedar al otro lado de la cerca si eso le hace sentir mejor. ¿Podemos hablar por un minuto?

Maggie aprieta los labios, como si estuviera sopesando el valor de cada centímetro de espacio que ese acuerdo pondría entre ellos.

—De acuerdo.

Gracias a Dios. Wes suelta un suspiro.

—Sé que no me debe nada y que no le deben sobrar razones para dudar de mí, pero le juro que puedo hacerlo. No lo voy a arruinar. Por favor, déjeme quedarme hasta que vuelva su madre. Si me va a rechazar, necesito escucharlo de su boca. —El silencio se extiende hasta que Wes ya no puede soportarlo más—. No puedo pagarle renta, pero puedo ayudar en la casa. Hacer encargos, arreglar cosas... lo que sea. Haré cualquier cosa. Por favor.

—Váyase a casa, señor Winters.

Pero no puede irse. ¿Cómo podría hacerla entender eso?

Bueno. Si Maggie quiere una razón, si quiere saber lo que está detrás de las ambiciones de Wes, él está dispuesto a desnudarle el alma. Cubierto en fango y baba de perro como está, ya no le queda nada de dignidad que perder. Wes se saca la billetera del bolsillo. Adentro hay poquísimo dinero y una fotografía de su familia, de cuando su padre aún estaba vivo. Incluso ahora se le aplasta el corazón al verlos a todos juntos, haciendo gestos ridículos. Al centro, papá y mamá se ven tan enamorados como en las fotos de su boda. Wes tiene una sonrisa tan ancha que casi parece una mueca y está cargando a Edie sobre su cadera. Christine le planta un beso en la mejilla, Colleen está en medio, gritando algo, y Mad, bueno, Mad es Mad. Está a un lado, con un calculado gesto de pesar, pero el amoroso brillo en sus ojos la delata.

Todos se ven muy felices.

Wes traga saliva para disimular el pesar que siente y le muestra la fotografía a Maggie.

—Esta es mi familia. Mi papá ya no está, y... —¿ Y qué? No hay palabras suficientes para terminar esa oración. «Ahora no tenemos dinero. Ahora apenas logramos sobrevivir. Ahora el mundo entero es peor y no creo que jamás llegue a ser tan buen hombre como él»—. Mis hermanas, que tienen edad suficiente, trabajan. Y mi mamá también. Yo en este momento no tengo ni la educación ni las conexiones para conseguir un trabajo con el que pueda mantenerlas, así que necesito una oportunidad. Una oportunidad de verdad. Quiero darles lo que se merecen.

Maggie observa la foto por un largo rato con gesto intrigado. Cuando levanta la vista hacia Wes, su mirada es severa y parece estarlo evaluando, como si quisiera examinarle hasta el alma. Eso lo hace sentir como una atracción en una exhibición de animales extraños. Por primera vez, nota lo enormes que son los ojos de ella. Maggie parece un búho muy serio.

—Está bien. —Le entrega la fotografía—. Pasa.

—¿En serio? —No puede evitarlo. Está sonriendo como un tonto. Ni siquiera la humillación de tener que recoger todas sus maletas puede aminorar su buen humor—. No tienes idea de lo que esto significa para mí.

Maggie le quita una maleta y Wes comprende que es el mayor gesto de reciprocidad que recibirá su entusiasmo.

La sigue hacia el interior de la casa y se queda con la boca abierta al ver su tamaño. Lo recibe una escalera doble que se eleva en un elegante arco hacia el descanso central. Arriba cuelga un candelero con más cristales de los que llevaría encima una dama acaudalada a la ópera. A un lado del vestíbulo está una habitación alfombrada con sillones acojinados y cubierta del piso al techo con libreros. Al otro está la cocina, donde unas desgastadas ollas y cazuelas de bronce cuelgan del techo sobre una isla.

Aunque por dentro la mansión Welty es más opulenta que cualquier otro lugar que él haya visto, sigue siendo tan triste como se veía desde afuera. La mugre que cubre las ventanas apenas permite el paso de luz suficiente para iluminar las motas de polvo que bailan por todas partes. Los barandales de madera están rayados y sin brillo, hay pelo de perro cubriendo los oscuros tapices y platos apilados en altas e inestables torres sobre las barras. Solo unas cuantas partes de la casa han sido limpiadas a profundidad. El suelo parece estar recién barrido y el fregadero está vacío. Claramente el caos no es resultado de la falta de esfuerzo.

Maggie ya va arrastrando una de sus maletas hacia el segundo piso. Wes va tras ella y se mantiene lo más cerca que se atreve, siguiéndola por un estrecho pasillo con candiles cubiertos de telarañas en las paredes. Ella abre la última puerta a la derecha y le hace una seña para que entre.

Wes disimula un vergonzoso gritillo de emoción. La habitación es enorme. Nunca en su vida había tenido tanto espacio para él solo, pues siempre compartió la habitación con sus hermanas. Huele a humedad, pero eso no le molesta. Mientras deja sus maletas al pie de la cama, el suelo de madera suelta una nube de polvo. Wes estornuda con tal fuerza que Maggie hace un gesto de susto.

—Discúlpeme —dice él, sorbiéndose los mocos.

Maggie va a la ventana y lucha contra el pestillo. Una lluvia de pintura seca cae sobre el marco cuando logra abrirla unos centímetros. El aire fresco se cuela por la abertura. Parece que nadie ha estado ahí en años, pero Wes puede ver que esa habitación no estuvo siempre desocupada. Hay unos cuantos libros de alquimia olvidados sobre la repisa que está encima del escritorio. Incluso ve una falda tableada colgando en el clóset abierto. Eso le hace un nudo en el estómago. ¿Cuántos más lo intentaron antes que él? ¿Cuántos lo lograron?

—Puede quedarse aquí hasta que mi madre vuelva —dice Maggie—, pero yo en su lugar no me molestaría en desempacar, a menos que quiera dejar algunas cosas cuando ella lo eche.

—Mujer de poca fe. Puedo ser muy convincente. —Hay algo adorable en la expresión escéptica de Maggie, y eso le hace sentir que vale la pena arriesgarse un poco más—. Después de todo, al final me dejó entrar, ¿no?

—Sí. —Ella lo mira con el ceño fruncido. Wes no sabe si le molesta más que él esté ocupando su espacio o la camisa que alguna vez fue blanca pero ahora se ve como si la hubiera remojado en café. Siente la humedad de la tela pegada a su espalda—. Entrégueme su camisa. Se la voy a lavar.

La orden lo hace ruborizar.

—¿Qué? ¿Ahora mismo?

Una parte de él no es nada pudorosa. Es difícil serlo cuando se creció con cuatro hermanas. Aún era joven e impresionable cuando se quedaba dormido bajo el arrullo de Christine y Mad contándose de sus últimas conquistas. Pero la otra parte, la parte que solo se ha desvestido, y torpemente, ante unas cuantas chicas en la oscuridad, quiere desaparecer en ese mismo instante. Maggie Welty parece la clase de mujer que preferiría matar a un hombre que admirarlo.

Ella le pone fin a su angustiante fantasía con una respuesta tajante.

—Por supuesto que no. Lo esperaré en el pasillo.

—Claro. Por supuesto que no.

Por Dios, es un idiota.

En cuanto Maggie sale al pasillo, Wes se apresura a desatarse la corbata y quitarse la camisa empapada. Como la puerta se quedó ligeramente abierta, alcanza a ver a Maggie de perfil. Le sorprende la expresión ansiosa y casi culpable en el rostro de ella. Como si sintiera que él la está mirando, lo voltea a ver. Abre los labios y el puente de su nariz se cubre de rosado. Su mirada pasa del pecho desnudo de él a su rostro, y mantienen el contacto visual por un segundo terriblemente largo. Wes siente que las orejas le hierven por la vergüenza. En un día normal, se sentiría hasta complacido, pero los ojos de búho de esa chica lo hacen sentir aún más desnudo de lo que ya está. Maggie es la primera en desviar la vista al girar la cabeza para atravesar la pared con su mirada en vez de los huesos de él. Es un alivio mucho más grande de lo que debería ser.

Wes se aclara la garganta y le pasa la camisa a través de la abertura de la puerta.

—Gracias.

Ella toma la prenda y se la dobla sobre el brazo.

—El baño está aquí enfrente.

Mientras Maggie se va por el pasillo, Wes tiene la horrible sensación de que nunca volverá a ver esa camisa. Christine se va a enojar muchísimo con él cuando sepa que la perdió.

Los servicios de la mansión Welty no son para nada lo que él esperaba. Para ser la casa de una alquimista de renombre, tiene sorprendentemente pocas modificaciones alquímicas. Wes no encuentra ni una sola baldosa en la regadera imbuida con magia, ni una sola puntada con hilo alquimizado en las sábanas. Aparentemente, ni a Evelyn ni a Maggie les interesa mucho hacerle mejoras a su hogar.

Solo la gente más adinerada puede pagar cosas con alquimia cuando no son alquimistas. Con el conocimiento que ha adquirido como aprendiz, Wes hace transmutaciones para que la vida de su familia sea más sencilla: cosas simples, como infundirle la esencia del cuarzo al cuchillo favorito de su madre para que nunca pierda el filo, o hechizar la cobija de Edie con semillas de pimienta para que siempre esté calientita. Quizá podría convencer a Maggie de que es útil si hace algunos arreglitos en la casa.

Tras lavarse los fracasos en la regadera y ponerse una camisa inmaculada, Wes va a buscar a Maggie. El aire en el pasillo es como miel, denso y dorado por la luz del atardecer. Se detiene frente a una pared cubierta de fotografías enmarcadas, cada una cubierta por una capa de polvo. Una más antigua y a color llama su atención. En ella, una mujer rubia está junto a un barco de madera en la playa, sonriéndole al fotógrafo. Supone que se trata de Evelyn. Es desconcertante lo mucho que se parece a Maggie con sus labios delgados y enormes ojos café. Pero Maggie es adusta y Evelyn se ve claramente radiante.

Unas fotografías más allá, aparece Evelyn de nuevo, sonriéndole a un hombre alto y con barba. Cada uno carga sobre la cadera a un bebé con cabello amarillo. Su favorita de todas es una de

Maggie. Debe tener unos siete años y está mirando con odio a la cámara, con un arma de juguete colgada sobre el hombro y un cachorrito de orejas enormes acurrucado a sus pies. Evidentemente, siempre ha lucido como una adulta pequeñita.

La culpa le revuelve el estómago. Aunque esas fotos están a la vista, siente que estarlas viendo es una especie de intromisión. Wes no puede compatibilizar esos momentos felices con lo que sabe de la mansión Welty y sus habitantes. Ese lugar tiene la misma solemnidad de una feria abandonada. Para él, el hogar es un espacio ruidoso y lleno de gente, con el calor de los cuerpos, la estufa y el amor. Pero la mansión Welty no es nada de eso.

Ahí habitan fantasmas y no personas.

Mientras baja las escaleras, ve a Maggie en la cocina, de espaldas. Tiene su largo cabello rubio recogido sobre la cabeza con un prendedor de carey. Una cadena de plata brilla sobre su piel pálida, y bajo los cabellitos sueltos de su nuca se ve una línea de tierra negra que le rodea el cuello como un collar. Extrañamente, eso lo deja fascinado. Maggie contrae los hombros hacia las orejas y Wes apenas alcanza a desviar la mirada antes de que ella voltee a verlo.

En una mano tiene un cuchillo y en la otra un pollo entero. Sobre la barra se ven varias plumas blancas, regadas como copos de nieve. Wes siente el impulso de hacer un gesto de desagrado, pero mantiene la sonrisa. Después de todo, las cosas son diferentes en las áreas rurales de New Albion, y él está decidido a no arruinar la oportunidad que le está dando Maggie. La tercera es la vencida.

Toma una silla que está junto a la barra y se sienta ahí. Como todo lo demás en la casa, la silla protesta con un gemido.

—Gracias por permitir que me quede.

—Claro. —Ella no lo mira a la cara, sino a las puntas de su cabello que están goteando copiosamente sobre la barra. Incómodo, Wes se endereza y se quita el cabello de la cara. El agua corre por su cuello tan fría como el hielo por la baja temperatura de la casa. Luego se aclara la garganta.

—¿Puedo ayudar en algo?

—No.

Cada vez queda más claro que no le agrada mucho a Maggie. Es injusto, pues debería ser ella quien no le agradara a él después del incidente con el perro. Sin embargo, es Maggie la que se porta como si él fuera una molestia. Wes contiene el impulso de recordarle que fue ella quien lo invitó a pasar.

—Entonces, le haré compañía —dice él con tono animado. Al no recibir respuesta, pregunta—: ¿Sabe cuándo volverá su madre?

Por un momento, Maggie parece nerviosa. Luego, separa la cabeza del cuerpo del pollo con un golpe certero del cuchillo, y es como si Wes se hubiera imaginado que antes hubo alguna expresión en su rostro.

—En dos semanas.

«Dos semanas». Sin duda no es ideal, pero puede esperar. Solo tendrá que encontrar una forma de pasar el tiempo, y evitar que su familia se entere de que en realidad no ha conseguido el puesto de aprendiz que les aseguró que ya tenía.

—¿Dónde está?

—De viaje, por una investigación.

Por la forma en que pronuncia las palabras, queda claro que es lo único que va a decir al respecto. Wes busca otro tema.

—Estaba viendo los retratos en la pared de arriba. ¿El que vi ahí es su hermano?

—Sí.

—¿ Y dónde está? ¿Con su madre?

Maggie se queda petrificada. Un rayo del sol se refleja en su cuchillo. Cuando Wes la mira a los ojos, ve que están vacíos.

—Está muerto.

—Oh. Lo siento.

¿Cuál es el problema de Wes? ¿Algún día logrará decirle algo que sea correcto a Maggie? Se queda sin saber qué hacer por unos momentos, hasta que ella habla.

—¿Alguna otra pregunta invasiva que quiera hacer, señor Winters?

—No —responde él en voz baja.

—Entonces, la cena estará lista a las seis.

Wes sabe reconocer cuando quieren que se vaya. El constante golpeteo del cuchillo de Maggie lo persigue por las escaleras chirriantes.

Encerrado en la habitación extra, busca algo, lo que sea, para evitar que sus pensamientos se hundan en la humillación y la pena. Solo le toma un minuto encontrar un libro de alquimia en una repisa, uno que le han asignado tantas veces que ya se sabe de memoria los primeros capítulos. Al final del capítulo dos hay un ejercicio, aún incompleto, que dice mucho de cuánto duró ahí su antigua dueña, el cual explica cómo desintegrar papel a través de la alquimia.

«¡Arranca la siguiente página y sigue estos sencillos pasos!».

Junto a las condescendientes instrucciones está un círculo de transmutación con anotaciones meticulosas. Es una fórmula básica de *nigredo*, el proceso de descomposición, el primero de los tres hechizos que pueden hacer los alquimistas, además de la purificación y la reconstitución. Los círculos de transmutación atrapan la energía que se usa en una reacción alquímica dentro de sus bordes, y aunque las runas grabadas en su interior son más idiosincráticas, en general permiten que el alquimista maneje la energía a su voluntad.

Quizá por aburrimiento o quizá por nostalgia, Wes arranca la página por el borde perforado y se pone a buscar un gis en el cajón del escritorio. La primera vez que intentó hacer ese hechizo, le tomó veinte minutos replicar el círculo de transmutación. Pero ya lo ha hecho tantas veces que en cinco minutos tiene todo el diseño dibujado en el suelo. Pone el papel en el centro y concentra la atención hacia su interior.

Cualquier alquimista que valga la pena se ve a sí mismo como un científico, pero también hay algo inexplicable en la alquimia, algo mágico. «En el centro de cada uno de nosotros», le dijo uno de sus primeros maestros, «hay una chispa del fuego divino».

Mientras Wes se imagina con ese fuego entre las manos, va sintiendo las palmas cada vez más calientes y su mente se queda en absoluto silencio. Pone las manos en el suelo y, cuando su energía corre hacia el círculo, el papel se enciende con un fuego blanco. El papel arde y se va consumiendo hasta que lo único que queda es el olorcillo a azufre y una pila de ceniza negra. Los alquimistas lo llaman *caput mortuum*: cabeza muerta, los restos inservibles de un objeto. Pero la esencia del papel está enterrada bajo las cenizas, esperando que él la destile y la canalice en un encantamiento.

Normalmente, una transmutación exitosa lo deja extasiado, pero en este momento, mirando el *caput mortuum*, lo único que siente es amargura. Lo único que ve es el rostro terriblemente inexpresivo de Maggie cuando le dijo «Mi madre no tolera la mediocridad».

Wes cierra el libro de golpe, sintiendo la vergüenza ardiendo en su rostro. ¿Qué sabe Maggie de él? No es un alquimista mediocre, solo ha recibido poca educación. Si alguien midiera su progreso a través de cualquier otro valor que no fuera cómo le va en los exámenes escritos o cómo regurgita teoremas alquímicos, le iría mucho mejor. Solo necesita que alguien crea en él.

Horas después, está tumbado en la cama, temblando, sin poder dormir. Las noches en Dunway son cálidas, a veces hasta llegan a ser insoportables, pero aquí, el viento que se cuela por la ventana es helado. Las sombras pintan el techo y las ramas desnudas arañan su ventana como si fueran garras. En casa, se quedaba dormido al arrullo de los ronquidos de su madre, de los gritos de los vecinos de abajo al pelearse, de Colleen cantando con el pésimo sonido de la radio en la cocina. Pero aquí, el silencio es ensordecedor al no tener nada que lo disimule y el trozo de cielo que alcanza a ver por la ventana se siente bastante cerca sin los rascacielos que lo mantengan a raya. La luna nueva da lugar a una noche oscura y más llena de estrellas de las que había visto en su vida.

Ya siente nostalgia de su casa, y apenas ha pasado un día. Qué patético.

Wes piensa que no ha llorado en años. Desde el funeral de su padre, cuando su madre le dijo que tenía que ser fuerte por el bien de los más pequeños. Y ahora se siente espantosa y frustrantemente cerca de hacerlo. Mientras parpadea para controlar el ardor detrás de sus ojos, se pregunta si todavía será capaz de llorar. Quizá al fin logró quedarse completamente vacío.

Si no puede llorar por su padre o por sus sueños imposibles sin lastimar a su familia, ¿qué otra opción tiene sino vivirlo todo solo por encima y deslumbrar a la gente para que no puedan ver sus grietas? Ha sobrevivido este tiempo dejando que todos crean que es egoísta y superficial. Y es mejor así. Nadie sabe cómo lastimarte si creen que eres un tonto. Nadie puede decepcionarse si creen que no pueden esperar nada más de ti.

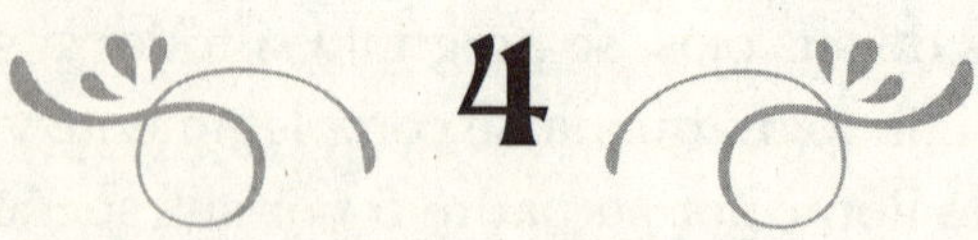

A Margaret le toma menos de cuarenta y ocho horas arrepentirse de su decisión.

Weston Winters es una pesadilla. Está en todas partes, incluso cuando no se encuentra dentro de su campo de visión. Margaret lo encuentra en sus zapatos llenos de lodo en el vestíbulo, en todos los libros de su madre regados sobre la mesa de la cocina, en las extrañas e incomprensibles notas que deja por toda la casa. Es insoportable. Ella mantiene su mundo simple, compacto y ordenado. Le gusta su soledad y el ritmo mecánico y relajante de sus tareas. Le gusta la compañía silenciosa y tranquila de Problema. Le gusta hacer lo que tiene que hacer sin que nadie la cuestione. A Weston, aparentemente, le gusta el ruido y el caos. O quizá es que le da placer verla angustiada. Quién sabe. De lo único que está segura es de lo mucho que se equivocó al sentir compasión por él.

Se equivocó tanto que hasta le mintió.

Aunque no fue exactamente una mentira, solo una corazonada. La verdad es que no tiene idea de si su madre volverá en dos semanas o en dos años. Pero pronto Evelyn se enterará de que la cacería llegó a Wickdon y entonces volverá. Margaret quiere creerlo. Necesita creerlo, aunque su fe nunca le ha servido de nada.

Pero ahora está pagando el precio por arrastrar a Weston a esta fantasía y amarrarlo a la casa junto con ella. El tiempo había borrado las memorias de los antiguos aprendices de su madre, pero ahora los recuerda con claridad. Cómo los pelos de sus barbas mancillaban el blanco inmaculado de su lavabo, cómo tenía que bañarse siempre con agua fría, cómo los gritos de su madre retumbaban por toda la casa. «¿Cómo puedes ser tan idiota?», decía, «tan inútil, tan...».

No, no extrañó compartir su espacio. Aunque estaba sola antes de la llegada de Weston, al menos se sentía cómoda. Se sentía segura. Y no hay nada seguro en él. Si ese hombre tiene una cualidad positiva, es que tiene la decencia de dormir hasta mediodía. Margaret puede contar con unas cuantas horas a solas antes de que él salga del cuarto de huéspedes como un oso que despierta de su hibernación, lo cual significa que al menos puede preparar el desayuno en paz. Está en la cocina, envuelta con un chal tejido, poniendo avena y café a hervir sobre la estufa.

—Buenos días, señorita Welty.

Margaret se sobresalta y la cuchara sale volando de su mano. Cae en la cazuela con un sonido metálico ahogado y salpica un montón de avena sobre ella y, peor aún, sobre la estufa que acababa de limpiar meticulosamente anoche. Parpadea con las pestañas pegajosas y responde con un pequeño suspiro:

—Buenos días.

—¡Ah, perdón! No quería asustarla.

Margaret se da la vuelta, y ahí está, tranquilo e iluminado como una tarde de verano. La está apuntando con el filo de su sonrisa y tiene el cabello negro completamente revuelto, con mechones que van en todas direcciones como las llamas de un incendio. Nunca en toda su vida había conocido a alguien tan estorboso. Problema suele usar una técnica similar, pero la verdad solamente lo hace cuando lleva mucho tiempo ignorándolo o se pasa la hora de su cena por algunos minutos. Weston Winters es como tener un segundo perro, pero de peor comportamiento.

Decidida a ignorarlo, se concentra en el burbujeo de la avena. La presencia de Wes le va subiendo por la espalda como una ola que trae el aroma de su loción de afeitarse. Apesta a cítricos, laurel y ron. «Seguramente ni siquiera se tiene que rasurar», piensa ella, molesta, aunque quizá es solo para sacarse de la cabeza la imagen de él semidesnudo detrás de la puerta y la extraña sensación de cercanía que eso le generó. Pese a la redondez casi infantil en el rostro de Wes, la dureza de su cuerpo demuestra con claridad que ha sentido un hambre como la de ella. La sensación que dejó la mano de él sobre su brazo es como una quemadura que aún no sana.

Wes se asoma por encima de su hombro.

—Huele bien.

La idea de compartir la comida con él, de soportar otra ronda de sus insistentes cuestionamientos sobre dónde está su madre o cuál de sus parientes murió trágicamente, basta para ponerle los pelos de punta.

—¿Le parece? —Echa la avena en un tazón blanco despostillado y se lo entrega con gesto poco amable—. Todo suyo.

—Ah. Graci... Un momento. ¿Usted no quiere?

—No tengo hambre. —Tras decir eso, pasa apresurada junto a él para ir a tomar su rifle, que está sobre la mesa de la cocina.

Wes la sigue hacia la puerta principal.

—¿Volverá tarde? Escuché que hoy es la ceremonia de inauguración.

Eso le hiela la sangre a Margaret.

—¿La ceremonia de inauguración?

—Sí. Halanan me lo dijo el otro día. La ceremonia de inauguración para la Cacería de la Medialuna, ¿sabe?

Sabía que ese momento iba a llegar; el primer avistamiento del hala anuncia el inicio de la temporada, pero Margaret esperaba que pasara más tiempo antes de que otra persona lo viera... o quizá, tontamente, que la criatura se iría y haría menos dolorosa su decisión de evitar la cacería. Pero saber que oficialmente llegó empeora la inquietud que no ha podido quitarse de encima desde que vio los ojos de esa horrible bestia. Solamente una vez había sentido un miedo como ese, pero aquel recuerdo está regado en el suelo de su memoria, en pedazos demasiado afilados como para tomarlos. El olor azufrado de la alquimia, el cabello rubio de su madre empapado de sangre, el grito que soltó cuando Margaret la sacó a rastras del laboratorio y...

—¿Señorita Welty? —Hay confusión en la voz de Weston—. ¿Está bien?

Su visión se nubla, como si lo estuviera mirando desde el fondo de un lago congelado. «Dios», piensa, «por favor, no dejes que me pase en este momento».

Se aferra con las manos al abrigo que cuelga del perchero, enfocándose en el entramado del algodón para centrarse. Está aquí, aquí, y Weston la observa como si estuviera a punto de desaparecer. Puede ver su pálido reflejo en miniatura en la mirada de él, cómo sus propios ojos saltan de un lado a otro como los de un animal acorralado. Es casi insoportablemente humillante.

Margaret agarra su abrigo y se lo pone como puede.

—Estoy bien. Debo irme.

Wes se queda con gesto confundido y quizá ligeramente aliviado.

—¿A la ceremonia?

—Sí. —Lo que ella necesita es aire, no escándalo y una multitud, pero es más fácil darle la razón a Wes. Margaret ha vivido con miedo por tanto tiempo que sabe bien cómo manejarlo. Sabe cómo soltarse, cómo dejar de sentir y que la evasión posea su cuerpo como un fantasma. «No es nada», le dijo a la señora Wreford la primera vez que le ocurrió frente a ella. «Solo es un episodio».

Ha pasado tanto tiempo desde la última vez que alguien la vio así.

—¿Puedo ir con usted? —pregunta él.

—Haga lo que quiera, pero no lo voy a esperar.

—De acuerdo. —Wes se lleva una cucharada de avena a la boca con gesto lúgubre—. La alcanzaré más tarde.

En cuanto sale de la casa, el frío viento del otoño la cubre y el pánico que se había anidado en su pecho cede un poco. Estando sola, le es más fácil respirar. A veces es difícil creer que en esa casa ha habitado más de una persona.

Después de que su padre se fue, pero antes de que las paredes comenzaran a pudrirse, su madre comenzó a recibir estudiantes. A Margaret nunca le agradaron ni ellos ni sus miradas suplicantes y esperanzadas. Es casi irrisorio pensar en todo lo que hacían por sacarle información. Ella no tiene ninguna llave secreta para ganarse los afectos de su madre. Ya solamente la alquimia tiene poder sobre Evelyn Welty. Extraño o hija, ambos tienen la misma importancia en el estrecho mundo de su madre.

Llegaron. La atormentaron. Pero nunca se quedaron por mucho tiempo.

Weston, con su cabello engominado y su sonrisa bien calculada, no duraría ni dos minutos frente a su madre. Tiene suerte de que no esté. Es mejor que sus esperanzas se extingan de a poco a que se las arranquen de tajo. Piensa en él, parado en la puerta como un sabueso ansioso, aún con la cuchara en la boca. Se ve lastimero cuando está decepcionado.

Margaret suspira. Quizá ha sido lo suficiente dura con él. No es que le caiga mal. Es solo que le molesta que se considere inmune a la corrupción de la alquimia. Por lo pronto parece bastante amable, pero en cuanto sepa lo que es mover los hilos de los que está hecho el universo, cambiará. A todos les pasa.

Margaret acaricia con la punta de los dedos la hierba alta que crece a cada lado del camino hacia Wickdon. Aún se ven los surcos llenos de agua que dejó el carro que trajo a Weston. Avanza junto a ellos con cuidado, como si estuviera caminando junto a un peñasco, y el fango se va pegando a sus botas con cada paso. El denso bosque desemboca en las colinas, desde donde puede ver los carros que avanzan por la carretera costera y los barcos que llegan al puerto. Pronto estará lleno de turistas de todo el país.

—Maggie.

Se sobresalta y su mano vuela hacia la correa del rifle. Pero solo es Mark Halanan recargado en su carreta, que está medio llena de frascos y cajas de albaricoques. Estaba tan perdida en sus pensamientos que no se dio cuenta de que ya había llegado a la granja de los Halanan. Sugarlump, su pony, ya tiene puestos los arneses y se ve increíblemente molesta. Odia trabajar. Ella y Shimmer, el caballo capón gris de Margaret, tienen eso en común.

—Buenos días —dice ella, odiando el pequeño temblor en su voz.

Sigue nerviosa, pero, aunque Halanan lo haya notado, no comenta nada.

—¿Me ayudas? Necesito ir a montar mi puesto en el pueblo. Te daré un buen pago con mermelada.

Los Halanan siempre han sido muy generosos con ella, pero es más fácil soportarlo cuando disfrazan su caridad como pago. Pese a todo el tiempo que ha pasado, aún le duele saber que él la ve como alguien que necesita ser cuidada. «Si hay algo que debes aprender», le dijo su madre alguna vez, «es cómo cuidarte tú sola». Y lo aprendió muy bien. Wickdon es un buen maestro. Fuera de la señora Wreford, los Halanan son de los pocos en el pueblo de los que puede estar segura de que siempre recibirá un trato amable. Nunca los odiaron ni a ella ni a su padre por su sangre yu'adir.

Margaret logra sonreír.

—De acuerdo.

Trabajan en un agradable silencio mientras Sugarlump sacude la cola con impaciencia. Justo cuando Margaret está subiendo la última caja a la carreta, Halanan la mira con severidad.

—Cuéntame, ¿Winters se está portando bien?

—Lo suficiente. Me comentó que se conocieron.

—Así es, y le dije que se controlara. Si intenta cualquier cosa, aunque solo te acerque un dedo, avísame. Estaré ahí en un parpadeo.

Esta vez, Margaret no necesita forzar la sonrisa.

—Si intenta cualquier cosa, yo misma le dispararé.

Halanan sacude la cabeza con gesto divertido mientras la ayuda a subirse a la parte trasera de la carreta. Margaret, entrecerrando los ojos para protegerlos del viento, se recarga en un costado mientras el vehículo se va sacudiendo sobre la carretera costera. Wickdon cada vez se ve más cerca. Para cuando llegan al centro del pueblo, en las calles hay más gente de la que ella ha visto en toda su vida. El aire está vibrando con la misma energía que en la noche que vio al hala.

Emoción.

Por primera vez se siente perdida en su propio hogar, y eso es apenas el principio. Para cuando llegue el día de la cacería, miles de personas más estarán abarrotando las estrechas calles de Wickdon. Por la calle principal, todos sacaron a los porches lo que venden en sus tiendas. El señor Lawrence reunió todo lo que consiguió en el muelle y acomodó filas de pescados color plata y mejillones negros sobre una cama de hielo. La señora Elling, rodeada de carretas llenas de manzanas, está sirviendo ponche en vasos de papel.

La gente camina hombro a hombro, cargando canastas de mimbre llenas de uvas y verduras. Regatean y cuentan chismes mientras compran ramilletes de flores y dulces, todos tan brillantes como piedras pulidas. Aunque hace años que no se da un gusto así, el olor dulce de los caramelos despierta sus recuerdos. En días festivos como este, su madre le daba a su hermano, David, un montón de centavos y le permitía que se fuera solo. Pero a Margaret la dejaba guiarla de la mano por el laberinto de puestos, agachándose para que ella le pudiera decir al oído lo que quería. Esa discreta felicidad ahora le parece imposible. Aunque Evelyn estuviera ahí, Margaret duda de que la hubiera podido convencer de salir de la mansión.

Cuando terminan de instalar el puesto de Halanan, Margaret estira el cuello para ver adónde va el río de gente. Se arremolinan en las puertas del bar Blind Fox. En un cartel color crema sobre el nombre del lugar se lee «Inscríbete aquí» en enormes letras negras. Un golpe de deseo la deja sin aliento, y casi se ríe de sí misma. Pese a todo, una pequeña parte de ella aún quiere registrarse para la cacería. Pero querer es exactamente el problema. Es algo que solamente la ha lastimado.

Halanan le sigue la mirada.

—¿Segura de que es buena idea?

—Solo estoy viendo.

—La juventud se desperdicia en los jóvenes —masculla el hombre—. Ve a ver, si eso quieres. Luego traigo las mermeladas.

Margaret apenas alcanza a decir «gracias» cuando ya está abriéndose paso entre la gente. Se mete al bar e inhala el conocido aroma del pan recién horneado y la sopa de mariscos sobre el fuego. El Blind Fox es acogedor en un día normal, reconfortantemente tibio por el fuego y lleno de vecinos que van por un trago al salir de trabajar. Pero hoy se ve a gente más sofisticada: mujeres con perlas y pantalones de piernas bombachas, hombres con trajes de espiguilla y zapatos oxford en dos tonos.

Supone que no debería sorprenderle verlos. Los entusiastas de la cacería crían sabuesos caros, compran armas caras y tienen establos llenos de caballos caros. La caza de zorros es un espectáculo para mostrar tanto el espíritu deportivo como la riqueza, lo cual lo convierte en el pasatiempo nacional de la élite de New Albion. Y solo la crema y nata viajaría hasta ahí para arriesgar su vida en la cacería del año. Margaret ha escuchado más de una vez a Jaime Harrington, el hijo del alcalde, presumiendo sobre sus largos y arduos días de cabalgar sobre su yegua por campos abiertos y beber jerez a las nueve de la mañana.

Llega hasta la orilla del bar y toma asiento. Desde ahí puede ver con claridad todo el lugar. Aunque se siente pequeña y tonta por guardar la esperanza, busca el cabello rubio de su madre entre la multitud.

—¿Vas a pedir algo o solo te quedarás ahí? —Reginald, el cantinero, la mira con gesto de molestia mientras seca un vaso.

—Depende de cuánto quieras cobrarme hoy. —Ese hombre siempre infla los precios para ella. Antes de que él pueda darle una respuesta, una voz se abre paso entre el escándalo de la gente.

—Al principio, era Uno.

Una mujer está al fondo del bar, con sus rizos grises como una corona de humo alrededor de su rostro. A Margaret le toma un momento reconocerla como la señora Wreford, la dueña del bar, pues se ve como algo etéreo y ancestral ante la luz crepitante del fuego.

—Uno era Todo, y Todo era el Uno, y Todo estaba en el Uno —continúa—. En su infinita luz y amor, emanó la prima materia. Y surgió el caos. Era todo y nada, perfección y quintaescencia, un espacio lleno de vacío como aguas oscuras. Pero cuando Dios soltó su aliento sobre aquello, creó la vida.

»Los primeros seres que surgieron de ese caos fueron los demiurgos. El primero en despertar se llamó Yal. No sabía nada de Dios ni de dónde vino su poder. Solo sabía que, al mover su mano, la *prima materia* respondía a su llamado. Mientras sus hermanos se desperezaban, les dijo: «Aquí solo estamos nosotros, dioses de este caos. ¿Deberíamos darle la forma que mejor nos parezca?».

A Margaret nunca dejó de sorprenderle lo parecidas y a la vez diferentes que son las versiones del mito de la creación y la de su padre. Los demiurgos, de acuerdo con la historia katarista, crearon el mundo material y gobernaron sobre él como tiranos. Capturaron la chispa divina de Dios en la materia y crearon a los humanos, una versión burda y caricaturesca de aquel y espejo de sus imperfecciones. Cuando Dios se dio cuenta de lo que habían hecho, los castigó atrapando sus almas en cuerpos de bestias. Pero la biblia yu'adir dice que Dios creó el mundo material con el detalle y cuidado de un escultor. Cuando terminó, quiso compartir su conocimiento divino, el secreto de la creación del universo, con algunos elegidos. Y entonces tomó un puño de *prima materia*, lo vertió dentro de los corazones de diez bestias de blanca pureza y las dejó libres.

Sean un regalo o un castigo, los demiurgos han ido arrastrando destrucción a su paso y los humanos los han matado por ello a lo largo de la historia. Ahora el único que queda es el más astuto de todos: un zorro que sigue rondando la costa oeste de New Albion.

—Te gusta esta historia, ¿verdad?

Margaret se tensa al escuchar la voz de Jaime Harrington. Se vuelve a mirarlo, parado amenazadoramente junto a ella con un brazo sobre el respaldo de su silla. Como siempre, se ve radiante con su traje azul hecho a la medida y un bombín. Sabe bien cómo lucir el dinero de su padre. Lleva el cabello rubio cobrizo bien peinado y engominado, como un casco brillante, y sus ojos tienen el azul claro de una ola que brilla bajo el sol. Pero el rubor angelical de su rostro está opacado por la crueldad de su sonrisa.

—¿Por qué lo dices? —le pregunta ella.

—No te hagas la tonta. —Un odio conocido brilla en su mirada—. Sé que tu dios perverso está orgulloso de haber creado al mundo. Eso explica por qué tu gente es tan materialista.

La ira se revuelca en su interior, pero tiene muy bien practicado el arte de no reaccionar demasiado como para permitir que Jaime la saque de sus casillas. Hace años que la odia. En algún momento ella creyó que aquel sentimiento era por algo concreto y mezquino. Quizá por la vez que lo mordió por pisarle la cola a Problema cuando eran niños, o porque le parecía que ella era extraña por sus silencios. Pero ahora lo entiende. Su crimen es haber tenido un padre yu'adir.

Si escarba en el fondo de sus recuerdos, puede conjurar a medias un canto, el sabor de las hierbas amargas y la mermelada de manzana, la explicación simplificada de Jaime de una biblia escrita en un idioma que ella jamás podrá leer. Es difícil saber si esos fragmentos bastan para darle el derecho a sentirse herida por los comentarios crueles de Jaime. Pero saber poco sobre la fe de su padre no es algo que le importe a la gente como Jaime; a ellos solo les importa que su sangre está «mancillada», New Albion no expulsa o masacra a la gente yu'adir como hacen al otro lado del océano, pero Wickdon ha hecho lo peor que ha podido dentro de los confines de la ley.

—Yo fui el primero en verlo, ¿sabías? —continúa él—. Hace dos noches. Lo vi mientras estaba destruyendo nuestros sembradíos.

Si realmente lo vio dos noches atrás, ella fue la primera en verlo y sobrevivir. Aunque no hay forma de que él lo sepa, Margaret lucha por mantener su rostro inexpresivo. Hace tres años hubo una cacería particularmente violenta en Bardover, un pueblo a unos ochenta kilómetros al norte de ahí. Durante las cinco semanas que estuvo en ese lugar, el hala destruyó casi todos los acres de tierra fértil, salvo por el huerto frutal de la única familia yu'adir en el pueblo. Lo último que ella supo fue que esa propiedad ahora está deshabitada.

—¿Qué quieres, Jaime?

—Solo te estoy haciendo plática. La verdadera pregunta es ¿tú qué quieres? Teniendo en cuenta que saliste de tu cueva.

—Vine a escuchar el discurso inaugural, igual que todos.

—Hola, señorita Welty... oh, ¿interrumpo algo?

Weston se recarga en la barra con un exagerado gesto de despreocupación. De nuevo trae su viejo abrigo. La tela está desgastada y descolorida, con unas puntadas bien hechas que han alargado su vida más de lo que debería. Lo peor de todo es que insiste en colgárselo sobre el hombro como una capa. Eso molesta a Maggie más de lo que probablemente es razonable. Se ve ridículo.

Está tan cerca de la ventana abierta que una suave brisa le alborota el cabello, que cae con una luz dorada en las puntas. Margaret no puede descifrar su expresión severa, pero mientras la mira con los ojos entrecerrados, ella nota que son de un café muy particular, tan vibrante y oscuro como la tierra después de un aguacero. Su corazón se estremece como respuesta a ese descubrimiento.

—Señor Winters —dice ella—. Veo que llegó hasta aquí sin ningún problema.

—Así es. La gente es muy amable. —Levanta una botella de vino hacia ella, como si estuviera brindando. Margaret no quiere averiguar cómo la consiguió—. ¿Me va a presentar a su amigo?

Lo dice con un tono amable, pero la frialdad en sus ojos deja claro el significado oculto detrás de su pregunta: «¿Este tipo te está molestando?». Obviamente tiene complejo de héroe. Margaret considera quedarse en silencio solo para vengarse por su intervención no solicitada, pero puede sentir el júbilo perverso que prácticamente emana de Jaime. ¿Quién es ella para evitar que se saquen los ojos uno al otro?

—Le presento a Jaime Harrington —dice, sin ganas.

Weston le extiende una mano.

—Weston Winters.

Jaime lo mira con desdén hasta que Weston, con una sonrisa tensa, se guarda la mano en el bolsillo.

—Un momento —dice Jaime—. Creo que ya sé qué está pasando aquí. No van a entrar juntos a la cacería, ¿verdad?

—¿Qué...?

—Y si sí, ¿qué? —lo interrumpe Margaret.

Weston la mira con la boca abierta. Ella sabe que no es una buena idea perder la compostura, pero con un gesto severo le advierte a Wes que se calle.

Jaime se sonroja por la ira.

—Yo diría que esto no es algo que debiera interesarte, y además es peligroso. No tienes más que esa vieja arma y tu viejo sabueso. Te harían pedazos.

Margaret se muere de ganas por contestarle, pero se traga su orgullo, por más que le quema las entrañas. ¿De qué serviría confrontarlo? ¿Para qué se expone a ser el blanco de sus burlas?

—Gracias por preocuparte por mí.

Le alegra ver el gesto de decepción en el rostro de Jaime, que nunca le ganará en ese juego.

Weston ahoga una carcajada, pero no logra disimular la insoportable sonrisita en su rostro y en su voz.

—Me sorprendería si a ti te fuera mejor. ¿Qué? ¿Le tienes tanto miedo que necesitas asustarla para que no entre a la competencia?

Margaret lo va a matar. ¿Por qué siempre tiene que hablar?

La rabia en la mirada de Jaime se intensifica, pero antes de que pueda decir algo más, la voz de la señora Wreford corta el silencio.

—Durante generaciones, el hala ha destruido nuestros cultivos. Ha asesinado a nuestro ganado. Ha matado a nuestras parejas e hijos. Con la muerte del hala llegará el fin de una era. Uno de ustedes podría ser el más reciente héroe de la humanidad, el primero de New Albion, en dar muerte a una bestia mítica.

Las últimas palabras se quedan flotando en el aire, ominosas, antes de que una sonrisa ilumine el rostro de la mujer.

—Y, claro, será un invitado de honor de por vida aquí, en Wickdon. Y qué decir del premio económico, setenta y cinco dólares este año, gracias a nuestros generosos benefactores, además del mismísimo hala. Es un honor para nosotros ser la sede de la centésima cuadragésima séptima Cacería de la Medialuna anual. Las inscripciones se abrirán en dos semanas, y entonces comenzará la diversión. Gracias a todos. ¡Disfruten su visita!

Conforme las conversaciones retoman su ritmo y la cerveza vuelve a correr por los grifos, Jaime se va acercando hasta que Margaret puede sentir el calor de su aliento contra su oreja.

—¿Escuchaste eso? Un héroe.

Ella entiende claramente lo que le quiere decir. «Esto no es parte de tu historia». Los verdaderos héroes de New Albion son kataristas con árboles genealógicos de mucha pureza, con solo algunas generaciones de distancia de los primeros colonizadores. La cacería no es para una chica mitad yu'adir. Es para él.

Jaime se yergue cuan alto es.

—Y, en cuanto a ti, Winters, debes saber que en este pueblo tratamos a la gente con respeto, así que, si no quieres problemas, más te vale cuidar lo que dices.

Dicho eso, se da la vuelta y desaparece entre la gente. Margaret suelta una exhalación temblorosa. Más que otra cosa, quiere sacarse la rabia que arde como un carbón encendido en sus entrañas, recuperar el control que rápidamente se le va escapando entre los dedos. Pero Jaime se equivoca. Un arma y un perro viejos son todo lo que necesita para ganarle. Cuántas veces lo ha visto en el campo de tiro con su técnica descuidada, que se vuelve aún más torpe por el alcohol. Es demasiado soberbio, y alguien tendría que bajarle los humos. Y ese alguien debería ser ella.

Pero no puede.

Margaret anhela la certeza, la seguridad. Y con tantos cazadores que vinieron de distintas partes del país, todos con más tiempo, dinero y equipo del que ella podría siquiera soñar, no hay nada seguro en ese juego. Aunque tuviera el perro y la puntería perfectos, no podía apostarlo todo en un sueño tonto. Especialmente no al tener que depender de un alquimista. Sin importar cuánto extrañe a Evelyn, eso es lo único que no puede hacer.

—«Y, en cuanto a ti, Winters, debes saber que en este pueblo tratamos a la gente con respeto» —dice Weston con voz nasal. No suena exactamente como Jaime, pero si Margaret no estuviera tan molesta con él, le hubiera parecido divertido—. Dios mío. ¿Cuál es su problema?

—Así ha sido siempre, aunque tiende a ser más agradable si no lo provocan.

Weston suelta un resoplido burlón.

—Yo no lo provoqué. En todo caso, él me provocó a mí.

—No necesito sus gestos de galantería.

—No fue por galantería —dice él con tono defensivo—. Fue por demostrarle valor. ¿En serio iba a dejar que le hablara así?

—Sí, eso iba a hacer. Usted puede hacer lo que quiera con su vida, pero no se meta en la mía.

—De acuerdo. Lo siento. —Por lo menos tiene la decencia de poner gesto arrepentido. Lentamente, se va hundiendo en el asiento junto a ella—. ¿Qué quiso decir con eso de que «no es algo que debiera interesarle»?

Obviamente se le grabó justo la frase que ella desearía que olvidara.

—Exactamente lo que dijo. ¿Por qué? ¿A usted le interesa la caza de zorros?

—¿Como que si me interesa? —pregunta él.

—Pues que si le interesa. —Margaret suspira cuando él la mira con gesto atormentado—. Vino a escuchar el discurso inaugural, ¿no?

—Vine adonde vi más gente. —Él hace una pausa—. No podría participar aunque quisiera. Mi madre me mataría.

—¿Por qué?

—Le parece algo bárbaro —dice él con tacto.

—¿Y usted qué piensa?

—No lo sé. Quizá sí es bárbaro. Y para los ricos, sin duda. Claro que me gustaría ser alguien que puede vestirse como Harrington. Quiero tomar vacaciones de cinco semanas para andar entre los alquimistas más famosos y lucirme ante todo el país. Pero supongo que nada de eso es algo que debiera interesarme tampoco a mí.

La pena y la añoranza en su voz despiertan algo dentro de Margaret. ¿Lo dice porque es pobre o porque es un inadaptado como ella? Por un momento, se olvida de la distancia que ha puesto entre los dos.

—¿Qué piensa de la historia, señor Winters?

—¿Qué? ¿La que contó la anciana? ¿Que podría pensar? Es la misma historia que todos cuentan. Aunque vi lo que el hala le hizo al huerto de los Harrington, así que por mí está bien. Me parece una pena castigarlo por eso.

A pesar de que es una respuesta más evasiva de lo que ella esperaba, no puede contener una sonrisa.

—Me parece que estamos de acuerdo.

—¿En serio? Oh. —Weston desvía la mirada, apenado—. Entonces, ¿va a inscribirse?

—Ya escuchó a Jaime.

Una sonrisa pícara aparece en el rostro de Wes.

—Pero ¿no es más divertido hacer lo que la gente no quiere que uno haga?

—Quizá.

—Quizá —repite él, con tono escéptico.

—Es imposible. No tengo ni un compañero ni la capacidad económica para pagar la entrada. Si mi madre estuviera en casa, tendría más tiempo para ganar dinero, pero...

Él hace un ruidito de comprensión.

—Pero, en otro caso, ¿lo haría?

Margaret piensa que es la pregunta más estúpida que ha escuchado. No hay ningún mundo en el que exista *otro caso*. Pero no puede negar que esa forma de ver el mundo es tentadora, y se permite considerarlo. ¿Si su victoria lograra que su madre se quede? ¿Si haría rabiar a Jaime? ¿Si el miedo no la paralizara? Sí. Si pudiera, se inscribiría en ese mismo momento.

Quizá no es una pregunta tan estúpida.

—Sí. Lo haría. ¿Y usted?

Weston suelta un silbido.

—Pues ¿se imagina lo que puede hacerse con setenta y cinco dólares? Mataría por tenerlos. Vaya, mataría hasta por el reconocimiento. Pero estaré muy ocupado en cuanto su mamá regrese y, como dije, entrar a la caza no es algo que alguien como yo... —Deja de hablar y frunce el ceño—. ¿Por qué?

Hasta ese momento, Margaret no se había dado cuenta de las implicaciones de su pregunta. Por regla general, no confía en un alquimista, pero un alquimista sobre el que tiene poder... Quizá, solo quizá, Weston sea la respuesta a sus problemas. Él la defendió de Jaime. Estaba tan desesperado que le prometió «cualquier cosa» a cambio de quedarse en la mansión Welty. Y si la fotografía que le mostró es real, Wes tiene corazón... al menos todavía.

«Pregúntale». Si lo hace, quizá baje sus defensas. Aunque finge ser modesto, ya le dijo lo mucho que le gustaría ganar. «¿Por qué deberíamos permitir que la gente como Jaime dicte lo que nos corresponde y lo que no?».

Pero su lengua se queda inmóvil, inutilizada dentro de su boca. Lo conoce muy poco, no sabe siquiera si tiene talento alquímico, y no hay garantía de que no le arrebatará el zorro a la primera oportunidad. Aunque Evelyn es la única alquimista que cree que el hala sirve para algo más que demostrar capacidades para matarlo, es un trofeo al que pocos estarían dispuestos a renunciar. Además, Margaret solo ha sobrevivido todo este tiempo haciéndose casi invisible y enseñándose a no necesitar nada ni a nadie. Querer algo ya es bastante malo, pero la sola idea de admitir que necesita a Weston se siente como un cuchillo que se le hunde en la garganta. Si él le dijera que no, quedaría devastada.

—Por nada —dice ella.

—Bueno. —Weston se recarga en el respaldo de su silla, como si estuviera buscando una respuesta en el techo—. Estoy seguro de que hay varios alquimistas que se inscribirían contigo. Así que, si no es el dinero para pagar la entrada lo que te detiene, ¿por qué no me delegas algunas tareas y usas ese tiempo libre? Te prometí que me ganaría mi estancia en tu casa.

Margaret siente cómo se le hace un nudo en el estómago y la atacan un millón de emociones distintas. Principalmente la culpa por mantener vivas las esperanzas de Weston, y el miedo de que le esté ofreciendo la oportunidad de inscribirse. ¿Realmente podría hacerlo? Pensar en entrar es una cosa. Dar el siguiente paso es completamente distinto. Tiene todo que perder si fracasa. El hala podría matarlos a ella y a Problema. Podría gastarse todos sus ahorros por nada más que una decepción. Pero no cree que pueda vivir tranquila si no hace nada. No puede seguir esperando el regreso de Evelyn como un cachorro abandonado. No puede seguir convirtiendo su rabia en carbones y tragándoselos uno tras otro.

Las chicas como ella no pueden soñar. Las chicas como ella tienen que sobrevivir. Y, la mayoría de los días, eso le basta. Pero hoy no.

—De acuerdo —dice.

—¿De acuerdo?

—Le permitiré que me ayude en la casa.

—Perfecto. —Wes hace una pausa y su sonrisa se tensa, como si ya se estuviera preparando para la respuesta de Margaret—. Si me porto muy bien, ¿dejará de evitarme?

Ella hace una mueca, su rostro debe estar completamente sonrojado, porque él suelta una carcajada. Es un sonido extrañamente agradable, cálido y honesto, a diferencia de sus sonrisas que suelen ser pícaras y calculadas. ¿Cuándo fue la última vez que alguien se rio por algo que ella dijo o hizo?

—Lo consideraré. —Esas palabras derriten un poco de la tensión entre ellos.

En algún lugar detrás de su fachada ladina, Weston tiene un buen corazón. Pero eso no le basta a Margaret para sentirse segura. La gente «buena» le ha hecho daño tantas veces que sabe bien que el odio por los yu'adir es un veneno poderoso. De cualquier modo, las inscripciones no abrirán hasta dentro de dos semanas. Eso le da tiempo para decidir si puede confiar en él y reunir el valor suficiente para pedírselo. Dos semanas para juntar el dinero para pagar la entrada. Dos semanas para que todos los ojos de Wickdon estén puestos sobre ella. Mientras el plan se va cristalizando en su interior, se siente más firme y segura de lo que se ha sentido en años.

Quizá realmente ha puesto su vida en pausa por demasiado tiempo.

5

Wes suelta un gemido irritado cuando se entierra una astilla del mango del hacha. Otra vez. Ya comenzó a arrepentirse de no haber sido más claro en los términos de su oferta. Cuatro días atrás cometió la tontería de ofrecerle a Maggie «cualquier cosa» a cambio de techo y comida. Ahora, mientras las ramas de las secuoyas cascabelean como campanas de viento, piensa que debió plantearlo de otra forma. Todo en el bosque le resulta escalofriante, desde las siluetas de los brazos rotos de los árboles hasta el insistente susurro de su nombre entre las hojas muertas.

El dosel arbóreo es tan denso que apenas alcanza a ver el rostro ruborizado del cielo, y los troncos de las secuoyas son tan altos y rectos que le da la impresión de estar aprisionado dentro de una celda. La oscuridad que se extiende entre él y los árboles es tan densa como la niebla y, no tiene dudas, está llena de ojos que lo vigilan. No puede sacarse de la cabeza la idea de que el hala está ahí, esperando para clavarle los dientes. Su mamá le diría que es un miedo absurdo si su alma está en buenos términos con Dios, pero él ya no está tan seguro de eso.

Cuando Maggie le preguntó si estaba interesado en la cacería, él no pudo negar que era tentadora. Es más que el dinero. Quizá, si ganara, la gente no haría tan obvio su gesto de desagrado ante su ascendencia banvish-súmica cuando lance su carrera política; ante el ojo público, sería casi como un héroe de guerra. Pero eso es tan poco probable como cualquier otro de sus sueños. Nadie en su sano juicio se inscribiría con un alquimista sin licencia que no ha terminado sus estudios. Ni con un banvish, claro está.

Margaret puede conseguir a alguien mejor que él, tanto para su reputación como para tener más probabilidades de ganar. Es lo más conveniente. Si las patas del hala destruyen huertos enteros, ¿qué le harían a algo tan frágil como él?

Wes baja el hacha para revisar el daño. Las partes de su piel que no fueron masacradas por las astillas están en carne viva, llenas de bultos y ampollas. Al centro de su palma hay una herida enrojecida, con un trozo de carne arrancado. La sangre del corte corre por las líneas de su mano.

—Carajo. —Su aliento se dibuja como humo a su alrededor.

Por más que odie reconocerlo, ver sangre lo pone de nervios. Su madre le ha contado suficientes historias para infundirle un sano temor a Dios y a los Aos Sí. Suficiente para saber que desangrarse solo en el bosque al anochecer es lo mismo que pedirle al rey Avartach, ese muerto viviente, o a un hada perversa que venga a llevárselo... o algo peor. Aunque solo sea superstición, no está dispuesto a tentar al destino en algo tan artero e impredecible como el misticismo.

Wes mira hacia la casa. Por la ventana entreabierta ve a Maggie junto a la barra, cortando zanahorias con tal solemnidad que bien podría ser un acto de devoción a un dios vegetal. Con el sol poniente asomándose a la cocina y las ollas de cobre bajo su luz, el lugar se llena de un resplandor del color del polen. Bajo esa luz dorada, Maggie casi se ve bonita. Casi. Wes se obliga a desviar la mirada.

No puede evitar sentir amargura al recordar la fría precisión con la que ella degolló al pollo, o la tierra que dibujaba unos brazaletes sobre sus brazos musculosos. Probablemente podría cortar una montaña de leña en la mitad del tiempo que le toma a él. En la ciudad, no tiene que soportar esa clase de humillaciones, principalmente porque su departamento está hirviendo todo el año. Pero, aunque no fuera así, la tecnología moderna y la alquimia...

En ese momento se da cuenta de algo. Necesita practicar la alquimia antes de que regrese Evelyn. La falta de equipo lo limita, pero solo se necesita una transmutación muy básica para convertir el corte de leña en una tarea más sencilla. Maggie va a estar encantada.

Wes se sienta en el tocón para cortar la madera y busca una piedra y una ramita en el suelo. Tras destilar la *coincidentia oppositorum*, la esencia líquida de un objeto, podrá usarla para hechizar el hacha. En teoría, quedaría más afilada y sería más duradera y eficaz.

En una mano se escribe la fórmula alquímica para el *nigredo*, cubriendo cuidadosamente el perímetro con los símbolos de la composición química de la piedra. Sílice y oxígeno, es bastante simple. Más que nada, es una suposición basada en lo que sabe, pero cree que será lo suficientemente cercana para separar al objeto en partes útiles. Destruir las cosas siempre ha sido fácil para él.

Cuando termina, toma la piedra en un puño y canaliza la magia que habita dentro de él. Unas llamas blancas se elevan entre sus dedos y el humo azufrado va rodeando su mano como un gato. Cuando abre la mano, encuentra una pila chamuscada de *caput mortuum* que burbujea y se mueve como agua hirviendo. Como sus cálculos fueron poco precisos, es menos estable de lo que quisiera, pero servirá.

Luego sigue el *albedo*, la purificación y el segundo paso del proceso alquímico. Se requiere cierta destreza, y mucho ensayo y error, para quemar todo lo que no forma parte de la esencia de un objeto. Mientras el *nigredo* es pura química, el *albedo* es intuición. El dominio de este último separa a los alquimistas competentes de los excepcionales. Wes siente cómo el estómago se le revuelve por el miedo.

«Relájate», se ordena. Cuántas veces ha visto a alguien haciendo *albedo*. Tantas como maestros han intentado que lo aprenda.

«Inútil», «ignorante», «perezoso». Algún día les demostrará lo equivocados que estaban.

Cuando extrae y activa la fórmula, el fuego crece en su mano. Wes abre el puño y observa cómo el *caput mortuum* se va blanqueando como un hueso bajo el sol. Lentamente, se derrite hasta convertirse en un líquido tan blanco y brillante como un diamante. La *coincidentia oppositorum*.

Gotea entre sus dedos y se hunde en la tierra a medio congelar. Antes de que se escurra por completo, Wes la vierte sobre la cabeza del hacha y graba la fórmula del *rubedo*, el paso final, el proceso de reconstitución sobre la tierra. Con esto, terminará de impregnar la cabeza del hacha con las propiedades esenciales de la piedra. El metal se pone rojo bajo la luz del *rubedo* y luego vuelve al gris apagado del acero frío. Su vida está por volverse mucho más sencilla.

Pero cuando intenta levantar el hacha, descubre que está imposiblemente pesada. Apenas logra despegarla unos centímetros del suelo antes de tener que soltarla de nuevo.

—Mierda —exclama.

Eso no era lo que quería que pasara, aunque supone que puede entender por qué su transmutación pudo tener efectos secundarios inesperados. De ciertas piedras puede destilarse solo su fuerza. De otras el filo... No, no es momento para buscar respuestas. Maggie lo va a matar cuando vea lo que hizo. Necesita esconder la evidencia, o al menos fingir que no pasó nada, hasta que averigüe cómo revertir el encantamiento.

—¿Qué hace?

La voz de Maggie se abre paso entre su pánico. Está en el porche, cubierta por un grueso suéter de punto y botas de piel desatadas, pero, de algún modo, se sigue viendo imponente.

—¡Nada! Estaba terminando con esto.

Al parecer, ella huele su miedo o lo nota en la manera en que recoge con torpeza la leña, porque va hacia él con el entrecejo profundamente fruncido. Cada crujido de las hojas bajo sus botas hace que la presión de él se eleve más y más.

Ya no hay salida.

Maggie se detiene de golpe a metro y medio de él, con las aletas de la nariz dilatadas. Hay un brillo extraño y enfermizo en sus ojos.

Wes ya aprendió a reconocer esa expresión. Es la misma que vio en su mirada antes de que se fuera a la ceremonia de inauguración. Perdida, como si de pronto estuviera a kilómetros de ahí.

—Eh, ¿señorita Welty?

Maggie se sobresalta y lo mira con gesto confundido. Al hablar, suena como si acabara de despertar de un sueño.

—Huele a alquimia.

—¿Ah, sí?

—Sí. —La mirada de Margaret se posa con determinación sobre los símbolos que él lleva escritos con lodo en las manos. Wes se las esconde en los bolsillos, pero la expresión de la chica se suaviza, curiosa—. ¿Ya sabe cómo hacer alquimia?

—Pues claro. —Suena más molesto de lo que esperaba.

—Había dicho usted que no tuvo éxito con sus otros maestros.

—Nunca dije eso. Usted lo asumió. Y tenía razón, pero ese no es el punto. —Se sienta con gesto derrotado sobre el tocón y suelta un lamento—. No soy un mal alquimista, lo juro. Es solo que... no me va bien en los exámenes.

—Muéstremelo.

—Bueno, yo...

A Maggie le toma menos de un segundo olfatear lo que Wes quería ocultar. Se acerca para tomar el hacha y maldice entre dientes al no poder levantarla. En su rostro se dibuja una mezcla de ofuscación y enojo.

—Está pesada como un yunque. ¿Qué le hizo?

—¡Quería hacer algo útil! Es solo que me equivoqué en la química.

Ella lo mira con enojo.

—No debería intentar hacer transmutaciones si no sabe cómo. Es peligroso.

—¿Quién dice? Tenía una teoría y la puse a prueba. Así es la ciencia.

—Esto no es ciencia. Es daño a la propiedad ajena.

—Lo voy a arreglar, ¡se lo juro!

Maggie niega con la cabeza como si se estuviera convenciendo de no decir lo que tiene en la punta de la lengua. Luego, se limpia las manos contra la falda con delicadeza.

—Haga lo que quiera. Usted sabrá si quiere jugar con fuego.

Suena tan decepcionada que Wes se siente como si hubiera reprobado un examen que no sabía que estaba presentando.

—Si le sirve de consuelo —dice, desesperado por salvar al menos un trocito de su dignidad—, sí corté algo de leña.

La mirada de Maggie se posa sobre el irrisorio montoncillo de leña a los pies de él.

—Está demasiado gruesa.

—Puedo cortarla en pedazos más pequeños —responde él con la voz llena de pesar. Su mano protesta con dolor.

—No. Solo... olvídelo. —Suena exhausta, como si Wes fuera la persona más inútil con la que ha tenido la desgracia de hablar—. Yo me encargo más tarde. Entre antes de que le dé un resfriado.

Wes intenta no obsesionarse con su miseria mientras sigue a Maggie hacia la casa. Adentro no hace mucho menos frío. Problema, que está acurrucado cerca de la puerta, suelta un largo y sonoro suspiro al verlos entrar. Wes le da un suave empujón con la punta de su zapato. Problema gruñe por el esfuerzo de rodar hacia un lado, con una pata doblada y floja. Wes se hinca junto a él y le acaricia el costado. El sonido resuena en el lóbrego silencio de la cocina. Un momento después, recibe como respuesta el golpeteo del cuchillo de cocina de Maggie.

De pronto, nota lo deprimente que es la escena. Esa es la vida de Margaret.

No puede dejar de pensar en cómo la trató Jaime en el club ni en los rumores que escuchó antes de salir de Dunway: que Evelyn Welty es un monstruo y una ermitaña. Aunque no la conoce, no puede evitar preguntarse si hay algo de verdad en lo que se dice. ¿Qué clase de madre deja a su hija sola por meses?

Aunque Maggie probablemente ya no quiere saber más de él en toda la noche, piensa que su compañía debe ser mejor que la soledad absoluta. A ratos nota que ella lo mira como si estuviera a punto de preguntarle algo. Además, a Wes le gusta cómo se ve enojada. Los ojos le brillan más cuando intenta no regañarlo.

—El perro dice que yo le caigo mejor —dice Wes astutamente.

—Es un sabueso, no un perro.

—De acuerdo. El *sabueso* dice que yo le caigo mejor.

Maggie no se molesta en responderle nada.

Wes se entristece. Esa es la clase de comentario inocuo que hubiera desatado una guerra en su casa. Pensar en su hermana hace que el corazón le pese tanto como el hacha alquimizada. Otra vez está sintiendo nostalgia. Peor, soledad. Nadie visita ese lugar. Todos le prometieron que el área rural de New Albion sería tan acogedora como una cobija tejida, que la gente sería mucho más cálida que la ciudad y sus vínculos mucho más estrechos. Como era en Banva antes de que cayera la plaga sobre sus cultivos y el hambre vaciara el campo. Claramente ninguno de los que decían eso han ido a Wickdon.

En las semanas tras la muerte de su padre, el departamento de su familia nunca estuvo vacío. ¿Cuántos abrazos lo envolvieron? ¿Con cuántas comidas caseras atiborraron su congelador? ¿Cuántas canciones de duelo tocaron? En ese momento le resultaba abrumador, pero ahora anhela tanto esa clase de cariño. ¿Maggie sabrá siquiera de lo que se está perdiendo?

Wes intenta no sentir pena por Maggie. A ella no le interesan sus ofrecimientos de amistad, y él no puede olvidar tan fácilmente la expresión en su mirada cuando le soltó aquel «debo irme» luego de que él le preguntó si estaba bien. La endeble camaradería que construyeron ayer se ha derrumbado, y Wes se siente tan solo como en su primer día en esa casa.

—Una pregunta. —dice, con un tono más seco del que planeaba—. ¿Tiene teléfono?

—Hay una caseta telefónica en el pueblo.

Obviamente la cabina telefónica más cercana está a ocho kilómetros. Nada podría sorprenderlo menos.

Sin decir más, se levanta y le silba al perro. No puede evitar notar el gesto amargo en el rostro de Maggie cuando Problema se estira, sacude las orejas y lo sigue, obediente. Quizá Wes no es el único que necesita aire fresco.

—Póngale correa —grita ella—. Si no, no saldrá de los límites de la propiedad.

Wes escucha la advertencia implícita en sus palabras: «No confío en que no lo vayas a perder».

—Sí, sí. —Toma la correa del perchero y la acomoda en el collar de Problema.

Mientras avanzan por el camino de la montaña, Weston intenta convencerse de que estar ahí es lo correcto. Toda su vida, Mad y sus maestros le han dicho que es haragán, vago, desidioso. La clase de tipo que se pasa la vida sobreviviendo gracias a su encanto superficial. Eso le duele, pero en realidad no les ha dado razones para pensar distinto. No es su culpa que haya nacido siendo amigable, pero sí es su culpa el haber convertido eso en un escudo contra su propia desgracia. ¿De qué serviría que Mad supiera que el peso de sus fracasos podría aplastarlo si él lo permitiera? Eso no cambiaría su opinión de él para bien. Pero ahora ahí está, jugando al leñador y desperdiciando su vida. Quizá sí merece los regaños de su hermana.

Es urgente que hable con su mamá, antes de que la culpa lo consuma por completo.

Está temblando y sin aliento cuando llega a la solitaria cabina telefónica que hace guardia en lo más alto del pueblo. Nunca se va a acostumbrar a subir esas pendientes. Adentro está helado, todo se ve borroso por el cristal congelado y los rayos plateados de la luna que lo atraviesan. Mientras Problema se echa a sus pies, Wes pone unas monedas en el aparato y marca el teléfono de su casa.

Se escuchan dos timbrazos hasta que alguien contesta.

—¿Hola?

Quizá por primera vez en su vida, el sonido de la voz de Christine lo llena de algo parecido a la felicidad.

—Hola. Soy yo. —Al otro lado de la línea solo hay silencio—. ¿Christine?

—¿Yo? ¿Quién es yo?

Wes se aprieta el puente de la nariz con dos dedos.

—Wes.

—Wes... Mmm. No conozco a ningún Wes.

—Qué graciosa. ¿Me puedes pasar a mamá?

—¡Ah, Wes! —Escucha cómo su hermana chasca los dedos, fingiendo que al fin comprende quién habla, y su voz se vuelve más dulce—. Mi adorado y único hermano, Weston. Hace tanto que no nos llamabas, que se me había olvidado el sonido de tu voz. ¿Dijiste que quieres hablar con Mad?

Wes hace un gesto de pesar.

—No, con mamá.

—¡Oh! ¿Colleen?

—No. —Si pone a Colleen al teléfono, nunca lo va a soltar. Está demasiado destruido como para tener una conversación con ella—. Por Dios, no. Estoy en un teléfono público. Pásame a mamá.

—Bueno. —Wes siente temor al escuchar la sonrisa en la voz de su hermana—. ¡Colleen! Te habla Wes.

Maldita sea.

Mientras escucha a las mujeres hablando entre ellas a lo lejos, se imagina que está ahí. Estarían reunidos en la sala con la radio encendida. Christine tumbada en el sofá con el teléfono atrapado bajo la barbilla. Edie estaría trepada en su rodilla, exigiéndole que juegue con ella. Colleen hablaría incesantemente sobre béisbol o química o el tema en el que esté interesada esa semana. Y Mad estaría recargada en la ventana abierta con una boquilla de cigarro laqueada entre los dedos.

Cómo quisiera estar ahí. Lo desea tanto que siente el fuego encendiéndose detrás de sus ojos. Vuelve a la realidad cuando Colleen, su hermana de catorce años, toma el teléfono.

—¡Wes!

—¡Hola, Frijol! Escúchame, sólo tengo cinco minutos antes de que se corte la llamada. ¿Podrías pasarme a mamá?

—¡Claro! —Wes escucha una silla arrastrándose por el suelo. Puede imaginarse con claridad cómo su hermanita se está acomodando en ella mientras juega con el cable del teléfono entre sus dedos—. Ya te extraño. ¿Cómo te va en Wickdon? ¿Cuándo vas a volver a casa? ¿Ya tienes amigos? ¿Ya tienes novia? ¿Cómo vas con tu maestra? ¿Cómo...?

—¡Muy bien! Todo muy bien.

—¿Todavía no repruebas?

—¡Todavía no! —Si sonríe con todas sus ganas, quizá el gesto se refleje en su voz—. Qué increíble, ¿no?

—Aw, qué bueno. ¡Oye! La señora O'Connor preguntó por ti hoy en la mañana. Como no has ido en un tiempo, se empezó a preocupar. Su hija también estaba ahí, y quedó destrozada al saber que te habías ido. Destrozada.

—¿Cuál? ¿Jane? ¿La del pájaro? —Cómo odia a ese pájaro. Aún tiene una cicatriz de cuando le mordió la oreja.

—Esa misma.

Eso le resulta intrigante. No ha hablado con Jane más de unas cuantas palabras, pero considera que cualquier interés que ella sienta podría ser su culpa por decirle que es bonita cada que la ve. Por mucho que le gustaría seguir chismeando sobre la hija mayor del carnicero, el reloj no se detiene, y puede sentir su cartera vacía como fuego en el bolsillo.

—Dile... que es muy amable al preocuparse por mí, y ¿podrías pasarme a mamá?

El sonido al otro lado de la bocina se escucha ahogado, como si Colleen la estuviera cubriendo con la mano. Ansiosamente, Wes saca otra moneda de su bolsillo y suena un clink cuando la echa en la ranura. La discusión que escucha al otro lado del teléfono no le da seguridad, pero al fin, el teléfono pasa a otras manos.

Esta vez sí es su mamá.

—¿Wes? ¿Eres tú?

Su voz lo llena de un cálido alivio. Es el sonido de su hogar.

—Hola, mamá.

—Oh, hijo. Qué gusto escucharte. ¿Cómo estás? ¿Está helando allá? Sí te llevaste tu abrigo, ¿verdad? ¿No tienes frío?

—No tengo frío, mamá. No te preocupes.

—¿Que no me preocupe? Me conoces desde hace dieciocho años. Claro que me preocupo.

—Lo sé. Lo siento. Sé que he... —Wes toma aire para recuperar la compostura. Sigue hablando con la voz más adulta que puede—: No quiero que te preocupes. Ya no tienes que preocuparte por mí, ¿de acuerdo?

—¿Te aceptaron como aprendiz?

—Sí. —Hace un gesto de pesar ante la mentira descarada—. Por supuesto.

—¿En serio? ¡Qué buena noticia! Estoy muy orgullosa de ti.

«No estarías orgullosa si pudieras verme». ¿En qué momento mentir se volvió tan natural para él? Pero ¿qué otra opción tiene? No puede romperle de nuevo el corazón a su madre. ¿Qué clase de hijo sería, si le prometió a su padre cuidarlas?

—Gracias.

—¡Ya! Cuéntamelo todo.

—Oh, es maravilloso. Solo han pasado unos días. La señora Welty es, eh... Me deja ser independiente en mis estudios.

—No trabajes demasiado. No quiero que te encierres. ¿Ya hiciste algún amigo?

—Tiene una hija de mi edad. Es muy... —No hay una palabra correcta para describir a Maggie—... agradable.

—¿Te están tratando bien?

—Sí. En serio, todo está perfecto. ¿Cómo estás tú?

—Dicen que van a subir la renta otra vez, pero ¿qué le vamos a hacer? Tenemos salud y estamos felices. Es lo único que importa. El resto, Dios proveerá.

El teléfono emite un zumbido que le avisa que solo le quedan unos segundos más.

—Se me va a acabar el tiempo en el teléfono público. Los Welty no tienen teléfono, así que, si me necesitas, puedes dejarme un recado en el Wallace Inn. Te llamaré pronto, ¿de acuerdo? Te quiero.

—¡Oh! Te dejo. Te quie...

La llamada se corta y Wes exhala, nervioso. ¿Cómo puede ser tan egoísta, cómo puede poner toda su fe en Maggie cuando la horca está apretando cada vez más a su familia? Pero solo falta semana y media para el regreso de Evelyn.

Cuelga la bocina en su lugar y se guarda las manos en los bolsillos. Hace tanto frío, y aún debe recorrer otros ocho kilómetros a pie de regreso a la mansión Welty. O podría darse la vuelta y caminar hasta que el océano se lo trague por completo. Esa sería una solución más fácil a sus problemas.

Pero rendirse no es una solución. No cambiaría la situación de su familia si regresara y tomara un trabajo en el muelle o en una fábrica, y eso si hubiera alguien dispuesto a contratarlo. La renta seguiría subiendo. Las leyes de inmigración seguirían endureciéndose. Todo depende de que se convierta en alumno de Evelyn Welty. Todo. Solo le queda esperar que sí logre ser lo suficientemente convincente cuando ella regrese.

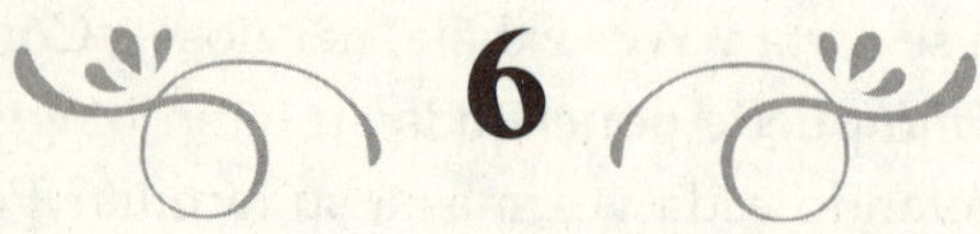

Mientras avanzan por el camino de regreso a su casa en Wickdon, Margaret observa a Weston y Problema, que van trotando un poco más adelante y desaparecen y vuelven a aparecer entre la niebla que baja por la ladera de la montaña. Aunque el entorno está frío y gris, las hojas bajo sus pies brillan con sus colores otoñales, y Margaret se siente más liviana de lo que se ha sentido en un buen tiempo. Tras cazar toda la semana, intercambió varias pieles y ya tiene ahorrado lo suficiente para asegurar su inscripción y una semana de comida. Es extraño tener esa clase de libertad, pagada a punta de tener que soportar la compañía de Weston.

«Weston». Recorre la forma de ese nombre en su boca.

El sonido de la risa de Wes, que va corriendo tras Problema, la llena de ternura, quién lo iba a decir, aunque no le faltan ganas de gritarle que deje de maltratar los víveres que acaban de comprar. Pero quizá ha sido demasiado dura con él. Gracias a Wes tiene tiempo para entrenar sin interrupciones. Han pasado años desde la última vez que pudo medir la irreal monotonía de sus días con algo que no fueran sus deberes. Las tardes de recreo como esta le recuerdan que alguna vez no tuvo otra cosa que hacer más que correr con Problema en el bosque. Por primera vez desde que perdió a su familia, casi puede creer que es feliz.

Las inscripciones para la Cacería de la Medialuna abren en dos días, pero Margaret aún no ha reunido el valor para pedirle a Wes que entre con ella. Cada que se imagina diciéndole que es yu'adir, se petrifica. Pero quizá lo que más la paraliza es que no tendría más opción que confesarle por qué quiere entrar a la cacería, y por qué tienen que ganar. Los sueños de los dos están puestos en ello. Margaret todavía no está lista para atar su destino al de él, pero no puede permitirse que el miedo la detenga por mucho más tiempo.

—Vamos, señorita Welty —grita Wes, mirando hacia atrás—. Está desperdiciando lo que queda del día.

Es en momentos como este que siente que sus dudas se justifican. Si trabajan juntos, él no va a sobrevivir al mes de preparación. Margaret terminará ahorcándolo antes de que se dé el disparo de salida.

Mientras se internan en el bosque, siente que la cubre un frío. Los madroños ya están semidesnudos, su corteza se va pelando en largas tiras que parecen papel, y las secuoyas la miran desde lo alto, tan fuertes y firmes como han estado desde hace miles de años. La antigüedad de este bosque siempre la ha ayudado a mantener los pies en la tierra. Este lugar la vio crecer, y la seguirá viendo hasta el día de su muerte. Saber eso, tener esa seguridad debería darle paz. Pero hoy lo siente como una amenaza. Por el rabillo del ojo ve cómo las sombras le hacen muecas, y el siseo de las hojas suena como su nombre.

«Margaret, Margaret, Margaret».

Esto le pone los pelos de punta. Problema se da la vuelta, va hacia ella y la mira con la cabeza ladeada, meneando la cola con gesto confundido. Ella lo toca con la punta de los dedos para tranquilizarse.

—¿Escuchas algo? —pregunta Weston.

—Solo el viento.

Él la mira con incredulidad.

—Yo...

Un trueno hace eco en el bosque y una parvada de cuervos se echa a volar sobre sus cabezas como una nube de humo.

Fue un disparo.

El peso del silencio que llega después casi la asfixia. Todo se queda quieto, demasiado, como si el mundo entero estuviera conteniendo la respiración. A Margaret no debería sorprenderle que otros cazadores hayan salido a practicar sus tiros y entrenar a sus sabuesos, pero están demasiado cerca de su casa como para que se pueda sentir tranquila. La curiosidad le gana, y se abre paso entre la maleza con Problema detrás de ella.

—Eh, ¿señorita Welty? ¿Adónde va? —Ella lo ignora, pero tras un rato, Wes se echa a correr para seguirla, aun cargando los víveres—. ¿Es buena idea correr hacia donde están disparando?

—Si le preocupa tanto, puede irse a casa y guardar la comida.

—No sé dónde van las cosas, y se va a enojar conmigo otra vez si no le atino.

—Entonces sígame y no se queje.

Weston suelta un largo suspiro de pesar y luego la sigue por el camino que marcaron los venados a su paso. Los matorrales desembocan en una arboleda, donde las secuoyas se recargan unas sobre otras como viejas amigas. En cuanto Margaret ve quién está ahí, se arrepiente de haber ido.

Jaime Harrington y su mejor amigo, Zach Mattis.

Mattis, que es alto y fornido, se ve como un oso con chaleco. Está sosteniendo un rifle que aún humea y, a pesar del hedor de la pólvora, Margaret alcanza a percibir el aceite que él untó sobre el recubrimiento de madera en el arma. Es una máquina hermosa, una que ese hombre no se merece. En todo el tiempo que lleva de conocerlo, no lo ha visto darle ni a una pared a menos de un metro de él. Y, a juzgar por la risa de Jaime, hoy no fue la excepción.

Si Margaret no hace ruido, podrá huir sin ser descubierta. Pero en cuanto da un paso atrás, choca con Weston, quien salta como si lo hubiera electrocutado.

Jaime voltea a verlos como si percibiera su aroma en el aire. La sonrisa le va creciendo lentamente y se atora en una esquina de su boca.

—¿Conque merodeando en el bosque, Margaret?

—¿Conque disparándole al aire?

Mattis la mira con odio.

—Cállate.

—Ignórala. —Jaime escupe al suelo.

Mattis toma su consejo y se pone a recargar el arma, lo que a ella le parece muy bien. Pero Jaime va hacia ellos con la expresión de un depredador en sus ojos claros.

—Vaya que son una pareja encantadora.

—No sé de qué hablas —dice Margaret.

—Ay, por favor. Nunca te había visto aceptar voluntariamente la compañía de alguien, y dos veces. ¿Recogiste a otro perro de la calle?

Esto enfurece a Weston.

—¿A quién le estás diciendo...?

Margaret lo calla con la mirada.

—Ya nos íbamos. Perdón por distraerte.

—¿Qué? No, quédense un rato. —La mirada de Jaime se posa en el rifle que ella lleva colgado sobre la espalda—. Viniste a practicar, ¿no?

Margaret no le responde. Si Jaime no sabe que planea inscribirse, al menos le quedan unos cuantos días de paz.

—Ah, claro. No te alcanza para eso, porque la bruja de tu madre te volvió a abandonar. A menos que al fin hayas puesto a trabajar a esa cabecita capitalista que tienes.

A Margaret se le sonroja la cara por el comentario malicioso. Mattis suelta una carcajada, lo que le gana una mirada molesta de Jaime.

Weston se para frente a ella como intentando protegerla.

—¿En serio no tienes nada mejor que hacer con tu tiempo? Déjala en paz, ¿sí?

—¿Estás tan desesperado que crees que vas a lograr algo con este numerito, Winters? —Jaime hace una pausa y su rostro se ilumina, como si acabara de tener una idea brillante—. ¿O será que no sabes lo que es ella?

Margaret ahoga una exclamación de miedo.

—No, Jaime.

La sonrisa del tipo se vuelve perversa.

—O sea que no lo sabe.

Alguien grita en la distancia.

Es un sonido lleno de terror y pena a la vez. Por un momento, Margaret escucha la voz de Evelyn haciendo eco sobre ese grito. Su visión periférica se va llenando de recuerdos. Siente una presión en el pecho y el olor del azufre le va subiendo por la garganta. Problema se pega a su pierna como un ancla contra la marea por el miedo.

«Estás aquí», se recuerda a sí misma.

—¿De dónde vino eso? —pregunta Mattis.

—Lo único que hay, a kilómetros para allá, es la granja de los Halanan. —El rostro de Jaime se llena de preocupación, y ese gesto lastima a Margaret más de lo que quisiera reconocer. Es evidencia de que Jaime no siempre es horrible, no con todos—. Vamos, Mattis.

Los hombres se van por el claro. En cuanto están solos de nuevo, Weston posa nerviosamente una mano sobre el hombro de Margaret.

—Oiga, ¿está bien?

Ella se aleja del contacto, odiando el gesto de culpa en Weston al retirar su mano. Sería más fácil para los dos si él dejara de notar cuando ella no está bien.

—Debemos irnos.

—¿Qué? ¿Por qué? No quiere seguirlos, ¿verdad?

Mark Halanan siempre ha sido amable con Margaret, y ella ha correteado a varias gallinas y becerros que se han querido escapar cuando él está demasiado agotado para hacerlo. Por más que le aterra la idea de pasar voluntariamente un segundo más con Jaime, tiene que ir.

—Como dije, puede irse a casa si quiere.

—No. No la voy a dejar sola con ellos. —Lo piensa un momento—. Mire, no sé de qué estaba hablando ese tipo, y no tiene que decírmelo si no quiere. Pero no hay nada en el mundo que me pueda hacer tratar a alguien como él la trata a usted. Créame, a mí me lo han hecho varias veces.

Esto deja sin aliento a Margaret. Durante más de una semana, no ha podido encontrar las palabras para obtener la información que necesita de él, y ahora ahí la tiene, a su disposición y de manera gratuita. Busca en el rostro de Wes para ver si la está engañando, pero su expresión es tan insoportablemente sincera como siempre. Se siente como un lugar seguro, casi familiar. Si se lo agradece, si lo reconoce siquiera, teme que ya no podrá conservar la compostura.

—Bueno. Pero no me retrase.

—No lo haré.

Lado a lado, van tras Jaime y Mattis. Para sorpresa de Margaret, ninguno de los dos protesta cuando los alcanzan. Las ramas crujen bajo sus botas y las zarzas le lastiman la poca piel de sus tobillos que se asoma bajo su overol. Para cuando llegan a las tierras de los Halanan, el cielo ya está teñido de un rojo iracundo y agonizante. La silueta de la granja sobresale contra ese cielo. El viento estremece la hierba. Siguen avanzando, abriéndose paso entre la alta vegetación hasta que se convierte en pastizal.

La cerca está rota, manchada de hollín y astillada, y el aire apesta a azufre. Por todo el suelo se puede ver el *caput mortuum* como nieve ennegrecida que cubre la suela de los zapatos de Margaret.

Una reacción alquímica.

El olor le separa la mente del cuerpo y el mundo a su alrededor comienza a moverse en ondas como en un sueño. Margaret siente como si se estuviera viendo a sí misma a través de los ojos hambrientos del bosque mientras cruza por la abertura de la cerca maltrecha. Junto a ella, Problema tiembla, como si se preparara para una persecución y un aullido ya se anuncia en su pecho.

—Shhh —le ordena ella.

Mientras cruzan el pastizal, el hedor a podrido hace que la garganta se le llene de hiel. Bajo el sonido de sus propios jadeos, escucha el zumbar de las moscas. Jaime pasa junto a ella y suelta un sonido de asco. Cuando él levanta el pie, Margaret puede ver las manchas rojas que corren por la suela de su zapato y brillan bajo la luz como granate.

—Pero qué... —masculla Jaime—. ¿Es sangre?

Por todo el pasto se ven gotas que van marcando un espeluznante camino hacia la casa. Rodean el establo y se detienen en seco. Al menos cinco vacas están tiradas en el campo, con sus cuerpos cubiertos de niebla. Pero a sus pies está el pony blanco de Halanan. Margaret exhala con los dientes apretados y el aire sale casi como un silbido bajo.

Sugarlump tiene un tajo en la garganta y el pelo cubierto de sangre y cenizas. Por todo su cuello se pueden ver las vetas ennegrecidas de la descomposición, de donde chorrea *coincidencia oppositorum* y *sebum*. Pero son las moscas que revolotean a su alrededor lo que a Margaret le revuelve el estómago. Le recuerdan esas manzanas pequeñas y ácidas que nadie cosecha. Para cuando se termina la temporada, caen de las ramas por todo el suelo, explotan y acaban cubiertas por un manto de abejas.

La puerta de la granja se abre y Halanan sale tambaleándose al porche con una pistola en mano.

—¿Qué hacen aquí, muchachos?

—Escuchamos un grito —dice Jaime.

—Seguramente fue mi esposo. —Halanan se pasa una mano por el cabello—. Les agradezco que hayan venido, pero deben irse a casa. Ya está oscureciendo.

—¿Qué demonios pasó aquí?

—El hala —responde Halanan con severidad.

Apenas han pasado dos semanas y ya está matando al ganado. Margaret teme lo que hará cuando llegue la luna llena.

—Podemos alejarlo de aquí —dice Jaime.

—Por supuesto que no. ¿Qué diría tu padre si supiera que te dejé andar por el bosque con esa bestia suelta?

Jaime raspa la suela de su bota contra el piso.

—No le molestaría.

—¿Ah, no? ¿Y tú, Zachary? —Halanan lo mira con el ceño fruncido—. ¿Crees que a tu madre le parecería bien que le llegue con la noticia de que te arrancaron un brazo? ¿O algo peor?

—No, señor —murmura Mattis.

Antes de que Halanan pueda pasar su atención a Margaret, el aire se pone denso. Está quieto y gélido, como el momento previo a que inicie la primera nevada. Luego, un vendaval sacude la hierba y trae consigo el hedor a muerte y el sonido de una voz frágil y multifacética.

«Margaret».

Ella se da la vuelta y ahí, al borde de la cerca, está el hala. Hay un aterrador instante de expectativa antes de que esos ojos blancos, que nunca parpadean, se crucen con los suyos. Margaret siente como si hubiera caído en agua helada. Los ojos de la criatura emiten un brillo espeluznante en la penumbra llena de niebla.

—¿Por qué no se mueve? —pregunta Weston en voz baja.

—Jaime —chilla Mattis—. ¿Qué hacemos?

A veces, Margaret siente lástima por él; Jaime lo ha convertido en su mascota. No es más que un cachorrito que depende de su atención y guía.

—Vamos por él. —El cabello claro de Jaime ondea en el viento, imitando la hierba detrás de sus hombros. Es en momentos como este que Margaret cree que casi podría ser galante, si quisiera. Odia que él tenga esa opción y ella no. Aunque en ese pueblo para ella no exista el amor, sigue siendo su casa, y está harta de dejar que Jaime la haga sentir que no es así. Como si ella no tuviera también el derecho a defenderlo.

Mattis se aferra al arma que sostiene contra el pecho.

—No estoy seguro de esto.

—Sé hombrecito —le ordena Jaime, que ya va hacia la cerca—. Lo vamos a hacer.

Margaret lo sigue unos pasos detrás.

—Yo también voy.

—Pero claro que no.

Problema suelta un gemido bajo e impaciente.

—Rastréalo, Problema. —Eso es todo lo que el perro necesita para echarse a correr por el campo, aullando, justo en el momento en que el zorro se da la vuelta y se cuela por debajo de la cerca—. Ese es mi sabueso. Buena suerte si intentas encontrarlo sin él —dice hacia Jaime, que suelta un gruñido de frustración.

—Bueno. Vamos.

Margaret mira a Weston. Hay algo en él que la deja sin aliento. Parece una criatura salvaje, desde su cabello negro alborotado por el viento hasta la mezcla de miedo y emoción que brilla en sus ojos. Bajo esa luz, tienen el color del tronco de una secuoya mojada. Sí, es una criatura salvaje, pero confiable y conocida, como el bosque.

—Sigo contigo —dice, tras lamerse los labios.

—Entonces, vamos.

Halanan levanta las manos en un gesto derrotado.

—Con cuidado, por favor.

Todos van tras Problema, cruzan la cerca y se internan en el bosque bajo las ramas torcidas y sobre el suelo cubierto de helechos. Margaret escucha su sangre corriendo en sus oídos, y es lo más viva que se ha sentido en años. Mientras el sol se pone y la luna comienza a asomarse, la luz que se cuela entre los árboles se ve roja como la sangre. Allá adelante, los muchachos van gritando y se ven como unas manchas oscuras contra el cielo que parece estar en llamas. Problema aúlla y el sonido se abre paso entre la maleza como un cerdo enfurecido.

Corren hasta llegar a un claro, y ahí está, blanco como la luna y posado sobre una rama. Problema da vueltas alrededor de la base del árbol, celebrando su triunfo con aullidos. Hay algo increíble en la forma en que el hala mira a Margaret, como si supiera algo. Pero antes de que ella pueda procesarlo, Mattis levanta su arma. Apunta y tumba una rama. La bestia se estremece y gime antes de caer al suelo.

—¡Eres un idiota! —grita Jaime—. Si lo matas antes de la cacería, la gente se te va a ir encima.

—¿La luna está llena? —Mattis lo mira con furia—. ¡Ni siquiera está alquimizada! Solo quería asustarlo.

—Quítate. —Margaret se abre paso entre ellos a codazos y toma el arma que lleva a su espalda. Se siente como una posibilidad entre sus manos. Toma aire y levanta el rifle, cargando el peso sobre su clavícula. Por la mira, ve las gotas de sangre que salpicaron el hocico del hala y sus ojos completamente blancos. El odio le acelera el corazón.

Los demiurgos le arruinaron la vida.

Siete años atrás, su madre intentó destilar la *prima materia* con los cuernos de otro demiurgo, el fragmento de una reliquia que se robó de una iglesia súmica en Umbría. Fue la peor noche de su vida. Margaret casi no recuerda nada, pero hay algo que no se le olvida: mientras acomodaba a su madre en la cama, quitándole las costras de sangre seca del cabello con un peine, ella susurraba «Esto no ha terminado».

Si Margaret gana, quizá al fin terminará.

Le tiemblan las manos. El hala no es normal. Cualquier otro zorro lucharía por su vida, pero esa criatura solo está ahí con la cola perfectamente acomodada entre sus patas. Como si supiera que no lo van a matar. Como si supiera quién es ella. A su lado, Weston lo mira como si estuviera contemplando el rostro de un Dios. Sus labios se mueven recitando una plegaria silenciosa.

Margaret dispara, y la reverberación del tiro en sus oídos ahoga los gritos de Jaime. El humo la rodea y, cuando se disipa, el hala ya no está, pero en el espacio en el que estaba posado, la corteza del árbol está llena de astillas, como un hueso roto. Rezuma savia, densa y oscura como la sangre del corazón.

—¿Ya viste? —dice Mattis, claramente orgulloso de haber tenido la razón—. Se fue.

—No gracias a ti. —Jaime se acerca a Margaret—. Tuviste suerte.

—Pues te conviene que esa suerte se me acabe pronto, porque me voy a inscribir.

Acaba de pintarse una diana en la espalda, pero la satisfacción de ver cómo Jaime se queda sin palabras hace que valga la pena. Margaret se da la vuelta y llama a Problema, quien vuelve con un gesto de decepción que se refleja en su cola caída; casi nunca se le escapan las presas.

Pero pronto le llegará su momento, y a Margaret el suyo.

Weston corre tras ella. Mientras se internan de nuevo en el bosque, el brillo rojizo del atardecer va entrecortándose, como si lo estuvieran pasando por una coladera.

—¿Cómo cree que podría matar a algo como eso? —Nunca había escuchado tanta angustia en su voz, ni siquiera el día que lo conoció—. Es...

Margaret piensa en cómo Wes se puso a rezar al ver al hala. No fue como si le estuviera pidiendo a Dios que lo protegiera, fue como si estuviera azorado por lo que veía.

—¿Divino?

—¿Qué más da si lo es? Parecía que estaba jugando con nosotros, y el mes apenas empieza. La mataría antes de que usted lo mate.

—Tiene miedo.

—¡Pues claro! ¿Usted no?

Margaret se ajusta la correa del rifle.

—Creo que temerle a algo como el hala es lo más inteligente.

—Entonces, ¿por qué? No vale la pena sacrificar su vida por la fama.

—¿Y si no es por la fama?

—Entonces ¿por qué es? ¿Por dinero? ¿Por un zorro muerto?

Margaret suelta una risilla burlona. Un zorro muerto. Como si para él solo fuera eso. Pero ella sabe bien que lo que hay en la cabeza de Wes es más complicado que eso.

«No hay nada en el mundo que me pueda hacer tratar a alguien como él la trata a usted», le dijo. «Créame, a mí me lo han hecho varias veces».

Está casi segura de que Weston no es katarista, lo cual explica su reticencia a ser parte de la cacería, además de su necia insistencia en protegerla de Jaime. A menos que sus intereses para la investigación sean tan esotéricos y heréticos como los de su madre, probablemente ni siquiera quiere ver muerto al hala, y mucho menos desintegrarlo para crear la *prima materia*.

Lo cual significa que sería su pareja perfecta para la cacería.

La esperanza comienza a crecer en su interior.

—¿El zorro no vale la pena para usted?

—No. —Wes se queda perplejo con esa pregunta—. No voy a morir por un trofeo o para hacerle un favor a Dios o lo que sea que haya dicho la señora del bar. Ni siquiera yo soy tan superficial, y mucho menos tan devoto. ¿Para qué me podría servir a mí?

—Yo no quiero al hala, al menos no por el hala mismo. —Cuando cierra los ojos, intenta imaginarse cómo la verá Evelyn cuando le entregue el hala. No puede ver con claridad su alegría, pero la sola idea hace que el corazón le dé un vuelco lleno de anhelo—. ¿No diría que vale la pena arriesgar la vida por la gente que ama?

—Claro. —La expresión de Wes se suaviza—. Por eso vale la pena arriesgarlo todo.

Si hay algo que se le debe reconocer a Weston Winters, es su convicción. Le dijo que haría cualquier cosa por tener una oportunidad para cumplir sus sueños y ahora le cree. Nunca ha estado segura de muchas cosas en la vida, pero de esto sí. Su madre jamás le concedería a Wes el puesto de aprendiz a menos que use al hala como moneda de cambio. Y él no se querrá quedar con el zorro ni la va a abandonar cuando Margaret le diga que la cacería es su única posibilidad.

Mañana por la noche encontrará las palabras para darle la noticia a Wes. Y luego le pedirá que la acompañe en la cacería.

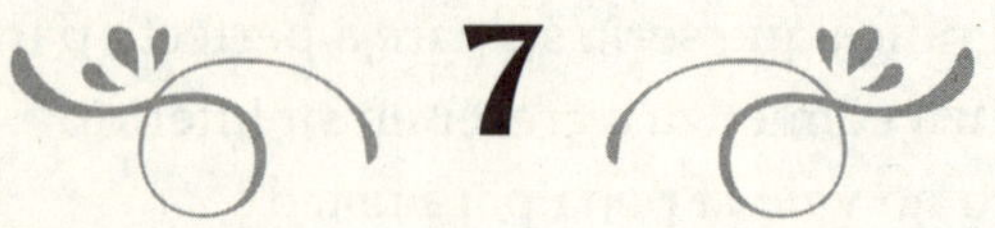

7

Tras casi dos semanas en Wickdon, Wes ya logró entender sus atardeceres. Normalmente son cosas lentas, vanidosas, como una mujer quitándose el chal. Pero esta noche la oscuridad cae como el telón de un escenario. Gruesas nubes de lluvia se derraman sobre las montañas y se van extendiendo sobre el mar hasta que por la ventana no se ve nada más que gris.

El fuego chisporrotea en la chimenea de la biblioteca, con la madera húmeda y su savia crepitando por el calor. Wes está agazapado sobre un libro de alquimia, jugando con su cabello entre los dedos. No está seguro de si lleva ahí diez minutos o diez horas, pero, cuando parpadea, el fuego ya se convirtió en cenizas, no ha logrado retener casi nada del capítulo y hay una pila de hojas hechas pedazos junto a él. Masculla algo mientras recoge la basura con una mano.

Antes de abandonar la escuela, cuando las escuelas parroquiales súmicas no estaban en la mira por supuestamente promover la sublevación, solía meterse en problemas porque siempre estaba inquieto. Entre eso y la humillación pública de la que era víctima cada vez que sus maestros lo hacían leer en voz alta, la idea de ir a clases le provocaba ganas de vomitar. Aprendió a ocultarlo mejor al ser aprendiz, destruyendo lo que tuviera entre las manos para poder concentrarse. Papel, las agujetas de sus zapatos o los botones de su chamarra, los cuales Christine siempre volvía a coserle de mala gana.

Wes cierra el libro y descansa la cabeza sobre él. Hace horas que Maggie no está en casa, y se llevó a Problema con ella. Todos los sonidos son demasiado fuertes. El crujido de la madera del suelo, el golpeteo de la lluvia sobre el techo y los gemidos de la casa entera al mecerse e hincharse por la tormenta.

¿Cómo soporta ella estar ahí? A ocho kilómetros de la civilización. Un hermano muerto, un padre perdido y una madre que bien podría estarlo también. En algún tiempo, Wes soñó con algo parecido: una madre a la que no le importara y una casa en la que pudiera ser libre. Sus días de andar a hurtadillas como un gato callejero, de besar chicas en la escalera de incendios o en el parque, tragándose desesperadamente cada sonido, se terminarían. Pero ahora que ha visto cómo es en realidad, se le revuelve un poco el estómago por haber envidiado una vida como esa.

Y ahí va de nuevo a sentir lástima por Maggie Welty. Probablemente ella lo desollaría si supiera lo que está pensando.

Alguien llama a la puerta principal.

Wes se incorpora de golpe al mismo tiempo que un trueno sacude la casa entera y un relámpago blanco parte la noche. Quizá no debería ir a ver quién es, teniendo en cuenta que no es su casa, pero cuando el toquido se repite, insistente y desesperado, decide ir al vestíbulo, aunque de malas. Por la mirilla ve a Halanan en el porche, empapado por la lluvia y jadeando.

Sorprendido, Wes abre la puerta.

—Halanan. ¿Quiere pasar?

—No hay tiempo. Vine a decirte que recibí una llamada para ti en el Inn. Dijo que era tu hermana. ¿Madeline?

«Mierda». Una llamada de Mad nunca es buena noticia.

—¿De qué se trata?

—Lamento tener que ser yo quien te lo informe, pero dijo que tu madre tuvo un accidente.

El lobby del Wallace Inn es tal como lo recordaba de la última noche que estuvo ahí, con un encantador diseño que imita el estilo de los hoteles más lujosos de la ciudad. Un candelabro encendido en lo alto brilla y burbujea como el champán, y sobre la charla tranquila de la gente en el restaurante, alguien está tocando una alegre melodía en el piano con un ritmo que se ha vuelto popular en Dunway.

Una chica como de su edad está recargada en el mostrador, medio escondida por las hojas de una enorme planta. Cualquier otro día, seguro hubiera coqueteado con ella, pero en este momento no puede notar ni un solo detalle de su aspecto. Solo logra enfocarse en lo que Halanan dijo, con la palabra «accidente» repitiéndose una y otra vez en su cabeza. Su mamá no puede estar muerta. Halanan se lo hubiera dicho. Y, en el fondo, Wes cree que ya lo sabría. Hubiera habido un cambio en la polaridad de la tierra, o algo vital dentro de él se habría reventado.

Se quita el gorro y habla apresuradamente.

—Buenas tardes, señorita. Me llamo Weston Winters. ¿Me dijeron que hubo una llamada para mí?

—Oh. —La chica pone un gesto tenso pero empático, con los labios apretados—. Puede devolver la llamada desde aquí, señor Winters. ¿Le sirvo café?

—Sí, gracias. Me encantaría.

Ella lo lleva detrás del mostrador hacia una oficina llena de cosas, pero acogedora, con alfombra y un escritorio de madera. Wes se acomoda en una silla y espera a que la chica regrese. Solo tarda unos minutos en reaparecer y ponerle una taza entre las manos. El calor que se le cuela por la piel ayuda a aminorar el malestar en sus articulaciones heladas.

Tras prepararse mentalmente, marca el número de su casa haciendo girar el disco. La superficie del café tiembla y hace que su reflejo se fragmente una y otra vez mientras el teléfono timbra en su oído. Solo suena una vez antes de que la línea se quede en silencio. Nadie dice nada, pero por el zumbido tenso al otro lado de la bocina, sabe que hay alguien ahí.

—¿Mad?

—Weston —dice Mad sin más.

Él hace una expresión de pesar en cuanto escucha la furia apenas contenida en la voz de su hermana.

—¿Qué pasa?

—Mamá necesita una cirugía. Se quedó dormida en el trabajo y se le enterró una aguja en la mano.

Wes hace un gesto de dolor.

—¿Está bien?

—¿Que no escuchaste lo que te acabo de decir?

Él se muerde la lengua para no decir algo de lo que luego se va a arrepentir. Mad no siempre es la persona más razonable, y le gusta tener la razón mucho más que a él.

—Sí. Te escuché.

Ella suspira, y Wes puede imaginarla asomada por la ventana con el humo saliendo de su cigarro. Casi puede escuchar el tráfico allá afuera y el golpeteo de la lluvia contra la escalera de incendios.

—Técnicamente, sí, está bien. Pero ya no puede trabajar, no así. Si no la operan, no podrá volver a usar su mano.

—Mierda.

—Sí.

La línea telefónica cruje bajo el peso del silencio de ambos.

—Ya tuviste tu tiempo —continúa ella, esta vez con un tono más suave—, pero tienes que volver a casa.

Wes lo siente como un golpe en la tripa. ¿Ya tuvo su tiempo? ¿Como si se hubiera ido a montar una obra de teatro de bajo presupuesto? Busca algo en su cabeza, pero lo único que sale de su boca es un: «No».

—¿No? ¡Nuestra madre tiene casi cincuenta años! Y, por si todavía no es suficientemente obvio para ti, ya no puede seguir así. ¿No te has dado cuenta?

—Claro que sí. —Lucha por mantener un tono tranquilo. No quiere gritar. No quiere alertar a nadie afuera de esa habitación de que algo anda mal—. Por Dios, Mad. ¿Por quién me tomas?

—Entonces sabes por qué lo digo. Claramente Christine y yo no ganamos lo suficiente para pagar una cirugía, mucho menos para mantenernos alimentadas y vestidas. Necesito ayuda, Wes.

—Lo sé. Sé que mamá ya no puede seguir así. Sé que no puedes hacerlo sola. Pero si me das un poco más de tiempo, no tendrás que volver a pensar en trabajar, y...

—Siempre dices eso. Siempre haces promesas y pides tiempo y otra oportunidad. Y te he dejado seguir así por años, porque pensé que aprenderías solo tu lección. Pero es hora de que madures.

—¿Qué quieres que haga? ¿Quieres que vuelva y consiga un trabajo horrible y sin futuro que no tenga restricciones para contratar empleados? ¿Quieres que sigamos viviendo al día para siempre? No puedo hacerlo. Estoy cansado de sobrevivir; quiero vivir.

—A mí no me importa lo que tú quieras.

—Lo estoy intentando, Mad. Intento encontrar una salida para nosotros.

—Los intentos ya no bastan.

Wes suelta un suspiro tembloroso. No puede decir nada, porque ella tiene razón. Cuánta razón tiene, carajo.

—Di algo, Weston.

—¿Qué quieres que diga? —le pregunta él con voz áspera.

—Lo que sea. Cualquier cosa que no sea sobre ti.

No tiene caso discutir. No hay nada que haya querido más en toda su vida que ser alquimista, pese a sus pocas posibilidades. Siempre ha creído que un chico banvish-súmico de Fifth Ward podría ser tan valioso como los políticos kataristas cuyas familias han estado ahí por generaciones. Prefirió creer que alguien como él podría hacer la diferencia. Pero ¿cómo puede tener la esperanza de proteger a los oprimidos del país si ni siquiera puede proteger a las personas que ama?

Ni siquiera puede proteger a Maggie de gente como Jaime Harrington, carajo, aunque en realidad ella no quiere eso. Ninguno de los dos lo ha reconocido, pero Wes no se puede sacar de la cabeza la sospecha de que ella también ha sido víctima de la misma clase de prejuicios que pesan sobre él. No puede evitar el impulso de protegerla por eso.

«Todo es uno y uno es todo» es el principio fundamental de la alquimia, y siempre ha sido su código de ética. Ayudar a una persona es ayudar a la mejora del mundo entero. Pero, en ese momento, las cosas no son tan sencillas. Si se queda, lastimará a su familia. Si se va, echará a Maggie a los lobos. Sin importar lo que haga, va a perder. Pero si lo obligan a tomar una decisión, elegirá lo mismo: a su familia. Si perseguir sus sueños significa abandonarla, entonces no vale la pena perseguirlos. ¿Qué caso tendría? No sería mejor de lo que es a los ojos de Mad: egoísta, fútilmente optimista, infantil.

Quizá en verdad ha sido ingenuo, si todos sus ideales se derrumban tan fácilmente. Este sueño no es para él. Los alquimistas son la clase de personas que crecen entre riquezas y siempre serán ricos.

—De acuerdo —dice.

—¿De acuerdo?

—Volveré a casa. —Wes aprieta el teléfono con la mano—. En serio. Tomaré el próximo tren.

Al principio, Mad no dice nada. Es como si ya no tuviera nada por qué discutir.

—Bien.

—¿Quieres un recuerdito? La cacería será aquí este año.

—No. —No se ríe, pero su voz suena más amable—. Te veo por la noche.

La llamada se corta y el teléfono zumba en su oído.

Es la decisión correcta. Wes lo sabe. Pero se siente terrible.

Si se lo permite, puede recordar cómo era antes, cuando las cosas entre él y Mad estaban bien y ella era su mundo entero. No había nada que quisiera más que estar con ella, que ser como ella. Cuando eran niños, se colaba en el cuarto de su hermana por las noches y le quitaba las cobijas hasta que ella cedía y lo dejaba dormir en su cama. Conforme fueron creciendo, él le platicaba mientras Mad se arreglaba para su turno en el bar. Trabajaba desde que papá estaba vivo porque el dinero siempre era escaso, e incluso entonces debía sentirse sofocada.

Él le decía algo como «Cuando vuelvas a casa, ¿quieres ver una película?».

A veces, ella le lanzaba cosas hasta que Wes se iba. A veces, seguía aplicándose el lápiz sobre su ceja extremadamente depilada y decía: «Tengo cosas mejores que hacer que pasar todo mi tiempo contigo».

«¿Mañana?».

«Mañana».

Mañana y mañana y mañana y ahora están aquí, a kilómetros de distancia cubiertos por un océano de resentimiento.

Para cuando cuelga la bocina, su café ya se entibió. Sería descortés de su parte no tomárselo después de que lo pidió, así que le da un enorme trago, lo cual resulta ser un grave error. Está amargo como un pecado y se siente como lodo al bajar por su garganta, pero le da el impulso suficiente para levantarse. Wes vuelve al lobby y suelta un gemido al ver las gotas de lluvia que perlan las ventanas. De algún modo, se le había olvidado que Dios lo odia, lo que significa que aún tendrá que padecer la larga caminata de regreso a la mansión Welty bajo la tormenta. Se jala el abrigo raído de su padre sobre la cabeza para usarlo como capucha.

—Oye.

Al darse la vuelta, ve a la chica del mostrador. Se obliga a sonreír. Hace mucho que dominó el arte de controlar sus emociones. Si él la frena, la pena no lo ahogará.

—Gracias de nuevo por el café.

Ella le pone una mano sobre el hombro.

—Ven. Déjame llevarte a casa.

—No es necesario.

—Sí lo es. Está lloviendo a cántaros.

Él levanta la cabeza para mirar el cielo.

—Es verdad.

Ella lo guía hacia donde está estacionado su carro, en un campo que se está inundando rápidamente. Es un modelo nuevo, de un elegante negro con detalles cromados.

—Tuve que hacer espacio para toda la gente que está llegando. Con cuidado.

Wes sube al asiento del pasajero y suspira al percibir el agradable aroma a cuero nuevo del interior. La chica se acomoda junto a él, con su olor a rosas y agua de lluvia. Wes se abrocha el cinturón mientras el motor se enciende. No necesita decirle adónde va. Ella toma la calle principal y sale del pueblo, directo a la mansión Welty.

La chica no dice nada ni le pregunta qué pasó o cómo está, y Wes podría llorar de alivio. Ella le sube el volumen a la radio hasta que él puede escuchar la música ahogando suavemente el golpeteo de la lluvia contra el techo. Recarga la cabeza en la ventana y cierra los ojos al reconocer una canción que Colleen suele tararear mientras lava los trastes. La nostalgia le aplasta el corazón, pero ya no tiene caso extrañar su hogar. Pronto estará con su hermana de nuevo.

La chica estaciona el carro en la entrada de la mansión Welty. Wes tiene la impresión de que puede ver en la distancia un par de círculos blancos que parecen ojos que no parpadean.

—Oye —dice ella—. Sé que no me corresponde, pero lamento mucho lo de tu mamá.

Obviamente no iba a tener tanta suerte como para evitar el tema.

—Te lo agradezco.

—¿Vas a volver a casa?

—Desafortunadamente.

Al parecer, esa respuesta la desconcierta.

—¿En serio? ¿Por qué lo dices?

—No hay nada para mí en Dunway.

—¿A diferencia de aquí? Me cuesta trabajo creerlo.

Wes la mira. Aunque no puede distinguir bien sus facciones en la oscuridad, alcanza a ver su labial rojo brillante cuando sonríe.

—¿Has ido?

—No —responde ella, casi con ilusión—. Pero me encantaría. Tantas luces y música y gente... Suena como un lugar mágico. Siento que puedes ser quien quieras y lo que quieras.

Qué adorable. Wes desearía poder vivir en esa visión romántica de su hogar.

Pero, mientras esté en ese carro, ¿por qué no podría hacerlo? Si esa chica quiere imaginar que es un joven citadino y de mundo, puede serlo para ella. Puede pretender que su vida es sencilla, maravillosa y sin complicaciones. Siempre le ha gustado rodearse de gente que lo deja fingir, de esa que le permite hablar tanto que sus palabras terminan por ahogar sus sentimientos.

—¿Y quién serías tú? —le pregunta a la chica.

—Una actriz. —Casi suena apenada.

—Puedo verlo. La ciudad es el lugar al que vas si quieres hacerla en grande. ¿Qué te parece si vienes conmigo?

—Oh, señor Winters...

Él le guiña.

—Es broma.

—Qué cruel de tu parte al jugar así con el corazón de una chica —dice ella con picardía—. Iba a decir que lo pensaré.

—¿En serio? Pues el último tren sale en unas horas. Es ahora o nunca.

Quizá sí la haría en grande en la ciudad, y parece que la chica realmente está considerando su propuesta. Pero luego deja de bromear y se ríe.

—Ojalá pudiera. Pero si necesitas algo antes de irte, avísame.

—Ya has hecho más que suficiente. Gracias de nuevo por el aventón.

—Con gusto. Cuídate, señor Winters.

Wes sale del carro y llega hasta la puerta de la casa guiado por el resplandor de los faros, atravesado por las gotas de lluvia finas como agujas. En cuanto entra, se le acaba toda la alegría. No le queda más que agotamiento, y ni siquiera ver a Problema corriendo por las escaleras para recibirlo podría levantarle el ánimo. Cierra la puerta, se quita el abrigo y sube al cuarto para empacar sus cosas.

8

A través de las cortinas de encaje, el resplandor del fuego se opaca. Envuelta en la seguridad de sus cobijas y acurrucada junto a la ventana, nada puede alcanzarla. Ni el frío que se pega con desesperación al cristal bañado por la lluvia. Ni el hala que la acecha en el bosque afuera de su casa. Ni Jaime y sus palabras hirientes. En este momento, lo único que importa es que está rodeada de calor y de luz, y que finalmente está sola.

Debería sentirse mejor, pero Weston está allá afuera en la tormenta.

Cada vez que se lo imagina cruzando la puerta, se le hace un nudo bien apretado en el estómago. Pero ya se le acabó el tiempo. Mañana es el día de la inscripción y no puede permitir que el miedo de dejarlo entrar en su vida, de darle los medios para lastimarla, la detenga. Es ahora o nunca.

Mientras una cadena de relámpagos abre el cielo, Margaret vuelve ansiosamente al libro que tiene en el regazo. Es una lectura reconfortante, una de las viejas novelas de romance que su padre solía leer cuando creía que nadie lo estaba viendo. Margaret pasa los dedos sobre la portada desgastada y rota antes de abrirlo, como si fuera un libro sagrado. La primera vez que su madre la atrapó con una de esas novelas, se quedó completamente pasmada en la puerta, pálida y con la boca abierta como si hubiera visto un fantasma. Luego, con una mueca, dijo: «No pierdas tu tiempo en esa tontería».

A veces, a Margaret le gustaría que su sentimentalismo no hubiera sobrevivido a su crianza, pero sí lo hizo. Comenzó a leer «la tontería esa» porque empezaba a olvidar qué clase de hombre era su padre, además de la clase de hombre que se va. Todos los días, la imagen de su rostro se vuelve más borrosa y el tono exacto de su voz más impreciso. Pero en esos libros está una parte de él que ella no puede perder, no como las palabras de sus canciones o el significado de las letras en su biblia o la receta para la tarta de miel que preparaba cada verano.

En cuanto comienza a perderse en la historia conocida, escucha el rugido de un motor. Problema, que había estado dormitando en la alfombra cerca de la chimenea, levanta la cabeza de sus patas elegantemente cruzadas. Unos faros brillantes lanzan dos haces de luz entre la oscuridad, iluminando las embravecidas nubes de la tormenta que bajan por la montaña. Margaret pega la frente a la ventana y entrecierra los ojos para protegerse del ataque de la luz. El cristal se empaña mientras observa a un carro negro avanzando tambaleante por su entrada. A esta hora, se ve como el miedo mismo. Casi nadie en Wickdon tiene auto, con trabajo pueden mantener un caballo. Y, con carro o sin él, nadie en Wickdon jamás visita la mansión Welty.

La puerta del pasajero se abre y un hombre… no, es Weston, sale. Lo reconoce por su cabello un poco largo y el abrigo maltratado que trae sobre los hombros. Ahora que lo ve de cerca, también reconoce el carro.

Vaya suerte que Weston haya decidido relacionarse con Annette Wallace, amiga de Jaime y una de las chicas más queridas de Wickdon. La familia Wallace tiene dinero de toda la vida, que consiguió lavando oro, y ahora tiene varias propiedades en el pueblo. Sin duda, financiará una parte importante de la cacería este año.

Cuando la llave gira en el picaporte de la puerta principal, Problema se levanta de un salto y baja las escaleras corriendo. Su propio sabueso la traiciona. Con la puerta abierta, Margaret puede escuchar la fuerza real de la tormenta, que sacude todos los árboles. La lluvia que azota el suelo va convirtiendo la tierra a medio congelar en lodo. Será un infierno volver al pueblo y, por un momento, le preocupa que Annette se quede atrapada. Por suerte, su motor acelera y el auto sale del fango y se va hacia las colinas.

Mientras se escuchan los pasos de Weston al subir por las escaleras, el corazón de Margaret se acelera. Cuando él cierra la puerta del cuarto, ella vuelve a su libro, desesperada por tranquilizarse antes de hablar con él, pero no puede concentrarse. El sonido de Wes moviendo cosas y azotando cajones la vuelve loca. ¿Qué demonios está haciendo?

Con un resoplido molesto, deja el libro bocabajo y sale al pasillo. Al abrir la puerta de Wes, lo encuentra en el proceso de echar todas sus pertenencias al suelo. El estómago se le va a los pies cuando ve las maletas a medio empacar.

—¿Qué hace?

Wes da un salto y se vuelve hacia ella. Margaret casi se va para atrás al verlo. Está pálido como un fantasma y con el cabello aplastado por la lluvia, parece un perro mojado, temblando y empequeñecido por lo empapado de su pelaje. Pero lo peor de todo son sus ojos. No tienen su típico brillo de picardía ni de humor, solo ese profundo agotamiento que Margaret reconoce porque lo ha visto en su propia cara.

Weston tiene en la mano un rosario, que se guarda rápidamente en el bolsillo, como si fuera algo indecoroso. Margaret ya tenía sospechas, pero esto las confirma. Weston es súmico. Pero eso no le da alivio ni el gusto de tener la razón, pues obviamente él está a punto de irse.

—¿Sabe cómo llamar a la puerta? —le suelta él.

—¿Adónde va?

Wes recupera la compostura lo suficiente para ofrecerle una sonrisa. El gesto se ve extraño en su rostro, como una máscara que no le queda bien.

—A casa.

—¿Qué? —No puede mantener un tono tranquilo—. ¿Por qué?

—No estoy hecho para vivir en el campo —dice él como si nada, mirándola con los ojos entrecerrados. Las gotas de lluvia que aún se aferran a sus pestañas brillan bajo la luz—. Parece molesta. ¿Me va a extrañar?

Una chispa de enojo se enciende dentro de ella. No puede permitir que alguien que supuestamente estaba tan comprometido con su sueño cambie de opinión así como así. No, porque lo necesita. No, porque al fin reunió el valor para...

—No puede irse a casa.

—¿De qué habla?

—¿Va a renunciar a su sueño tan fácilmente? ¿Valió la pena rogarme como un perro para que lo dejara quedarse, solo para extrañar su casita luego de dos semanas? ¿Tan poco vale su orgullo?

La sonrisa de Wes comienza a disiparse.

—No es eso.

—Entonces, ¿qué es?

Él se pasa una mano por el cabello y unas gotas de lluvia corren por su mentón y cuello. Margaret sigue el camino que trazan hacia su pecho.

—Es una larga historia. Digamos que mis hermanas me necesitan y eso es todo.

—Pero yo también lo necesito —dice, antes de pensarlo mejor. Había sido tan cuidadosa, estaba tan preparada. ¿Cómo puede estar saliendo todo tan mal?

—Pensé que ya tenía suficiente dinero para registrarse.

—No tengo un compañero.

A Wes se le llena la cara de confusión.

—¿Eso qué tiene que ver conmigo?

—Necesito que sea mi alquimista. Mi madre ya no acepta estudiantes, pero el hala es lo que más quiere en este mundo. Usted es el único en el que puedo confiar para que se lo dé cuando termine la cacería, porque si lo hace, ya no tendrá más opción que darle el puesto de aprendiz.

Wes se ve completamente apabullado.

—Pero... Pero no soy alquimista. No oficialmente.

—No sea tan modesto. —Margaret se sienta con cautela al borde de su cama, lo que parece calmarlo un poco—. Si puede hacer una transmutación, es un alquimista. No hay nada en las reglas sobre que deba tener licencia.

—Agradezco su voto de confianza, pero no hay manera de que yo le pueda dar ventaja competitiva alguna.

—Lo único que tiene que hacer es encantar algo que pueda matar al hala y estar ahí. Eso es todo.

Es una versión simplificada de los deberes de un alquimista durante la cacería, pero es la verdad. En la práctica, la Cacería de la Medialuna es como cualquier otra de las muchas cazas de zorros que hay durante esta parte del otoño. Los clubes de caza sueltan una manada de sabuesos en el bosque y los siguen a caballo. Todo termina cuando la presa cae al suelo y la hacen pedazos o la matan de un disparo. La diferencia es que la presa de la cacería solo puede morir por mano de un alquimista durante la noche de la Luna Fría, o al menos eso es lo que dicen los inexactos registros históricos. Pese a sus esfuerzos, ningún alquimista ha matado a un demiurgo en los últimos doscientos años. Ahora, la única que realmente sabe cómo hacerlo es Evelyn.

No, debe haber otra manera. Margaret necesita creerlo.

—¡Pero no es así! —protesta Weston—. Mira, he escuchado la clase de cosas que hacen los alquimistas durante la cacería. ¿Trampas alquímicas? ¿Sabotaje? Ambos sabemos que no soy discreto ni tengo la suficiente experiencia. Además, no sé nada sobre cazar. —Levanta la mano y comienza a doblar un dedo tras otro, contando—. No sé qué clase de equipo se necesita además de un arma. No sabría cómo anticipar los planes de los otros competidores. No sé cómo usar una pistola. ¡Ni siquiera he montado a caballo jamás!

—Yo le puedo decir qué equipo necesito, y puedo enseñarle a andar a caballo. Por lo demás, no le hará falta nada de eso. No tiene que hacer trucos baratos. Solo necesito que exista. ¿Por qué está discutiendo conmigo?

—No estoy discutiendo con usted. Intento hacerle entender que no debe sentirse decepcionada de que me vaya. Lo siento. De verdad lo siento. Pero tendrá que encontrar a alguien más.

—¿En serio renunciará a esta oportunidad por una llamada de su familia?

—Claro que sí, siempre.

¿Cómo sería la vida de Margaret si su gente fuera a casa cuando ella la llamara? ¿Si el amor siempre le ganara a la ambición?

—Ya veo.

—Señorita Welty, yo... Veo que está molesta, pero no lo entiendo. Si su madre volverá mañana, puede inscribirse con ella, ¿no? —Como Margaret no dice nada, la expresión en el rostro de Wes se va ensombreciendo al entender lo que pasa—. Pero no sabe si realmente va a volver, ¿verdad?

—No. —El cuchillo se hunde más profundo en su vergüenza—. No tengo esa seguridad.

No fue mentira. Fue una verdad que ella quería creer.

Margaret se prepara para la furia de ese hombre, pero cuando lo mira a los ojos de nuevo, él le sonríe con arrepentimiento.

—Supongo que tenía razón al decirme que me fuera a casa desde el principio. ¿Por qué cambió de parecer?

—Porque usted me dio pena.

Espera que se enoje con ella, pero lo que cruza su rostro es algo peor que la rabia. Es lástima.

—¿Sintió pena por mí, cuando su madre lleva tres meses lejos? Mag... señorita Welty. Sé que me estoy pasando de la raya, pero eso no es normal. Lo sabe, ¿verdad?

Eso era exactamente lo que quería evitar. No necesita de él su insoportable indignación por la vida que a ella le tocó vivir, y no va a tolerar sus juicios.

—Mi madre no es mala persona.

—No dije eso. —Wes lo piensa—. ¿No sería mejor irse a algún lugar en donde no esté sola todo el tiempo?

—No me molesta estar sola. Ella confía en que yo me puedo encargar de todo mientras no está.

—¿Confía? ¿En serio se supone que estar atrapada en esta casa dejada de la mano de Dios es un honor? —Sus palabras hacen eco en el tenso silencio. Wes pone una expresión de agobio con los ojos muy abiertos. Claro que no quería decirlo así, pero ya es demasiado tarde.

Y sí es un honor. El amor de Evelyn es sutil y difícil de ganarse, y Margaret ha aprendido a verlo en los pequeños detalles de amabilidad, en las escasas palabras dulces. La humillación la hace sonrojar.

—No creo que pueda entenderlo.

Weston se frota la cara con una mano.

—Lo siento. Tiene usted razón. Pero lo intento.

Si no puede entender su situación, quizá pueda entender su devoción.

—Mi madre investiga a los demiurgos. Por eso viaja tanto. Pero si gano y le entrego el hala, se quedará. Lo sé. Por eso... —Margaret hace una pausa para tomar aire con un poco de desesperación, pues la garganta le empieza a arder. No va a llorar, no frente a él—. Se lo pido otra vez, señor Winters. Y no lo volveré a pedir. Por favor, quédese. No hay nadie más a quien se lo pueda pedir.

—Por Dios —exclama él en voz baja—. Por favor, no me mire así.

Es casi lo mismo que una negativa.

Mascullando entre dientes, Weston busca algo entre sus cosas hasta que encuentra una libreta. Arranca una página, garabatea algo en ella y se la entrega a Margaret.

—Tenga. Es mi dirección y teléfono. Por si necesita algo o su mamá cambia de parecer sobre aquello de recibir estudiantes.

—Gracias. —Aunque no hay nada que pudiera necesitar de él, Margaret dobla el papel y se lo guarda en el bolsillo—. ¿Está seguro de que no se quiere quedar hasta mañana?

—Estoy seguro. Dije que tomaría el próximo tren. —Frunce el ceño—. Odio dejarla así.

—Lo entiendo. —Y es verdad. No le sorprende la decisión de Wes, y tampoco puede guardarle rencor por eso. Margaret vio a cuatro hermanas en aquella foto, y él mencionó que su padre había muerto. Considera decirle que lamenta que haya tenido que tomar esa decisión, pero es mejor dejarlo así, cortar de tajo.

Toma una de las bolsas de Wes y lo ayuda a bajarla. Problema salta alegremente a su alrededor, como si pensara que va a ir a algún lado con Weston. Le parte el corazón ver lo mucho que se encariñó su sabueso con ese chico.

—Ojalá pudiera decir que fue un placer. —Wes inclina la cabeza tocándose el sombrero—. Cuídese, señorita Welty.

Lo dice con tanta sinceridad, como si quisiera ponerle esas palabras entre las manos a manera de regalo. Le sonríe, pero lo único que ella puede ver es la preocupación en sus ojos. La lluvia rebota sobre las piedras del jardín tan escandalosamente que Margaret apenas puede escuchar su propia respiración.

—Adiós, señor Winters.

Mientras lo ve alejarse, la opresión que siente en el pecho es tan angustiante como dolorosamente conocida. ¿Cuántas veces verá a alguien irse de ese lugar sin mirar atrás, mientras ella se queda como un fantasma atado a esa casa?

Cuando su madre la dejó sola por primera vez, no sabía qué hacer. Al principio, intentó disfrutar la libertad. Puso el tocadiscos y dejó que la música llenara el vacío. Se comió todos los dulces que había en la casa y se sirvió un vaso del whisky caro de su padre. Pero al llegar la mañana le dolía la cabeza, tenía el estómago revuelto y seguía estando completa y devastadoramente sola. Conforme las horas se convirtieron en días y los días en semanas, se dio cuenta de que si su mente pudo protegerla de recordar el experimento fallido de Evelyn, también podría protegerla de ese dolor. Encontraría la manera de insensibilizarse al peso del abandono. Encontraría la manera de desapegarse de aquello hasta sentir que no es real.

Pero, mientras cierra la puerta hinchada por la lluvia, Margaret siente el rechazo de Weston como un cuchillo que se entierra en una vieja herida. Es un súbito y doloroso recordatorio de la miserable soledad en la que ha vivido desde que su madre se hundió en el duelo. Ahí, entre los ecos y la oscuridad de la mansión, está rodeada de fantasmas que solo ella puede ver. Quedarse sola con ellos de nuevo es más de lo que puede soportar.

Todo lo que anhela y la débil felicidad que había alcanzado se le escapa entre los dedos. No puede creer que se abrió a ese dolor otra vez. No puede creer que haya cometido la estupidez de esperar hasta el último minuto. Si tan solo hubiera sido más valiente...

No, aún puede hacerlo. Si debe elegir entre rendirse y trabajar con alguien más, con cualquier otra persona, tendrá que aceptarlo. Mañana irá a Wickdon para conseguir un alquimista.

La sola idea la hace sentir náuseas y siente ansias en las manos por hacer algo. Algo sencillo, seguro y útil. «Lavar ropa», piensa. Eso sí que lo puede hacer.

Aturdida, va a la habitación de Weston y le quita las sábanas a la cama. Mientras se cuelga una funda de almohada sobre el brazo, ve caer una nota críptica, una exhortación con doble subrayado a «recuerda *carbina prosima* semana», lo que sea que eso signifique. Las sábanas huelen a él. A loción dulce y un dejo de azufre. Inhalar ese aroma es casi doloroso.

«No me molesta estar sola», le dijo.

¿Cómo logró creerse ella misma esa mentira por tanto tiempo?

La mañana siguiente es helada, con el cielo turbio y negro como el mar.

Las ventanas del Blind Fox están cubiertas por el agua y la luz de los faroles, y cuando Margaret abre las puertas, el sonido del bar sale hacia la calle como un río de cerveza. El pánico le aplasta el pecho al mirar la multitud. Apenas pasan de las nueve de la mañana; demasiado temprano para estar bebiendo. Pero, a juzgar por la risa y los rostros sonrojados, se pregunta si alguna de esas personas siquiera se fue a dormir. Todos quieren ver quién es tan valiente, o tan estúpido, como para inscribirse a la cacería.

Nunca en su vida había querido ser menos vista.

Mantiene su cabeza cubierta por la capucha mientras toma su lugar en la fila. Unos cuantos ojos la encuentran en la penumbra matutina, y los que lo hacen se le alejan como agua que escurre sobre papel encerado. Solo le toma unos minutos para llegar al frente de la fila, donde la señora Wreford está sentada detrás de una mesa con una pluma en la mano. Junto a ella, un radio emite entre crujidos una tonada demasiado despreocupada para la ocasión.

Margaret se quita la capucha para mostrar la cara y se sacude el cabello empapado. En cuanto hacen contacto visual, la señora Wreford hace un gesto de consternación.

—¿Maggie? ¿Qué haces aquí?

Su reacción llama la atención de algunos, y Margaret se hunde en su chaqueta.

—Vine a inscribirme para la cacería.

—¿Y tu madre sabe de tu peligroso plan?

—Mi madre no está aquí para opinar al respecto.

La mujer suelta un suspiro resignado.

—Bueno. Supongo que no hay más que decir al respecto.

A la señora Wreford nunca le ha caído muy bien su madre.

Margaret pone el pago de la inscripción en la mesa, y le duele ver todos esos billetes aventados en la barra llena de manchas. La señora Wreford recoge el dinero.

—¿Y el alquimista que te acompañará?

—Aún no decido. Espero encontrar a alguien que todavía no tenga pareja.

La señora Wreford hace una seña hacia el bar lleno de gente detrás de ellas.

—Estoy segura de que tendrás de dónde escoger.

Mientras Margaret observa todas esas caras sonrosadas por la cerveza, a toda la gente con perlas y ropa fina, se da cuenta de lo fuera de lugar que está. Algunas de esas personas echaron a la familia yu'adir de Bardover. Hay quienes creen en la confabulación de que los yu'adir están involucrados en la manipulación de los mercados financieros globales, o que utilizan sangre de niños kataristas en sus rituales oscuros. ¿Cómo puede saber cuál de ellos no querrá acabarla solo por atreverse a entrar a la cacería en cuanto se entere de lo que ella es? ¿Cómo reconocer cuál de ellos no le va a robar el zorro?

El único en el que podía confiar para esas dos cosas era Weston.

Se siente tonta y arrepentida por haber evadido el tema durante dos semanas. Él es súmico y ella yu'adir. ¿Cómo podrían juzgarse el uno al otro? Si acaso, él la hubiera entendido mejor que nadie en Wickdon.

Como si pudiera notar su angustia, la señora Wreford se apura a hablar.

—Tienes hasta la medianoche. Vuelve y, si para entonces no has encontrado a alguien, recuperarás tu dinero.

Margaret se da la vuelta para irse, pero la señora Wreford la toma del brazo con los dedos. «La garra». Todos en Wickdon conocen bien ese gesto. Puede convertir una tarea de quince minutos en un interrogatorio de horas. Significa: «No te irás hasta que hayas respondido todas mis preguntas». Aplica apenas la presión suficiente para mantener a Margaret atrapada en ese pequeño espacio entre huir o petrificarse.

—Sabes que no tienes que hacer esto, ¿verdad?

—Lo sé.

—¿Entiendes lo que va a decir la gente si lo haces? ¿Estás consciente de lo que podrían hacer?

—Claro.

Parece que la señora Wreford quiere decir algo más, pero sus dedos dejan de apretarla.

—Entonces, supongo que no hay forma de hacerte cambiar de opinión.

—Estaré bien. Lo prometo.

El gesto de preocupación de la señora Wreford la sigue hasta la puerta. Margaret puede sentir la lluvia y el sudor secándose bajo el cuello de su blusa. Puede sentir cientos de ojos penetrantes puestos sobre ella. Se abre paso hasta salir al frío inclemente. Ya está temblando antes de que el viento le alborote el cabello empapado que trae pegado a la nuca como algas marinas. Se lo quita de la cara y luego se guarda las manos en los bolsillos para calentarlas. Sus dedos acarician el papel arrugado que Weston le dio antes de irse.

«Es mi dirección y teléfono. Por si necesitas algo», le dijo. La ciudad está a unas tres horas en tren. Aún hay tiempo para que Wes regrese antes de que se cierren las inscripciones. Eso, claro, si quiere regresar.

La ambición no bastó para convencerlo de quedarse, pero la familia es su punto débil. Si en verdad quiere darles una mejor vida, quizá Margaret pueda tentarlo con algo más que sus propios sueños. El dinero escasea en estos días, pero Margaret no necesita setenta y cinco dólares.

Lo único que necesita es a Evelyn.

Corre hacia el Wallace Inn. Annette está recargada sobre el mostrador con la barbilla entre las manos y una expresión soñadora. Cuando su mirada se posa en Margaret, se tensa y mira hacia otro lado, como si pudiera contagiarse de algo con solo mirarla. Es algo que hace mucho dejó de sorprender o molestar a Margaret.

—Buenos días, Maggie. —Al menos Annette logra imprimirle amabilidad a su voz.

—¿Puedo usar tu teléfono, por favor?

—Eh, pues, ¿sí?

Margaret pasa por debajo del mostrador para ir hacia la oficina que está detrás. Desdobla el papel con tanto cuidado como puede, pero sus manos empapadas están temblando por el frío y los nervios. Cuando al fin logra abrirlo, lo que ve la llena de angustia. La humedad corrió la tinta y, aunque pudiera leer con claridad, la letra de Wes es espantosa. ¿Eso es un nueve o un seis? ¿Un uno o un siete?

¿Por qué creía que él le iba a facilitar las cosas? Con un gemido de frustración, marca lo que cree que es el número correcto. Timbra y timbra antes de que alguien conteste.

—¿Hola?

—¿Hablo a la casa de los Winters?

—Lo siento, cariño —dice un hombre con voz adormilada—. Número equivocado.

Cuelga y maldice en voz baja, descansando la cabeza sobre sus manos. Si marca todas las combinaciones posibles, quizá en algún momento dé con la correcta. Pero no tiene la paciencia ni el tiempo para un quizá.

Margaret mira el papel de nuevo. Aunque sus pestañas mojadas hacen que las palabras se vean borrosas, su dirección está casi intacta. Lo suficiente para que lea: Slate Avenue 7329, departamento 804.

Las inscripciones se cierran por la noche. Si se va en ese mismo momento, puede llegar a Dunway y volver antes de la medianoche. Es el plan más imprudente y descabellado que ha hecho en su vida. Puede que sea el único plan imprudente y descabellado que ha hecho. Pero Weston es su única esperanza, y competir es la única forma en que podrá sobrevivir.

Si gana, su madre regresará y ella podrá convertir su victoria en armadura. Nadie como Jaime la volverá a lastimar. Nadie se atreverá a hacerlo si se convierte en la heroína que New Albion ha estado esperando. Tiene que hacerlo. Si quiere que las cosas cambien, tendrá que encontrar a Weston... y convencerlo de que vuelva.

9

Han pasado doce horas desde que Wes volvió a casa y ya extraña a Wickdon. Echa de menos la privacidad de su cuarto en la mansión Welty, con todo y polvo. Extraña el perfecto silencio de las montañas antes del amanecer y el brillo del rocío sobre los abetos. Incluso extraña el fantasma de la presencia de Maggie, sus juicios silenciosos y sus ojos de luna llena. La vida tenía un ritmo simple y cómodo en Wickdon. Y, mejor aún, tenía esperanza. Quizá en unos días o semanas el sueño al que se ha aferrado todos estos años le parecerá tan infantil e imposible como a Mad. Pero, por el momento, se siente completamente devastado.

El sol de la tarde se filtra por la ventana y motea el suelo con espacios de luz en los que el polvo hace su danza. Eso siempre ha sido una pequeña alegría para él: vivir ahí, donde las ventanas ven hacia la ciudad que está abajo. Algunos de sus amigos siguen viviendo en condominios construidos antes de las reformas de hace veinte años. Sus habitaciones dan hacia los ductos de aire por donde el olor a agua del caño y basura sube como el humo de un incendio. Pero la vista es poco consuelo para Wes cuando lo único en lo que puede pensar es en cómo la mansión Welty tenía vista a kilómetros y kilómetros de secuoyas y al azul perfecto del mar.

Se sienta en el andrajoso sillón de su sala, viendo cómo una taza de café se enfría sobre la mesa. Su hermana menor, Edie, está acurrucada sobre él como un gatito dormido. Normalmente, le parecería adorable o terriblemente molesto, pero no logra sentir mucho más que desconsuelo en ese momento. Quiere estar solo, pero no tiene la energía para decirle que se vaya, o para lidiar con las inevitables lágrimas de cocodrilo que saldrán si lo intenta.

Los brazos de Edie han estado rodeándolo desde el momento en que llegó a casa. Anoche, Wes se escabulló por la puerta con la astucia de un ladrón. Cuando la cerradura hizo clic al cerrarse, una figura envuelta en cobijas se apareció en el pasillo. Wes se llevó un dedo a los labios, pero en cuanto los ojos de Edie se cruzaron con los suyos, ella ahogó un grito y se le echó encima. Sus pasos sacudieron las fotos de sus parientes muertos y las estatuas de toda la comunión de los santos.

Siempre ha sido Edie a quien ve primero. Siempre ha sido ella quien lo espera junto a la puerta cuando vuelve de una lección fallida o de una salida nocturna. Esas eran sus noches favoritas. Casi siempre llegaba feliz por el vino y la cargaba por todo el departamento, cantando hasta que Christine les gritaba para que se fueran a dormir.

Edie pone un dedo pegajoso sobre la cara de Wes, lo que lo sobresalta tanto que casi choca su cabeza contra la de ella.

—¿Qué pasa? Te ves triste.

—Estoy cansado. Eso es todo.

Ella lo mira con gesto escéptico.

—Dormiste toda la mañana.

Ah, sí. Ahí está un poco de eso a lo que se había acostumbrado en Wickdon. Es como echarle sal a la herida que sea una niña de seis años la que lo trata así.

—Pues eso fue porque necesito dormir para seguir siendo bello. Es mucho trabajo verse así, ¿sabes?

—Sí, claro.

—Nada más está haciéndose la víctima —grita Christine desde la cocina.

—¡No es cierto!

—¿Te corrieron otra vez? —pregunta Edie.

—De hecho, no. Para tu información, vine porque te extrañaba demasiado, pero si no lo vas a agradecer, supongo que tendré que aventarte por la ventana. O quizá simplemente te tire a la basura. ¿Qué te parece? —Se la echa al hombro y Edie suelta un grito de alegría.

—¿Podrías comportarte? —dice Christine—. Mamá está dormida.

A Wes se le hace un nudo en el estómago por la culpa.

—Perdón.

Edie suelta un suspiro decepcionado. Mientras se acomodan de nuevo en el sofá, el departamento se queda extrañamente callado, o lo más callado que puede estar, al menos. El reloj cucú marca los segundos, el tráfico avanza siete pisos abajo y, en algún punto al fondo del pasillo, se escuchan los gritos de los McAlee sobre el sonido de la radio.

Y de pronto, como si hiciera falta, alguien llama a la puerta.

—¿Puedes atender? —pregunta Christine.

—Muévete, Edie. —Ella se aferra a su cuello con la obstinación de una lapa al casco de un barco, soltando unas risitas traviesas mientras él intenta ponerse de pie. Con un quejido, Wes logra escaparse de sus brazos y la pone en el suelo—. Ve a ayudar a tu hermana con la cena. Quizá te dará postre si te portas bien.

Eso basta para convencerla de que lo deje en paz. Edie corre a la cocina con tanto entusiasmo que Wes escucha cómo Christine maldice, sorprendida. Espera que no haya arruinado la cena con eso. Christine insistió en hacer algo demasiado complicado en honor a su regreso.

Ahora, queda el tema de la visita.

No puede ser nadie más que otro vecino bienintencionado que ha ido a ofrecerles otro guiso o para preguntar por su madre. La sola idea de hacer plática o esquivar preguntas sobre su futuro hace que Wes se quiera morir ahí mismo, pero tendrá que soportarlo, como siempre. Tras respirar profundamente, pone una sonrisa y abre la puerta.

Es Maggie.

Pese a la tenue luz del pasillo, su cabello brilla como oro líquido. Pero su rostro está cansado y sus ojos son enormes espejos que reflejan la agotada sorpresa de Wes. Por un momento, él no puede hacer más que mirarla. Luego, al darse cuenta de que tiene que decir algo, tartamudea.

—¿S-señorita Welty? ¿Qué hace aquí?

—No pude descifrar los números del teléfono que me dio.

—Eso... no responde mi pregunta.

Los ojos de Maggie le rehúyen.

—Necesito hablar con usted.

Wes recarga la cadera en el marco de la puerta.

—Para haber venido hasta acá, seguramente es que me extrañaba mucho. Una carta hubiera bastado.

—No tengo tiempo ni interés en escribirle cartas de amor. —Su tono severo hace que Wes sienta un hueco en el estómago, lo cual no comprende del todo—. Hablo en serio.

—Dígame —dice él con gentileza.

—Sé que dije que no se lo volvería a pedir, pero aquí estoy. Tengo que hacerlo. Necesito que vuelva a Wickdon conmigo.

De todas las cosas que podrían salir de la boca de Margaret, esa es la última que él se esperaba. Wes lanza una mirada nerviosa sobre su hombro.

—Mire, todo lo que le dije anoche fue cierto. No puedo abandonarlas. Me necesitan. Le hubiera ahorrado muchos problemas si...

—A usted también le beneficiaría. —La frustración ya se asoma en su voz—. El dinero del premio será todo suyo.

«Todo suyo».

La mente de Wes hace cortocircuito al pensar en los setenta y cinco dólares. No debería ni pensarlo. Sabe que debería decirle que no. Pero anoche les pidió a todos los santos del cielo que intercedieran por él con Dios, y le cumplieron. Esta oportunidad mantendría a su familia a flote y le permitiría ir tras su sueño.

Solo desearía que encontraran algo más... seguro. Ese plan depende completamente de que ella gane y, lo que es aún más riesgoso, de la capacidad de Wes para servirle de algo.

—Tengo que pensarlo.

—No hay tiempo para pensarlo. —La fiereza en su voz lo sorprende—. Usted quería la oportunidad de ser alquimista y ayudar a su familia. Aquí la tiene.

—¡Oh! ¿Quién es ella?

Christine descansa el codo sobre el hombro de Wes y le sonríe con tal picardía a Maggie que él se sonroja de vergüenza. Su hermana trae otra vez la ropa que él ya no usa: una camisa que se ve más blanca que cuando era de Wes, pantalones flojos sobre sus tacones oxford y un par de tirantes. Su voz es juguetona, tiene los ojos entrecerrados en un gesto coqueto y Wes necesita todo su autocontrol para no gritar. Christine lo hace solo para molestarlo, aunque a ninguno de los dos les interesa Maggie, claro, pero eso da igual. Es un tema complicado.

Una vez, cuando él tenía dieciséis años, intentó conquistar a una chica llamada Hedy Baker que trabajaba en un teatro de mala muerte en el centro. La esperaba todos los días a que terminara su turno para acompañarla a casa, aunque las desveladas llenaban de ira a su maestro de alquimia. La forma en que las luces del lobby brillaban sobre el vestido de Hedy hacía que valieran la pena todos los regaños. Una noche, la invitó a ir a su departamento antes de la cena y, justo cuando abrió la puerta, Christine se apareció con una de las viejas pajaritas de Wes desatada sobre el cuello.

«Estoy lista para nuestra cita», anunció, y en el momento en el que Wes vio la expresión embobada de Hedy, supo que no tenía ninguna esperanza con ella.

Y no fue la primera vez que Christine quiso robarle una de sus citas, pero al menos sí fue la última. Ya llevaban dos años juntas y, aunque una parte mezquina de él aún no ha perdonado a su hermana, no puede culparla. Ambos son como su padre, conquistar está en su naturaleza.

—Christine —dice Wes, con una sonrisa tensa que se niega a soltar—, te presento a la señorita Welty. Señorita Welty, le presento a mi hermana Christine.

—Un placer. —Christine pasa junto a él para extender su mano hacia Maggie, quien la estrecha no muy convencida.

—Wes —dice Christine con delicadeza—, ¿vas a dejar a la pobre señorita Welty en este pasillo helado? ¿O la vas a invitar a pasar?

—Pues...

—Disculpa a mi hermano. A veces es algo bruto. Por favor, pasa. Te prepararé un café.

Para cuando Maggie cruza el umbral, con la expresión de un perro a punto de asestar una mordida, Christine ya va de camino a la cocina. Es casi insoportable tenerla ahí, en ese vestíbulo lleno de cosas. Se ve tan fuera de lugar en la casa de Wes, como si la hubieran recortado de Wickdon para ir a pegarla ahí. Un collage malhecho de dos vidas que no encajan.

Wes observa cómo ella examina la montaña de zapatos a sus pies y luego la colorida estatua de la Virgen con su velo azul. Le dan ganas de arrancar cada reliquia súmica que los incrimina y echar sábanas sobre todos los muebles cubiertos de polvo. Pero es demasiado tarde. Maggie puede verlo todo, cada parte de su alma, como él vio la suya. No tiene caso ocultarse entre ellos la realidad de sus vidas. Recuerda el gesto triste en el rostro de Maggie cuando le dijo que sentía lástima por ella. Ahora, avergonzado por lo pequeña y atiborrada que está su casa, entiende lo parecidos que son. La desgracia los ha endurecido a ambos. A ella la hizo más resistente, pero a él lo pulió hasta dejarlo reluciente. Si deja que el mundo crea que no es más que la superficie, no querrán buscar nada debajo. Pero, ante la implacable mirada de Maggie, Wes está completamente desnudo.

—¿Me da su abrigo? —masculla él.

—Si no va a regresar conmigo, será mejor que me vaya.

—Al menos tómese el café. Mi hermana se va a ofender si no lo hace.

—De acuerdo. —Maggie se quita el abrigo y se lo entrega. Es grueso y está cubierto de pelos de perro, pero huele a Wickdon, huele a ella. A lo salobre del mar y la frescura de la tierra tras una tormenta—. Pero no puedo quedarme mucho tiempo.

Intenta pasar junto a él, pero Wes la detiene tomándola por el codo. Aunque Margaret parece sorprendida, no lo mira con odio ni se aleja de un salto como si le hubiera dado una descarga eléctrica.

—Sé que quiere que su madre regrese, pero debe haber otra manera. Entrar a la cacería es básicamente lo mismo que llamar a la muerte.

—No se trata solo de mi madre —suelta ella—. Quiero ganar. Quiero que Jaime Harrington me deje en paz. Quiero demostrarles a todos que no tengo miedo de hacer esto, porque no lo tengo. No tengo miedo de morir.

—Pues yo sí.

Ella lo mira fijamente a los ojos.

—No lo dejaré morir.

—¿Ah, no? ¿Y cuánta gente va a participar? ¿Cientos? No puedo creer que sea yo quien se lo tenga que decir, pero necesita pensarlo mejor. ¿En serio cree que existe la más mínima posibilidad de que gane, aunque no terminemos muertos?

—Existe mucho más que una posibilidad. No voy resignarme a perder. Se lo juro.

—¿Cómo puede estar tan segura?

—No conozco a nadie con mejor puntería que yo, a un sabueso mejor que Problema ni a nadie que tenga más en juego que nosotros. —La seguridad que arde en los ojos de Margaret deja a Wes con la boca seca. Ahí, bajo la pálida luz del sol, tienen el embriagante color de la miel, del whisky, de...

Edie se aclara la garganta.

Ambos se giran para mirarla. Aunque no dice nada, tiene los ojos clavados en los dedos de Wes, que están rodeando el codo de Maggie. Su sonrisa es angelical.

—Christine dice que el café está listo.

Después de decir eso, se da la vuelta y vuelve a la cocina contoneando las caderas. ¿En dónde diablos aprendió esas cosas? ¿Qué otras cosas se perdió Wes de la vida de su hermanita mientras estuvo ausente?

—Qué linda —comenta Maggie.

—Que no la escuche diciendo eso. —Wes hace un gesto de pesar y la suelta del brazo—. De acuerdo. Ya pensé en su propuesta.

La sorpresa suaviza el rostro de Margaret.

—¿En serio?

No tanto como para ser razonable, pero lo suficiente para tomar una decisión. Será un alquimista real, aunque sea por unas semanas. No tendrá que abandonar su sueño. Mientras haya una pizca de esperanza, debe aprovecharla, aunque su familia lo vaya a odiar por eso. Decirle a mamá que va a entrar a la cacería será lo mismo que darle una bofetada.

Una parte de él siempre supo que llegaría ese momento: tener que elegir entre sus orígenes y sus ambiciones. En este país los súmicos devotos no se vuelven políticos. Si no se convierte, no podrá ser electo, pues la mayoría de la gente cree que los súmicos tienen sus lealtades puestas en el papa y no en el presidente. Se han ganado elecciones con campañas tan simples como «Un New Albion para la gente de New Albion». Unos años atrás, era difícil pasar más de un día sin escuchar a un ministro katarista en la radio acusando al sumicismo de ser «aliado de la tiranía y enemigo de la prosperidad». Pero ¿qué mejor manera de demostrar su fidelidad a New Albion que matar al hala, una criatura que es sagrada para los súmicos? Asumiendo, claro, que no lo echen de Wickdon en cuanto se enteren de lo que es.

—Acepto —dice, con más seguridad de la que siente—. Tengo que ver cómo informárselo a mi familia.

Wes ve todo el espectro de las emociones humanas pasar por el rostro de Maggie en un instante. Eso lo llena de culpa.

—Va a tener que apurarse. Debemos inscribirnos antes de la medianoche.

—¿Antes de la medianoche? Tardaremos al menos tres horas en volver a Wickdon desde aquí. —Gime—. Dios mío, me van a matar por irme tan de repente.

—Intenté llamarlo.

—Eso nos hubiera ahorrado muchas penurias a los dos —masculla él. El reloj cucú en la pared repica—. Mis otras hermanas llegarán pronto para cenar. Se los diré entonces.

—¿En dónde lo espero?

—¿Cómo en dónde? Usted se queda aquí. Tiene que tomarse su café. Además, mi mamá me ahorcaría si se entera de que tuve un invitado y no le di de comer.

Margaret se pone pálida.

—¿Quiere que me quede a cenar?

—Sí. —Lanza el abrigo hacia el perchero que está completamente lleno—. Sé que será un poco distinto a lo que acostumbra, pero mi familia es amigable. Quizá demasiado amigable, pero, oiga, al menos será interesante.

—Interesante —repite Maggie—. No puedo esperar.

Wes le sonríe. Luego, su buen ánimo desaparece al darse cuenta de que al fin tendrá que confesar.

—Estoy seguro de que ya se dio cuenta, pero... Cuando les diga lo que voy a hacer, las cosas podrían ponerse incómodas, así que supongo que debería aclarar que mi familia es súmica. Yo soy súmico. Por si eso le molesta.

Se prepara para recibir sus juicios, pero Maggie solo inclina la cabeza hacia un lado y lo observa con sus enormes ojos. Por primera vez, Wes cree que entiende por qué la gente dice que los perros se parecen a sus dueños. Problema se le ha quedado viendo con esa misma expresión.

—¿Por qué me molestaría?

—Yo... —Busca las palabras, avergonzado por su propio miedo—. No lo sé.

Maggie lo mira como si quisiera contarle un secreto. Como si estuviera sopesando qué tanto puede confiar en él. Y seguramente la respuesta fue que no lo suficiente.

—No me importa lo que pienses del hala. Sólo necesito que estés preparado para matarlo.

—Sí lo estoy. —Al menos, eso espera. Para relajar un poco la situación, agrega—: Te prometo que no haremos rituales paganos ni habrá canibalismo ni nada parecido. Eso solo es en misa.

—Qué decepción.

Wes nunca había sentido un alivio tan dulce en su vida. Al fin, y casi sin aliento, se ríe.

—¿Por qué no vienes a sentarte?

10

Margaret nunca había visto un hogar como el de los Winters. Aunque la noche arrasó con la ciudad como una ola, ahí adentro el ambiente es cálido y lleno de vida. Unas cazuelas cuelgan sobre la estufa junto a gruesos manojos de hierbas atadas con mecate y las repisas están llenas con toda clase de objetos. Hay pequeñas estatuas de santos con halos, velas encendidas dentro de tarros de cristal de colores y una colección de estatuillas particularmente perturbadora: los demiurgos bañados de sangre con toques metálicos, con un aspecto beatífico a pesar del ataque de los cazadores. Al ver esas imágenes, Margaret casi puede comprender la tendencia al dramatismo de Weston. La única iglesia en Wickdon es una construcción katarista modesta y sin adornos, con ventanas transparentes y paredes blancas. Pero la iglesia súmica que pasó de camino a la casa de los Winters brillaba como si estuviera incrustada de joyas.

Por la ventana se ven los tenderos que surcan el callejón y un gato gris atigrado maúlla impaciente desde el alféizar. Weston abre el pestillo y toma al animal entre sus brazos como un bebé. El gato parece indignado, mirando a Maggie con sus ojos amarillos entre parpadeos lentos, pero se deja cargar por Wes hasta la mesa, donde va a sentarse junto a ella.

Codo a codo, los siete se acomodan alrededor de una mesa para cuatro, y todos hablan a gritos entre carcajadas casi histéricas. Margaret hace su mejor esfuerzo por parecer atenta, aunque lo único que quisiera es encerrarse en el baño hasta que se apague todo ese ruido. Weston tenía razón al decir que no se sentiría cómoda ahí.

No está hecha para la ciudad. Todo está hecho a la medida para abrumarla. Los carros tocan sus escandalosos cláxones en cada semáforo. Hay zepelines anunciando marcas, con sus barrigas arrastrándose por el cielo, pero no muy alto. Y la gente... Es tanta. Gente con vestidos de cintura baja, gente llena de perlas, gente saliendo a chorros de centros comerciales tan llenos de luz que podrían dejarte ciego. Incluso ahora, las manos le siguen temblando por lo que le queda de adrenalina.

El hogar de los Winters no la hace sentir mucho más segura. Ella no ha cenado con su madre en años, y es casi doloroso ver la facilidad con la que convive la familia de Weston. Le recuerda días más felices, cuando su madre los ponía a ella y a David sobre la barra para «supervisar» mientras cocinaba. De un tiempo para acá, Evelyn come en su laboratorio, y eso cuando se acuerda de que debe comer. Pero la cena en esa casa es toda una producción. Con tantos vasos, platos y comida sobre la mesa, la madera gime bajo su peso. El olor de la carne bien cocida y un guisado de laurel hierve en un caldero al centro, y una hogaza de pan aún humea con el calor del horno. Margaret está por comenzar a comer cuando la madre de Weston habla.

—¿Quién quiere bendecir los alimentos?

Todos se quedan en silencio, como si hubiera preguntado cuál de ellos rompió su jarrón favorito. Aoife Winters está sentada en la cabecera de la mesa, observando a sus hijos con una seriedad que se desmiente en el brillo alegre de sus ojos. Tiene el cabello casi negro, con unos cuantos mechones grises, como si hubiera entretejido un listón plateado en su trenza.

—¿Nadie? ¿En serio?

Habla con ese rítmico acento banvish que Margaret no suele escuchar en Wickdon, fuera de los marineros y los trabajadores del muelle en los días en que llegan cargamentos. Cuando salen del Inn por la mañana, ha escuchado que la gente murmura: «Todo va a apestar a cerveza por semanas». Aún le duele recordar la preocupación en los ojos de Weston cuando le confesó que su familia es súmica. Ahora se arrepiente de cómo le respondió. Quizá debió intentar reconfortarlo más. Quizá debió haberle contado su propio secreto, asumiendo que no lo haya descubierto solo.

—La señorita Welty debería hacerlo —dice Edie con solemnidad—. Es nuestra invitada.

Weston disimula su risa llevándose un brazo a la cara. Colleen le da un codazo con suficiente fuerza como para hacerlo maldecir entre dientes. El gato se escapa de sus brazos y cae con el golpe seco de sus patitas al chocar contra el suelo de madera.

—Yo lo haré —anuncia Christine.

—Gracias —dice Aoife.

Con una sincronía espeluznante, todos ponen las manos en posición de rezo e inclinan la cabeza. Margaret los imita como mejor puede, mirando detrás de su cabello mientras se va hundiendo en la silla. No conoce la tradición súmica, pero esos pequeños rituales la reconfortan. Le recuerdan las oraciones que solía hacer su padre antes de la comida del Shabbos.

—Bendícenos, Padre, y a estos dones que estamos por recibir —comienza a decir Christine. Los demás la siguen con un ritmo bien practicado, tan rápido que Margaret no logra distinguir las palabras. Cuando termina, el resto dice al unísono: «Amén».

Luego, el caos estalla de nuevo en la habitación.

Weston se lanza sobre el cucharón, pero Mad le da un manotazo para alejarlo.

—Espera tu turno, Weston. Tu madre y tu invitada podrían querer comer algo, ¿no crees?

—Sí, sí.

Mientras Mad no está mirando, Colleen arranca un pedazo de pan, se lo guarda en los cachetes como una ardilla y le hace un guiño cómplice a Margaret. Aunque los rasgos en su cara son distintos, todos los chicos Winters tienen diferentes tonos del cabello oscuro de su madre y el mismo brillo travieso en la mirada. Pero Colleen es la única que tiene los ojos tan claros como el hielo.

Las hijas mayores son hermosas de maneras distintas. Mad, con su cabello en melena y los labios pintados de rojo, es glamorosa y fascinante como las mujeres en las revistas de modas. Christine lleva el cabello todavía más corto y sin duda mucho mejor arreglado que el mismo Weston, y su nariz está salpicada de pecas.

—A ver, déjame servirte un plato, Margaret —dice Aoife—. Estos son como tiburones, todos. Especialmente mi hijo.

—No es necesario. —La culpa le hace un nudo en el estómago cuando sus ojos se encuentran con la mano vendada de Aoife.

—Sin protestar. —Aoife sirve una enorme porción de estofado con la mano buena y lo pone frente a Margaret—. ¿Qué más te puedo ofrecer?

Christine toma un pedazo de carne de su plato.

—Déjala respirar, mamá, pobrecita.

Un extraño sentimiento la toma por sorpresa y le aplasta el corazón. Margaret se siente de pronto como una araña en su telaraña, observándose desde la esquina más remota de la habitación. Desde ahí, se ve a sí misma como lo que reamente es. Una mancha de tinta oscura entre todo el color de esa casa. No encaja con esa gente. No se merece su amabilidad ni sus intentos de incluirla en la convivencia. No, es más que convivencia. Esa gente se ama. Y se nota en cada gesto y en cada palabra, aun en las que parecen de molestia.

«Sé que me estoy pasando de la raya, pero eso no es normal», le dijo Weston antes de irse. «Lo sabe, ¿verdad?».

Margaret se pregunta si eso es lo normal para él. Alguna vez su propia familia fue así. Si cierra los ojos, puede imaginarse a los cuatro dentro de la mansión, seguros, reunidos alrededor de la chimenea. La garganta se le cierra ante el inesperado ataque de la nostalgia. Esa versión de la mansión Welty es irrecuperable, lo cual la hace sentir aún más desolada.

Weston le da un golpecito en la rodilla con la suya y se le acerca para murmurarle algo.

—¿Va bien?

Es como si Wes hubiera echado una sábana sobre los dos; el mundo de Margaret se reduce a la sensación eléctrica de la pierna de él contra la suya y el brillo atento y preocupado en su mirada. Ella asiente y él frunce el ceño con gesto de no creerle, pero no insiste. En cuanto Wes desvía la mirada, las mariposas dejan de revolotear en el estómago de Margaret. Lo único que debe hacer es terminar la cena y pronto estarán de camino a Wickdon.

Margaret se estira para tomar el pan exactamente al mismo tiempo que Weston. Sus manos se rozan y ambos se alejan de un salto como si hubieran tocado fuego. Maggie siente otro enorme nudo en el estómago. Si no recupera la compostura, y pronto, las hermanas se van a dar cuenta. Ella ha soportado burlas toda su vida, pero, de algún modo, la vergüenza de que le hagan burla por eso la destruiría. Y no es como que pueda decirles que Wes le parece desagradable.

—Perdón —masculla él—. Usted primero.

El calor le cosquillea en el brazo mientras arranca un trozo de pan. Lo moja en el estofado y le da una mordida. Es más nutritivo y mucho mejor que cualquier cosa que haya comido en meses, con suficiente sal y el toque intenso del orégano fresco. No se detiene hasta que todos en la mesa se quedan en silencio y siente el ardor en las puntas de sus dedos por tenerlos sumergidos hasta el nudillo en el caldo caliente.

—Está muy bueno —dice, con pena.

Aoife le muestra una enorme sonrisa.

—Come todo lo que quieras.

—Oye, Margaret —comienza Christine—, cuéntanos sobre ti.

Margaret traga con dificultad. El pan a medio masticar le baja lentamente por la garganta y le raspa el esternón como si tuviera uñas. De pronto nota la pierna de Weston rozando la suya y se le pone la piel de gallina.

—No la interrogues —dice él—. Tuvo un día largo.

Christine dobla las manos bajo su mentón.

—¿Interrogarla? Vaya acusación. Perdóname por querer conocer mejor a nuestra invitada.

—Yo también tengo curiosidad. —Cada palabra de Mad es afilada como un cuchillo—. ¿Qué te trae por aquí? Estás tremendamente lejos de casa.

—Compórtense. —Aoife está untando mantequilla en una rebanada de pan con sorprendente destreza. Weston abre la boca, listo para soltar un contraataque, pero la cierra de golpe cuando su madre le pone el pan en la mano.

—En serio, mamá —dice, al mismo tiempo que Mad se burla con un «Deja de tratarlo como si fuera un bebé».

Ambos lanzan miradas molestas.

Aoife empieza a untarle mantequilla a otra rebanada de pan.

—Dejen de pelear y cómanse su cena. Se les va a enfriar. Margaret es la única prudente aquí.

Mad le da un largo trago a su bebida. Sus ojos se encuentran con los de Margaret sobre el borde de su vaso. Queda claro que no le cae bien a Mad, pero Margaret no está segura de si es por algo que hizo o si solo es porque a Mad no le cae bien nadie.

—Bueno. —Christine aplaude una vez—. ¿De qué otro modo podemos romper el hielo? Quizá con algunos datos curiosos. Madeline, ¿por qué no empiezas tú?

—Tengo un cuchillo muy afilado. —Mad lo ondea para darle énfasis a sus palabras—. Nada más te lo recuerdo.

—Qué aburrida. ¡Ah! —Colleen azota una mano contra la mesa, haciendo que todos los cubiertos cascabeleen—. ¿Qué tal esto? ¿Sabían que tenemos diez veces más bacterias que los...?

—¡Qué asco! —grita Edie.

Colleen pone un gesto derrotado.

—Claramente aquí todos tenemos ideas distintas de lo que es divertido.

—Por favor, señorita Welty, sálvenos de nosotros mismos —insiste Christine—. Cuéntenos cómo conoció a nuestro querido hermano.

Seis pares de ojos se posan sobre ella. Los de Weston tienen una intensidad suplicante, cuyo significado ella no logra descifrar.

—Soy hija de Evelyn Welty. El señor Winters tiene... tenía planes de quedarse en nuestra casa hasta que ella regrese de su viaje. Está haciendo una investigación en otra parte, pero sospecho que volverá pronto, cuando se entere de la cacería. Los demiurgos son uno de sus principales intereses.

—Ya veo. —La mirada de decepción de Aoife se posa sobre su hijo—. Tenía la idea de que ya estaba trabajando con ella.

Weston se pone pálido como la arena desteñida por el sol.

Colleen está concentrada en partir una papa en su plato, pero le lanza una sonrisa maliciosa a su hermano y, solo moviendo los labios, le dice: «Estás en problemas».

—Dije que me dejaba ser independiente —aclara Wes sin emoción.

—No lo puedo creer. —La silla de Mad raspa el suelo cuando ella se pone de pie.

«¿Qué hice?», piensa Margaret.

Mientras Christine y Colleen se comunican en susurros, Margaret observa, sin poder hacer más, cómo Mad se va hacia la ventana. La abre, enciende un cigarro y las gotas de lluvia que perlan el cristal brillan bajo la llama que danza en su encendedor. El gato atigrado salta a un banquito junto a ella y frota la cabeza en su mano hasta que Mad cede y lo acaricia.

—¿Por qué me mentiste, Wes? —pregunta Aoife.

—¿Por qué no te mentiría? —suelta Mad. La punta de su cigarro humea como un arma que acaba de disparar—. Es un niño egoísta que nunca ha pensado en nadie que no sea él mismo.

—Basta, Madeline. Piensa en nuestra invitada.

—¡No me importa! No me importa ella. —Se gira para mirar a Margaret—. ¿Por qué estás aquí?

—Porque necesito la ayuda de Weston —dice Margaret con el tono más tranquilo que puede—. Tenía planes de inscribirme a la cacería, pero necesito un alquimista para hacerlo. Si ganamos, mi madre le dará el puesto de aprendiz y el dinero del premio bastará para pagar la cirugía de tu madre.

—O sea que lo haces por caridad. No nos interesa tu lástima ni tu dinero de sangre.

—¡Eso no lo decides tú! —Weston tiene la cara roja—. Es mi elección, y voy a ir.

Colleen ahoga una risa nerviosa.

—Mamaí —gime Edie.

—Llévate a tu hermana a su cuarto, Colleen.

—Pero...

—Ahora mismo.

Colleen agacha la cabeza y toma a Edie de la mano.

—Sí, mamá.

—Y, ustedes dos... —dice Aoife, acercándose a Weston y Mad—, si quieren pelearse como borrachos, háganlo afuera. Mientras estén en mi cocina, se van a hablar como adultos razonables.

—Yo no tengo nada más que decirle —declara Mad—. Ya le dio la espalda a su familia.

La tensión se instala entre ellos como un invitado que nadie quiere ahí. Margaret se lleva otra cucharada de estofado a la boca e intenta no hacer un gesto de dolor cuando le quema la garganta. Los ojos se le llenan de lágrimas.

Aoife descansa la cabeza en la mano.

—Es demasiado peligroso para una chica de tu edad. ¿Qué diría tu madre si supiera lo que vas a hacer? Podrías terminar muerta.

—Por favor, mamá —protesta Weston—. Nadie va a morir.

—Pero si Wes se muere —señala Christine alegremente—, es una boca menos que alimentar.

—Tiene un punto —dice él.

—¡No lo digan ni de broma! —ordena Aoife—. Esa cacería está mal, Wes. Sabes que sí. Ya me preocupo lo suficiente por ti. No puedo preocuparme también por tu alma.

—Él no tendría que matarlo —dice Margaret—. Yo me encargo de eso.

—Creo que la biblia no dice que ser cómplice de un asesinato sea pecado mortal —ofrece Christine—. El Señor perdona y todo eso, ¿no?

—¡Exactamente! —Weston se levanta de su silla para ir a arrodillarse junto a su madre y la toma de la mano. En esa posición, es la imagen del hijo perfecto y devoto—. Sé que está mal, pero ¿qué otra opción tenemos? La señorita Welty me necesita y nosotros necesitamos el dinero. Es mi última oportunidad. La última vez que correré este riesgo. Lo juro, después de esto, si fracaso, volveré a casa. Encontraré un trabajo. Ya no tendrás que preocuparte por mí.

—¿Y si tienes éxito? —pregunta Aoife.

—Entonces dedicaré mi vida a compensarlos por lo que he hecho. —Hace una pausa, y luego continúa con solemnidad redoblada—. Tanto a ustedes como a Dios.

¿Cuándo fue la última vez que Evelyn miró a Margaret con tanta ternura? El amor de Aoife es un nudo de preocupación, rabia y cariño. Si ella intentara desanudar a Evelyn, no está segura de qué encontraría en el centro.

—Como madre, no puedo dejar que lo hagas —dice Aoife—, pero tampoco te lo puedo impedir. Lo único que puedo hacer es que me prometas que volverás a mí entero.

—Así será. Lo prometo.

Cuando Aoife le toma la cara entre sus manos y le besa la frente, Christine y Mad se miran con gesto exasperado. Margaret piensa que debe haber un lenguaje secreto entre hermanas. Uno que ella nunca entenderá.

Mad se tensa, como si pudiera sentir la mirada de Margaret, y la voltea a ver. Es difícil leerla detrás de la cortina gris del humo de cigarro, pero sus ojos parecen completamente negros. Y, al hablar, su voz está llena de veneno.

—Espero que estés contenta.

Lo peor de todo es que no lo está. Durante tanto tiempo sus únicas responsabilidades fueron ella misma y Problema. Pero ahora, si fallan, no es solo su vida la que está en juego. No será solo ella quien sufra, sino todas las mujeres Winters, y su pobre hermano también.

Weston está sospechosamente callado.

No dijo nada durante su amarga caminata a la estación y no dice nada ahora en el tren vacío que los lleva al sur. El aire crepita a su alrededor con un ritmo maniaco que a Margaret no le gusta nada. Wes tiene un pie sobre el asiento de enfrente y, con el otro, está tentando la paciencia de ella con su incesante tap tap tap contra el suelo.

Probablemente ni siquiera se da cuenta de lo que está haciendo. Aunque le molesta mucho, Margaret se muerde la lengua. Será clemente con él, considerando que se ganó el resentimiento de toda su familia en una sola noche. Especialmente, considerando que es culpa de ella por haberlo arrastrado de vuelta a ese plan. Margaret intenta no hacerle mucho caso a su culpa, pero es tenaz y no necesita gran cosa para sobrevivir. Recordar el odio en la voz de Mad la alimentará por días.

Por la ventana, el campo de New Albion se despliega en hilos verdes y dorados apagados por la noche. Margaret puede ver poco entre la oscuridad o el reflejo del carrito de snacks que avanza por el pasillo. Cuando se detiene frente a ellos, Weston compra una taza de café.

—¿En serio necesita cafeína? —le pregunta ella.

Él detiene lo que está haciendo con expresión amarga.

—Sí. ¿Por qué?

Tap tap tap.

Margaret pone un dedo sobre la rodilla saltarina de Wes y la empuja hasta que toda la planta de su pie descansa contra el suelo. Él suelta un gruñido y le da otro sorbo a su bebida.

—Está ansioso —dice ella.

—Necesito mantenerme despierto. Además, el café me tranquiliza.

—Quizá mejor debería tomar una siesta. Está de malas.

—¿De malas? —Wes sonríe, y Margaret podría jurar que escuchó el crujido de algo que se quebró dentro de él al hacer ese gesto—. No, no podría estar de malas en una situación como esta.

—¿Y qué clase de situación es?

—Una en la que estoy solo con una mujer hermosa.

El rostro de Margaret se enciende con un rubor salvaje. Antes, esa clase de conducta la hubiera molestado, incluso abrumado. Pero en este momento, lo único que siente es rabia por lo vacío y calculado de esas palabras. Y quizá un poco de pesar de que Wes le mienta tan abiertamente. Como si pudiera creer que una chica como ella es hermosa.

«No te puedes esconder de mí», piensa Margaret. «Te he visto».

Se da cuenta de que Weston Winters es muy bueno para solo permitir que la gente vea lo que él quiere. Un chico de oro perfectamente pulido. Seguridad imprudente. Palabras dulces como la miel. Pero no es más que un mentiroso y sus partes están unidas con un barato pegamento dorado. Mientras lo mira, la sonrisa de Wes vacila. La mitad de ella quiere la satisfacción de destruir por completo su fachada, pero la mitad más fuerte, y la más noble, siente lástima por él.

«Y tú también me has visto». Por mucho que quería, Margaret tampoco pudo mantenerlo al margen de su verdad. Esa es la cadena que los ata. Se han visto en sus momentos más vulnerables y ahora deben soportar el peso de la realidad del otro.

—¿Esto suele funcionarle? —le pregunta Margaret.

—¿Disculpe?

—Hábleme con honestidad, o mejor no me diga nada. —Las puntas de las orejas de Wes se ponen rojas. «Qué bueno». Si se enoja, será más fácil doblegarlo. Margaret ya ha visto cómo, cuando pierde el control, su temperamento es su mayor debilidad—. Se porta como si no pasara nada.

—¿Qué preferiría que haga? ¿Le gustaría verme llorar?

—No. —Margaret no puede evitar que sus palabras suenen duras—. Quiero entender por qué está tan decidido a hacerse el chistosito cuando podríamos perderlo todo. Quiero entender por qué me está cerrando la puerta cuando necesitamos confiar uno en el otro. Su hermana lo llamó mentiroso y claramente piensa que es egoísta. Yo no creo que ninguna de esas dos cosas sea del todo cierta.

—¿Quién? ¿Mad? Obviamente piensa eso. Siempre será así. No importa lo que yo haga.

—Usted se lo facilita.

—Así no suben sus expectativas.

—Las mías son altas.

Se miran fijamente, meciéndose con el movimiento del tren sobre las vías. Al fin, Weston suelta un sonido de derrota y frustración.

—Tengo que hacerme el chistosito, porque si no me volvería loco. Ya vio lo que piensan de lo que estoy haciendo. No soy más que una decepción y, si lo reconozco, yo... —Se pasa una mano por el cabello que de por sí ya trae despeinado—. No es como que me pueda quedar en Dunway. Las únicas posibilidades de trabajo que tengo son en la fábrica o en el muelle, y ¿qué sería de todas ellas si aceptara eso? Luego me casaré y tendré hijos, moriré joven y dejaré a otra familia a su suerte, igual que mi papá. A menos que me convierta en alquimista, nunca nada va a cambiar.

—¿Por qué sería diferente si se convierte en alquimista?

—No le mentí el día que nos conocimos. Quiero postularme para el senado. Solo aceptan alquimistas, y solamente los políticos pueden hacer un cambio real en este país.

—Pero no lo hacen.

—¡Exactamente! Se supone que la alquimia se trata de cambio y progreso, pero todos los que están en el poder se han olvidado de eso. Ninguno de ellos cambiará nada mientras se puedan seguir beneficiando del estado actual de las cosas. —Cada una de sus palabras está cubierta de amargura—. Con políticas realmente progresistas, ningún niño de seis años se irá a la cama con el estómago vacío. Nadie perderá a un padre por condiciones laborales inseguras. Nadie tendrá que meter a seis personas en un departamento de dos habitaciones. Por eso. ¿Contenta?

Sí lo está, y a la vez no. Es un sueño noble. Si no fuera por la honestidad del anhelo que arde en los ojos de Wes, ella no se lo creería. Le recuerda a su padre. Una vez le dijo que todas las personas tienen un deber divino: *tikkun olam*, reparar el mundo.

Para los yu'adir, la alquimia es una ciencia tanto como una práctica espiritual. Hasta los kataristas creen eso. Pero mientras los kataristas ven el fuego alquímico como un símbolo del juicio de Dios, como la manera de separar el espíritu de la materia así como Dios separará algún día el trigo de la cizaña, los yu'adir ven la alquimia como algo más noble. Solo al entender el mundo físico pueden entender el divino, y eso en sí mismo significa *tikkun olam*. Pero la sabiduría solo es uno de muchos caminos. Su padre también hablaba de las buenas acciones y los actos de justicia. Margaret piensa que él admiraría a Weston por querer usar la alquimia para crear un cambio en el sistema, pero no sabe si ella misma podría ser tan idealista.

Ha leído casi todos los libros de alquimia en la biblioteca de su madre y, pese a las creencias de los primeros filósofos y sin importar lo que diga la biblia, la alquimia no es un proceso de purificación. Es un proceso de corrupción. Siempre encuentra la manera de hacer que los hombres bienintencionados como Weston Winters se vuelvan duros y distantes.

—Todos los alquimistas dicen que quieren hacer del mundo un mejor lugar —dice ella en voz baja—. No creo que ninguno lo haya logrado.

—Porque todos se quedan a pudrirse en sus laboratorios y pasan más tiempo teorizando sobre el mundo que viviendo en él. Todos son cínicos y de vista corta.

Margaret no puede contener una sonrisa.

—Es cierto que la mayoría no se parecen en nada a usted.

—No sé si se está burlando o no.

—No me estoy burlando. —Le sorprende darse cuenta de que lo dice en serio.

Weston rodea el respaldo del asiento de ella con un brazo.

—Muy bien. Ahora es su turno de desnudar el alma. ¿Su madre no le enseñó alquimia?

—Lo intentó.

—¿Y?

—¿Qué me está preguntando exactamente?

—Me da curiosidad por qué alguien que está emparentada con una de las alquimistas más famosas del país no es alquimista.

Antes de todo, su madre le dijo que le iba a enseñar alquimia. Alquimia: magia real. Cualquier niño se hubiera llenado de ilusión. Pero cuando Margaret vio de lo que la alquimia era capaz, la idea perdió su encanto. Cuando llegó el momento de las clases que su madre le prometió, Margaret se quedó petrificada. No pudo hacerlo. La decepción en el rostro de Evelyn aún la atormenta.

—No me gusta la alquimia. Eso es todo.

—¿Por qué no?

Hay tantas formas en las que podría responder esa pregunta. «Porque convierte a los hombres en monstruos». «Porque ¿de qué sirve la alquimia si no puede regresarme a mi madre?».

—Se puede usar para cosas terribles.

—Claro. —No es un comentario controversial. Aunque ambos son demasiado jóvenes para haber vivido la guerra, todos los ciudadanos de New Albion saben del daño que pueden causar las armas tratadas con alquimia. Todos han escuchado historias de horror sobre los alquimistas militares que experimentaron sobre sus propios cuerpos o en los de sujetos de prueba a los que no se les solicitó su aprobación—. Pero eso aplica para todo. El punto es cómo se le utilice.

Margaret se encoge de hombros.

—Entonces, quizá no todos tenemos grandes sueños.

Él le sonríe sin ganas.

—Ahora sí se está burlando de mí.

—No. Es la verdad.

—Qué deprimente. No lo puede estar diciendo en serio.

Pronto verá que sí. Como todos, Wes llegará a ver a Wickdon y la mansión como una cárcel: nada más que espacios pequeños, aburridos y pueblerinos. Los verá como algo que hay que superar o aplastar en su glorioso camino hacia el éxito. Para Margaret, Wickdon es su mundo entero. Sobrevivir ahí día tras día no les deja espacio a los sueños.

—Lo digo en serio, señor Winters.

Weston frunce el ceño. Claramente no está satisfecho con su respuesta, pero no insiste más.

—Puedes decirme Wes, ¿eh?

De pronto, Margaret siente las manos vacías y ansiosas por ocuparse en algo. Se acomoda un mechón detrás de la oreja.

—Bueno.

Mientras el silencio se asienta entre ellos, Wes se frota la nuca con gesto tímido. No es algo incómodo. Margaret está acostumbrada al silencio y lo considera como su único amigo además de Problema. Pero Weston... Wes es como una criatura del bosque, observando el silencio con nerviosismo y desconfianza.

Luego, Margaret ve cómo a Wes le llega una idea. Sus cejas se enarcan y una sonrisa pícara se asoma en sus labios. Él se acerca y ella se vuelve terriblemente consciente de lo cerca que está el brazo de él de sus hombros. Margaret lucha contra el impulso de alejarse. La sensación fantasma de la mano de Wes sobre su piel vuelve como un moretón que crece lentamente. Es un dolorcillo que ella disfruta y odia en la misma medida.

—Entonces —dice él—, ¿te das cuenta de que nunca me dijiste tu nombre? Es Margaret, ¿verdad? Así te presentaste con mi familia.

«Margaret». Le gusta cómo suena su nombre en la boca de ese chico: cómo lo sostiene por un momento entre sus dientes y la manera en que su acento citadino suaviza las erres. Nadie le dice Margaret, aunque lo ha pedido directamente. Asiente, pues de pronto se quedó sin palabras. ¿Cómo logró ponerla nerviosa tan fácilmente?

Decidida a descubrir qué clase de encantamiento le lanzó, observa de cerca a Wes. Su cabello despeinado tiene el mismo negro brillante de la pólvora, y sus ojos son pequeños y están rodeados por pestañas oscuras y gruesas. Cuando sonríe, se alcanza a ver el pequeño espacio entre sus dientes de adelante. Es guapo, aunque él no necesita esa validación, y a Margaret le pesa un poco admitirlo.

—Entonces, ¿cómo te digo? ¿Peggy? —pregunta él en voz baja.

El hechizo se rompe instantáneamente, y Weston Winters es de nuevo el niño enfadoso que se instaló en el cuarto extra en la casa de su madre.

—No.

—¿Marge?

—Definitivamente no.

Wes se ríe.

—Bueno, bueno. Será Margaret. Entonces no quieres ser alquimista. ¿Qué sí quieres ser?

—Francotiradora. —No sabe ni por qué lo dijo, pero se arrepiente de inmediato. No hay nada que Margaret odie más que ser vista. Si algo ha aprendido en la vida, es cómo hacerse invisible para sobrevivir.

—¿Francotiradora? ¿Vas a entrar al ejército?

—No. No exactamente. —Por un momento, lo consideró, pero no está dispuesta a entregarle su vida a un país que no tiene amor para ella.

¿Qué quiere? Margaret se imagina inhalando la esencia de la tierra húmeda y el aroma de los pinos en el bosque. El viento cariñoso revolviéndole el cabello y unas perlas de rocío sobre sus pestañas. El retronar de un arma y los aullidos de un sabueso. Si pudiera ser egoísta, si pudiera tener lo que quisiera, sería algo así. Ella, con una chamarra roja, una corona de laurel y un pelaje blanco en una mano, lo suficientemente alto en el podio de los ganadores como para aplastar la cara burlona de Jaime Harrington.

—Creo que ganar será suficiente —dice.

—¿Y luego?

—No lo sé. No he pensado mucho en lo que pasará después.

—¡Qué práctica!

—¿Sí? A mí me parece ridículo.

—No. No es ridículo. —Wes intenta mantener una expresión seria, pero el fuego decidido y ansioso en su mirada lo hace ver más joven, casi dulce—. Además, los sueños no siempre tienen por qué ser prácticos. Por eso son sueños. Y ahora los nuestros vivirán y morirán juntos.

—Juntos. —Qué concepto más ajeno a ella.

Él le sonríe.

—Somos tú y yo contra el mundo, Margaret.

A ella no le gusta cómo se le aplasta el pecho al escuchar esa declaración. Sus destinos están atados, pero lo que más la asusta son los sentimientos que él le despierta, esa tentadora esperanza y el horrible anhelo. Se parece mucho a estar con las puntas de sus botas asomándose por la orilla de un risco. Todo allá abajo es tan oscuro e inconstante como el mar y, si se deja ir, Margaret no sabe si alguien estará ahí para atraparla.

Así, llega a la conclusión de que Wes y sus sueños son una cosa peligrosa.

11

Margaret lo está poniendo nervioso.

Wes la observa a través del cristal empañado de una cabina telefónica mientras espera que Hohn conteste su llamada. Está sentada en una banca que mira hacia unas colinas, donde un pequeño ejército de cabras está pastando detrás de unas cercas de piedra. Su expresión es tan indescifrable como una investigación alquímica y su mirada está tan perdida como la de una muñeca, pero él poco a poco ha ido aprendiendo su lenguaje: la tensión en sus hombros, la actividad de sus ojos con cada movimiento súbito, la manera en que se recoge y se suelta el cabello una y otra vez.

Aun cuando está inquieta, todo lo que hace es preciso, mecánico y extrañamente hipnótico. Tiene el cabello recogido con una mano y con la otra está blandiendo el prendedor de carey como un arma.

Hohn al fin contesta.

Cuando Wes consigue que pase por ellos y cuelga el teléfono, arrastra su maleta hacia donde está Margaret, tan intranquila. Supone que debería sentirse más ansioso, considerando que su futuro depende de que se inscriban a la cacería a tiempo. Pero su sentido del tiempo siempre ha funcionado un poco distinto al de la mayoría y, además, no le serviría de mucho preocuparse por algo que no puede controlar.

—Relájate. —Wes señala con un movimiento de cabeza hacia el reloj en la torre, que brilla como una luna llena en el cielo sin estrellas—. Apenas son las ocho treinta. Lo vamos a lograr.

El último tren de la noche despierta de su sueño con un silbido y ahoga la respuesta de Margaret. Al salir de la estación, expulsa un rastro de humo y alborota a su paso el aire húmedo y estancado. El faldón del abrigo de Wes latiguea alrededor de sus rodillas al paso del tren y a Margaret se le sueltan unos mechones del chongo y se le pegan a los labios, que tienen su típico gesto ecuánime. Wes considera quitarle el cabello de la boca, y se pregunta si ella lo mordería en caso de que él dejara que la yema de su pulgar se quedara ahí por unos segundos más. Se siente mal por ese impulso. Nunca algo tan banal como el cabello lo había hecho sentirse tan depravado.

—El chofer se va a tardar al menos una hora y media en llegar —dice Margaret cuando el viento se controla y el silbido del tren se convierte en un zumbido distante.

—Y una hora y media en llevarnos. —agrega él con un gesto de desinterés—. Lo cual significa que aún nos quedarán treinta minutos extra.

Aparentemente, Margaret no se siente ni impresionada ni aliviada con esos cálculos, así que se quedan en un lóbrego silencio mientras el frío se intensifica a su alrededor. Un cuervo se posa en el poste de una barda cercana y suelta un grito que a Wes casi le arranca el alma del cuerpo. Margaret ni se inmuta.

Justo cuando él cree que se volverá loco, el reloj anuncia a tañidos las diez. Momentos después, escucha el rugido de un motor que casi lo hace echarse a llorar de alivio. Luego, entre la oscuridad, aparecen las luces del auto como los enormes ojos amarillos de un gato. Mientras el taxi negro de Hohn se va orillando, Wes toma su maleta.

—¿Ves? Llegó justo a tiempo. No hay nada de qué preocuparse.

Margaret le lanza una mirada de odio mientras Hohn se baja del carro.

—¡Qué gusto verte de nuevo, señor Winters! ¿Ella es... Maggie Welty? Pero ¿qué haces aquí?

—Fui a turistear.

—¿Podrías llevarnos al Blind Fox? —pregunta Wes.

—De acuerdo —dice Hohn, aunque parece muy sorprendido. Luego toma la maleta de Wes y la guarda en la cajuela.

Wes y Margaret se suben al asiento trasero, separados por apenas unos centímetros y el grueso muro de la frustración de ella. Él intenta sacar conversación un par de veces, hablando de cómo ha cambiado el clima y que el tráfico ha empeorado, pero ni Hohn ni Margaret le hacen mucho caso fuera de alguna respuesta monosilábica. La reticencia de Margaret no le sorprende. Entre que seguramente ya la hartó y que la actitud de ella siempre es adusta, Wes espera que lo ignore por los próximos tres días. Pero el silencio de Hohn lo desconcierta. No es hasta que ve la mirada suspicaz del hombre a través del espejo retrovisor que comienza a comprender.

Wes puede imaginarse la estricta dieta de historias con moraleja con las que crían a las chicas de Wickdon. De esas en las que los muchachos de ciudad como él se llevan a chicas solitarias y sobreprotegidas como ella solo para exprimirlas hasta dejarlas secas y luego abandonar lo que queda de ellas. Pero Margaret no es una frágil damisela, y no vacilaría en meterle la pistola hasta lo más profundo de la garganta antes de que a Wes pudiera siquiera ocurrírsele intentar algo como eso.

Wes recuerda bien la manera en que Margaret miraba al hala, su expresión decidida y sin miedo bajo el sangriento crepúsculo. En ese momento, a él nada más se le ocurrió rezar, solo podía sentir el pulso latiéndole en la garganta. Pero ella parecía tan preparada, se veía tan... aterradora.

La verdad es que Margaret no es su tipo. Pero claro que eso Hohn no lo sabe.

Wes se pregunta exactamente qué sospechará ese hombre. Quizá que quiere la casa de las Welty, especialmente ahora que la madre no está para proteger a Margaret de víboras oportunistas como él. Lo deprime lo verosímil que suena, así que intenta distraerse con el paisaje. Pero por su ventana no se ve nada más que oscuridad. Incluso el mar es casi invisible, con su negrura ondeando detrás del reflejo del rostro de Margaret. El aliento de Wes se condensa en la ventana y la hace desparecer.

Sufre por lo que le parece una eternidad hasta que al fin llegan a Wickdon. La última vez que llegó, era un pueblito pintoresco, pero ahora se ve tan tumultuoso como Fifth Ward en Lá Fhéile Pádraig. Avanzan por la calle haciendo que las multitudes se separen como el agua bajo una proa. Al fin, terminan acorralados y el taxi se detiene a una cuadra del Blind Fox.

—Creo que hasta aquí llego —dice Hohn—. Esta noche es una locura.

Wes va por su maleta. Apenas puede escuchar sus pensamientos sobre las conversaciones a gritos a su alrededor, y eso le provoca un escalofrío de emoción. Al cerrar la cajuela, ve a Margaret contando el dinero mientras Hohn, que está mirando con severidad hacia él, le susurra algo al oído. El rostro de Margaret se pone rojo como un otoño.

Sería adorable si no fuera una clara confirmación de que Hohn piensa que Wes no es más que un donjuán. A veces, se pregunta por qué se molesta en negarlo. Quizá es lo único que logrará en la vida.

Solo tiene un instante para agobiarse por eso, porque de pronto Margaret va a tomarlo por el brazo. Lo jala hacia atrás justo en el momento en que un hombre se tropieza con un adoquín suelto. La cerveza se derrama de su vaso y apenas esquiva los zapatos de Wes al caer al suelo.

—No —susurra el hombre—. Maldita sea.

Es casi conmovedor.

—Acabas de salvarme la vida —dice Wes con tono burlón.

—Luego me lo agradeces. —Margaret le da otro tirón impaciente a su brazo—. Vamos. Ya casi es medianoche.

Margaret se abre paso entre la multitud con la elegancia y la determinación de una retroexcavadora. A su alrededor, Wes alcanza a captar fragmentos de acentos de la ciudad y destellos de la moda citadina. Vocales amplias y lentejuelas. Risas demasiado escandalosas y boquillas de cigarro laqueadas con las puntas encendidas.

Cuando entran al bar, el ruido es casi insoportable. Apenas hay suficiente aire para respirar; todo es humo de tabaco, vapores sulfúricos y el aroma amargo y anisado de la absenta. El fuego en la chimenea proyecta su luz contra las paredes y tiñe de dorado a Margaret, que se ve como una de las estatuillas sagradas de la madre de Wes. Él no logra quitarle los ojos de encima. Margaret tensa la quijada con un gesto de determinación salvaje y el brillo de sus ojos es aún más fuerte que el de las llamas.

No ha soltado el brazo de Wes, y en realidad él no quiere que lo haga. La presión de su mano es un ancla entre el caos. Juntos, se abren paso entre la multitud hasta encontrar un grupo de personas que más o menos parecen estar haciendo fila. Wes no alcanza a ver lo que está al frente, ni poniéndose de puntillas.

—¡Maggie Welty! —A Wes le toma un momento reconocer la voz cálida y los amables ojos azules de Halanan—. Y Winters. ¿Qué hacen ustedes aquí esta noche?

—Venimos a inscribirnos a la cacería —le dice Margaret.

—Carajo. —No parece contento, pero le da una palmada en la espalda al hombre que está junto a él—. Abran paso. Tenemos una más.

—¡Abran paso!

La orden pasa de boca en boca hasta convertirse en un grito que recorre todo el bar como fuego en un bosque seco. Así, se abre un espacio frente a ellos y una mano en la espalda de Wes lo avienta hacia la multitud. Mientras pasan entre la gente, no puede ver mucho más que el cálido brillo de las lentejuelas y el rojo brillante de las estolas de piel de zorro. Al fin reciben el último empujón hacia un mostrador que está atendido por la misma mujer que contó la leyenda en la ceremonia de inauguración.

Cuando los ve, la señora se queda con la boca abierta.

—¿Este es tu alquimista? ¿Dónde lo encontraste?

—En Dunway.

La mujer suspira, como si ya estuviera acostumbrada a ese tipo de respuestas de parte de Margaret. Su mirada se clava en Wes con una intensidad que casi lo hace encogerse.

—¿Cómo te llamas?

—Weston Winters, señora —responde él, y le muestra lo que espera que sea una sonrisa de oro—. Un placer conocerla.

—Conque Weston Winters, ¿eh? ¿Estás segura de que no lo encontraste en un libro infantil?

—Estoy segura.

La mujer ahoga un grito y la exclamación sorprende tanto a Wes que casi da un salto. Ella lo apunta con un dedo acusatorio.

—¡Un momento! Winters. Sabía que ese nombre me sonaba. El otro día, Mark Halanan vino y me contó una historia de lo más extraña. ¿Saben qué me dijo?

Ninguno de los dos dice nada.

—Dijo que Evelyn tenía un nuevo aprendiz, un jovencito de apellido Winters. Lo acusé de mentiroso, pero aquí estás. —La mujer entrelaza sus manos sobre la mesa—. ¿Por qué tengo la sensación de que quieren pasarse de listos?

—¿Pasarnos de listos? —Masculla Wes—. ¡No! Quiero decir, no, señora. Yo ni siquiera soy listo.

—Sí es su aprendiz —lo interrumpe Margaret—. Mi madre le dio permiso para llegar desde antes. Sus clases comenzarán en cuanto ella regrese.

—¿En serio? ¿No me estás mintiendo?

—Claro que no.

La mirada astuta de la mujer pasa de uno al otro varias veces. Wes mantiene su sonrisa implacable. Aunque no parece nada convencida, la señora echa las manos al aire en un gesto de rendición.

—Bueno, de acuerdo. ¿Sabes qué sigue, chico de la ciudad? Tienes que hacer un sacrificio.

Seguramente Wes la está mirando con la boca abierta, porque ella suelta una carcajada y da unos golpecitos sobre la mesa. En su superficie está grabada la fórmula básica del nigredo. La luz naranja del fuego llena el surco que forma el círculo de transmutación.

—Nada demasiado valioso. Una gota de sangre o un mechón de cabello.

A Wes le sorprende que una tradición katarista como esa le recuerde tanto a una boda súmica. Tradicionalmente, el sacerdote hace un ritual alquímico, por lo general con los anillos de los novios, para simbolizar la unión de cuerpos y almas. Es profunda y mórbidamente súmico andar por ahí con un anillo encantado con la esencia de los dientes de leche o las uñas de tu pareja. Se la pasan cortándose partes para entretener a Dios. Aparentemente, la iglesia en la esquina de su edificio tiene un dedito del pie de la mártir Santa Cecilia perfectamente conservado bajo el altar.

La mujer lo mira, expectante. Wes realmente no quiere pensar en una boda con Margaret Welty, ni siquiera metafórica, pero igual asiente. Satisfecha, la señora pone sobre la mesa un tazón de cristal, un trozo de gis y un cuchillo. Wes siente un poco de náuseas al tomar el cuchillo. La idea de dar aunque sea un poco de su cabello lo perturba más que la otra opción, así que será la sangre. La multitud se queda en silencio mientras él comienza a hundirse el filo en la palma. Puede escuchar los latidos de su corazón en sus oídos.

—¡Espera! —grita alguien.

Jaime Harrington va caminando hacia ellos con un gesto petulante. Trae un gorro sobre su cabello rubio cenizo, su camisa es de un blanco brillante bajo los tirantes y trae las mangas enrolladas hasta los codos. Wes siente cómo el odio se revuelve en sus entrañas y Margaret se tensa por la rabia junto a él.

Su amiguito, Mattis, si mal no recuerda, avanza no muy convencido detrás de él junto con una chica de cabello rojizo con un tocado de plumas negras. A juzgar por la venda ensangrentada en su mano, igual a la de Jaime, seguramente son compañeros de cacería. El pobre Mattis tiene una enorme pelona en las sienes, y la vanidad de Wes se regodea en eso.

—Las reglas dicen que el registro se cierra a la medianoche. —Jaime le da unos golpecitos al reloj en su muñeca—. Ya son las doce con cinco.

—¿Qué diablos está haciendo? —masculla Wes.

—Metiéndose en lo que no le importa. —El veneno en la voz de Margaret lo sorprende.

—La cacería es nuestra tradición más antigua. Nuestra herencia como verdaderos ciudadanos de New Albion —continúa Jaime—. Siempre hemos seguido las reglas que establecieron los pioneros. Sé que hablo por todos cuando digo que nada debería arruinar la santidad de este evento.

Un silencio tenso llena el bar. Luego, comienzan a escucharse entre la multitud unos cuantos susurros de apoyo a Jaime.

—No puede hablar en serio —exclama Wes—. ¿Qué importa si llegamos cinco minutos tarde?

—No se trata del tiempo.

Su mirada pasa a Margaret, quien tiene los brazos cruzados sobre las costillas y está mirando a la multitud como un animal acorralado. ¿Qué es lo que le oculta a Wes? Como sea, si acatan la regla, se acabó para ellos. Su familia estará condenada y tanto sus sueños como los de Margaret se harán pedazos.

Alguien grita desde el fondo del bar.

—No te metas, Harrington.

El placer en el rostro de Jaime comienza a desvanecerse. La mujer detrás del mostrador mira su reloj con movimientos exagerados. Wes se queda sin aliento cuando el minutero se acomoda bajo el cinco. Se acabó.

—Bueno —anuncia la mujer—, da lo mismo. Mi reloj dice que son exactamente las doce.

—Pero...

—Mi bar, mi tiempo. —Mira a Wes—. ¿Puedes continuar, señor Winters? Antes de que aparezcan más alborotadores.

El fuego brilla sobre el cuchillo entre sus manos. La sola idea de hacer un sacrificio por Margaret lo deja helado. ¿Qué tanto de sí mismo les ha entregado a otras personas? Pero, si Margaret ya vio todas sus heridas, ¿cuánto más podría doler derramar un poco de sangre por ella?

No es nada comparado con lo que ya se han entregado mutuamente. Un sacrificio a cambio de un sacrificio, un sueño a cambio de un sueño. Ese intercambio es también una especie de alquimia. Con la punta afilada del cuchillo, vuelve a abrir la herida que ya se había trazado en la palma. Unas gotas rojas caen hasta estrellarse contra el cristal.

Le pasa el cuchillo a Margaret con el mayor cuidado posible. Ella no vacila al quitarse el prendedor y dejar que el cabello le caiga sobre los hombros como un río de oro. Wes siente la boca seca al ver cómo Margaret pasa el cuchillo sobre la delicada piel en la base de su cráneo y se corta un mechón de cabello desde la raíz. Lo deja caer en el cuenco. Las hebras se separan, delgadas y pálidas como las barbas del maíz, y se tiñen con el rojo de la sangre.

Wes se pregunta a qué se reducirían los dos, a qué se reduciría él, si la alquimia pudiera hacer algo como eso. Quizás así podrá ver de qué está hecho y qué clase de hombre es realmente. Pero no hay nada en la carne que pueda alcanzar al alma. No es más que una prisión de oxígeno y carbono.

Con el gis, traza las runas para la reacción y luego pone la mano contra la mesa. Mientras transmite su energía, una lengua de fuego blanco sale del cuenco, quemando sus contenidos hasta convertirlos en *caput mortuum* en segundos. Lo que queda se integra, volviéndose uno solo, y el olor a azufre llena el aire. El calor ondea frente al rostro de la mujer como un velo.

—Nuestros últimos participantes, Margaret Welty y Weston Winters. ¡Que comience la cacería!

En un instante, el bar se llena de ruido.

Wes siente una emoción como ninguna otra. Jaime los mira con una expresión de absoluto desagrado y se pierde entre la multitud con el resto de su grupo. Pero cuando Wes echa un vistazo por la habitación, se encuentra con el mismo gesto una y otra vez.

Entre las sombras que dibuja el fuego, alcanza a distinguir a algunas personas del pueblo, personas que conocen a Margaret, mirándola con un odio terrible en los ojos. El hombre que vende ostras en la calle principal. La panadera que le dio un pay de manzana porque le hizo un piropo sobre su cabello. Uno de los camareros que sigue sirviendo un vaso aunque la bebida ya se está derramando.

Wes conoce bien esas miradas y despiertan algo oscuro y protector dentro de él. La semana antes de la muerte de su padre, casi lo mataron al intentar enfrentarse a un grupo de chicos que siguieron a Colleen cuando salió de la escuela. Aún se le desarticulan los nudillos si aprieta la mano de cierta manera. Ojalá hubiera sabido alquimia en ese momento.

En este mundo, el linaje katarista es poder. El dinero es poder. Pero también la alquimia. Wes siente el calor de su potencial ardiendo en el centro de su pecho.

—¿Wes? —Margaret agacha la cabeza hasta que el cabello le cubre la cara como un telón—. ¿Podemos irnos? ¿Por favor?

El dejo de miedo en su voz lo planta en la realidad.

—Sí. Te llevaré a casa.

—Sácala por atrás —sugiere la mujer—. Esta noche hay lobos allá afuera.

—Así lo haré. Gracias.

Sin pensarlo, rodea los hombros de Margaret con un brazo y de inmediato se da cuenta del grave error que cometió. Espera que ella se aleje, pero, por el contrario, Margaret se acomoda hasta que su cabeza queda acurrucada en el cuello de él. Sus pestañas acarician el pulso acelerado de Wes. Con la docilidad de un cordero, Margaret lo deja protegerla y sacarla por la puerta de atrás hacia la noche que ya los espera.

12

El sol de la mañana cubre a Margaret como una ola. Mientras se desperezа, acurrucándose entre sus cobijas, disfruta la tibia caricia sobre su rostro. Hace tantos años que no dormía después del alba.

Luego, como si le hubieran echado una cubeta de agua helada, sus pensamientos desordenados toman una forma amarga. Ya desperdició la primera mañana de la temporada de caza.

Margaret maldice, sale de la cama y hace un gesto de dolor al sentir el frío del suelo en las plantas de los pies. El estrés y el agotamiento de las últimas veinticuatro horas no se han ido, pero no puede darse el gusto de descansar hoy... ni en las próximas tres semanas. Hasta que el hala haya caído no podrá relajarse. La apretada agenda de la temporada de caza se encargará de eso.

Para mantener entretenidos a los turistas, cada semana promete un espectáculo competitivo distinto. Primero, una exposición de alquimia y el concurso de tiro. Una mala actuación no implica la descalificación de nadie, pero ganar sí ofrece ventajas importantes. La cacería de zorros es un deporte tradicional y jerárquico, con tantas reglas escritas y también implícitas que Margaret apenas puede llevar registro de todas. Pero la que más destaca es cuidar la organización correcta de la gente en el campo. Un club de caza normal divide a sus miembros en cuatro grupos basados en su nivel de habilidad y antigüedad: primero, segundo, tercero y los que irán por las colinas. Pero los encargados de la Cacería de la Medialuna los acomodan en cada grupo según qué tan bien les vaya en las competencias semanales.

El primer grupo es el que va más cerca de los sabuesos y, aunque es el lugar más peligroso, también es donde tendrán las mayores posibilidades de acorralar al hala antes que los demás. De manera no oficial, quien termine en el segundo o tercer grupo no tiene oportunidad de ganar. Solamente los jinetes más fuertes con los perros mejor entrenados tienen esperanzas de superar una desventaja como esa.

Anoche todo fue puro espectáculo. Hoy es cuando las cosas comienzan de verdad.

Margaret realiza su rutina de la mañana a toda prisa y, mientras termina de trenzarse el cabello aún mojado, escucha el sonido de garras y pasos yendo de aquí para allá en la planta baja. Intenta recordarse lo sola que se sentía el día anterior y lo afortunada que es de que Wes haya decidido inscribirse con ella. Pero es difícil aferrarse a la gratitud cuando sabe que él está haciendo alguna tontería. No necesita verlo para sentirse segura de eso.

Con un suspiro, va a investigar el alboroto. Se asoma por el barandal del segundo piso justo a tiempo para ver a Problema doblando en una esquina a toda velocidad con un zapato agarrado por las agujetas en el hocico. El perro se agacha juguetonamente con el entusiasmo de un animal cinco años más joven. Un instante después, Wes aparece derrapando con un brillo juguetón en la mirada.

—Te atrape, maldito. Dámelo.

Problema gruñe y sacude la cola con emoción.

Margaret observa la escena sintiendo cómo el enojo crece en su interior. No es tanto que se estén divirtiendo sin ella, aunque sí le molesta un poco, sino que Wes esté alentando malas conductas en su perro. Necesita que Problema esté en forma y enfocado, y no que ande corriendo por la casa como un cachorrito maleducado.

—¿Qué están haciendo? —pregunta.

Wes casi se va de espaldas por la sorpresa.

—Ah, señorita Wel... Mag... ¡Margaret! ¡No te había visto! Intento recuperar mi zapato.

—Suéltalo, Problema.

Él la obedece sin vacilar. El zapato cae al suelo, brillando entre la grasa con la que lo bolearon y la baba. Mientras Margaret baja las escaleras, tanto el sabueso como el chico la miran con algo que parece reverencia.

—¿Cómo hiciste eso?

—Sabe que estás jugando. —Margaret se agacha para tomar el zapato errante de Wes y le rasca las orejas a Problema—. Los sabuesos solo te hacen caso si te respetan.

—¿Cómo se gana el respeto de un sabueso?

—Siendo más respetable. —Le entrega el zapato—. Quizá deberías empezar haciendo algo mejor con tu tiempo. La exposición de alquimia es al final de la semana.

—Lo sé —dice él con amargura—. Fuiste tú la que decidió dormir toda la mañana. Quería hablar contigo antes de empezar cualquier cosa.

A Margaret se le ponen las orejas rojas, pero decide no caer en la trampa.

—¿En serio necesitas consultarlo conmigo? No me necesitaste para arruinar mi hacha.

—¡Ja ja! —exclama él—. Preferiría no perder tiempo haciendo algo que no te servirá. También sería bueno tener algo de equipo. Como habrás notado, calcular al tanteo la masa y composición de las cosas no da los mejores resultados.

Tiene razón. La alquimia no es una ciencia de tanteos, y no lograrán nada si ella lo obliga a tratarla como si lo fuera. Aunque siente cómo el miedo aprieta sus nudos dentro de ella, sabe lo que tiene que hacer.

—Puedes usar el laboratorio de mi madre.

—¿En serio? —pregunta Wes, con el rostro iluminado.

Margaret asiente, aunque las entrañas se le aplastan de nervios al ver el brillo desbocado en los ojos de él.

—Vamos.

Lo guía por las escaleras hasta detenerse, pensativa, frente a la puerta de su habitación. Así, con Wes apenas a unos centímetros de ella, se siente vulnerable, como un cangrejo tumbado sobre el caparazón. Qué daño puede hacer dejarlo pasar, si ya ha hurgado en las ruinas de su vida. Pero ese es el único lugar que sigue intacto, el único que sigue siendo de ella. Si puede negarle a Wes la entrada a la parte más tierna, la más boba de sí misma, lo hará.

—Espérame aquí.

Ve cómo él estira el cuello intentando ver algo mientras ella entra a la habitación y decide lanzarle una mirada de reproche antes de cerrar la puerta. Del fondo del cajón en su escritorio saca una vieja llave de hierro con manchas verdosas por la suciedad. Mientras la limpia, las escamas de un uróboro le raspan la yema del pulgar.

Cuando su madre comenzó a trabajar en la piedra filosofal, quedó totalmente prohibido para Margaret entrar en el laboratorio sin invitación, pero Evelyn le dejó un juego de llaves extra al irse. La del laboratorio, Margaret la guarda en su cuarto. La otra, la que abre el cajón secreto del escritorio de su madre, la lleva siempre al cuello. Dejar que alguien entre va contra todos sus instintos y contra todo lo que le han enseñado, pero ¿qué otra opción tiene? No puede permitir que Wes ande por ahí creando más hachas inmovibles ahora que solo les quedan seis días.

Afuera de su habitación, él la espera junto a la ventana con los brazos cruzados detrás de la espalda. Las gotas de lluvia de la noche anterior aún brillan un poco en el cristal bajo los rayos del sol que lanzan sombras ambarinas sobre su rostro.

—¿Listo? —pregunta Margaret en voz baja.

—Sí.

Cada paso por ese corredor la llena de un terror que apenas recordaba. ¿Cuántas veces ha recorrido ese camino, de su cuarto al laboratorio, en sus pesadillas? ¿Cuántas veces se ha despertado de golpe con los gritos de su madre en los oídos? La llave gira en la cerradura. El frío de la perilla se le clava en la palma. Luego, la puerta se abre con un gemido cansado.

La luz del sol llena la habitación y ciega a Margaret por un momento. Tras recuperar la vista a parpadeos, observa el polvo que danza en el aire. Nada ha cambiado en ese lugar. En algún tiempo, David y ella se tumbaban en el suelo y veían cómo su madre encantaba tonterías para ellos. Juguetes que flotaban, ligeros como plumas, y animales de peluche cuyas narices brillaban como luciérnagas. La brisa del verano se colaba por la ventana abierta, llevándose el olor de la alquimia.

Pero ese sueño se apaga cuando la mirada de Margaret se posa en la mancha irregular y oscura como el óxido sobre los tablones del suelo. Otro recuerdo aparece en su lugar, y llega tan rápido que ella no logra detenerlo.

Con todo lo que flota y brilla a su alrededor, Margaret siente como si estuviera en el fondo del mar. La garganta se le cierra, escucha el correr desesperado de su sangre en los oídos y está ahí pero también a miles de kilómetros, ahogándose con el hedor del azufre, temblando mientras el agua se desborda, cubre el suelo y alcanza el borde de su camisón.

—¿Margaret?

Es su madre que la llama. Es el hala, diciendo su nombre en el susurrar de las hojas caídas.

—Margaret, ¿me escuchas?

No. Es la voz de un hombre llamándola una y otra vez como en una invocación.

«Margaret, Margaret, Margaret».

De pronto, toma aire desesperdamente. Como si acabara de despertar de un sueño, el velo que cubría sus ojos se retira poco a poco y se descubre mirando los ojos color secuoya de Wes.

La confusión y la preocupación que ve en su rostro la llenan de humillación. Al principio, no puede recordar dónde están o qué estaban haciendo. Y luego, poco a poco, va recuperando las sensaciones: las manos firmes de Wes sobre sus hombros, la solidez de la silla en la que está sentada, el sudor frío que le perla la sien y el picor en sus ojos secos.

—Oye —dice él, casi con ternura—. Creo que te fuiste a otro lado por un momento. ¿Está todo bien?

Es demasiado doloroso tener que soportar de nuevo la amabilidad de Wes, cuando apenas la noche anterior Margaret cometió la imprudencia de soltarse de su abrazo protector. Aún recuerda con claridad el ritmo del pulso de él contra el puente de su nariz y cómo no la soltó hasta que salieron del pueblo. No le preguntó nada después de eso, y Margaret no sabe qué le habría contestado si lo hubiera hecho. Pero esto, esos episodios, son algo que ella tiene que cargar sola. Necesitar apoyo es una debilidad que no puede permitirse.

—Sí. —Se mueve para deshacerse del peso de las manos de Wes y, como puede, se para derecha de nuevo—. Todo está bien.

Él se guarda las manos en los bolsillos, con gesto de no querer dejarla salirse con la suya en la mentira.

—De acuerdo.

Margaret sabe que Wes quiere entender, pero ¿cómo podría explicarle las formas en que su mente la protege de cosas que nadie más puede ver? ¿Cómo alguien con una familia como la de él podría llegar a entender a la suya?

En los meses tras la muerte de David, su padre solía decirle que había dos Evelyns viviendo en la mansión. Margaret no está segura de si lo odia por eso o de si le agradece que intentara protegerla. En cierta forma, él nunca le mintió. No realmente. Si se pone a desenredar sus recuerdos como una madeja de estambre, puede ver a las dos con claridad. Ahí está la primera Evelyn, cubierta de colores brillantes como un atardecer, la que es tan fácil de amar. Y luego está la segunda Evelyn, desteñida y gris, la que te hace preguntarte por qué lo intentas siquiera.

La primera Evelyn es de risa fácil. La Evelyn que grita, emocionada, «corre, corre, corre» para mostrarte una lluvia de estrellas en su telescopio. La Evelyn que se arrodilla junto a ti en el lodo para sacar babosas y salamandras de la marga. La segunda Evelyn es tan fría y distante como un planeta muy lejano. La Evelyn que no come por días, cuya rabia silenciosa llena la casa como humo. La Evelyn que no mira atrás cuando se va.

«Recuérdala en sus días buenos», solía decir su padre. «Esa es realmente ella».

Con el tiempo, Margaret fue la única que se quedó a recordar, y ahora ya no está ni una Evelyn.

Lucha con el pestillo de la ventana hasta que logra abrirla. Le gusta cómo le cala el frío en el rostro empapado de sudor, y la suave brisa que mece las cortinas se lleva el olor a encerrado del aire. Pero no basta para sentirse bien o siquiera remotamente normal. Si Wes no estuviera ahí, iría a acurrucarse en la cama con Problema hasta recordar cómo vivir en su propia piel. Pero no quiere que él la trate con pinzas, como lo hacen Halanan y la señora Wreford. No quiere que él lo sepa.

Wes la observa con incertidumbre mientras ella se le acerca, pero acepta la llave que le pone en la palma de la mano.

—Está un poco desordenado —advierte Margaret—, pero considéralo tuyo a partir de ahora.

—Creo que estará bien para mí. Gracias.

Wes se guarda la llave en el bolsillo antes de pasar su atención al laboratorio. Está lleno de matraces y morteros, balanzas y alambiques con una intrincada red de tubos. Por todas las paredes hay repisas desbordadas de libros, con notas garabateadas asomándose entre sus páginas. Pasa sus dedos sobre las notas, formando las palabras con los labios mientras intenta leer las fórmulas. Pero de qué le va a servir, si la madre de Margaret escribió todo en código. Al final, Wes abandona sus esfuerzos de traducción y se tumba en una silla detrás del escritorio.

Dobla las manos bajo su mentón y mira a Margaret con los ojos entrecerrados.

—Dime, ¿parezco un alquimista de verdad?

—Que ni se te suban los humos.

—Demasiado tarde—. Wes le da la vuelta a un reloj de arena—. Cuéntame, ¿qué necesito prepararte?

—Solo podemos llevar cuatro artículos alquimizados a la cacería, y como no sabes montar, necesitaremos algo para que el caballo sea manso. Fuera de eso, solo requerimos un arma que pueda matar al hala. Cualquier otra cosa será una ventaja, porque estaremos doce horas en el frío.

—Entonces, ¿en qué quieres que trabaje para la exposición?

Buena pregunta. Aunque Margaret sabe que le irá bien en el concurso de tiro, se van a promediar los puntajes de ambos. Le guste o no, está atada a él. En la exposición se recompensa la ambición, pero basándose en lo que ha visto que Wes puede hacer, duda que logre sacar adelante algo más que una simple transmutación.

Claramente, él nota su preocupación.

—Escucha —le dice—, sé que aún no has visto algo que te dé esperanzas, pero te juro que puedo hacerlo.

—Te creo. —No está del todo convencida, pero decirlo la hace sentir que viven en un mundo en el que ganar es posible para ellos—. La opción más segura es trabajar en algo que ya sepas que puedes hacer.

—Pero ¿si quiero asegurar que entremos al primer grupo?

—Tendrías que dejarlos con la boca abierta.

—Claro. Sin presión.

—Lo único que es absolutamente necesario es una bala que pueda matar al hala, así que concéntrate en eso. —Margaret espera que Wes pueda encontrar un método mejor que el que ella ya conoce. Inconscientemente, se pone la mano sobre el pecho, donde la llave de su madre descansa tibia contra su piel.

—Puedo hacerlo.

La manzana de Adán de Wes baja y sube sobre el cuello desabotonado de la camisa y su pálida piel se pone aún más cetrina. Margaret piensa en la indignación de Mad y su madre ante la idea de que entrara a la cacería. Aunque no conoce los detalles de la fe súmica, entiende lo complicado de los sentimientos que surgen de traicionar tu historia familiar.

—¿Estás seguro de esto?

—¿No fuiste tú la que me dijo que teníamos que confiar uno en el otro? Sé que sigues enojada conmigo por lo del hacha, pero...

—No lo decía por eso.

—Ah, por eso. —Wes apoya la cara sobre sus puños—. No me digas que a ti también te preocupa el destino de mi alma inmortal.

—No. Solo me preocupa tu ser mortal.

—Estoy bien. En serio. No te voy a defraudar. A estas alturas, ya sé cómo vivir con culpa.

Margaret se queda callada por un momento, en parte porque no quiere ofenderlo y en parte porque no quiere meterse donde no la llaman. Pero hace tanto que no tenía con quién hablar.

—¿Por qué le preocupa tanto a tu madre? ¿El hala es un santo para los súmicos?

—En realidad los demiurgos no son santos. Algunas personas les rezan como intercesores, pero son más bien extensiones de Dios mismo. Son Dios, pero están fuera de Dios; tienen la misma esencia divina.

Ahí deja de hablar, como si hubiera explicado perfectamente el concepto. Margaret lo mira sin comprender.

Wes se ruboriza, y luego continúa.

—Bueno, esa es la explicación oficial del papa. Es todo un tema. Los obispos lo han discutido por siglos, y la verdad es que yo creo que nadie lo entiende realmente. Son los misterios infinitos de Dios y todo eso.

—Ya veo. —A Margaret le parece que a su padre le agradaría un dios que le gusta estar lejos. Y sin duda no le agradaría aceptar la versión de la naturaleza divina de boca de otro hombre sin atestiguarla por sí mismo. Pero si Aoife realmente cree que su hijo está matando una parte de Dios, o a Dios mismo, si es el caso, puede entender por qué le preocupa—. ¿También adoran a los santos?

—No realmente. Pero sí los veneramos. Les rezamos y tomamos sus nombres cuando llegamos a cierta edad. Cosas así.

—¿Tú cuál tomaste?

—Francis Xavier. O sea que soy Weston Carroll Francis Xavier Winters.

—Carroll —repite ella.

—Es un nombre de la familia —dice él, con tono defensivo—. Pero, bueno, el punto es que los santos son gente normal que hizo algo tan increíble que mereció ser canonizada. Por lo general eso significa que moriste de una forma dramática y sangrienta cuando alguien intentó convertirte. Aunque he escuchado que hay un perro santo que tiene muchos adeptos.

Es la primera cosa que ha dicho que tiene sentido. Todos los perros merecen ser venerados, quizás incluso canonizados.

—Y esa es... ¿la meta?

—Para mí, no. Si quieres ser santo, tienes que sufrir y además ser célibe, y por eso mismo mi plan es irme al infierno. —Se traza un círculo con el pulgar en la frente, en los labios y en el pecho.

Margaret hace un gesto de fastidio, poniendo los ojos en blanco. Cada que comienza a creer que hay al menos un gramo de madurez en él, Wes le demuestra lo contrario.

—Supongo que ambos nos iremos para allá cuando tengamos la sangre del hala en nuestras manos.

Espera que Wes le haga la pregunta que arde en su mirada: «¿Por qué tú te irías al infierno por eso?». Es otra cosa que ha aprendido de él. No es solo su dolor lo que esconde detrás de su sonrisa taimada. También es su sagacidad. Ese hombre nota más cosas de las que revela. Hay muchos kataristas tolerantes en el mundo, a juzgar por la señora Wreford y Halanan. Pero Wes ha visto lo suficiente de la vida de Margaret y la forma en que ese pueblo la trata como para saber que ella no es solo una katarista tolerante.

Claro que debe saberlo.

Pero, si lo sabe, no la presionará para que lo diga. Solo se reclina tanto en su silla que Margaret teme, o quizá desea, que se caiga.

—Bueno, si voy a lograr hacer esto en los próximos seis días, necesitaré algunas cosas. Lo cual significa que... —Las patas delanteras de la silla caen al suelo con un fuerte golpe—... esta vez no podrás escaparte de darme un tour por el pueblo.

—De acuerdo. —Margaret siente miedo de la sonrisa triunfante que se posa en el rostro de Wes—. ¿Cuándo quieres ir?

—Me haría bien el aire fresco. ¿Qué te parece ahora mismo?

13

La chica más hermosa que Wes ha visto en su vida está al otro lado de la cerca de la tienda de abarrotes. Está en la fila con sus amigas afuera de uno de los puestos de techo rojo que brotaron por la noche como las carpas de un circo itinerante. La gente anda de aquí para allá con vasos llenos de bebidas humeantes y manzanas cubiertas de caramelo, pero él solo puede enfocarse en ella.

Trae un enorme suéter tejido sobre una falda verde tableada que le llega hasta los muslos, sinuosos como el agua, y el maravilloso tramo de piel entre la tela y sus zapatos oxford de tacón, casi lo vuelve loco. Bajo el sombrero cloché su cabello cae en rizos, tan coloridos y redondos como castañas, y unas perlas cuelgan de sus orejas como gotas de lluvia en la orilla de un pétalo. Hay algo en ella que le resulta conocido. No solo los detalles de moda de la ciudad, sino algo en su rostro...

Quizá la conoce de alguna parte. Pero no, recordaría una cara como esa.

Wes considera ir a saludarla, pero Margaret le dejó la orden de comportarse. La verdad, esperaba que únicamene fuera un viaje para comprar artículos alquímicos, pero ella quiso ir a tachar pendientes de su lista kilométrica de cosas por hacer. La idea de ir pesarosamente detrás de ella por todo el mercado le pareció tan atractiva a Wes como la de arrancarse la piel.

Ya ha hecho antes eso de ir detrás de ella y es impresionante el tiempo que puede pasar midiendo el valor de una sola manzana. Por eso prefirió quedarse a observar a la gente y rescatar algunos chismes de entre las pláticas que va escuchando. Dicen que anoche el hala arrasó con toda la cosecha de un viñedo de cien años, lo cual aparentemente es tan trágico como emocionante.

Otra señal de que será una cacería de primera.

Mientras espera a que Margaret termine sus compras, no ve problema en ponerse a coquetear. Si no hace nada, tendrá que confrontar el miedo que tiene a fracasar, a la idea de que tres semanas no son tiempo suficiente para prepararse para la cacería y a que el hala los hará pedazos. Si deja de moverse, se hundirá.

Una de las amigas de la chica lo señala con la mirada y la otra voltea a verlo por encima del hombro. Wes sonríe. Es un gesto que ha practicado mucho en el espejo, así como también practica los patrones verbales de los mejores oradores del país. Es un cálculo perfecto. Si la sonrisa es demasiado grande, parece una mueca, si es demasiado suelta, se convierte en un gesto lascivo. Pero esa es perfecta, porque cuando saluda agitando una mano, las chicas lo recompensan poniéndose a discutir algo entre ellas.

Finge que no lo nota, pero para él es claro. Le encanta la atención y no le avergüenza admitirlo. Le pasaría a cualquiera que hubiera crecido en una casa como la suya, donde la atención es un lujo tan cotizado como el oro. De niño, aprovechaba cualquier ventaja que tuviera sobre sus hermanas al ser el único chico, el único con inclinación hacia la alquimia y el único que podía convencer a su madre de perdonarle sus muchos pecados.

Cuando terminan su conferencia, las amigas de la chica la empujan hacia donde está Wes. Ella se abre paso entre la multitud y luego se acomoda con los brazos colgando sobre la cerca. A esa distancia, Wes puede ver todos los tonos de verde en sus ojos, cómo sus iris están rodeados de un amarillo gatuno. Por un momento, a él le da la impresión de que ya no sabe respirar.

—Hola —dice la chica—. ¿Le puedo ayudar en algo? Lleva diez minutos observándome.

—¿La estaba observando? Discúlpeme. Iba de camino a hacer unas compras cuando... Bueno, me distraje y no tuve valor para ir a saludarla.

—Ay, no le va bien hacerse el tímido, señor Winters.

—¿Sabe... sabe cómo me llamo?

Ella le sonríe con picardía.

—Claro. Nos conocimos el otro día. Pero veo que me olvidó muy pronto.

El terror le pone la mente en blanco a Wes.

—¿Es broma?

—Totalmente en serio.

No suele ser tan malo con las caras. Especialmente no es tan malo con caras tan hermosas como la de ella. ¿Dónde podrían haberse conocido?

—Si tan fácil se le olvidó, debe ser porque le ofrece a muchas chicas que se fuguen con usted.

Ah. Ah. La chica del Inn, la que lo llevó a casa. Estaba muy perdido en sus pensamientos esa noche, pero ahora recuerda su silueta en la ventana del carro, bordeada por el brillo plateado de las gotas de lluvia. Recuerda el tono soñador en su voz cuando habló de Dunway.

Wes siente un creciente calor que comienza en su nuca.

—Creo que esto debe ser lo más vergonzoso que me ha pasado en la vida.

La muchacha se ríe y es un sonido tan efervescente como la champaña.

—No se preocupe. Creo que esa noche su mente estaba en otra parte.

—Como sea, me da mucha pena.

—Tranquilo. —Le pone una mano sobre el brazo para reconfortarlo—. Además, ni siquiera me presenté realmente. Soy Annette Wallace.

—Un placer conocerla otra vez, señorita Wallace.

—Dime Annette.

—Annette será. —Las palabras apenas van saliendo de su boca cuando nota un movimiento sobre el hombro de ella y luego la escalofriante sensación de unos ojos clavándose en su cara. Dos personas lo miran con odio. La primera, claro, es Margaret. La segunda es Jaime Harrington, quien se detiene en seco a media calle al verlo.

Wes se pregunta cuánto le durará su poca suerte antes de que todo explote.

Puede manejar la ira de Margaret. Aunque no últimamente. No está seguro de cómo le cae en realidad, ya llegó a la conclusión de que haga lo que haga va a molestarse. Pero Jaime... Ese berrinche que hizo la noche anterior en el bar aún le enoja. Con todo y que no han intercambiado más de cinco palabras, Wes siente que ya lo conoce bien: un ego enorme y pura fanfarronería. Cómo quisiera poder enfrentarlo y...

No, no puede ni permitirse la idea de pelear con Jaime. Por el bien de Margaret, tendrá que actuar con madurez.

Annette sigue su mirada.

—Ah, ¿está con Maggie?

—¿Eh?

—Maggie Welty. —No lo dice con un tono desagradable, pero Wes detecta lo que quiere decir. Por lo que sabe, Evelyn no es popular en el pueblo, y su hija...

Su hija. Apaga cualquier pensamiento sobre Margaret antes de que pueda convertirse en algo que lo distraiga. Pero es difícil ignorarla cuando está acribillándolo con la mirada. Sus ojos dicen: «Vámonos. Ahora mismo». A lo que él quisiera responder «En un momento. No me lo arruines».

—No exactamente. O sea, sí, estoy con ella, pero solo en el sentido de que ambos estamos aquí al mismo tiempo. —Se aclara la garganta—. Creo que no le caigo muy bien a la señorita Welty.

—No se lo tome personal. Casi nadie le cae bien.

—Ni tampoco a Jaime Harrington, aparentemente.

—¿Jaime? No le haga caso. Desconfía de los foráneos, pero no es peligroso.

Wes lo duda mucho, pero responde con un sonido neutral.

—Como sea, me alegra que al final haya decidido quedarse. Escuché el rumor de que entró a la cacería. ¿Qué saben sobre los zorros en la ciudad, señor Winters?

—Por favor. —Con su mejor sonrisa, se quita el sombrero. La estática cruje sobre sus orejas, lo que significa que su cabello debe estar paradísimo—. Dime Wes.

—De acuerdo, Wes. Responde mi pregunta.

—La verdad, nada. Pero si voy a vivir aquí por un tiempo, supuse que debería hacerlo como los locales. Escuché que la cacería será especialmente emocionante este año. ¿Te enteraste de lo del viñedo?

—Cuando dicen «emocionante», se refieren a peligrosa, ¿sabes?

—Lo sé. —Wes suelta una risita baja—. La verdad es que la señorita Welty me pidió que entrara con ella y no puedo decirle que no a una mujer que me necesita.

—Pero qué caballeroso. Ahora sé que lo que sea que haya entre nosotros, no significa nada —dice ella con un suspiro exagerado y burlón.

A Wes le alivia que hayan dejado atrás el tema de Margaret y el de la caza.

—No es verdad. Permíteme demostrártelo. Casi no he podido conocer nada del pueblo, así que...

—Lamento mucho decepcionarte, pero no hay nada que conocer aquí. Solo tenemos agua salada, árboles y peces.

—Ay, por favor. Seguramente hay algunas joyas ocultas en Wickdon. Has vivido toda tu vida aquí. Apuesto a que puedes enseñarme un par de cosas.

Annette se ríe.

—No creo que haya nada que una chica como yo pueda enseñarte.

—Bueno —dice él, bajando la voz—, quién sabe.

Una sombra lo cubre y una mano pesada se cierra sobre su hombro.

—¿Este tipo te está molestando?

—Jaime —grita Annette—. Hola.

Wes se quita la mano de encima y al darse la vuelta sus ojos se encuentran de frente con la sonrisa malvada de Jaime. Tiene que echar la cabeza para atrás para poder mirarlo a los ojos, lo cual intenta que no le moleste.

—Solo estamos platicando.

—Solo estamos platicando. —La imitación que hace Jaime le deja claro que cree que su forma de hablar es ridícula. Vocales exageradamente marcadas y consonantes arrastradas—. No sabía que Maggie Welty dejaba que sus perros anduvieran vagando por ahí sin supervisión.

—Un placer, como siempre, Harrington.

—Un placer. —Jaime sacude la cabeza, como si estuviera disfrutando un chiste local—. No puedo con ese acento. ¿Sabías que es de Dunway, Annie?

Annette baja la mirada.

—Lo sé.

—Ella siempre ha querido ir a Dunway —dice Jaime con indiferencia—. No tengo idea por qué.

—Supongo que tú sí has ido. —Wes intenta disimular la rabia en su voz.

—Dios, no. Mis padres nacieron ahí, pero se fueron cuando comenzó a llenarse de gente. Los inmigrantes banvish se reproducen como conejos, y todos los días salen más y más de los barcos. No sé cómo lo soportas. —Jaime hace una pausa, como si esperara la reacción de Wes. Como este no le da nada, él solo se encoge de hombros—. Además, no puedes competir con los yu'adir si quieres mantener aunque sea un poco de integridad. Abaratan sus productos para ganar más dinero.

—Un resumen impresionante —dice Wes—, para alguien que nunca ha sacado la cabeza de su propio trasero.

Annette se lleva una mano a la boca para ahogar su risa.

La expresión sorprendida de Jaime se vuelve de enojo.

—Te crees muy listo, ¿no? Déjame aclararte algo. Si no quieres meterte en problemas, mantén la boca cerrada y controla tus manitas. Hay mucha gente molesta de que te hayas inscrito a la cacería y sería una pena que algo te pasara por eso. ¿Nos estamos entendiendo?

Viendo el odio desmedido en los ojos de Jaime, cualquier persona en su sano juicio se disculparía. Pero Wes solo siente cómo su ego crece. Especialmente porque Annette lo está mirando con una mezcla de horror y fascinación.

—Déjalo en paz, Jaime —dice Annette—. No le hace daño a nadie.

—¿Quién habló de hacer daño? Solo estamos platicando, ¿verdad, Winters?

—Claro.

—Claro —repite Jaime, dándole una palmada en la espalda a Wes—. De hecho, le estoy dando buenos consejos. Conocer a la competencia es parte de la preparación para la cacería. Winters es alquimista. ¿Qué tal si le muestras un truco de magia a Annie, ya que tienes tantas ganas de impresionarla?

La ira arde como un hierro al rojo vivo dentro de él. Tiene mil respuestas en la punta de la lengua, aunque solo la mitad son más o menos coherentes. Una semana atrás, Wes lo hubiera molido a golpes en el acto y sin vacilar. Pero ahora hay demasiadas cosas en juego como para ser algo más que el perro obediente de Margaret. Aunque eso no significa que no pueda recordarle a Jaime que tiene dientes para morder.

—La verdad, no sé si eres estúpido o valiente. —Es el mismo tono de voz que usa cuando quiere que Mad se ponga roja de coraje. Un poco impertinente y un poco arrogante—. Sabes que soy alquimista y te atreves a amenazarme abiertamente.

—¿Qué? —Jaime ladea la cabeza—. ¿Planeas prenderme fuego o algo así? Hazlo. Te reto.

El aire se siente caliente y a punto de echar chispas.

—¿Sabes qué creo? —continúa Jaime—. No creo que puedas hacer nada, aunque quisieras. De hecho, sé que viniste para estudiar con Evelyn. ¿No te parece que estás algo grandecito para eso? El último aprendiz que tuvo tenía diez años.

Que se vaya al diablo el respeto. Ese hijo de puta se va a arrepentir.

—Señor Winters.

«Margaret». Wes ahoga un gemido mientras se da la vuelta para mirarla. Una ráfaga de aire frío recorre la calle, sacudiéndole la falda y liberando unos mechones de su chongo apretado. Las nubes cubren el sol justo cuando sus miradas se cruzan y el dorado en los ojos de Margaret desaparece mientras los va entrecerrando. Parece más lobo que mujer, como si una magia más salvaje que la alquimia corriera por sus venas. Verla es algo que aún lo deja petrificado. Wes relaja las manos. Los tendones en los nudillos de su mano derecha truenan y vuelven a su lugar.

—Debemos irnos —dice ella—. Necesitamos comprar sus cosas.

Jaime señala a Margaret con la cabeza.

—Ándale. Sé buen chico.

La boca de Margaret se tensa, pero su expresión es tan impenetrable como siempre.

¿Cómo puede tolerarlo? O quizás es que lo ha tolerado por tanto tiempo que ya se volvió más fácil. Wes se balancea al borde de la lástima y la rabia por la actitud pasiva de ella. La crueldad ya agotó a Margaret, pero él no puede permitirse huir sin derramar al menos un poco de sangre.

—Un gusto encontrarte de nuevo, Annette. Nos vemos.

Wes ve el momento exacto en que Jaime registra la sonrisa de la chica y la cuidadosa selección de las palabras «de nuevo». Su rostro refleja una rabia impotente y Wes sabe que la primera victoria es suya.

14

Caminan lado a lado por el pueblo y Margaret, aunque sabe que no debería, está molesta con Wes. Racionalmente, entiende que solo está irritable y cansada, como siempre después de uno de sus episodios, pero racionalizarlo no ayuda en nada para mejorar su ánimo. No puede dejar de pensar en cómo él se pavoneaba como un ave exótica ante Annette Wallace. No puede dejar de verlo por el rabillo del ojo, sonriendo como un tonto. En treinta minutos logró enfurecer a Jaime aún más de lo que ya estaba. No puede dejarlo solo ni un segundo. Es como un cachorrito que está dentando.

—Veo que ya hiciste una amiga —dice ella.

—Puede ser. —Su sonrisa se vuelve obsequiosa—. ¿Te dieron celos?

—No.

—Mmm. —Es un sonido escéptico y burlón, uno al que ella no está acostumbrada.

Las mangas del abrigo de Wes cuelgan sobre su espalda como un par de brazos extra. Una vez más se ve como él mismo, absurdo, pero Margaret no puede olvidar cómo se veía con el gesto rabioso y los ojos ardiendo de ira. Un momento más sin que nadie hubiera intervenido y habría atacado a Jaime. Está segura de eso. Quizá debió dejarlo.

—Te dije que Jaime no es la clase de persona con la que conviene enemistarse.

—No le tengo miedo —responde él con aspereza—. Además, él empezó. Yo no me estaba metiendo con nadie.

—Coqueteando descaradamente con Annette Wallace no cuenta como no meterse con nadie.

—No estaba coqueteando descaradamente.

—Está enamorado de ella.

—Pues yo también.

Margaret pone los ojos en blanco. Todos saben que Jaime ha estado perdidamente enamorado de Annette desde que eran niños, aunque ella nunca le ha dado ni la más mínima señal de reciprocidad. Una vez, Jaime hizo llorar a Sam Plummer porque tuvo el atrevimiento de invitar a Annette a tomar un café.

—Te estás poniendo una diana aún más grande en la espalda. Si no te metes con él... ni con ella, te dejará en paz.

—¿Tú también has andado tonteando con Annette por el pueblo? Porque Jaime no te deja en paz.

A Margaret no le gusta la mirada inquisitoria de Wes. Sería tan fácil contarle, pero siente la lengua pesada cada que piensa siquiera en decirle: «Es porque soy yu'adir». Es terrible el miedo que le da lo que él podría decir. La lástima sería igual de mala que el asco.

—Está enojado. Y se siente amenazado.

—Obviamente. Solo me pregunto por qué eligió sentirse amenazado justamente por ti.

—No has visto cómo disparo cuando quiero matar —dice ella con brusquedad—. Tal vez te gustaría una demostración.

Wes echa las manos al aire en gesto rendido.

—No, así está bien. Tengo buena imaginación. Además, ¿qué harías si no me tuvieras para molestarte?

A juzgar por el brillo en los ojos de Wes, Margaret sabe que no tiene ninguna intención de escuchar sus consejos, y le da la impresión de que insistir con eso solo haría más atractiva a Annette. Si Wes quiere meterse en ese enredo completamente evitable, que lo haga.

Mientras la luz de la tarde se va perdiendo, las tiendas comienzan a apagar sus luces. Wes se asoma en cada escaparate que pasan, pero solo se detiene en el del sastre. Mira con tal intensidad y anhelo el traje en la ventana, que Margaret siente que va a quedar su rostro marcado en el cristal. El elegante bordado en las mangas, con hilos de todos los colores, del océano al alba, sin duda vale más que las vidas de ambos combinadas.

—Vamos —le dice ella—. Seguro tienen lo que necesitas en la tienda de Morgan.

Avanzan con pasos pesados hasta V. K. Morgan y el alegre cascabeleo de la campana sobre la puerta anuncia su llegada. Es una tienda pequeñita y llena de cosas, en parte botica, en parte abarrotes y en parte tabaquería, por lo que siempre huele como a vela quemada. Una cornamenta blanqueada por el sol cuelga del techo como un lóbrego candelabro, con luces colgando de ella.

Los turistas dejaron el lugar casi vacío, como un animal destazado y limpio. No quedan más que los huesos. Todos en Wickdon compran ahí, pero, aunque Morgan alcanza a pagar sus cuentas con las compras normales, de lo que ganan realmente es de la venta de pieles a alquimistas en Dunway. Los catálogos de moda anuncian toda clase de ropa alquimizada: estolas de mink imbuida con la luminiscencia del diamante, capas con forro de piel con la esencia de la pimienta para que mantengan el calor, elegantes abrigos de piel de conejo infundidos con las propiedades impermeables del petróleo.

Las gemelas Morgan están lado a lado detrás del mostrador como dos cuervos viejos sobre un cable telefónico. Sus cabellos rojos caen en ondas largas y sueltas bajo sus sombreros de ala ancha.

—Oh, mira, Katherine. —Vivienne se inclina hacia adelante en su asiento. Fragmentos de hueso adornan cada uno de sus anillos de oro, que golpetean como lluvia cuando extiende las manos sobre el mostrador de cristal—. Parece que Maggie Welty ha vuelto a visitarnos.

—Eso parece. Hace mucho que no la veíamos.

—No, no tanto. ¿Ya se te olvidó? Creo que fue hace dos semanas.

—Te equivocas, Vivienne. Fue hace meses.

Hablan como un ritmo extraño y sincopado que, hasta donde se sabe, es un acento solo de ellas dos, pues nacieron y crecieron en Wickdon. Wes mira a Margaret con los ojos muy abiertos y gesto confundido mientras las mujeres siguen discutiendo.

Es curioso que el nombre de la tienda tenga las iniciales de ambas, considerando que Margaret tiene la sospecha desde niña de que, de hecho, son la misma persona. Se ven idénticas. Suenan idénticas. Suelen hablar en plural mayestático y conversan como si pudieran leer la mente de la otra. Aunque mucha gente suele incomodarse en su presencia, Margaret ya está acostumbrada a ellas. Y cómo no, considerando que son de las pocas personas en el pueblo que le pagan un precio justo por lo que vende.

—Ignóralas —le dice a Wes—. Vamos a buscar lo que necesitas.

Justo cuando abre la boca para responder, los ojos de las gemelas se posan en él.

—¿Y quién es este muchacho? —pregunta Katherine.

Eso es lo único que hace falta para que Wes pase por una impresionante transformación. Se acerca al mostrador y se recarga en él con el codo. Su voz es suave como el terciopelo y su sonrisa brillante como el sol.

—Weston Winters, *madame*. Un placer conocerla.

—Oh. —Es apenas una exhalación—. Un placer conocerlo a usted también, señor Winters.

—Es verdad, un placer —dice Vivienne.

Es insaciable. Primero Annette Wallace y ahora las gemelas Morgan. ¿Cómo es posible que todas caigan en su juego? ¿Cómo es que nadie se da cuenta? Cada una de sus palabras y actos están perfectamente planeados para agradar a la gente. Es vergonzoso lo transparente que es su deseo de ser aceptado.

Mientras Wes platica, Margaret se va a recorrer los pasillos buscando lo que él le pidió para sus experimentos. Lo mira desde detrás de una pequeña torre de osmio mientras la luz de la hora dorada se cuela por la ventana y lo cubre con la calidez del oro. Está hablando alegremente con Vivienne, y si el tono bajo de su voz y la soltura de su cuerpo sobre el mostrador indican algo, está coqueteando con ella. Debería ser ridículo, pero Margaret nunca había visto a las Morgan tan... cautivadas.

«¿He sido yo la que no se da cuenta?».

Su encanto va más allá de la sonrisa fácil y la mirada tranquila, más allá de su actitud relajada y casi abrumadoramente amistosa. Es magnético porque parece estar completamente enamorado de quien sea y lo que sea que esté frente a él. Margaret se da cuenta, demasiado tarde, de que lo está viendo fijamente. Como si pudiera sentirlo, Wes le lanza una mirada ladina por el rabillo del ojo, que brilla como una piedra pulida bajo el sol y una sonrisa astuta se asoma en sus labios. Y luego, le guiña. Literalmente le guiña.

Cómo lo odia a veces. Wes existe solo para molestar a Margaret, para recordarle que él todo lo obtiene fácilmente y ella no.

—¿Eres el nuevo aprendiz de Evelyn? —le pregunta Katherine.

—No exactamente —dice él—. Al menos no hasta que regrese. Pero sí soy el alquimista de la señorita Welty para la cacería. Quise ayudarla con sus pendientes... y conocer a los vecinos, claro.

—Qué amable eres. Hace mucho tiempo que no teníamos un alquimista local. Hace mucho mucho tiempo. Nadie se interesa en nuestro pueblo.

—¿Cómo podría no interesarme? Tiendas encantadoras, un paisaje hermoso, mujeres muy bellas...

Las gemelas sueltan una carcajada y Margaret se aferra a una esperanza secreta de que al fin lo pondrán en su lugar. Pero Vivienne solo dice:

—No llegarás lejos a punta de adulaciones.

La dulzura en su voz la traiciona. Claro que llegará lejos.

Margaret echa un trozo de osmio en su bolsa y se pone a buscar algo en una repisa particularmente infernal, llena de botellas de cristal con etiquetas inconsistentes. Cuando encuentra el aceite de alcanfor que quería Wes, se acerca al mostrador y pone los artículos sobre la mesa. Wes la mira con la chispa de la risa en sus ojos. A ella le dan ganas de apagársela.

—Quiero mostrarles algo —les dice Margaret a las gemelas, conservando la compostura.

Busca la piel de zorro en su bolsa y la extiende sobre el mostrador, tan delicadamente como si fuera la cola de un vestido de novia. Las gemelas balbucean algo mientras la miran, quitándosela una a la otra y mirándola contra la luz como si estuvieran analizando un billete que podría ser falso. El pelo se mece como trigo al viento bajo sus dedos emocionados y brilla con sus tonos rojos y blancos. Margaret sabe que es fascinante. Casi todos los zorros en Wickdon son de un color apagado, casi café. Pero este es digno de ir en el cuello de una mujer adinerada.

Sin preguntarse nada, casi sin siquiera mirarse una a la otra, las gemelas sueltan las mismas palabras al unísono.

—Tres dólares.

—Seis.

—Vaya —susurra Vivienne, consternada—. Cuatro.

—Se lo puedo vender a cualquier turista allá afuera por el doble de eso. Esto lo hago como un favor.

Margaret observa cómo las mujeres sopesan su orgullo contra la belleza del abrigo en el que se convertirá ese zorro.

—Cinco —dice Katherine—. Me temo que es lo más que estamos dispuestas a dar.

—Hecho. Dame la diferencia. —Cada uno de los billetes hace el sonido característico del papel bien conservado cuando Katherine los cuenta sobre la palma de la mano de Margaret. Eso bastará para que sobrevivan las próximas semanas.

—¿Lista para irnos? —pregunta Wes.

—Sí. Estoy muy lista.

En cuanto salen al frío exterior, todo el enojo de Margaret se vuelve a encender.

—No deberías acostumbrarte a esto —dice con voz muy baja y contenida—. Si te la pasas socializando todo el tiempo, vamos a perder.

—Oh, relájate. Fueron cinco minutos, no «todo el tiempo». Se llama ser amable. Quizá deberías intentarlo alguna vez.

Ella quiere sostenerle la mirada para hacerle entender que ese no es el punto, pero en ese momento sus ojos se llenan de una sensación que prefiere no nombrar, así que solo se da la vuelta y se va caminando con pasos decididos hacia la salida del pueblo.

Wes trota tras ella para alcanzarla.

—Oye. ¿Qué pasa?

—No entiendo cómo le hiciste para hechizar a todo mundo.

—Es porque soy encantador.

—No lo creo.

—De verdad deberías ser más buena conmigo —dice él con hosquedad—. Estoy arriesgando mucho por ti.

—Pero ¿qué pensaría Annette si de pronto yo fuera buena contigo?

Wes pone un gesto de tristeza y Margaret puede ver las infinitas y desastrosas posibilidades que pasan detrás de sus ojos. Todos los sueños de su maravilloso futuro, destruidos. Parece que, por una vez, no tiene nada qué decir. Satisfecha, Margaret se da la vuelta, pero de inmediato él la toma por la correa de su bolsa.

—Espera un momento. Estás celosa.

Ese es el problema. Que sí está celosa.

No exactamente de Annette. Lo único que podría envidiar de su posición es que Wes pronto se aburrirá de ella y Margaret nunca podrá deshacerse de él. No, lo que quiere no es la atención de Wes. Al menos no la atención de él puesta sobre ella. Ha vivido ahí toda su vida, pero pocos en Wickdon la ven como Wes la mira. Los que no la odian por su sangre sucia, solo sienten pena por ella. Y, por más injusto que sea, ella siente resentimiento hacia Wes. Aunque sabe que nunca lo será, Margaret quiere ser algo más que su dolor y su miedo. Pero eso es algo que no va a reconocer ante él.

Con un movimiento para que le suelte la correa de la bolsa, sigue caminando, pero apenas alcanza a dar unos pasos antes de que él le bloquee el camino.

—¿Podrías detenerte por un momento?

Normalmente, los ojos de Wes tienen el brillo de la picardía o de un nuevo plan que se le acaba de ocurrir. Pero en ese momento están llenos de una solemnidad que es poco común en él.

—No te puedo leer la mente, ¿sabes? Podemos seguir jugando este juego, o podrías hablar conmigo.

A Margaret le enfurece que Wes sugiera que podría entender algo sobre su vida, aunque sea algo tan pequeño como eso. Pero ¿podría? En ese sentido, son dolorosamente parecidos, a pesar de que Margaret no logra convencerse de que eso sea importante. Aunque él ha vivido el mismo rechazo que ella, y quisiera confiar en él, ¿qué le diría? Está escondida detrás de tantas puertas cerradas que ya no sabe cómo abrirlas.

—No hay nada de qué hablar. Y la seriedad no te va bien, Wes.

Por un momento, parece que sus palabras lo hirieron. Pero, luego, como si Margaret se lo hubiera imaginado, la característica expresión despreocupada de Wes vuelve a su lugar y una vez más es invulnerable.

15

Wes toma su taza y le da un largo trago al café. Casi de inmediato, escupe el frío brebaje en la taza. Ha amasado una colección tan grande en los últimos dos días, que se le olvida por completo cuáles siguen en buen estado. Con un gemido, se frota los ojos adormilados e intenta descifrar qué hora es.

El trocito de cielo que alcanza a ver por la ventana ya se oscureció hasta alcanzar un impresionante morado amatista. Dentro del laboratorio de Evelyn, la única luz viene de un alambique de vidrio que brilla con la luz plateada de la *coincidentia oppositorum*, el líquido que deriva del *albedo*. La última vez que lo revisó fue cuando iniciaba la tarde, y Wes podría jurar que apenas ha pasado un instante de eso. El tiempo se le está escapando, como siempre.

Solo faltan cuatro días para la exposición de alquimia y ha pasado todo su tiempo despierto calculando masas molares, experimentando con la colocación de runas y destilando lote tras lote de *coincidentia oppositorum*. Todo el laboratorio apesta a azufre y salmuera, pero al menos logró desarrollar unos cuantos prototipos viables. Margaret quería municiones, por lo que Wes se dio un curso intensivo en ciencia balística. En la orilla de su escritorio están posadas tres balas brillantes como soldaditos de juguete.

Lo que importa es el poder de frenado, la probabilidad de debilitar al objetivo. Por sí misma, la bala es un objeto inofensivo;

es la transferencia de energía de la bala al cuerpo lo que resulta mortal. Para maximizar el poder de frenado, hay que maximizar la cantidad de energía almacenada en el objeto. Por lo que puede concluir de lo que ha aprendido de química y física a lo largo de los años, hay unas cuantas maneras de lograr eso. A la primera bala, la encantó para disminuir su densidad. A la segunda, para aumentar la fricción. A la tercera, para ampliar su capacidad de calentarse. Aún necesita pedirle a Margaret que las ponga a prueba. Es imposible hablar con ella últimamente. Solo la ve pasar por la ventana mientras va y viene sobre su caballo, Shimmer, a la velocidad del rayo y con Problema corriendo detrás de ellos.

Wes tumba una de las balas y observa cómo rueda por el escritorio. Aunque está seguro de que una de ellas funcionará técnicamente, no está satisfecho. El propósito de un alquimista es buscar la verdad y no puede quitarse de encima la sensación de que a todos se les está pasando algo crucial.

Desde que terminó la guerra global, unos quince años atrás, el ejército ha financiado generosamente a sus alquimistas. Sin duda ya desarrollaron armas mucho más avanzadas de las que Wes, o cualquier otro alquimista civil, podría imaginarse. Si ese conocimiento está disponible, ¿por qué el hala se ha escapado de los cazadores de New Albion por casi ciento cincuenta años? La muerte más reciente de un demiurgo de la que se tenga registro fue en 1718, hace casi dos siglos. ¿Qué sabían que Wes no sabe?

Todas las leyendas kataristas sobre el asesinato de un demiurgo tienen los mismos tres elementos: un héroe con un arma divina, luna llena y una bestia con sangre de plata. La sangre de plata suena a *coincidentia oppositorum* y como la alquimia siempre es el camino a lo divino, sin importar a cuál dios adores, Wes cree en la sabiduría común que se encuentra en esas historias. A un demiurgo se le mata con alquimia durante la luna llena, cuando su luz cae sobre la tierra como un círculo de transmutación. La pregunta es «¿cómo?». La alquimia no es más que la reducción de la materia hasta su esencia. Si los demiurgos se reducen al éter mismo del universo, ¿de qué están hechos sus cuerpos? Si realmente son divinos, ¿cómo puedes descomponer al mismísimo Dios?

Una vez, Margaret dijo que lo único que su madre quiere en el mundo es al hala, por lo que seguramente Evelyn sabe cómo hacerlo. Quizá lo registró en alguna parte.

Wes se obliga a levantarse de su asiento y examina las repisas con la luz punzante y fantasmal de los alambiques. Los viejos tomos tienen gruesas capas de polvo encima y la cobertura dorada en sus lomos está desgastada por el uso. Algunos títulos de la repisa más baja le llaman la atención. *La materia en todas las formas, El alma de los elementos, La Crisopeya de Malaquías.* Esta última es un documento amarillento que parece que se va a desintegrar si lo mira demasiado. Con cuidado exagerado lo saca de la repisa y lo lleva a su escritorio.

La Crisopeya solo tiene ilustraciones y es más un diario que un libro. Hay un alambique con notas en un idioma que Wes no puede leer, un círculo de transmutación doble sin runas y, en la última página, uno de los dibujos más espeluznantes que ha visto en su vida. Un zorro devorando su propia cola. Sus ojos son enormes y completamente blancos, rodeados por unos trazos negros marcados con desesperación.

Sintiéndose extrañamente incómodo, cierra el libro y lo deja en la orilla del escritorio. Si hay algún secreto sobre el hala en *La Crisopeya*, no lo puede traducir. Wes controla su frustración como puede. Quizá cuando sea su aprendiz, Evelyn le enseñará qué sea eso.

Asumiendo, claro, que pueda alquimizar algo que mate al hala.

No, aún no puede permitirse caer en la desesperanza. Puede disminuir las fallas en su diseño y probar sus teorías en las próximas semanas. Para el show solo necesita demostrar su competencia, y sorprender a los jueces lo suficiente como para que los pongan en el primer grupo. «No es tan fácil como suena». Su fracaso no los condenará en teoría, pero sí en la práctica. Nadie en el segundo o tercer grupo puede alcanzar a los sabuesos.

Wes acurruca su cabeza entre los brazos. Está inquieto y agotado, y el dolor de cabeza por tensión se siente como si alguien le hubiera enterrado un zapapico en el cráneo. Si no sale a tomar aire, se va a quedar dormido.

Baja las escaleras y observa la mansión, que está en completo silencio. Margaret volvió de su entrenamiento hace un rato, así que probablemente está en su habitación, evitándolo como siempre. Considera preguntarle si quiere ir a caminar, pero decide no hacerlo. No tiene ganas de aguantar rechazos ni regaños. Toma su abrigo del perchero, se lo echa sobre los hombros y sale a la noche.

Afuera está helando. Se lleva las manos a la boca y exhala para darse calor. Detrás de él, la mansión parece un jorobado en la oscuridad. Solo hay una luz encendida, en el cuarto de Margaret, trazando su silueta acurrucada contra la ventana. Verla le despierta más sentimientos de los que quisiera analizar y ninguno de ellos es bueno. De inmediato se da la vuelta y avanza por el desgastado camino de tierra hacia el bosque. Aunque ha llegado a apreciar la belleza salvaje de Wickdon, las secuoyas siguen siendo igual de perturbadoras que la primera vez que las vio, imposiblemente altas, con esa corteza que parece la piel de un reptil viejo. A unos kilómetros de ahí, hay un espacio entre los árboles que deja ver el mar. Wes se abre paso entre la maleza y se acomoda en una roca.

Abajo, los campos de centeno se mecen con el viento. Estar ahí, en lo alto, le facilita el navegar el mar embravecido de sus pensamientos. Aunque ya pasaron días, aún no ha dejado que se apague su molestia contra Margaret. Sabe que es ridículo sentir que no lo aprecia, o que no lo entiende. Pero por mucho que le cueste admitirlo, sus palabras lo lastimaron.

«La seriedad no te va bien, Wes».

Creía que ya no se andaban con esos juegos. Se ha desnudado ante ella de muchas formas, pero Margaret sigue fingiendo que no lo nota, que no lo ve. Esas palabras las dijo para lastimarlo y él no logra saber por qué.

Como todas las mujeres que ha conocido, Margaret es un misterio. En el fondo, se sigue sintiendo como si tuviera catorce años, tan confundido como cuando Erica Antonello lo ignoró toda la semana e iba a la escuela con su labial rojo cereza. Nunca antes lo había hecho y Wes no sabía qué hizo para ganárselo, fuera de haber acompañado a Gail Kelly a su casa en vez de a ella. Cuando se lo contó a Colleen, que en ese momento tenía diez años, ella puso los ojos en blanco.

—¿Qué no entiendes? Las chicas son personas, igual que tú.

Colleen siempre ha sido madura para su edad y Wes aún no ha alcanzado ese nivel de sabiduría. Obviamente las chicas son personas. Personas a las que él no logra comprender.

Se estremece cuando el frío húmedo del viento se entierra en su chamarra. Huele ligeramente a reacción alquímica y podría jurar que en el soplar del viento escucha su nombre. Ese lugar claramente está decidido a hacerlo enloquecer.

«Basta de darle vueltas a las cosas por hoy».

Navega cuidadosamente entre los helechos que lo separan del camino. Su sentido de la orientación siempre ha sido terrible, pero ya ha recorrido esa ruta muchas veces, tantas que cree que podría volver a la mansión con los ojos vendados. Pero, mientras se acerca al camino, podría jurar que los árboles cambiaron de lugar. Todo se ve distinto y las secuoyas lo miran imponentes y hostiles desde lo alto.

Wes da un paso más y se detiene de golpe cuando algo chapotea bajo su zapato. Sea lo que sea, apesta a azufre y carne podrida. Apesta a muerte.

Se obliga a mirar.

La cosa aplastada bajo su pie pudo haber sido un conejo en algún momento, pero es difícil saberlo ahora. Del corte en su estómago sale sangre y un líquido plateado, y sus entrañas están regadas sobre la tierra. Wes siente el estómago horriblemente revuelto. Da unos pasos y escupe la saliva que le llenó la boca. Solo puede pensar en una cosa que convertiría su comida en un juguete como ese.

El hala.

Arriba, la luna creciente lanza un tenue brillo tras las gruesas nubes. Aún quedan dos semanas antes de que el hala alcance la cima de su poder. No atacaría a un humano tan al principio de la temporada, al menos eso es lo que Wes cree. Pero no puede quitarse la terrible sensación de que algo lo mira.

Cuando voltea de nuevo hacia el bosque, no hay nada. La noche está agradable y tranquila como el agua de un estanque. Ni el crujido de una rama ni movimiento entre la maleza. Está solo.

De pronto, el viento susurra «Weston» con su voz fantasmal.

Él entrecierra los ojos y ahí, entre las hojas, ve algo. Unos ojos completamente blancos clavados en él. Brillan como un charco que refleja las estrellas. Al principio, cree que debe estar alucinando, que quizá los vapores alquímicos al fin lo alcanzaron, pero no.

Es un zorro blanco como el hueso, y está ahí.

Wes retrocede, tambaleándose. El hala lo mira con una intensidad casi humana. La sangre se le hiela. Ya lo había visto cuando estaba con gente, pero es completamente distinto verlo solo y de noche. Con Margaret y su arma entre ellos, verlo fue fascinante. Pero ahora, el evento lo llena de un terror animal. No hay dónde esconderse y apenas los separan un par de metros.

Su madre le enseñó las dos cosas que se supone que debe hacer al estar frente a frente con un demiurgo. Como un chico súmico bueno y piadoso, debe pedirle perdón por todos sus pecados de pensamiento y obra. La superstición banvish sugiere algo más tangible, una ofrenda de sangre, crema o una rebanada de pan con miel, pero eso está fuera de sus posibilidades.

Solo puede rezar.

Wes se pone de rodillas. Seguramente el hala dio un paso adelante, pero Wes no vio que se moviera. Estaba allá y ahora está más cerca. El viento ulula con más intensidad. Wes contiene la respiración y escucha los latidos de su corazón en las orejas.

«Dios, protégeme. Guíame».

El hala está tan cerca que Wes puede olerlo. Sal, azufre y hierro. Sus ojos sin fondo lo atrapan hasta que en su mente solo queda un zumbido aterrado. Cuando la criatura abre el hocico cual serpiente, Wes ve la sangre que brilla sobre sus dientes. Siente el frío de su aliento en la cara.

Wes va a morir.

«Corre», dice un susurro desesperado del viento. «Corre, corre, corre».

Mientras la criatura se lanza hacia él, Wes se pone de pie como puede y se echa a correr a toda velocidad. No se detiene por nada. Ni por las ramas y hojas que le arañan la piel ni por el dolor en sus rodillas cuando se tropieza con una raíz ni por la presión en sus pulmones con cada bocanada de aire. No sabe cuánto ha corrido, pero de pronto ve la entrada a la mansión meciéndose sobre sus goznes.

Wes la cruza y sube los escalones del porche de un salto. Le tiemblan tanto las manos que necesita varios intentos para meter la llave en la cerradura. Cuando al fin cruza la puerta, la cierra de inmediato con candado y se derrumba en el suelo.

Le duele todo. Las piernas le palpitan, el tobillo le punza donde se lo torció y tiene un pedazo de piel arrancado sobre los calcetines. Pero está vivo. Vivo.

—Mierda —exclama, histérico, hasta que las lágrimas le empiezan a correr por la cara.

—¿Qué haces?

—Margaret —chilla.

Ella se le acerca con una mano sobre la cadera. Lleva el cabello suelto alrededor de su cara y Wes siente tanto alivio al verla que solo se le ocurre tomarla por el pelo y plantarle un beso en la boca. Aunque la idea lo horroriza, traga saliva hasta que logra encontrar su voz de nuevo.

—Lo vi. Por Dios, lo vi.

—¿En serio? —Margaret se acuclilla junto a él. Mientras sus ojos preocupados le recorren la cara, extiende una mano para tocarle la mejilla. Wes hace un gesto de dolor y los dedos de Margaret se manchan de rojo—. Estás sangrando.

Wes la toma por la muñeca y, esta vez, ella no se quita.

—No podemos hacerlo.

Margaret vuelve a endurecerse.

—¿De qué hablas?

—Está allí afuera, esperando. Fue... —Se pasa una mano sobre el cabello completamente despeinado por el viento—. Fue... ¿Cómo podríamos...?

—Tranquilízate, Wes.

—¿Lo has visto a los ojos? —Es un horror que no puede ni describir. Como si pudiera perderse para siempre si no desviara la mirada. Por primera vez, realmente entiende por qué los súmicos lo adoran—. Fue terrible.

—Lo sé. —Margaret no dice nada por un momento—. ¿Quieres renunciar?

«Sí».

Por Dios, claro que sí. Si eso significa que nunca tendrá que enfrentar de nuevo a esa cosa, claro que quiere. Especialmente considerando que solo se volverá más agresivo con el paso del mes. Pero renunciar no es opción, como tampoco es opción abandonar a su familia. Es su vida contra una vida que vale la pena vivir. Su vida contra la de sus hermanas. Preferiría morir que decepcionarlas de nuevo.

—No —suelta, con voz rasposa—. Se los prometí a mis hermanas... y a ti. No me voy a echar para atrás.

Margaret abre los labios. Por la sorpresa en su rostro, está claro que esperaba una respuesta distinta.

—Ya veo. Qué noble.

—Sé que la seriedad no me va bien...

—No. Lo siento. Hice mal al decirte eso y no lo decía en serio. Estaba enojada y yo...

—No pasa nada. —No soportaría que ella confesara por culpa—. Me la pasé molestándote todo el día. Me lo merecía.

—¿Por qué siempre eres tan obstinado? —Hay frustración en su voz—. No está bien.

—Te dije que sí —masculla—. Al menos déjame decidirlo por mí mismo, ¿de acuerdo?

—De acuerdo. ¿Dónde estabas?

Wes frunce el ceño. Con cuánta facilidad vuelve Margaret a la crítica.

—Fui a caminar. Necesitaba despejar mi cabeza por un momento.

—¿Por un momento? Te fuiste por una hora sin decirme adónde o cuánto te tardarías, y cuando miré por la ventana y te vi corriendo, pensé...

—Aw, Maggie. Aún no tienes que llorar por mí.

—No. No bromees con esto. —Cierra un puño sobre su regazo—. No planeo llorar por ti. Y menos si te matan por descuidado, como por andar por allí solo y de noche. Esa cosa anda suelta y además ya tienes enemigos, así que no entiendo en qué estabas pensando. Si te murieras, ¿yo qué haría? ¿Qué haría tu familia? ¡Todos tus sueños y todo por lo que has luchado sería por nada!

—Bueno, bueno —la interrumpe él—. Lo entiendo. Soy un idiota egoísta. ¿Eso es lo que quieres?

—No, eso no es lo que estoy diciendo. —Le tiembla la voz. Y eso basta para suavizar a Wes—. Lo que digo es que estaba preocupada por ti.

—Margaret... —Le da un vuelco el corazón—. Lo siento.

Se queda mortalmente quieto cuando ella le pone una mano sobre la suya. Se siente tibia y callosa, pero su tacto es sorprendentemente suave.

—Tienes que ser más cuidadoso. Wickdon es más peligroso de lo que te imaginas.

Wes piensa que ya se ha dado una idea. El peligro de Wickdon va más allá del hala, Jaime o el mar embravecido. Es ahí, dentro de él y frente a sus narices. Quizá es un juego de la luz o quizá es la adrenalina. Pero, en ese momento, juraría que el cabello de Margaret está hecho con hilos de luz de luna y que su piel está salpicada de plata. Por más que quisiera, no puede recordar qué exactamente le parecía tan repulsivo en ella.

16

Wes está en el laboratorio de su madre, agazapado sobre un libro de alquimia, con una humeante taza de café en la mano. Margaret se pregunta por qué no la desconcierta verlo a través de la puerta semiabierta, como una invitación, perdido en el trabajo como su madre solía hacerlo. Le recuerda tiempos mejores, cuando el laboratorio era un lugar seguro y no uno lleno de recuerdos que la atormentan. Cuando su madre trabajaba hasta tarde, ella y David solían asomarse con gesto triste al laboratorio hasta que Evelyn los veía y su expresión cansada se convertía en una sonrisa.

El aire tibio por la alquimia sale por la puerta como una exhalación. Toda la casa se estremece con el cambio en la temperatura, profunda y lentamente, como si estuviera despertando de un largo sueño. Había extrañado a su alquimista.

Tres días atrás, Margaret probó los prototipos de Wes. En ese momento quedó impresionada con las respuestas vagas que él le dio sobre la densidad de los metales y el gasto de energía cinética. Pero los resultados la impresionaron mucho menos. La bala menos densa rebotó en el objetivo causando el mismo daño que una gota de lluvia. La que tenía mayor capacidad de absorber el calor estaba demasiado caliente para tocarla. El modelo con mayor fricción no pareció hacer nada, aunque Wes mascculló algo y chascó los dedos, como si acabara de hacer un descubrimiento.

La presentación es mañana. Será el banderazo de salida de los eventos de la temporada y, para muchos participantes, anunciará sus probabilidades de ganar. Si a Wes no se le ocurre algo que funcione, terminarán en el tercer grupo y Margaret no podrá matar al hala aunque de milagro lograran ubicarlo.

Pero a Wes no le servirá de nada agotarse. Son casi las cinco de la mañana y está desperdiciando electricidad y claramente luchando contra el sueño. Se le cierran los ojos y tiene un mechón de cabello atrapado entre su puño. Con la otra, apuñala el libro con el índice y lo arrastra como un yad sobre la página. Lee con trabajo, con el ceño fruncido y repasando la forma de cada letra con la boca. Poco a poco, línea a línea, su cuerpo va descendiendo hasta que termina con la cabeza sobre el libro como almohada.

A ese ritmo, pasará toda la mañana en la misma página.

La lámpara baña su rostro con un brillo tibio y suave. Las sombras de sus gruesas pestañas se extienden sobre sus pómulos. Esa luz lo suaviza, y Margaret no está segura de que eso le guste. Normalmente, Wes es como un incendio desbocado con su cabello revuelto y la voz escandalosa. Pero, así, se ve tan...

Sacude la cabeza para quitarse esas ideas y aprieta el libro que trae contra su pecho. No es que tuviera planes de ir a verlo. Quería una taza de té para acompañar su lectura, un descanso antes de salir a entrenar, pero él la distrajo con recuerdos y su carota insoportablemente tierna. La frustración le sabe a metal en la punta de la lengua, lo cual es preocupante. Wes tiene potencial. Es inteligente y decidido y amable pero es tan...

No encuentra las palabras. Lo único que sabe es que las cosas no pueden ser así. Necesita que Wes sea algo más para justificar lo cerca que se siente de él.

Wes comienza a roncar. Margaret exhala y se lleva una mano al bolsillo, de donde saca una vieja lista de compras. La hace bola en su mano, cierra un ojo y apunta. Hay un momento, como el previo a un disparo, en que todo se vuelve perfectamente claro e inmóvil. Alinea a Wes con su mira imaginaria y luego le lanza el papel. Vuela por el aire hasta rebotar directo en su sien con un golpe seco y bajo.

Él se incorpora de golpe y sacude los brazos, como si intentara quitarse una telaraña. Luego, sus ojos encuentran a Margaret en la oscuridad.

—Y eso ¿por qué fue?

—Para que estés alerta. Tienes hasta mañana.

Wes gruñe y se frota los ojos.

Margaret cruza el umbral del laboratorio con pasos poco decididos. Espera que el terror que le viene por reflejo la inmovilice, que la niebla cubra su visión. Pero la suave luz de la lámpara y la presencia amodorrada de Wes suavizan los bordes afilados de sus recuerdos. El círculo de transmutación quemado está escondido en las sombras. Envalentonada, avanza hasta el escritorio y se sienta junto a Wes. Considera poner su libro en la mesa, pero sabe que él se burlaría abiertamente si lo viera. Lo más discretamente que puede, lo guarda bajo su silla y observa el área de trabajo.

Las notas de Wes están garabateadas con su letra temblorosa, sin orden aparente, regadas por aquí y por allá y con asteriscos en lugares azarosos. Es como si sus ideas se echaran a correr desbocadas, como una jauría de sabuesos se lanza a la caza. El caos le pone la piel de gallina. Su mundo está regido por métodos y patrones: cómo desarmar y limpiar un arma, cómo desollar un siervo, cómo entrenar a un perro, no por ese caos.

—¿Qué haces despierto tan temprano? —le pregunta a Wes.

—Tan tarde —responde él—. No he dormido en toda la noche.

Margaret le da unos golpecitos a la página en la que está abierto el libro.

—No llevas ni una cuarta parte.

Lo que quedaba de amabilidad en el rostro de Wes desaparece. Se acerca el libro y se acurruca sobre él con gesto protector.

—Lo sé.

—¿Ya tienes una nueva versión de la bala?

—Todavía no.

—¿Esperas encontrar algo en este libro? —Él la ignora y se pone a escribir trabajosamente letra por letra en su cuaderno. Margaret no siente pena por presionarlo. A ella nunca nadie le ha concedido el lujo de cuidar sus sentimientos—. La exposición es mañana.

—Sí. Me lo acabas de decir.

—Entonces, ¿por qué te estás tomando tu tiempo?

La molestia se hace evidente en la mirada de Wes.

—No me estoy tomando mi tiempo.

Margaret toma sus notas.

—¡Oye!

Ella las extiende sobre la mesa como una mano de cartas. Además de desordenadas, las notas están llenas de errores: letras volteadas, palabras enteras indescifrablemente mal escritas. Pero lo más impactante son las notas al margen. Dibujos de extraños monstruos le sonríen desde ahí. Incluso se puede ver a un hombre aplastado por un libro de nombre «Las propiedades alquímicas del metal». El hombrecito tiene grabado el nombre del autor como hacen con el ganado.

Wes recoge sus papeles con tanta prisa que los arruga.

—Sé lo que parece, pero así es como me concentro, ¿de acuerdo?

Margaret ya dijo lo que piensa, así que no le parece que tenga caso insistir en el punto. Wes suelta una enorme exhalación que le alborota el cabello que cuelga sobre sus ojos. Luego, toma su pluma fuente y finge que lee el libro con toda su atención. Sostiene la pluma como si fuera un martillo y aplica tanta presión que la punta metálica expulsa una mancha de tinta sobre la página.

A Margaret se le ocurre algo que la llena tanto de vergüenza que se le revuelve el estómago.

—¿Puedo preguntarte algo?

—Claro —dice él con entusiasmo exagerado—. ¿Por qué no?

—Te cuesta trabajo leer, ¿verdad?

Él le ofrece una enorme sonrisa, pero no hay nada de alegría en el brillo de sus ojos.

—¿Es broma? ¿Tú también te vas a burlar?

—No es broma.

Wes exhala y juega con la pluma entre sus dedos.

—Me duele la cabeza si leo por demasiado tiempo, o al ver palabras que no reconozco... Es como una señal de radio interrumpida. —Luego, agrega apresuradamente—: No es importante.

Margaret no entiende del todo lo que le está diciendo, pero el gesto preocupado en la frente de él le deja saber que no es tan flojo como al principio creyó. Está haciendo su mejor esfuerzo.

—¿Qué intentas hacer?

—Las últimas transmutaciones que he hecho no funcionaron como quería y técnicamente nunca nadie me ha enseñado cómo hacer *albedo*. Así que estoy intentando ver si se me está pasando algo. Necesito descubrir cómo destilar *coincidentia oppositorum* más concentrada.

Margaret jala hacia ella el libro que Wes está leyendo. De memoria, pasa las páginas, capítulo tras capítulo de introducción y material histórico, hasta que llega a la sección que habla del *albedo*, el proceso de la purificación, a profundidad.

—Gracias —dice él con pesar.

—Si te ahorra tiempo, podría leértelo.

La oferta los sorprende a los dos, pero sobre todo a ella. Lo ha considerado en un sentido abstracto: que si tienen éxito, él se convertirá en el aprendiz de su madre. Que en realidad ya es un alquimista. Pero es diferente que sea ella quien le ponga la pistola en la mano. Pese a sus malos modos, Margaret quiere creer en Wes y en sus sueños. Quiere creer que su bondad puede sobrevivir al entrenamiento.

Wes le da un trago a su café.

—Eso sería de mucha ayuda.

Y Margaret se pone a leer.

Él la escucha con los ojos cerrados y el ceño fruncido, tomando notas en un trozo de papel de vez en vez. Para cuando Margaret termina el capítulo, él está a punto de reventar de la emoción.

—No te me vayas. —Wes se abotona las mangas en los codos y se levanta de un salto de su asiento—. No quiero que te pierdas cuando funcione.

Margaret lo deja hacer su círculo de transmutación sobre el escritorio. Borra las runas y las vuelve a escribir hasta que una nube de polvo de gis flota en el aire iluminado por la dorada luz de la lámpara a su alrededor. Ella saca su libro de debajo de la silla y se va a sentar junto al ventanal, ese que tiene vista al mar. El sol ha comenzado a rozar el agua, tiñéndola de un rojo brillante.

Wes pone las manos sobre el círculo de gis y comienza a quemar un plato de arena. Vista así, la alquimia parece tan simple. A veces, Margaret se pregunta a qué se reduciría ella o si soportaría siquiera ver la soledad que habita en su centro.

Pronto, el olor del azufre ahoga todo lo demás. Ella abre la ventana para dar paso a una ráfaga de aire fresco. Es agradable sentir el frío del amanecer sobre su piel. Envuelta en el calor de sus calcetas de lana y la alquimia, se siente extrañamente... cómoda.

Cuando se siente convencida de que Wes está completamente inmerso en su trabajo, Margaret se cubre con la cortina y abre su libro, el más reciente de su novelista favorita, M. G. Huffman. Ha esperado la próxima escena con más emoción de la que quisiera admitir. Aunque lleva años leyendo romances, casi nunca se engancha tanto con una pareja. Tras casi doscientas páginas, recibirá la recompensa por su paciencia, su preocupación y su anhelo. Mientras lee, el mundo a su alrededor desaparece. Solo existen los personajes, el papel entre sus dedos y el conocido calor que va creciendo en su interior.

—¿Margaret?

Se obliga a no maldecir cuando la voz de Wes rompe el hechizo. Lo ve como un borrón detrás de la cortina color crema. Quizá entenderá si lo ignora.

—Ay, Margaret —insiste él—. Sé que puedes escucharme.

Los tablones del suelo crujen bajo sus pasos. Margaret siente el pánico revolviéndose en su interior y refunde el libro bajo la almohada que tiene detrás. Las cortinas se abren, dando paso a los aromas de la alquimia y la loción de ron y laurel de Wes.

—Hola. ¿Qué haces metida aquí?

Extremadamente consciente del vacío entre sus manos, Margaret se ruboriza.

—Leyendo.

—Oh, bueno, necesito que me ayudes con algo y... ¡Oye! Mentirosa. No estás leyendo nada.

La orilla del libro se le entierra en la espalda.

—Sí estaba leyendo, antes de que me interrumpieras.

—Bueno, pues. ¿Qué estabas leyendo? ¿Jeroglíficos en la pared?

—No.

Wes se recarga con los brazos a cada lado de la ventana y se acerca a ella con una mirada perversa.

—Sé que estás ocultando algo. Estás roja como un tomate.

Margaret siente el corazón en la garganta.

—Claro que no.

—¡Lo sabía! Sabía que no eres perfecta. ¿Qué es?

—Nada que te importe.

Wes se acerca a la almohada y Margaret lo toma del brazo. Eso solo parece animarlo más. Se libera de la mano de ella y la empuja un poco hasta que logra sacar el libro que tiene detrás. Con la ligereza de su alegría, retrocede unos cuantos pasos y observa la portada.

La muerte sería mayor clemencia que esa vergüenza. Margaret esconde la cara entre sus manos. En su cabeza, puede ver el escandaloso triángulo de piel expuesta bajo la camisa desabotonada del héroe y la expresión de absoluto éxtasis de la heroína. Puede verlo lanzándola al escritorio entre los alambiques y libros y, oh, Dios, ¿por qué se le ocurrió que podía salirse con la suya leyendo un libro así con Wes en la misma habitación?

Lo mira entre sus dedos. Tiene una enorme sonrisa de satisfacción por toda la cara.

—«Domando al alquimista». ¡Ja!

—¿Qué no tienes tus propios libros por leer? Devuélvemelo.

Wes la ignora. Casi suelta unas risitas infantiles mientras ojea las páginas. En segundos, encuentra lo que está buscando, ahí, marcado con un dedo índice acusador. Margaret lo ve siguiendo el texto con miedo creciente, el cual empeora porque Wes repasa con un movimiento de la boca cada palabra lenta y deliberadamente. Sus cejas se enarcan hasta desaparecer en el mechón despeinado que le cae sobre la frente. Cuando la mirada de Wes vuelve a ella, sus ojos tienen un brillo pícaro y su sonrisa expone todos los dientes que brillan como una espada bajo la luz del sol.

Ese hombre es un demonio, está claro. No hay duda de eso.

—Vaya, señorita Welty. Pero qué indecencia.

—Devuélvemelo, Wes —ordena y de inmediato se arrepiente. Ha cometido el terrible error de dejar que la humillación permee su voz. Y eso solo anima a Wes.

Se sienta junto a ella en la ventana, entre risitas.

—La verdad es que jamás se me habría ocurrido que eres de la clase de personas que lee basura.

—No es basura.

—¿No? Entonces, ¿qué es esto? —Se aclara la garganta y pone el tono más exageradamente depravado que Margaret ha escuchado en su vida—. «Mientras el hombre se echa la rodilla de ella sobre el hombro y va recorriendo a besos su muslo...»

Cualquier pensamiento racional que quedaba en la cabeza de Margaret se va apagando hasta que solo queda un alarido sin fin. La llena un impulso de arañar y morder, uno que no ha tenido desde que era niña y uno de los aprendices de su madre despostilló una de sus armas en miniatura. Se convierte en esa niña criada en el bosque, salvaje hasta el hueso, y se avienta sobre el libro.

Wes la detiene con un brazo estirado.

—«...ella exhala un gemido de...»

—¡Basta!

Margaret lo toma por la muñeca con una mano y el libro con la otra. Mientras intenta quitárselo, ambos pierden el equilibrio.

Wes suelta una maldición ahogada mientras caen al suelo juntos. Margaret es la primera en azotar. Los codos de Wes chocan con los tablones de madera a unos centímetros de la cabeza de ella. Todos los instrumentos de cristal se sacuden en las repisas, pero ni eso ni los ladridos alarmados de Problema desde la planta baja logran ahogar el gemido de dolor de Wes. El sonido reverbera en el oído de Margaret y le provoca un escalofrío que le recorre toda la espalda.

Wes queda sobre ella y ambos jadean, con sus labios separados solo por un par de centímetros. Los ojos de Wes están tan oscuros y salvajes como el mar. Parece completamente azorado, como si hubiera sido ella la que provocó todo ese desastre y sus orejas se van volviendo de un rojo exagerado. Cuando Margaret se mueve, siente el corazón de Wes latiendo sobre el suyo y...

«¿Eso es...?».

Su mente se pone en blanco y le entierra la rodilla en las costillas. Wes se le quita de encima, adolorido y sin aire, y al fin suelta el libro. Margaret lo agarra del suelo y se pone de pie como puede. Si se queda cerca de él un segundo más, se va a incendiar. Hará o dirá algo de lo que se va a arrepentir y pondrá en riesgo la endeble confianza que se ha construido entre ellos. No puede y no va a jugársela cuando la exposición es mañana.

Wes se apoya sobre un codo y la mira con una expresión que la hace sentir extrañamente empoderada. No es un arma que Margaret quiera y ni siquiera sabe exactamente cómo usarla.

—Bueno, bueno. Me rindo.

Una brillante luz plateada se enciende en la visión periférica de Margaret y la expresión de Wes se vuelve de preocupación. Entonces, el diseño que dibujó en el escritorio comienza a arder, y no con el olor característico de la alquimia, sino del fuego.

—Eh... —Wes tose—. Tengo que revisar eso.

Margaret asiente sin decir nada, pues teme que la voz la traicione si se atreve a hablar.

Durante el resto del día, mientras Margaret practica sus tiros, cabalga en Shimmer y le da órdenes a Problema, siente un tenso nudo en las entrañas. Entre Wes y la exposición, que está cada vez más cerca, está a punto de estallar. Pero cuando la noche cubre a la mansión y ella está al fin sola y segura en su cama, sucumbe al deseo de revivirlo. Normalmente, cuando deja que su mano viaje al lugar entre sus muslos, no piensa en nada ni en nadie en particular.

Pero esa noche, piensa en Wes.

Piensa en lo que podría haber pasado si hubiera acercado su cadera a la de él en vez de alejarlo. Piensa en su cabello revuelto, en sus brazos desnudos y la violencia con la que se encontraron sus manos. Piensa en la expresión de Wes cuando estaban uno sobre el otro en el suelo. Se veía igual que cuando ella disparó el prototipo de la bala que no estalló. Como si se acabara de dar cuenta de algo y por primera vez pudiera verlo todo con claridad. Escondido bajo la confusión había algo más y ese algo ardía con más vehemencia que cualquier reacción alquímica. Algo voraz.

17

La exposición llega al día siguiente, aunque Wes esté o no listo.

Es otra tarde típica en Wickdon, fría y con promesa de lluvia. Una niebla plateada se extiende entre los troncos de las secuoyas, cubriendo el bosque con un ondulante velo gris. Wes tiene la mirada fija al frente mientras camina hacia el pueblo, manejando sus respiraciones en un intento de controlar los nervios. Adonde quiera que mira, juraría que ve los ojos blancos del hala clavándose en él.

Despertó con el alba y pasó toda la mañana observando a Margaret probar sus nuevos diseños. Se quedó en el porche con su café y la mirada adormilada, intentando no hacer contacto visual ni notar la manera en que las primeras luces del día hacían brillar el cabello de ella. Cada bala que disparaba se enterró estruendosamente en un árbol caído. El tronco se estremecía con cada impacto, lanzando savia y astillas como un absceso al ser pinchado. Las balas hicieron más o menos lo que él esperaba, pero les faltó pirotecnia. Logró alquimizar una bala perfectamente mortal, pero no una que dé un buen espectáculo.

—Sé que no basta para que nos pongan en el primer grupo —le dijo a Margaret—. Lo sé. Ya veré qué hacer.

Margaret no le respondió nada. Por lo menos su expresión derrotada le facilitó no mirarla. Wes no soporta ni el peso de sus ansiedades combinadas ni el canto de sirena de sus pensamientos cuando ella está cerca, por eso se fue a Wickdon solo.

Necesita despejar su mente. Está ansioso, triste y frustrado en lo sexual, lo cual es exactamente el coctel de emociones que suele traerle problemas. ¿Cómo le hizo Margaret para tomarlo tan por sorpresa la noche anterior?

Cuando la tuvo debajo, no se le ocurrió absolutamente nada qué decir. Y él siempre tiene algo que decir. Pero en ese momento lo abandonó todo su ingenio; lo único que cabía en su mente eran las palabras de ese libro infernal, el tibio aliento de Margaret tan cerca de sus labios y ese brillo furioso en sus ojos antes de darle una patada en las costillas. Gracias a Dios que lo hizo. Funcionó tan bien como si le hubiera lanzado una cubeta de agua helada encima. Solo le queda esperar que Margaret no lo haya malinterpretado. Quizá asumirá que solo fue por la proximidad.

«¿Qué importa todo esto?». No tiene tiempo para desenredar sus sentimientos ni ponerse a fantasear, ni siquiera para pensar en el significado de su insensato beso con Margaret Welty sobre el suelo del laboratorio de su madre. Debe concentrarse en la alquimia, en ganar, en descubrir qué diablos es lo que sigue fallando en su transmutación.

Todo depende de eso. Su futuro. La salud de su madre. La seguridad de su familia. No puede arruinar esa oportunidad como todas las demás.

El punto es que su transmutación sí funciona. Si causó tanto daño en un árbol, teme imaginarse lo que podría hacerle a un zorro. Pero es demasiado simple, demasiado obvia, y no ve el punto de intentar hacer algo llamativo si no puede hacerlo en grande. Quiere algo más que destrucción, quiere chispas. El fuego requiere una combinación de calor, combustible y oxígeno. Oxígeno y combustible tiene suficiente. Lo cual significa que aún no ha generado los cuatrocientos veintiséis grados que necesita para encender la llama.

Mientras los altos árboles se van separando para dar paso a las colinas doradas, Wes repasa sus fórmulas. La bala para rifle preferida de Margaret pesa aproximadamente diez gramos, lo cual significa que puede encantarla con diez gramos de *coincidentia oppositorum*. Ha calculado mil veces la masa de cada sustancia involucrada en esa reacción alquímica y ya puso a prueba todas las combinaciones posibles. Su mezcla más exitosa está compuesta por seis gramos de arena, dos gramos de osmio y dos gramos de alcanfor. El resultado es una bala lo suficientemente ligera para incrementar la potencia total del sistema pero lo suficientemente densa para retener el calor de la esencia del alcanfor y el impulso de la pólvora. Aunque podría intentar destilar algo distinto, duda que conseguiría una diferencia considerable al estar trabajando con cantidades tan pequeñas...

Un grupo de cazadores a caballo que casi lo aplasta lo saca de sus pensamientos. Wes suelta un grito de sorpresa que se pierde entre el estruendo del golpeteo en cuatro tiempos de los cascos. La tierra queda revuelta y lodosa a su paso, y al otro lado de la cerca que rodea los pastizales Wes alcanza a ver la ya conocida negrura de otro campo de cultivo.

Como se había anunciado, se está poniendo cada vez peor. Falta poco tiempo para que el hala pase a algo más nutritivo que caballos y viñedos.

Para cuando llega a Wickdon, la gente casi lo ahoga. Las calles están flanqueadas por puestos, donde los vendedores anuncian cera para las armas y cazadoras en cientos de colores brillantes. Wes usa su maletín como ariete para abrirse paso entre la multitud. La gente está atiborrada en el perímetro de la plaza y amontonada en los balcones, luchando por ver algo en el centro, donde los oficiales de caza acomodaron mesas en eficientes líneas geométricas, como en formación alquímica. El viento que sopla por los callejones huele a tabaco, sudor y licor. Entre su miedo y la densidad del aire, Wes no puede evitar la sensación de que está por presenciar una ejecución pública.

Cuando al fin logra llegar a la plaza, un hombre con una capa escarlata lo dirige a su estación de trabajo. Wes pone su maletín sobre la mesa y, mientras saca meticulosamente sus instrumentos, observa a los otros alquimistas que van llegando. Se mueven en grupo, como una manada de lobos bien vestidos, todos con un gesto seguro y tranquilo, como si lo hubieran hecho muchas veces antes. Algunos se detienen a platicar y estrecharles la mano a los jueces. El oro de sus relojes y gemelos brilla con la luz de los faroles, y Wes siente un amargo golpe de nostalgia. ¿Qué está haciendo ahí? Aunque gane, aunque lo acepten en la universidad más importante del país, nunca será como ellos realmente.

—¿Nervioso, muchacho?

Wes se sobresalta. Una mujer bajita y robusta en sus veinte está en la estación junto a él. Su acento es de Dunway, sutil pero evidente, y también su vestido hasta la rodilla, con olanes y brillantes perlas de cristal. Las puntas de su cabello castaño cenizo se escapan del sombrero de fieltro, rizándose suavemente junto a su mandíbula.

Wes le ofrece la sonrisa más sincera que puede, pero siente cómo vacila.

—¿Nervioso? No, para nada.

—Tranquilo. Yo también estaba nerviosa en mi primera cacería. Judith Harlan.

—Weston Winters —dice él, derrotado.

Harlan lo observa de la cabeza a los pies y Wes no puede dejar de pensar en el abrigo desgastado de su padre colgando sobre su hombro. No deja que su traje luzca, pero las mangas demasiado largas se verían aún peor. Además, hace frío, y el peso de la prenda lo reconforta. Controla el impulso de ponerse a jugar con el nudo de la corbata.

—De Fifth Ward, ¿no?

—Sí. Así es.

—Me imaginé —dice ella con un poco de tristeza—. Pero, bueno, cuéntame qué te pasa. Parece que estás a punto de desmayarte.

Wes no es tan ingenuo como para confiar en ella, aunque parezca que sus intenciones son buenas.

—Nada —dice con tono coqueto mientras intenta recuperar la calma—. Es solo que las mujeres hermosas me descolocan.

—Dios mío. —La mujer suelta una carcajada—. Creo que eres algo joven para mí. ¿Cuántos años tienes? ¿Diecisiete?

Wes siente las orejas calientes por la humillación, pero logra que su voz no suene a la defensiva.

—Dieciocho, de hecho.

—Es lo mismo. No intento engatusarte.

—Yo... —Se pasa la mano por el cabello y de inmediato se arrepiente. Unos mechones rebeldes se escapan del gel que se untó por la mañana y caen sobre su cara. Ya no hay nada que pueda hacer al respecto—. No he logrado meter suficiente energía al sistema. No sé qué me está fallando.

Harlan lo piensa, con gesto comprensivo.

—¿Ya revisaste tus cálculos?

—Claro.

—¿Probaste la transmutación más de una vez? —Levanta una mano cuando ve que Wes frunce el ceño—. Bueno, bueno, no me eches esas miradas. Solo preguntaba. Mira, si el sistema es alquímicamente correcto, el problema eres tú.

—¿Yo? —suelta Wes, furioso—. ¿Qué quieres decir con eso?

—Puedes ser un químico brillante pero un alquimista mediocre, y... A ver, ¿eres buen químico?

—Aceptable.

—Bien. Si fuéramos químicos brillantes, estaríamos en un laboratorio farmacéutico en alguna parte. Pero la alquimia también necesita a la intuición, ¿no? No es una ciencia dura. Es... pues, es magia. Tú eres quien canaliza y controla la energía que circula en la reacción. No solo las leyes de la materia gobiernan lo que pasa, tú también. —Harlan se da unos golpecitos en el pecho, justo en el lugar en el que Wes siente la chispa que se enciende en su interior cuando transmuta—. Quizá te falta soltarte, o quizá estás pensándolo demasiado. En cualquier caso, en algún punto estás perdiendo demasiada energía en la entropía. Así que relájate.

Sabes que funciona en la teoría, ¿por qué no funcionaría en la práctica?

«Relájate». Ojalá fuera así de simple.

En algún tiempo, antes de todos los rechazos y las decepciones, Wes creía en sí mismo. Creía que la determinación, las buenas intenciones y las aptitudes naturales lo sacarían adelante. Pero cuando mira el abismo entre él y todos los demás alquimistas que están ahí, es difícil ser positivo.

—Te agradezco por la plática y los ánimos, pero ¿por qué me dices todo esto? ¿No es una competencia?

Ella le guiña.

—Solo es un consejo entre chicos de Fifth Ward.

Antes de que Wes pueda responderle, una voz en un micrófono acalla las conversaciones.

—Buenas tardes a todos.

En el podio cubierto por la bandera roja y dorada de New Albion está un hombre que se parece tremendamente a Jaime, rubio y con una sonrisa afilada y claramente perversa.

—Como alcalde de Wickdon, quiero darles la bienvenida a la centésima septuagésima cuarta exposición de alquimia anual, una de nuestras tradiciones más queridas previas a la cacería. Este evento es fundamental en la cultura de New Albion, testimonio de la imaginación y productividad de nuestro país. La alquimia es el regalo de Dios a la humanidad, y sigue pavimentando el camino hacia un futuro más justo y brillante.

Wes se traga la amargura que le generan esas palabras vacías. Un día, si sobrevive a esto, estará en un podio igual a ese y todo lo que diga será verdad.

—Me complace presentarles a nuestro panel de jurados de este año, todos ellos renombrados académicos en sus campos.

Junto a él están tres personas en sus cuarenta cuyos rostros Wes no alcanza a distinguir. La primera, a quien el alcalde presenta como Abigail Crain, lleva un abrigo de piel y joyas que brillan como estrellas alrededor de su cuello. La segunda, Oliver

Kent, es un hombre tan alto y delgado que parece que lo estiraron como chicle. La tercera, Elizabeth Law, trae un tocado de plumas sobre sus caireles rubios.

—Nuestros jueces evaluarán a cada competidor por su técnica e innovación —continúa el alcance—. Tras un breve receso, pondrán a prueba cada diseño y los calificarán tanto por su espectacularidad como por su funcionalidad. ¡Es un honor para mí anunciar que esta exposición alquímica, la primera en Wickdon desde 1898, ha comenzado!

Con una explosión de aplausos y vítores, todo inicia.

Wes se concentra en observar a los dos primeros competidores con una fascinación masoquista que lo deja mareado. Desde donde está, no alcanza a ver mucho más que el brillo plateado del fuego alquímico y el humo que sube serpenteante hacia el cielo que se va oscureciendo. Quizá es el olor del azufre que cada vez es más denso o quizá son sus nervios, pero Wes tiene la impresión de que va a vomitar.

Mientras los jueces avanzan de presentación en presentación, el sonido del gis raspando contra la madera se va volviendo más fuerte y el rumor de las conversaciones cada vez más bajo. Wes no sabe si ha esperado segundos u horas cuando el panel al fin se detiene frente a su mesa.

Crain es la primera en hablar.

—¿Nombre?

Wes está embelesado con el collar de diamantes que descansa sobre las clavículas de la mujer; seguramente están alquímicamente modificados para tener esa clase de brillo.

—Eh, Winters. Weston Winters, señora.

La mujer hace un gesto con los labios fruncidos, pero anota algo en su cuaderno.

—Muy bien, señor Winters. Puede proceder.

Wes saca el gis que trae en el bolsillo. Aunque le tiemblan las manos, traza el círculo de transmutación del *nigredo* con la facilidad que le da haberlo hecho literalmente cientos de veces durante la semana. Acomoda los componentes de la reacción en el centro y luego coloca sus manos sobre estos para activar la magia que circula ahí. Una llama se enciende y, mientras quema la arena y el osmio hasta convertirlos en el negro *caput mortuum*, Wes observa discretamente cómo los jueces toman notas y comentan algo entre ellos. Listo el primer paso. Faltan dos.

—Cuando esté listo —le dice Crain.

Su seguridad vacila.

«No solo las leyes de la materia gobiernan lo que pasa, tú también».

La alquimia es una ciencia mucho más extraña y menos precisa que cualquier otra que él conozca. Quizá lo que la alimenta es algo divino, el caos o la magia, pero, sea lo que sea, la pieza faltante en esa reacción está dentro de él. Es él. Quizá lo único que necesita es concentrarse más. Mover el mundo con la fuerza de su voluntad.

Pero mientras se hace preguntas sobre el calor y la fricción, su mente se queda en blanco y de pronto, sintiendo cada vez más pánico, lo lleva directo a Margaret. No, por Dios, no puede pensar en ella en ese momento. Eso drenaría por completo su energía, pues cada cosa que piensa sobre ella lo obliga a confrontar una emoción que no soportaría ver frente a frente. Se concentra más en la fórmula alquímica frente a él. Aquieta su mente concentrándose exactamente en cada cosa que está haciendo, dándole propósito a cada movimiento. Un círculo para representar la unidad de todas las cosas y el flujo cíclico de la energía. Runas para canalizar la energía y darle la forma que él quiere. Calor y fricción. El calor de la boca de Margaret si la besara, la fricción que tanto desea entre ellos y, por Dios, se va a volver loco si no logra controlarse.

«Quizá te falta soltarte, o quizá estás pensándolo demasiado».

Tal vez Harlan tiene razón. Quizá necesite soltarse. Lleva tanto tiempo temiendo lo que pasaría si se quedara solo y en silencio por demasiado tiempo, si se permitiera sentir el dolor, si dejara que su familia viera su pena. Pero Margaret sabe cómo encontrar cada grieta en su armadura. Mientras piensa en ella, siente cómo se enciende la chispa de la magia divina dentro de él.

Wes activa la fórmula frente a él.

La *coincidentia oppositorium* se condensa en el alambique gota a gota, tan brillante como los diamantes en el cuello de Crain, e ilumina la mesa con un resplandor que recuerda al de la luna. Aunque no sabrá si funcionó hasta que disparen la bala, su corazón se acelera al verla. En el fondo sabe que es su mejor trabajo hasta el momento. Cuando termina de unir la esencia de la bala con el *rubedo*, pone el objeto sobre la mano de Crain, que ya estaba a la espera.

—Gracias, señor Winters.

—No, no. Gracias a ustedes.

En cuanto los jueces siguen su camino, Wes se dobla hasta quedar con los codos sobre la mesa y la cabeza entre las manos. Entre el cabello que le cae frente a la cara, ve a Harlan sonriéndole traviesamente.

—Así se hace.

—G-gracias.

Siente que necesita darse un buen baño.

Mientras la evaluación técnica va acercándose a su fin, el sol se clava en el mar y la tarde se convierte en noche. En treinta minutos comenzará la segunda ronda de evaluaciones. Es un breve respiro mientras los jueces y espectadores salen de la plaza para ir al campo a las afueras de Wickdon. Nadie quiere arriesgarse a que una bala perdida encuentre a la multitud, o que por accidente una de las queridas tiendas termine volando en pedazos.

Técnicamente, ahora que ya hizo lo que le tocaba por hoy, Wes está libre. Considera volver a la mansión o convencer a alguien de que le compre un trago, pero supone que debería estar sobrio para ser testigo del fin de su carrera, si es que llega esa noche. Pero, la tentación más fuerte de todas, es encontrar a Margaret.

Es un zumbido insistente en su cráneo que le eriza la piel con una energía que no le gusta nada.

Pero, aun suponiendo que Margaret estuviera por ahí, Wes no está seguro de atreverse a verla a los ojos. Desearla, incluso desear su compañía, lo hace sentir pequeño, patético y vulnerable. Ahora que la emoción de la alquimia y la adrenalina ya lo abandonaron, está demasiado consciente del peligro en el que está. Hacer esa transmutación abrió una puerta en su interior, una que está ansioso por volver a cerrar definitivamente. No desea a Margaret. No quiere desear a alguien que consume sus pensamientos de esa manera, a alguien que espera algo de él, a alguien que lo lastimaría si se le negara.

Wes quiere algo más fácil. Alguien que no despierte en él ese anhelo ni lo haga reconsiderar su visión del mundo ni sentir. Quiere...

—¡Wes!

La voz de Annette Wallace jamás había sonado más dulce.

Wes se da la vuelta. El cabello de Annette está cuidadosamente engominado en espirales alrededor de sus sienes, tan perfecto y brillante que él se tiene que aguantar las ganas de jalarle un mechón y desacomodárselo.

—Qué gusto verte. ¿Ya saliste de trabajar?

—Ojalá. Estoy en mi descanso, pero quise venir a saludarte.

—Hola —le dice él—. Hagamos algo.

—Bueno, yo... —Por un momento, Annette parece nerviosa, pero pronto se recompone—. ¿No deberías estar en la exposición?

—Ya terminé la parte técnica y no van a evaluar la ejecución hasta dentro de una media hora, así que estoy libre y aburrido. ¿Qué dices? No me hagas rogarte.

—¿Quieres que hagamos algo en treinta minutos?

—Serán los mejores treinta minutos de tu vida. O quizá podríamos ver la evaluación juntos. Podría necesitar consuelo, dependiendo del resultado.

Ella sonríe, pese a que claramente no quiere hacerlo.

—No puedo. Mi papá se pondría furioso si no regreso a tiempo.

—Mejor aún. Vamos. La noche es joven y nosotros también.

—Bueno, de acuerdo. —Lo señala con un dedo—. Pero solo hasta que vea qué hiciste. Después de eso, en serio tengo que irme.

Eso está muy bien para Wes. Tiempo suficiente para ahogar todo el ruido en su cabeza.

—Me has hecho el hombre más feliz del mundo.

Annette suelta una risita burlona y luego lo toma de la mano.

—Eres un ridículo.

Wes casi se muere ahí mismo, pero logra controlarse lo suficiente para decir unas palabras más.

—¿Lo soy?

—Sí. —Una brisa fría recorre la calle, llena de sal y esperanzas, y se enreda en los rizos de Annette. Se ve tremendamente adorable—. No puedo creer que te haya permitido convencerme de esto.

—¿Me estás diciendo que nunca has llegado tarde al trabajo? Te faltan muchas cosas por vivir. ¿Siquiera te has ido de pinta?

—¡Claro que sí! —Se lleva una mano al pecho con indignación fingida.

—Ah, entonces tienes algunas ideas. ¿Adónde deberíamos ir?

—Realmente no hay mucho adónde ir.

Wes le da un golpecito de hombro a hombro.

—¿Qué suelen hacer normalmente?

—Varios vamos al muelle en ocasiones. Y a veces nos lanzamos al agua desde los riscos.

—¿Se lanzan desde los riscos?

—No es tan emocionante como te imaginas. Nada parecido a los bailes y fiestas de la alta sociedad que debes acostumbrar en la ciudad.

Wes considera decirle que él y sus amigos no tienen dinero para hacer nada como eso. Considera decirle que probablemente es un chico salido de las peores pesadillas de su padre, un banvish sin educación formal ni futuro. Considera decirle que vive en un departamento rentado en Fifth Ward, lejos de los elegantes clubes con los que ella sueña. Pero eso arruinaría el momento. Apenas consiguió que saliera con él, y tienen poco tiempo. Lo mejor será que Annette piense que es el acaudalado hombre de mundo que ella cree que es.

—Hazlo por mí. Me impresiono con cualquier cosa.

Ella suspira.

—¿Has escuchado sobre el helado de Wickdon?

—La verdad es que no.

—Es bueno —dice ella, como si le apenara admitirlo—. Vamos.

Esperan en una fila interminablemente larga por su helado y luego siguen al resto de las multitudes de la temporada de caza hacia el campo. Tomados de la mano, se abren paso entre la hierba alta hasta encontrar un espacio despejado cerca de un risco con vista al mar. La luz de la luna tiembla sobre el agua y la espuma del mar se ve como encaje sobre la arena casi negra. Se acomodan sobre el pasto y Wes observa a Annette por el rabillo del ojo mientras su helado se derrite en la cuchara de plástico. Él se termina el suyo en menos de un minuto y el sabor de la menta sigue vibrando sobre su lengua.

—Es raro tener tanta gente aquí —dice ella.

—Me imagino. La población se quintuplicó.

—No es eso. Me gusta venir sola aquí a veces. —Wes tiene la impresión de que ella le intenta decir algo importante, pero no logra descifrar el gesto triste en su cara—. A veces me siento aquí y me pregunto qué hay al otro lado de toda esa agua.

—Las islas Rebun.

Ella le suelta un manotazo.

—Sabes a qué me refiero.

Él le ofrece una sonrisa a manera de disculpa.

—¿En serio nunca has salido de Wickdon?

—No. Nunca. Pero sí quiero; es lo que más quiero en la vida. Siento que este lugar me aplasta cada vez más. Todo. El Inn. Mis padres. Hasta mis amigos. No creo que ninguno de ellos entienda realmente cuando intento decírselos. Nacieron aquí y morirán aquí. Así son las cosas.

—¿Y por qué no te vas?

—Le rompería el corazón a mi padre. O quizás es porque soy cobarde. De solo imaginarme ir a la ciudad sola... No creo que pueda soportarlo.

—No es cobardía. —En la distancia, un faro parpadea entre la oscuridad—. La soledad es algo terrible. Quizá lo más terrible del mundo.

—Y tú elegiste el rincón más solitario de Wickdon. —Ella lo mira con compasión—. ¿Cómo vas con eso?

Lo último en lo que quiere pensar es en Margaret. Pero, perversamente, es también en lo único que quiere pensar.

—Ya sabes. Me entretengo solo.

Wes lo piensa por un momento. Quizás Annette es la única persona en el pueblo que podría hablarle honestamente sobre Margaret y su madre, pero se siente como traición tan solo pensarlo. Margaret no ha sido muy abierta sobre nada en su vida, pero si está tan decidida a cerrarle todas las puertas, ¿qué otra opción le queda a él para aplacar su curiosidad?

—Si no te molesta la pregunta... No me parece que las Welty sean parte de la comunidad. ¿Por qué?

—Oh. —La boca de Annette dibuja una mueca de incomodidad—. Bueno, Evelyn es ermitaña. Cuando murió el hermano de Maggie, dejó de salir de la casa. Y luego, cuando su esposo se fue, creo que perdió la razón. La verdad, me siento mal por Maggie. Ha tenido una vida difícil.

Eso él ya lo sabía, excepto lo del padre que se fue. Pero no explica nada, a menos que la gente en Wickdon considere que el dolor ante las pérdidas es una enfermedad.

—Si te sientes mal por ella, ¿por qué no eres su amiga?

Lo sorprende el enojo en su propia voz. Y a Annette también, porque lo está mirando con los ojos muy abiertos y un gesto de preocupación sincero.

—Tú mismo lo dijiste el otro día. No es muy agradable estar con ella. Y no quiere amigos.

—Patrañas. —Puras patrañas. Todos quieren amigos, hasta Margaret. Aunque no lo reconozca—. ¿Me estás diciendo que por eso Harrington la trae contra ella? ¿Porque no es agradable?

—No —responde Annette, ya un poco a la defensiva—. Jaime la trae contra ella por prejuicioso e intolerante.

—Obviamente —masculla Wes—. Pero ¿qué tiene que ver eso con Margaret?

—Supongo que no tendrías por qué saberlo. El padre de Maggie era yu'adir. A mí eso no me molesta, pero la gente aquí puede ser muy retrógrada y... —su voz se va mezclando con el rumor de las olas y las pláticas de la multitud hasta perderse.

Margaret es yu'adir.

Tantas piezas se acomodan en su lugar que Wes se siente como un tonto por no haberlo descubierto antes. Se arrepiente de haberlo preguntado. Pero Margaret no se lo dijo. ¿Por qué no se lo dijo? Ni aunque conoció a su familia. Ni aunque él le preguntó por qué Jaime estaba tan obsesionado con atormentarla.

En Fifth Ward no hay muchos yu'adir. Aunque los padres de Wes huyeron de la hambruna en Banva antes de que naciera Mad, la mayoría de los inmigrantes yu'adir llegaron a las costas de New Albion unas décadas antes, buscando refugio ante los pogromos en sus países de origen. Pero aunque llevan ahí más tiempo que los banvish, ha visto lo odiados que son. Cómo han quemado sus negocios y templos. Cómo el inventor del automóvil publicó artículos diciendo que ellos manipulan la economía mundial y han financiado todas las guerras desde hace siglos.

Se le revuelve el estómago al darse cuenta de por qué toda esa gente desprecia a Margaret, al pensar que lo ha tenido que soportar sola por años. Si Wes lo hubiera sabido, habría... ¿qué habría hecho? No hay nada que pueda hacer para protegerla de esa gente, si apenas puede protegerse a sí mismo. De cualquier modo, pensar en eso lo estremece. ¿Por qué Margaret está tan convencida de que tiene que soportarlo todo sola? ¿Tenía miedo de lo que Wes podría pensar o...?

—Oye. —Anette pone una mano sobre su brazo—. ¿Estás bien?

—Dijiste que a ti no te molesta, pero claramente sí.

—¿Qué?

Wes toma aire, pues quiere asegurarse de que su voz no suene alterada.

—Si realmente te importa, ¿por qué no te enfrentaste a Jaime? Estabas ahí cuando comenzó a decir tonterías sobre los inmigrantes y los yu'adir, y no dijiste nada. Si realmente te importa, ¿no debería molestarte eso?

Annette se ruboriza.

—Ya viste lo que pasa cuando alguien se le enfrenta.

—Nada —dice él con tono tajante—. No pasa nada. Lo único que hizo fue escupir más estupideces llenas de odio. La diferencia es que estarían dirigidas a ti.

—¿Qué debí haber hecho? Es mi amigo.

Wes nota que ella está incómoda, pero no se puede contener.

—Quizá deberías conseguirte amigos mejores.

—No puedo, Wes. —Se le quiebra la voz—. No puedo. No puedo ser mejor que él.

—¿De qué hablas? Claro que puedes.

—¿Tú qué sabes? —Toma aire—. Jaime es el hijo del alcalde. Todos mis amigos lo adoran, seguramente porque le tienen miedo, y con razón. No has visto lo cruel que puede llegar a ser, ni de cerca. Lamento no ser tan cosmopolita como tú, pero no tienes derecho a subirte en tu pedestal y juzgarme o decirme lo que siento. Lo que este pueblo le ha hecho a Maggie es un pecado. Pero no puedo terminar como ella. Mientras esté atrapada en este lugar, el silencio es mi única opción. Mis amigos son lo único que tengo.

—¿Sabes? Mis padres son inmigrantes banvish. Eran granjeros pobres en Banva y aquí seguimos siendo pobres. He lidiado con gente como Harrington toda mi vida, así que perdóname si te juzgo por preocuparte por lo que podrían pensar de ti tus amigos estúpidos. El mundo es más grande que este pueblo. —Espera la respuesta de Annette, pero ella no le da nada. La rabia y la decepción son un peso amargo sobre la lengua de Wes—. Veo que no hay más que decir.

Annette parpadea varias veces y sacude la cabeza, como si se estuviera despertando de un sueño. Pese a la oscuridad, Wes puede ver las lágrimas que brillan en los ojos de ella.

—Tengo que irme.

—Por Dios —masculla él. La culpa le revuelve el estómago; odia hacer llorar a las mujeres—. Lo siento. No quise... Al menos permíteme acompañarte de regreso.

—No. —Annette se levanta y se sacude la falda—. Puedo irme sola. Buenas noches.

Wes la mira alejándose hasta que desaparece entre la gente y luego se vuelve a tumbar en el pasto soltando un gemido. Ha tenido varias citas desastrosas, pero esta fue histórica. Y ahora se siente tan mal como antes. O quizá peor.

La ira le revuelve el estómago. Quizá no debió haberle dicho que es banvish. Quizá debió haberse reído o cambiado de tema. Pero se ha reído de demasiados chistes sobre los banvish durante tantos años y esta noche no podría soportar uno más ni fingir que son otra cosa.

Su vista abierta del cielo de pronto se oscurece por esa luna pálida que es el rostro de Margaret.

—Annette parecía molesta.

—¡M-Margaret! —suelta Wes, incorporándose torpemente—. Viniste.

—Pues claro. —Ella se cruza de brazos—. ¿Qué le dijiste?

¿Qué podría responderle? «Estábamos hablando de ti y una cosa llevó a la otra...». No, no puede decirle la verdad. Se siente terrible por saber lo que sabe sin el consentimiento de Margaret, así que solo se encoge de hombros, intentando que su gesto parezca lo más despreocupado posible.

—Creo que me pasé de descarado con ella. ¿Lo puedes creer?

Margaret frunce el ceño.

—Claro.

«Y a continuación», anuncia una voz en el micrófono, «Weston Winters».

—Mierda. —Wes se pone de pie de un salto. Desde que decidió tumbarse ahí a morir, parece que la gente del público se multiplicó—. Ni esperanza de acercarnos mucho más que esto.

—Entonces, alejémonos. —Antes de que Wes pueda preguntar cuál es la sabiduría detrás de esa paradoja, Margaret se echa a correr. Exasperado, él la sigue lo más rápido que puede.

La hierba alta se sacude a su alrededor mientras Margaret lo lleva a lo alto de una colina. La vista es mejor desde ahí, suficiente para ver a alguien alejándose de la multitud. Levanta su rifle, apunta a una diana que cuelga de una rama del ciprés y dispara. El sonido reverbera por todo el campo y, entonces, mientras esperan que el humo se disipe, se asienta un profundo silencio.

La diana de madera se enciende y las chispas que lanza brillan como luciérnagas. Un preocupado oficial de caza corre hacia allá, gritando y blandiendo un extinguidor.

—¡Sí! —exclama Wes, aplaudiendo—. ¡Sí! ¡Funcionó! ¿Lo viste?

La diana en llamas es un borrón naranja en la oscuridad, pero incluso desde allá arriba, Wes puede ver su brillo reflejado en los ojos de Margaret.

—Lo vi —responde ella con reverencia en su voz.

—¿Cuántos puntos dijiste que necesitaba?

—Ciento quince —le dice, sin pensarlo ni un segundo. Ha repasado todos los escenarios posibles cientos de veces en su cabeza.

Juntos, observan a los jueces hablando entre ellos mientras el fuego se apaga. Wes juega con la hierba entre sus dedos y casi podría jurar que Margaret ha dejado de respirar. Tras unos minutos, la voz en el micrófono dice: «El jurado le ha otorgado ciento diecisiete puntos a Weston Winters. A continuación, tenemos a...».

—Margaret —dice Wes, casi como un suspiro.

Ella está completamente inmóvil, como si no hubiera escuchado bien.

—¡Margaret! —Wes le rodea el cuello con un brazo y la jala contra él con tal fuerza que casi se caen los dos al pasto. No es hasta que ella suelta un ruidito ahogado de protesta que Wes recupera la cordura, que registra que la está abrazando y aun entonces está demasiado embriagado por la felicidad como para soltarla—. ¡Lo hicimos!

Margaret se retuerce hasta que él la suelta un poco. Unos puntos rojos salpican sus mejillas, dándole un rubor rosado que a Wes le recuerda una tarde de verano.

—Tú lo hiciste. Perdón por haber dudado de ti.

Él le sonríe. Ella le corresponde el gesto y su sonrisa suave casi lo deja sin aliento. Por primera vez, Wes cree que quizá, solo quizá, tienen posibilidades de lograrlo.

18

Para cuando la tarde baña la mansión, llenándola de una luz dorada y somnolienta, Wes sigue dormido. Margaret no puede culparlo, considerando que volvieron a casa casi a medianoche y que se pasó casi toda la semana sin dormir. Además, después del espectáculo que dio la noche anterior, se merece pasarse todo el día en la cama.

Margaret apenas puede creer que él realmente lo haya logrado. Tras abrirse paso entre la multitud de la exposición, vio el momento exacto en que la luz alquímica le iluminó la cara a Wes, tan radiante como una estrella que cayó a la tierra. Por primera vez en años, sintió que la alquimia puede ser algo escalofriantemente hermoso. Que quizá puede hacer algo más que daño.

Ahora, si le va bien en el concurso de tiro en la semana, quizá queden en el primer grupo, y podrían tener probabilidades reales de ganar.

En su habitación, Margaret encuentra a Problema acurrucado en su cama, tomando una siesta bajo un rayo del sol. Siente el impulso de quitarlo de ahí, pero no se atreve. Gracias a Wes, se siente ligera y llena de esperanza, y extraña por sentirse así. La hace anhelar la compañía de él, lo cual no está nada bien.

Ya bastante malo es que haya hecho algo de lo que no se puede echar para atrás: se permitió reconocer, aunque fuera solo una vez, la atracción que existe entre ellos. Puede soportar las cosas que le pasan por la cabeza sobre cómo podrían usar esa casa vacía, con sus alcobas escondidas y rincones bañados por el sol. Puede vivir sabiendo cómo se ve Wes sin máscaras y tumbado sobre ella. Pero lo que se siente como un peligro es la forma en que algo revolotea en su estómago cuando recuerda cómo la abrazó la noche anterior, como si fuera la cosa más normal del mundo. Su sonrisa era tan amplia e inocente. Tan alegre. Su cariño libre y sencillo le recuerda demasiado lo que perdió y lo que podría perder una vez más.

Margaret abre la ventana y acerca su cara a la fría caricia del viento. Es demasiado tarde para entrenar, a menos que quiera que la noche la encuentre allá afuera, pero bien podría darle uso a toda esa energía ansiosa que tiene. Sería una pena que Wes tuviera una mejor calificación que ella.

Saca su kit de herramientas del clóset, toma el rifle que está colgado en la pared y lo pone en el piso. Desarmar y limpiar su arma es su ritual personal, una tarea que podría hacer con los ojos cerrados. Para cuando termina de lubricar el metal y pulir la culata hasta dejarla reluciente, ya está un poco mareada por el olor del keroseno y el plomo. La madera brilla bajo el sol, dorada y cálida como la miel.

—Problema.

El perro se incorpora de golpe, con una oreja doblada.

—Problema —repite Margaret, con un tono más juguetón.

Él la mira desde la cama, golpeteando suavemente la cola contra las sábanas. Sabe que no debería estar ahí, pero también sabe que Margaret se ha ablandado. Una mejor entrenadora lo pondría en su lugar, pero a ella nunca le ha molestado que se chiquee un poco de vez en vez.

Margaret se echa el rifle al hombro.

—¿Quieres salir?

Problema para las orejas.

—Vámonos.

El perro salta de la cama y baja corriendo las escaleras. Margaret no puede evitar reírse mientras va tras él. Afuera, las sombras se van volviendo cada vez más pronunciadas ante la puesta del sol.

En la distancia, los pinos y abetos cubren las montañas y se extienden hacia el océano como un jarabe que se derrama lentamente.

Margaret va a la cerca del potrero y llama a Shimmer, su caballo capón gris. Él viene corriendo y le lanza un gesto de pesar cuando la ve con el cabestro en mano. Tras atarlo al poste, Margaret le sacude la tierra del lomo y lo ensilla. Le duelen los muslos por todo lo que ha cabalgado, pero se obliga a montarlo y le da unos golpecitos en los flancos para que empiece a trotar.

Mientras avanzan hacia los árboles, Margaret se anima a lanzar una mirada sobre su hombro. Debería llevar a Wes para que se acostumbre a la cacería, pero hoy necesita concentrarse. Además, él asustaría a todas las presas en un radio de ocho kilómetros en cuanto abriera la boca.

—Problema —dice Margaret—, busca.

El perro se detiene, con la nariz apuntando hacia el cielo, y luego se echa a correr entre la maleza como una bala. El silencio que se posa sobre el bosque en su ausencia es espeluznantemente absoluto. No hay más sonidos que el golpeteo rítmico de los cascos de Shimmer. Margaret le hace unos cariños en el lomo al ver que el animal jadea, ansioso.

Llegan a una parte del bosque que ella no reconoce. Los helechos están densos y demasiado verdes a las orillas del camino. Hay camas de flores creciendo salvajes por aquí y por allá, unas encima de las otras y, arriba, los árboles tienen retoños que rebosan savia, demasiado nuevos para sobrevivir a la súbita helada. Todo ahí está demasiado vivo, pero muriéndose y el aire apesta a descomposición.

Margaret sabe que es obra del hala: los huertos pudriéndose, partes enteras del bosque vencidas bajo el peso de su propio verdor. Le recuerda a un dibujo que vio en una de las libretas de su madre, uno que guardó hace mucho tiempo, de una serpiente devorando su propia cola. Margaret aprieta en un puño la llave que lleva al cuello.

Los Halanan y los Harrington ya han sido víctimas del ataque del hala. ¿Cuántos más tendrán que sufrir antes de que llegue la

Luna Fría? ¿Cuánto sufrimiento vale la promesa de la gloria?

El sonido de su nombre sisea entre las hojas. Margaret se tensa sobre su caballo.

No le gusta ese cambio en el bosque, en su bosque. Hubo un tiempo en el que nada ahí la molestaba. Ni el graznido de un cuervo ni el trino de una urraca. Ni el brillo impasible de los ojos de una liebre en la oscuridad. Pero ahora está alerta por si ve un manchón blanco entre los árboles.

Su aliento se condensa por el frío.

Problema aúlla.

Encontró algo. Margaret echa a Shimmer a galopar. El viento frío le azota la cara y unas piedritas caen por la ladera mientras avanzan hacia donde el perro los llama.

Margaret se inclina hacia adelante, con las piernas adoloridas, mientras Shimmer salta sobre una secuoya caída en el camino y luego salen a un claro. Problema está parado sobre sus patas traseras, con las delanteras apoyadas contra el tronco de una enorme secuoya y meneando la cola. Echa la cabeza hacia atrás y aúlla de nuevo. Unas tiras de baba salen volando de su hocico.

Está tan contento, el muy lucido.

—Bueno, bueno. Ya te oí.

Margaret se baja de Shimmer. Unos metros más adelante, ve a su presa. Un zorro rojo común que está agazapado sobre una rama cubierta de liquen. Margaret toma el rifle que trae al hombro y lo acomoda para ver por la mira. La madera de la culata se siente suave y fría contra su mejilla. Aún huele a abrillantador y aceite.

Aunque odia la alquimia, uno de sus principales fundamentos siempre ha resonado con ella. Todo, desde los humanos hasta los zorros, están hechos de la misma materia primordial. Todo es Uno y Uno es Todo. En el fondo todos son lo mismo, y todos intentan sobrevivir.

Su madre diría que esa clase de giro ético es sentimental o está mal aplicado. Y si en algo Margaret se parece a su madre, es en que no es sentimental. La verdad es simple y amoral: ella va a vivir porque el zorro morirá.

En la mira, ve que el zorro echa las orejas hacia atrás y sacude la cola. A ella le alivia ver un zorro común y no uno con poder mortal y una superioridad aterradora. Además de los latidos de su corazón, lo único que Margaret escucha es el siseo del viento sacudiendo las hojas. Suena como la emoción contenida que se va extendiendo entre una multitud. Margaret toma aire y se lo guarda bien adentro.

«Ahí».

Jala el gatillo. El estruendo hace que los pájaros salgan volando de los árboles. Un pequeño cuerpo rojo cae sobre la tierra con un golpe seco. El bosque exhala junto con ella y le tira un mechón de cabello sobre los ojos. Margaret se acerca a la figura sobre las hojas, es de un café rojizo, como sangre seca. El cuero del zorro forma un círculo frente a las botas de Margaret, con la punta de la cola en su boca abierta. La imagen del uróboro se apodera de ella. Debe ser una especie de mensaje, de advertencia o...

No, el hala no es más que un animal.

No la está observando, y mucho menos intenta decirle algo. Seguramente la presión de la cacería y sus sentimientos confusos hacia Wes la están poniendo paranoica.

Margaret toma al zorro por la cola peluda y el peso de ese cuerpo cuelga de su puño como un bolso lleno de monedas. Sus ojos dorados se ven tan salvajes como cuando estaba vivo, siguen encendidos. Mientras el bosque olvida el disparo, la vida va regresando con sus ruidos: un cuervo grazna, una liebre corre entre los matorrales, hasta Problema se atreve a moverse. Va junto a Margaret y apoya todo su peso en ella, lo que casi la hace perder el equilibrio. Cuando ella le da unos golpecitos en el costado, el sonido tiene un eco reconfortante, como si estuviera golpeteando una calabaza madura.

—Buen chico. Lo vamos a lograr. —Le quedan dos semanas para entrenar a un sabueso y a un caballo casi retirados para convertirlos en los mejores del país. Cosas más increíbles se han logrado.

Pero el rumor entre los árboles la sigue poniendo nerviosa. Entre más tiempo pasa ahí, más se convence de que el viento habla. Que está diciendo palabras sabias o advirtiéndole algo que ella no logra comprender.

Para cuando llegan a Wickdon, la algarabía está en su punto más alto.

El sol motea con su luz al mar y extiende un manto rojo sobre los árboles. A lo largo de los años, los que están en la costa han sido tan vapuleados por el viento que ya tienen los troncos casi contra el suelo, como perritos arrepentidos. Margaret conoce la curva de esa playa tan bien como los huecos entre sus dedos, pero esta noche la costa es lo único que le resulta conocido en Wickdon.

Se siente tan sorprendida como la primera vez que vio a su mamá salir de la oficina tras la muerte de David. Los mismos huesos, la misma piel sobre ellos, pero con algo distinto y oscuro en la mirada.

Las multitudes se riegan por las calles como el agua que corre de un cuenco para lavar. Salen como burbujas por los callejones y flotan sobre los adoquines, que reflejan el brillo de las antorchas encendidas casi en cada esquina. Los niños corren entre las piernas, con bigotes negros pintados en las mejillas y colas de zorro amarradas de las presillas, meneándose de aquí para allá. Los adultos llevan exagerados delineados en los ojos y van vestidos con estolas y abrigos de piel de zorro. Arriba, las hileras de luces centellan y las telas coloridas sobre los cables del teléfono ondean al viento. Margaret lo siente como un cuchillo en la garganta, afilado y frío, con un toque de sal.

Ella necesita estar en un punto al otro lado de toda esa gente: en el camino flanqueado por piedras que lleva a la playa, donde va a hacer el disparo que les ganará un lugar en el primer grupo.

Wes pone una mano contra su espalda baja. Es un gesto bastante inocente, solo para llamar su atención, pero cualquier contacto con él hace que la recorra una ráfaga de electricidad. Al menos él parece no notarlo o quizá finge que no lo nota. Como sea, Margaret agradece el desenfado con el que él se mantiene cerca, como algo sólido y seguro entre el caos.

—¿Cómo vas? —le pregunta Wes.

—Bien. —Margaret se acomoda un mechón rebelde detrás de la oreja. La tibia luz anaranjada del fuego y las farolas le baña los hombros—. Deberías adelantarte. Ve y disfruta la noche.

—¿Ya te hartaste de mí, Margaret? Sin ti, solo me pasaría la noche añorando... estar contigo y todas las cosas que no puedo comprar.

Es tan cuentero.

—¿Quieres unos centavos?

La expresión pícara de Wes se transforma en sorpresa.

—¿Es en serio?

—Totalmente. —Margaret saca una bolsa de su chamarra y busca hasta encontrar algo. Tomando la muñeca de Wes con suavidad, pone su mano hacia arriba y le planta la moneda en la palma—. Alócate.

La luz ambiental casi no toca sus ojos, pero Margaret alcanza a ver su brillo en la oscuridad. Wes tiene un gesto de añoranza, casi triste, hasta que se da cuenta y sacude la cabeza.

—Te los voy a pagar.

—¿Con qué dinero?

—Mmm. Buen punto. —No dice nada más, pero su sonrisa lánguida y la forma en que la mira con los ojos entrecerrados bastan. Margaret odia que el rostro se le ruborice con su atención, aunque no sea sincera. La hace sentir tonta—. ¿No crees que haya algo que pueda hacer...?

—No. Solo vete.

Wes se ríe de buena gana, bajando el brazo para meter la mano al bolsillo. El recuerdo de su tacto aún arde en la espalda de Margaret.

—Bueno, bueno. ¿Estás segura de que no puedo hacer nada por ti? Al menos podría quedarme para poner en su lugar a los que quieran meterse contigo.

—Estoy segura. —Él ya hizo su parte. Esa noche le toca a ella, y Margaret sabe que puede ganar.

—¿A qué hora empieza? Quiero verte en acción.

—A las seis treinta. Pero no estoy segura si valdrá la pena la espera. Es como un torneo. Cada ronda termina en unos segundos.

—Claro que valdrá la pena —protesta él—. Me prometiste una demostración. Además, si no te veo, ¿cómo sabré si cometí un terrible error al asociarme contigo?

Margaret no lucha por disimular la sonrisa que se va formando en sus labios.

—Intentaré no avergonzarte.

—No lo harás. —Le muestra una de esas sonrisas sinceras que la hacen sentir calor desde adentro—. Buena suerte. Te veo más tarde.

Cuando Wes se pierde entre la gente, ella se queda sintiéndose más sola que en el bosque, a pesar de estar rodeada de una multitud de personas y cientos de conversaciones a gritos. Tras tomar valor, empieza a caminar.

El aire huele a madera quemada y sal, mezclados con los deliciosos aromas de los panes y las carnes en el horno. A cada lado de la calle se ven puestos que venden sombreros de ala ancha tejidos con intrincadas flores de fieltro, chaparreras, botas de cuero y toda clase de productos alquímicos. Alambiques artesanales regordetes y brillantes como bígaros y cristales con sus formas hechas a mano en todos los colores de los guijarros. En la plaza, los perros de exposición y sus entrenadores se pavonean frente a un panel de jueces con expresiones severas.

Unas cuantas personas la miran con desagrado mientras pasa. El sonido de su nombre la sigue a cada paso, como el siseante soplar de viento entre la hierba. El miedo le aplasta el pecho. Toda su vida ha tenido que hacerse pequeña e invisible para sobrevivir. Pero esta noche estará bajo los reflectores, y eso es tan aterrador como cualquier demiurgo.

Cuando se acaban los adoquines, al llegar al risco sobre el mar, Margaret siente que puede respirar mejor. Se desliza lo más ágilmente que puede por el terraplén y camina entre la hierba amarillenta hasta que llega a la playa. El agua está revuelta, espumando hasta convertirse en un rocío tan denso que apenas la deja ver la luna detrás del velo color plata. Las fogatas arden por aquí y por allá separadas apenas por unos metros, lanzando su luz anaranjada sobre la arena. La más grande dibuja las siluetas de sus competidores, que están agazapados ahí para protegerse del frío del otoño. Y más allá, a la orilla del risco, los espectadores han comenzado a reunirse y empiezan a llenar la playa.

Margaret se acerca a los demás cazadores hasta que puede ver sus facciones enmarcadas por la luz de la fogata. No reconoce casi a nadie. La mayoría son más grandes que ella y van vestidos con elegantes cazadoras en colores vivos y sus rifles tienen grabados en oro. Ya se imagina cómo serán sus sabuesos. Ágiles y poderosos como balas.

Un escalofrío la recorre. Puede sentir que alguien la mira con insistencia.

Al girarse hacia la ensenada, se encuentra con los ojos de Jaime entre la oscuridad. Está acostumbrada a su indiferencia, a sus malas caras, pero no estaba preparada para el odio descontrolado de su mirada. El miedo le ata un nudo en el estómago.

Jaime cambia su expresión a una de calma fingida y se aleja del grupo para ir hacia donde está Margaret. Mattis, tan servil como un sabueso ansioso, avanza unos pasos detrás de él.

El instinto le dice a Margaret que debería irse, que se esconda. Pero la ira que suele tragarse está hirviendo en su interior y ya no se puede apagar. Quizá ha pasado mucho tiempo con Wes, o quizá ya ha tenido que aguantar demasiado, pero hacerse pequeña nunca ha logrado que Jaime disminuya su desprecio hacia ella. La odia. Siempre la ha odiado y siempre la odiará.

Si esa noche Margaret debe ser vista, será incandescente.

—Jaime —dice, cuando los dos tipos se detienen frente a ella.

—Maggie. —El aliento de Jaime apesta a whisky y tabaco para masticar—. ¿Dónde están tus perros?

Ella no responde nada.

Jaime y Mattis se ríen, como si les divirtiera el silencio de Margaret.

—¿Sabes? Escuché una historia muy interesante sobre Winters. Resulta que tiene su fama en la ciudad. ¿Sabías que fracasó en todos los puestos de aprendiz que ha conseguido?

—No pensé que fueras la clase de persona que le gusta el chisme.

—No es chisme —suelta Mattis—. Es la verdad.

Jaime le lanza una mirada severa, como si hubiera interrumpido algo importante. Mattis lo obedece y se calla. Negando con la cabeza, Jaime continúa con lo que estaba diciendo.

—Se me hizo raro que alguien pueda ser tan perdedor como él. Pero al fin lo entendí. Es banvish.

—¿Y eso qué tiene que ver? —La voz de Margaret suena más pequeña e insegura de lo que ella quisiera. ¿Dónde habrá escuchado eso Jaime?

—¡Pues que es súmico! Básicamente son animales. ¿No te da miedo estar sola en la casa con él?

Margaret ha escuchado muchas cosas sobre los súmicos. Que idolatran estatuillas. Que sacan a los bebés nonatos del vientre de las madres para comérselos vivos. Que su plan es establecer la capital de un nuevo imperio súmico en las playas de New Albion y que sus lealtades están con la nación extranjera de Umbría, donde se encuentra el papa en su trono sagrado. Pero lo único que ella encontró en la familia Winters fue amabilidad.

—No —responde—. No me da miedo.

—Ah, ya veo. Debí suponer que te gusta calentar tu lecho con bestias. Se merecen mutuamente: el usurpador súmico y la conspiradora yu'adir. —La mira con una sonrisa burlona—. Será un placer derrotarte esta noche. Mis amigos y yo nos vamos a asegurar de que no tengas ni oportunidad, Maggie. Te lo advertí.

El sonido de un cuerno de caza acalla a la multitud. Cuando se apaga, lo único que Margaret puede escuchar es el ir y venir de las olas. Temblando de rabia y vergüenza, Jaime se da la vuelta y vuelve a escudarse detrás de sus amigos. Mattis avanza pesadamente detrás de él, mirando nerviosamente a Margaret por encima del hombro. «Cobarde». Margaret sabe que Jaime quiere descolocarla, y lo que más le duele es que haya funcionado.

La voz de Jaime hace eco en su cabeza una y otra vez: «Te lo advertí».

A su alrededor la gente se ve hambrienta, salvaje y perversa. ¿En qué estaba pensando? Contra ellos, contra Jaime, está sola e indefensa, como siempre. Su madre no está ahí para protegerla y quizá nunca volverá. Quizá Margaret condenó a Wes junto con ella.

Los latidos de su corazón le retruenan en las orejas y un sudor frío comienza a formarse en su sien. Entre la densa bruma del miedo, le parece que escucha la voz del maestro de ceremonias en el micrófono y el estruendo de la multitud como respuesta. Pero todo a su alrededor se siente irreal y distante, como si estuviera sumergida en el mar otoñal, y sabe que está peligrosamente al borde de otro episodio.

La sensación explota en su interior con el repique de un disparo. Margaret vuelve a la realidad con un grito ahogado. La competencia ya comenzó y ella no se dio cuenta.

«Estás aquí», se dice a sí misma. «Concéntrate».

Si no lo hace por ella, debe hacerlo por Wes.

Hay humo corriendo desde la costa y, cuando se disipa, Margaret ve a dos hombres parados a la orilla del agua. Uno se vuelve hacia el público con una sonrisa en el rostro y los rasgos deformados por la luz de la hoguera. El otro arroja su rifle a la arena y se aleja.

Ya cayó el primero.

La exposición de alquimia se juzga por distintos criterios, pero las reglas de este juego son simples. Cincuenta puntos por cada victoria; cero puntos, y el último lugar, para quien pierda un enfrentamiento. Wes quedó en los tres primeros lugares de los alquimistas, lo que los acercó a la posibilidad de quedar en el primer grupo. Con los más o menos cien equipos que hay en la cacería, Margaret tendría que ganar al menos cinco de siete rondas. Un tiro imperfecto les costaría todo.

Para tranquilizarse, se concentra en el ritmo del evento. El maestro de ceremonias dice un par de nombres. El fuego reflejándose en los cañones de los rifles, el estruendo de una bala al detonarse, el excitante aroma de la pólvora en el aire. Margaret se limpia el sudor de las manos contra los muslos mientras su corazón se acelera.

—Margaret Welty y Kate Duncan.

Ha llegado el momento.

Los nervios le revuelven el estómago y el calor del fuego la marea al acercarse al área de tiro. A unos metros frente a ella, una pequeña isla rompe las olas. Las antorchas marcan un camino cintilante por el agua hacia una maltrecha estructura de madera, donde un blanco se mece de las cadenas de las que cuelga. El océano susurra en la punta de sus botas, y una ola particularmente salvaje se levanta y la empapa hasta las rodillas. El frío se le cuela hasta los huesos, pero Margaret se concentra en la luz del fuego que se derrama sobre el agua como sangre. En la distancia, la luna brilla y baila, iridiscente como escamas de plata sobre las olas tan negras.

Margaret levanta su rifle y se acomoda la mira. Toma aire y no lo suelta. Dos latidos más de su corazón y el mundo se queda completamente en silencio. Su mente en blanco. Su estómago quieto. Sus dedos se doblan sobre el gatillo con los movimientos conocidos de la caricia de un amante.

Y luego, dispara.

El humo se extiende sobre el océano como bruma. Se disipa lentamente, revelando el agujero perfecto en el centro del blanco. La multitud estalla en vítores y Margaret encuentra el rostro conocido de Halanan, que le muestra una enorme y triunfal sonrisa. Ella se va antes de que su mirada se encuentre con la expresión derrotada de su oponente. No hay nada ahí que pudiera ofrecerle satisfacción, nada hasta que escuche su nombre con el resto de los que quedaron en el primer grupo.

Mientras se pierde entre el público, escucha el nombre de Jaime Harrington pronunciado con claridad sobre el escándalo. Él le da un empujón con el hombro cuando pasa a su lado y luego toma su lugar a la orilla de la playa.

Margaret lleva casi toda su vida viendo a Jaime disparar. Siempre se mueve demasiado antes de hacer el tiro, echando los hombros para atrás y para adelante y tronándose el cuello como si eso le fuera a servir de algo. Pero esta noche, no hace su ritual. Simplemente se acomoda la mira frente al ojo y dispara sin gusto ni emoción. Como si no le importara, o como si no tuviera nada que perder. El blanco se sacude violentamente en sus cadenas y a Margaret se le hace un nudo en el estómago al ver el agujero en el centro, como un gemelo del suyo.

Un tiro perfecto.

Jaime se vuelve hacia el público con la sonrisa de un santo. El gesto la irrita, pero su malestar va más allá de eso. ¿Tanto practicó Jaime desde la última vez que lo vio disparar? Se ha vuelto increíblemente bueno.

O quizá solo tuvo un golpe de suerte. Eso debe ser.

Pero en la siguiente ronda lo vuelve a hacer. Y en la que sigue después de eso, marcando su tiro exactamente en el mismo lugar que ella. Se mueve con una agilidad poco natural, con una precisión que es casi irreal. Margaret no logra comprender cómo lo hace. No sabe cómo pudo volverse tan hábil como ella en tan poco tiempo. La luz de la fogata pinta el acero de su arma de un rojo espeluznante que a ella le recuerda demasiado al *rubedo*.

Cuando la llaman para su cuarta ronda y levanta el rifle, se siente al borde de un abismo, como si estuviera aferrada a uno de esos salientes de rocas que se asoman sobre las olas. «Dos rondas más», se dice a sí misma. Dos rondas más y se asegurará un lugar para ella y Wes en el primer grupo.

Margaret apunta, pero aprieta el gatillo con demasiada fuerza. El arma se mueve, aunque muy poco, y la bala se hunde a la izquierda del centro de la diana. Ella ahoga un grito.

«Qué descuido». Ese descuido fue un error de principiantes y podría hacerlos perder todo. Su estómago sigue dando tumbos hasta que la bala de su oponente rebota en la cadena.

Por Dios, tiene que controlarse. ¿Qué más da si a Jaime le está yendo bien? ¿Qué paz le daría poder descifrar su técnica? Esto es lo único que importa: si se tiene que enfrentar a él y no logra controlar sus nervios, va a perder.

Margaret sale del campo de tiro y se sienta en una roca para recomponerse. Cierra los ojos e intenta anclarse a la tierra, catalogando el rugir de las olas, la sal en sus labios y el frío contra sus mejillas. Una ronda más y estarán a salvo.

Puede hacerlo.

—Para nuestra próxima ronda tenemos a Jaime Harrington —anuncia el maestro de ceremonias con su voz impostada, como un locutor de radio— y Margaret Welty.

Margaret abre los ojos. Al otro lado de la playa, sus miradas se encuentran. A la luz de la hoguera, el cabello de Jaime brilla como cobre martillado y su sonrisa es la de un hombre que sabe que ya ganó.

19

Wes siente que va a estallar de la emoción. Con tantas personas, todas irreconocibles, sonriendo y vestidas para llamar la atención, siente como si estuviera en Dunway. El corazón le late al ritmo de una canción que se escucha en la distancia.

Recorre el festival arrastrado por la masa hasta que más o menos lo avientan junto a un puesto pintado de rojo que vende manzanas acarameladas. Brillan como aretes en una joyería, con destellos ámbar y granate. Aprieta el puño alrededor de la moneda que le dio Margaret.

Su amabilidad inesperada lo dejó desconcertado. Le recuerda a su padre, que solía darles a él y a sus hermanas una moneda, valiosa como oro, y los dejaba libres en una tienda de dulces. El recuerdo le pega más de lo que esperaba; respira para controlar el llanto que ya comienza a formarse en su garganta e intenta concentrarse en algo más, en lo que sea.

Como el adorable rubor de Margaret cuando se puso a bromear con ella.

Wes ahoga un quejido. Sin importar adónde vaya o qué haga, todo lo lleva a ella. Y odia que sea así. Odia lo mucho que la admira, cómo el imaginarla leyendo esos libros de noche en su habitación se ha vuelto su nuevo método favorito de autoinmolación, lo vulnerable y desesperado que ella lo hace sentir. Lleva tanto tiempo sin romperse porque se niega a mirarse demasiado de cerca, porque nunca permite que nadie hunda sus garras en él demasiado profundo. Pero de todas las mujeres del mundo, Margaret, tan severa y taciturna como es, fue la que lo redujo a eso.

Christine solía burlarse de él porque se enamoraba de cada mujer que conocía, pero nunca fue en serio. Nunca había sido real. Cuando se enamore, se enamorará con todo, porque nunca se ha permitido hacer nada a medias. Pero no puede permitirse dejar su corazón en manos de nadie más hasta llegar a la cima. Aún no puede permitirse tener una debilidad como esa.

—¿Quieres algo, chico, o te vas a quedar ahí mosqueándote toda la noche? —El vendedor lo mira con impaciencia, señalando hacia la fila que ha comenzado a formarse detrás de él.

—Sí, perdón. Quiero una...

Alguien al otro lado de la calle agita un brazo para llamar su atención. Ahí, a unos metros, está Annette Wallace con un zorro muerto alrededor del cuello. El animal tiene el hocico abierto, dejando ver sus dientes perfectamente blancos que brillan humectados a la luz de las antorchas. El cabello de Annette está apenas ligeramente rizado y trae los labios pintados del color de la sangre. Cuando lo mira a los ojos, a Wes se le revuelve el estómago por el miedo.

Pero la rabia que espera nunca llega. Annette no le ofrece más que una sonrisa radiante.

Wes no sabe qué pensar mientras ella comienza a avanzar hacia donde está él. La semana pasada la hizo llorar. Y aparentemente ya lo perdonó. Es imposible que sea tan fácil, pero la posibilidad de tener compañía le gana a su desconfianza. Hablar con Annette será una distracción muy bienvenida para las cosas que le dan vueltas en la cabeza.

—Deme dos manzanas acarameladas —dice, para alivio del vendedor, antes de que pueda preguntarse qué tan ético es usar el dinero de Margaret para comprarle algo a otra chica.

En cuanto paga la golosina, se sale de la fila y Annette lo toma por el brazo.

—¡Wes! Te he estado buscando por todas partes.

—¿En serio? —Su voz suena más aguda y alarmada de lo que hubiera querido. Se aclara la garganta—. Pues qué bien, porque resulta que tengo dos de estas y quizá tú podrías ayudarme con una.

—Qué curioso, porque me pasó lo mismo. —Antes de que Wes pueda decir más, Annette le cambia una de las manzanas por una humeante taza de algo que huele dulce y a canela. Durante unos instantes, simplemente se miran el uno al otro sin decir nada. Luego, ella agrega—: ¿Tregua?

—Tregua.

—Lamento lo del otro día. No debí haber reaccionado así. Tú tenías razón y ahora veo que seguramente quedé como...

—Annette —la interrumpe él—. Todo está bien.

—¿De verdad? ¿Estás seguro?

De pronto, Wes se siente agotado. Absolverla significaría descubrir exactamente por qué se está disculpando, pero eso requeriría una conversación seria y potencialmente complicada. No cree que Annette sea una mala persona, no en el fondo. Al mismo tiempo, siendo honesto consigo mismo, no está seguro de que todo esté bien, o si el silencio de esa chica significa que es cómplice en el sufrimiento de Margaret. Por suerte para Annette, Wes por el momento no está muy interesado ni en ser honesto ni en quedarse solo. Por su salud mental, se mantendrá en la superficie. Puede tragarse sus dudas.

—De verdad.

—Bueno. —El alivio de Annette es más que evidente—. Gracias por la manzana.

—Gracias por el... ¿qué es esto?

—Ponche —dice ella, con un tono tan angelical que Wes no puede evitar la sospecha.

Annette pasa su mano por el hueco del brazo de él y acurruca la cabeza sobre su hombro. A juzgar por el rubor en sus mejillas y la actitud cariñosa, está borracha. Wes no siente absolutamente nada, lo cual le preocupa. Alguna magia debe haberse apagado en el mundo si una mujer hermosa en su brazo no lo hace sentir algo. Cuando mira la taza de cobre que ella le dio, descubre que el líquido de adentro es del mismo color que los ojos de Margaret. Eso lo abruma un poco, pero no permitirá que le arruine el momento.

«Disfruta la noche», le dijo Margaret. Y eso es lo que planea hacer, de un modo u otro. Entonces le da un trago a la bebida y casi se ahoga. El alcohol baja salvajemente por su garganta, dejando a su paso un ardor de clavo y manzanas.

Annette se ríe.

—¡Perdón! Debí advertirte que estaba jugando a la cantinera.

—Pues, ¡qué cantinera más generosa! ¿Qué le pusiste? ¿Aceite de motor?

—Whisky. Pero tiene un toquecito extra. —Se pone de puntillas para decirle algo al oído—. Alquimia... No le digas a nadie.

Definitivamente el licor alquimizado no es legal, principalmente porque los legisladores kataristas, que son unos mojigatos, creen que es la causa de los crímenes violentos. O quizá es solo que no quieren que nadie se divierta. En estos tiempos, solamente los que saben pueden comprarlo en bares clandestinos y destilerías caseras. Pero, con tantos alquimistas en Wickdon, no es raro que el licor de contrabando esté corriendo como agua.

Wes siempre había querido probarlo y ahora que ya lo hizo se siente como cuando Mad se robó una botella de vino de la alacena de su exnovia rica. Salieron a la escalera de incendios cuando su mamá se fue a dormir y, como no tenían un sacacorchos, rompieron la botella contra la escalera y dejaron que el líquido que salía a chorros les cayera directo a la boca. A Wes le sangró la lengua y probablemente aún tiene astillas de cristal en el hígado, pero es uno de los recuerdos más dulces que tiene con Mad. Fue la noche en que ella consiguió su primer trabajo, la noche en que él probó alcohol por primera vez, la noche en que cumplió catorce años. Su primera experiencia con algo más grande que su pequeño mundo.

—Jamás lo haría —le dice a Annette—. Tu secreto está a salvo conmigo.

Un calor perezoso y relajado ya empieza a correr en su interior. Le da una mordida a su manzana. Está crujiente y tan dulce que lo hace sentir un cosquilleo en la cabeza, o quizá es por esa cosa con lo que lo envenenó Annette.

—Y... ¿qué te ha parecido? —le pregunta ella.

Por primera vez, Wes nota el polvillo dorado que la chica se puso en los párpados. Brilla bajo las luces que cuelgan arriba de ellos, las cuales parecen haberse vuelto más intensas en el último minuto. Se pregunta si los colores siempre han sido tan vibrantes.

—¿Qué me ha parecido qué?

—El festival —aclara ella.

—Ah, eh... —¿Las palabras siempre han sido así de esquivas?—. Me gusta. ¿Tú ya habías venido a uno?

—Una vez. Mi hermano participó en la cacería hace algunos años y toda mi familia fue a apoyarlo. Acompañamos a los cazadores a caballo y todo. Fue una gran producción.

—Entonces ya lo has visto. Al hala.

—Claro que lo he visto. —Su voz se vuelve más seria—. ¿Y tú?

—Sí. —Wes se bebe lo que le queda de ese ponche especial y hace una mueca. Apenas ha terminado de tragar cuando ella ya le está sirviendo otra ronda de una anforita que se sacó de quién sabe dónde—. ¿Y la cacería? ¿Cómo es?

—Es un caos total. La verdad es que no puedes ver nada a menos que la sigas a caballo. Pero sí puedes oírla y también la hueles. No es algo que puedas olvidar. Es como azufre dentro de una carnicería.

—¿Por qué harían algo así?

—Por Dios y por el país. —Annette choca su anforita contra la taza de Wes—. Todos los hombres quieren ser divinos.

Él arruga la nariz.

—No estoy seguro de eso.

—¿No? ¿Qué hay de ti y Maggie? ¿Ustedes por qué lo hacen?

—No podría decirte que sé lo que pasa por su cabeza.

—Entonces, cuéntame tu parte.

—Es mi última oportunidad para hacer mi sueño realidad. Es la única oportunidad que tengo para ayudar a mi familia. —Otra vez está hundiéndose en sus sentimientos. Se termina su bebida de un solo trago en un intento desesperado por escapar de ellos.

—No pensemos en eso por ahora. —No puede leer la expresión que se oculta detrás del reflejo del fuego en los ojos de Annette, pero su sonrisa le resulta de lo más extraña—. ¿Qué más travesuras podríamos hacer esta noche?

El tonito sugerente en la pregunta lo toma por sorpresa. Antes de que pueda responderle con la misma picardía, un cuerno de caza retruena por todo el lugar. Unos cuantos turistas, él incluido, se sobresaltan, un bebé llora y la multitud se pone a gritar, emocionada. La gente que va hacia la playa los comienza a empujar.

—¿Qué está pasando? —grita Wes entre el ruido.

—El concurso de tiro.

Claro, el concurso de tiro. La razón por la que está ahí.

—¡Ah! Deberíamos ir a verla.

Annette se pega más a su costado y le hace una carita.

—¿En serio tenemos que ir a verla?

Claro que sí. Tiene que ver a Margaret.

No entiende la reticencia de Annette, pero, antes de que pueda preguntarle más, la multitud los separa. Entre la gente por todas partes y el estruendo de mil voces no puede escuchar ni concentrarse en nada. En algún punto del caos, pierde su taza y, peor aún, su manzana. Al menos el embriagante calor del alcohol amortigua el golpe de su pánico.

Wes sigue el flujo del tráfico, flotando sin resistencia como una hoja en el río, hasta que desemboca en la playa. Las hogueras lamen el horizonte, arqueándose hacia la luna que, con la cacería a solo una semana, lo observa como un ojo a medio abrir. La oscuridad ondea y se mece a su alrededor, pero, entre los abrumadores movimientos en su campo de visión, alcanza a ver a los competidores tomando su lugar en la orilla. Casi de inmediato, la encuentra.

«Margaret».

Está al otro lado, sola entre toda esa gente. El viento le revuelve el cabello y se lo levanta, desnudándole la nuca como si estuviera a punto de abrocharle un collar. Wes se imagina que puede ver el suave espacio de cabello corto en su nuca y luego se pregunta cómo se sentiría al rozarlo con su boca. Quiere saber qué sonidos haría Margaret ante eso. Quiere tumbarla en la arena y hacer que lo mire como lo hizo en el laboratorio de su madre, con anhelo desbordado. Quiere besar la sal de sus labios y hundir su rodilla entre las de ella y...

Por Dios, esa cosa es demasiado potente.

Aún perdido en sus pensamientos, alcanza a registrar que alguien lo está observando con intensidad. Cuando voltea, ve a Jaime Harrington mirándolo con una furia inesperada. Tras la bruma del whisky, todo se pone rojo. Margaret le advirtió que no se metiera con Jaime, pero esta noche no tiene ganas de hacerle caso.

—¡Ahí estás! —Annette lo toma por el brazo—. ¿En serio tenemos que quedarnos a ver esto? Es aburridísimo.

—Solo por un momento. Quiero ver tirar a Margaret.

—Es buena. Muy buena. ¿Qué más quieres saber? Está demasiado oscuro como para ver bien.

La voz en el micrófono anuncia a Jaime Harrington y Peter Evander.

—También quiero ver a Harrington. —Se mueve para que Annette lo suelte y luego avanza entre la gente hacia adelante. Escucha el quejido de frustración de la chica detrás de él.

Con cada paso, la tierra se sacude bajo sus pies y las chispas que salen volando de la hoguera van cubriendo su campo de visión con un resplandor naranja. Pero cuando sus ojos encuentran a Jaime acomodándose en el área de los tiradores, todo se vuelve nítido. Harrington dispara su arma y la energía hace que el aire tenga unas vibraciones tan sutiles como las ondas de calor. Al comprender lo que está pasando, Wes siente como si lo hubieran golpeado con un mazo.

Jaime está haciendo trampa.

Wes mira a su alrededor, pero a nadie más parece importarle. ¿Nadie más lo vio? ¿Cómo es posible que nadie note lo obvio que es que su arma está hechizada?

—Creo que está haciendo trampa.

Annette se tensa junto a él.

—¿Por qué lo dices?

—El arma... —Señala vagamente—. Claramente le hicieron algo. Es trampa.

—¿Cómo puedes saberlo?

—Simplemente lo sé.

—¿Simplemente lo sabes? —Annette baja demasiado la voz, como para indicar que él está gritando—. Estás completamente ebrio, Wes.

—Estoy perfecto.

—Pero claro que no. —Toma la cara de Wes entre sus manos y se la voltea para que la mire de nuevo—. Vamos. Hay que salir de aquí.

—¿Ir adónde?

—A cualquier otro lugar. —Su mano libre recorre el pecho de él y se posa sobre sus costillas. Lo mira como si intentara decirle algo muy importante—. No quiero hablar de Jaime ni de Maggie. No quiero hablar de nada.

Wes se sorprende al escuchar esto.

—¿No?

—No, no quiero. ¿Por favor?

«Por favor». Si dos palabras pudieran matarlo.

Sería tan fácil caer. Con el alcohol nublando sus pensamientos, no puede preocuparse de nada tanto como debería. La promesa implícita de Annette le hace difícil pensar más allá del horizonte de los próximos treinta minutos. Además, ella tiene razón. Nadie le va a hacer caso estando así de borracho. Puede que las trampas de Jaime ni siquiera los afecten a él y a Margaret.

«¿Por qué no te mintió?». Recuerda las palabras de Mad a su madre. «Es un niño egoísta que nunca ha pensado en nadie que no sea él mismo».

Mad tiene razón en lo que dice sobre él. Quizá eso es lo único que va a lograr. Quizá solo se ha engañado a sí mismo para convencerse de que tiene sentimientos nobles. Después de todo, esto es exactamente lo que quería. Algo sin complicaciones, algo que lo hiciera olvidar sus vulnerabilidades. Ganar la cacería es un sueño abstracto, uno que lo dejará en la ruina si no lo logra cumplir. Pero el cuerpo de Annette contra el suyo es una sensación segura y reconfortante.

—¿Entonces? —Ella se lo acerca aún más, jalándolo de la corbata, hasta que quedan frente a frente. Su aliento es tibio, dulce y con olor a canela.

—Jaime Harrington y Margaret Welty —dice la voz en el micrófono.

«Margaret».

El sonido de su nombre lo llena de culpa, y ahí... ahí hay una emoción por alguien que no es él mismo. Mad se equivoca. Se equivoca en todo. ¿Cómo podría perder de vista eso? No puede abandonar a Margaret. Y no solo porque sus propias ambiciones están en juego, sino porque le importa, le importa su familia, le importa su país, y le importa ella.

—Lo siento mucho. —Con cuidado, mueve las manos de Annette para que suelten su corbata y las baja suavemente—. Tengo que irme.

—¡Espera!

Wes se le escapa y se va al campo de tiro. En el camino pisa a alguien y esa persona le grita, pero apenas tiene tiempo para disculparse. Margaret y Jaime van a tirar pronto y no tiene idea de qué podría hacer. Jaime es un maldito tramposo, pero, a menos que Wes descubra qué hizo para modificar el arma, no podrá revertir el encantamiento. A menos, claro, que orquestara alguna falla a mayor escala.

Eso le da una idea. A fin de cuentas, ¿qué es la pólvora sino nitrato de potasio, carbono y azufre? Solo necesita acercarse lo suficiente para hacer el *nigredo*... y encontrar algo con qué dibujar.

En el bolsillo trae un pedazo de gis que probablemente ya está bastante destruido y no se adherirá lo suficiente a la piel como para que funcione. Observa a la gente hasta que encuentra a una bella muchacha que va vestida toda de blanco salvo por la estola de piel roja alrededor de su cuello y los rayones de pintura negra en sus mejillas. Eso servirá.

—Bigotes. —No recuerda cómo formar una oración coherente, así que le pone a la palabra la mayor intención que puede.

La chica parece confundida por un momento y luego se apunta hacia la cara.

—¿Qué? ¿Quieres de estos?

Wes asiente.

Ella busca algo en su bolsa y le entrega un botecito de lo que solo podría describirse como una sustancia pegajosa. Wes está viendo doble y casi se le cae la tapa cuando la quita. Jamás en su vida había estado tan borracho. Con el mayor cuidado que puede, hunde un dedo en la pintura y se dibuja un círculo de transmutación en el dorso de la mano. Se vuelve denso y frío como tierra de panteón.

—Gracias, señorita. —Le devuelve la pintura—. Tengo que irme.

—Está bien, cariño. Buena suerte.

Jaime sale de entre la gente con los hombros erguidos y toma su lugar junto al agua. En un segundo más, se lo jugarán todo.

—¡Oye, Harrington! —grita Wes. Su voz casi se pierde entre todo el ruido, pero Jaime la escucha. Lo mira con la cabeza ladeada y un brillo malicioso en los ojos.

Wes va corriendo hacia él con toda la seguridad que logró reunir. Casi ni necesita fingir que perdió el equilibrio; mientras cae, estampa una mano en el hombro de Jaime. La otra, marcada con una fórmula para el nigredo dibujada apresuradamente, toca el cuerpo de su arma. Y eso es lo único que necesita.

Una discreta luz blanquecina se enciende bajo su palma, como un corto circuito en un foco, y una pequeña voluta de humo sulfúrico se eleva entre ellos. Espera que haya funcionado.

—Deberías controlarte, Winters. Estás haciendo el ridículo.

—Perdón, perdón. Solo necesitaba decirte que te vayas a... digo, que te vaya bien.

El rostro de Jaime se tiñe de un rojo asesino. Unas cuantas personas abuchean, impacientes. Desde la orilla del agua, Margaret lo apuñala con sus hermosos ojos cafés. No necesita hablar para que Wes sepa lo que le está diciendo. «¿Qué demonios haces?».

Él le guiña, pero antes de que pueda disfrutar el premio de su reacción, alguien lo jala hacia el público. Es Mattis, el lacayo de Jaime.

—Compórtate —gruñe.

La misma pelirroja que Wes vio en el Blind Fox, la alquimista de Jaime, le muestra una sonrisa burlona y se acerca a él para susurrarle «Buen intento».

Jaime se acerca al océano y levanta su rifle sin mucha elegancia. Jala el gatillo y el arma exhala un patético «pop», como un motor que no logra encenderse. La bala surca el aire en un arco lánguido y cae rendida al agua.

La multitud se va llenando de susurros. La mano de Mattis pierde la presión sobre el brazo de Wes. Los labios de la chica se separan en una expresión de horror. Y cuando Jaime mira sobre su hombro hacia ellos, Wes sabe que él lo sabe. Quizá si estuviera sobrio, sentiría un mínimo instinto de conservación. Pero en este momento, tan perdido de borracho y embriagado por su propia inteligencia, lo único que se le ocurre hacer es sacarse la mano del bolsillo y agitarla en un saludo hacia Jaime.

Margaret está extrañamente callada. Ganó, pero no se ve ni un poco feliz.

Entre la emoción que le nublaba la mirada, Wes la vio disparar con la misma precisión y eficiencia con la que hace todo en la vida. Pero, aun cuando el maestro de ceremonias la anunció como la ganadora, aun cuando leyó sus nombres en la lista del primer grupo, aun cuando salieron de la parte más llena de gente y tuvieron un poco de libertad, la expresión de piedra de Margaret no cambió.

Ahora Wes solo la ve de perfil, con sus rasgos delicadamente trazados por la luz de una lámpara, pero sabe que está preocupada y alerta. Él evita hablar hasta que llegan a las orillas de Wickdon, donde los adoquines se convierten en piedra y espiguillas que se mecen de aquí para allá.

—Margaret. —Como ella lo ignora, insiste con voz suave—. Maggie.

—¿Qué?

—¿En qué estás pensando? —Cuando tiene su atención, se da cuenta de lo mucho que la desea. Quiere decirle tantas cosas. Más que nada, quiere verla sonreír—. Lo lograste. Estamos en el primer grupo. ¿No deberíamos estar festejando?

Margaret finalmente le concede una mirada, pero Wes casi desearía que no lo hubiera hecho. Lo mira con una mezcla de frustración y confusión, como si la razón de su enojo debiera ser lo más obvio del mundo.

—¿Estás borracho?

—No —le responde él, con tono defensivo.

Margaret abre la boca, probablemente para regañarlo, pero de toda la gente que podría haberlo salvado del ataque verbal, es Jaime quien lo hace.

—Hola, Winters.

Si fuera un hombre más maduro, Wes habría seguido su camino. Pero sus zapatos derrapan en los adoquines cuando se detiene de golpe y se da la vuelta. Hay hielo en la mirada de Jaime. Sus ojos son de un azul gélido y desconcertante.

—Ah —dice Wes—. Hola.

Se miran en silencio. Wes alcanza a escuchar la risa de la gente que vuelve de la playa. El distante batir de los tambores retumba en su pecho. Pero en esa calle desierta solo están los tres.

—Qué manera la suya de meterse donde no los llaman —dice Jaime.

—Wes. —La voz de Margaret parece tranquila, pero Wes escucha la tensión que oculta—. Tenemos que irnos.

Wes endereza los hombros.

—No te metas, Margaret.

—Oh, no. Este no se va a ir hasta que hablemos seriamente.

—Jaime se acerca más. A Wes le da un poco de mareo tener que levantar la cabeza para ver la sonrisa malvada de Jaime—. No deberían estar en el primer grupo. ¿Qué fue lo que hiciste?

—Yo no hice nada. Pero tú...

Jaime suelta una carcajada amarga.

—Eres un maldito metiche.

—¡Y tú un maldito cobarde! —Wes se mete la mano al bolsillo y acaricia el trozo de gis con los dedos. Cuando lo saca, Margaret y Jaime lo miran con la expresión de quien se enfrenta a una navaja en una pelea callejera. Wes disfruta la sensación de poder—. ¿Todavía quieres meterte conmigo? Hace rato fue tu arma. ¿Qué más quieres perder esta noche? ¿Qué te parecería si quemara todo el carbono en tu piel?

Degradar algo tan simple como la pólvora es una cosa, pero incendiar a una persona requiere mucha más experiencia y sobriedad de la que Wes tiene en este momento. Y, aun así, no puede evitarlo. Quiere que Jaime sienta el mismo miedo que él ha sentido.

Pero entonces el miedo en el rostro de Jaime se transforma en un gesto de insoportable superioridad.

—No lo harías. No eres alquimista. Solo eres un borracho.

Wes deja caer el gis, que cascabelea sobre los adoquines.

—Eso fue lo que pensé. Ahora, vete a casa como el perro bueno que eres. El perro de una asquerosa rata yu'adir...

Wes ve negro. Jaime lo insultó, pero lo peor es que insultó a Margaret. Quizá Annette es demasiado cobarde para enfrentarlo, pero él ya no puede más. Levanta un puño y lo estrella en la sonriente cara de Jaime.

En cuanto se le baje la adrenalina le va a doler muchísimo, pero el dulce sonido del grito de dolor de Jaime hace que todo valga la pena. Lo emociona ver su expresión de sorpresa. Su labio partido está tan hinchado y púrpura como un higo que se pasó de maduro. ¿Por qué parar ahí? Pero justo cuando está por asestar otro golpe, Margaret lo toma por el cuello de la camisa con tanta fuerza que Wes casi se va de espaldas.

—Ya basta. —Wes nunca la había visto tan iluminada y salvaje como en este momento, con los ojos encendidos bajo la luz dorada de las farolas. Tiene una mano sobre el arma que lleva en la espalda.

Jaime pasa la mirada de uno a otro, calculando. Escupe saliva y sangre sobre el zapato de Wes.

—Bueno, Winters. Ya.

Hay algo amenazante en esas pocas palabras.

—Nos vamos —dice Margaret.

—Se acabó para ustedes —dice Jaime. —¿Me escucharon? Se acabó.

«Se acabó». Las palabras hacen eco en la calle vacía.

Margaret toma a Wes por el codo y se lo lleva a rastras. En cuanto están donde Jaime no puede verlos ni escucharlos, Margaret se le planta enfrente a Wes. Le da un golpe en el hombro con la fuerza suficiente para desconcertarlo pero no tanta como para que realmente lo lastime.

—¡Ay! —Wes se soba el lugar del golpe—. ¿Y eso por qué fue?

—¿En qué estabas pensando? Fue una inconsciencia terrible que te metieras así con su equipo. Y si le dice a alguien que le atacaste, ¡podrían descalificarnos a los dos! ¿Qué tengo que decir para hacerte entender? ¿Qué puedo hacer para convencerte de que pares? Tienes que elegir tus batallas, y ya no puedes hacerlo.

Eso le cae como una cubeta de agua fría. Durante sus funciones como hermano mayor, enfrentó a más *bullies* de los que puede contar con ambas manos. Sus hermanas siempre se lo agradecieron, pero por la reacción de Margaret, más bien parece que hubiera golpeado a un cachorrito en el hocico.

—¿Qué tenía que pensar? ¿Qué otra cosa podría haber hecho? No iba a dejar que hiciera trampa, y ¡obviamente no le iba a permitir que te hablara así!

—Ah, ¿fue por mí? —La voz de Margaret escurre condescendencia.

—¡Sí! ¡Fue por ti!

—No me interesa ser el combustible de tu ego. Si quisiera que Jaime sufra por las cosas horribles que dice, yo misma lo golpearía.

Wes no tiene nada que decir ante eso. La vergüenza se le revuelca en el estómago.

Margaret suelta un suspiro exagerado y se presiona el puente de la nariz con dos dedos. La pasión va abandonando lentamente su rostro.

—Probablemente no dirá nada. Seguramente le dará vergüenza admitir lo que pasó. Pero tienes que evitar meterte en problemas hasta la cacería.

—Los problemas me encuentran.

—No, tú vas y los buscas, y yo no puedo andar tras de ti todo el tiempo para detenerte.

Wes suelta unas risas incrédulas.

—No necesitas hacer eso.

—A mí me parece que sí.

—Ese no es tu trabajo. Lo sabes, ¿verdad? No te toca hacer de niñera conmigo ni limpiar la casa como si fueras una criada ni preparar la cena para los dos todas las noches ni... Por Dios, Margaret, no te toca cuidar a nadie más que a ti misma.

Ella reacciona como si Wes la hubiera golpeado, retrocediendo un poco.

—Y a ti no te toca proteger a todos. Ni vale la pena que intentes demostrarle quién eres a gente que de cualquier modo va a pensar lo peor de ti.

—¿De qué hablas?

—Amenazaste con matarlo.

—Ay, por favor. ¡No lo dije en serio!

—No importa si lo dijiste en serio o no —suelta ella—. ¿Eso te hizo sentir bien?

Wes no puede negar que sí, lo hizo sentir bien. Por un glorioso instante, se sintió invencible.

—¿En serio eso es lo que quieres hacer con tu vida, con tu alquimia? —continúa Margaret—. ¿Quieres ser como Jaime... como todos los demás? ¿Quieres ser un *bully*?

Esas palabras se entierran en el pecho de Wes como balas. Antes de que pueda decir algo de lo que se arrepentirá, se da la vuelta y empieza a caminar con pasos pesados hacia la mansión.

—Wes —dice Margaret, impaciente—. ¿Wes?

Él no mira atrás.

Margaret se equivoca en lo que piensa de él. El mundo está lleno de *bullies*, pero él no es así. Aquellos son personas dueñas de edificios, donde suben la renta mes tras mes. Son los dueños de las fábricas que se niegan a responsabilizarse por la muerte de su padre o el accidente de su madre. Son chicos como Jaime Harrington, que creen que pueden pasar por encima de todos los demás solo porque nacieron ricos y en New Albion.

Mientras exista gente como esa, gente que blande su tamaño, sus riquezas y su linaje como la porra de un policía, Wes no puede proteger a nadie. Porque sí es lo que le toca hacer, ese es su propósito, sin importar lo que diga Margaret. El principio fundamental de la alquimia es Todo es Uno y Uno es Todo. Lo que es arriba, es abajo. Proteger a una persona es protegerlas a todas.

Pero Wes no puede hacerlo sin la alquimia. No puede hacerlo sin poder.

20

Cuando Margaret abre la puerta principal, la mansión está, como siempre, en un silencio sepulcral. Y eso la llena de rabia. Está enojada porque tiene miedo. Miedo de lo que vio en los ojos de Wes, miedo de lo que Jaime hará ahora, miedo de que le importa.

—¿Wes? —dice—. ¿Estás en casa?

El silencio es su única respuesta.

Margaret se ha encargado de esa casa por años. Ha sido su refugio a pesar del deterioro. Cada esquina, cada rincón y cada espacio tibio e iluminado por el sol está lleno de recuerdos, recordatorios de que ese lugar fue alguna vez un hogar lleno de vida, alegría y felicidad. Pero, en este momento, su vacuidad es un amargo recordatorio de que solo queda ella. De que si las sombras se la tragaran, no importaría, porque no hay nadie que le llore. ¿Dónde está su madre para preguntarle dónde andaba y con quién? Para decirle que no se junte con chicos que se pelean con el hijo del hombre más rico y poderoso del pueblo?

Lo que daría por un regaño de Evelyn.

Problema sale de su habitación cuando ella va subiendo las escaleras. Tiene la cola caída por la modorra pero igual la mueve al verla. Su bostezo es un sonido agudo que alivia un poco el peso en el ánimo de Margaret. Ella se hinca junto al perro y le levanta las orejas.

—Eres un buen chico, Problema.

Extrañamente, él no protesta cuando Margaret pega la frente con la suya y comienza a sollozar. Nunca ha podido esconderle sus sentimientos a Problema, aunque quiera. Los perros siempre saben.

El cerrojo de la puerta principal se abre y los goznes chillan como un animal herido. Problema se aleja de ella de golpe y suelta un aullido bajo, de advertencia.

—Ash, cállate, Problema —dice Wes—. Solo soy yo.

Margaret se acomoda para esconderse en las sombras del descanso del segundo piso. Desde ahí, observa cómo Wes se quita los zapatos sin desatarlos y casi se tropieza al aventarlos hacia el vestíbulo. Luego, intenta desabrocharse los botones de la chamarra. El sonido de los jaloneos en la tela y varios quejidos bajos le informan a Margaret que no es una tarea fácil para él.

Con un cuidado exagerado, Wes sube por la escalera que gime bajo sus pies y, cuando retira su peso de cada escalón, los clavos hacen un sonidito casi cómico. Lo lógico es que Margaret se vaya a su cuarto, cierre la puerta con seguro y apague todas las luces para que él crea que no está despierta. No tiene caso hablar con él ahora que está apesadumbrado, de malas y borracho.

Pero cuando lo ve, cuando ve su cabello revuelto y tieso por la sal, la brasa de rabia que se había formado en el interior de Margaret comienza a arder como un incendio forestal: es irracional e inarticulada, lo que solo la desconcierta aún más; le gusta archivar las cosas, observarlas de cerca para comprenderlas; disfruta mantenerlo todo en orden de principio a fin, pero Wes rompió algo dentro de ella.

Aunque intentara, ya no podría contener más sus sentimientos.

Margaret lo aborda mientras él cruza el pasillo de puntillas. En la tenue luz azul que se cuela por las ventanas, sus ojos son tan redondos y brillantes como lunas llenas. Su expresión es la de un perro al que acaban de atrapar robándose las sobras de la mesa.

—¿Margaret? —susurra en un tono sorprendido.

Ella quiere preguntarle por qué habla en voz baja o quién más podría ser, pero está demasiado enojada con él como para salirse por la tangente. Sin decirle nada, se acerca a él hasta que quedan frente a frente. La primera pregunta que se le viene a la mente es:

—¿Qué haces?

—Me voy a acostar —dice él, a la defensiva—. ¿Tú qué haces?

—Te estaba esperando.

—¿Por qué?

—Porque me preocupaba que Jaime pudiera encontrarte en el camino.

Wes aplaca un poco su impertinencia, pero aún tiene cierto tono en la voz.

—Pues ya puedes descansar tranquila. Volví sano y salvo y completamente solo.

Claramente quiere hacer una salida dramática, pero, cuando se da la vuelta, pierde el equilibrio y se tiene que sostener del barandal. En la penumbra, Margaret alcanza a ver cómo los dedos de su mano derecha han comenzado a hincharse.

—Voy a traerte agua —dice ella tras un largo suspiro.

«Ese no es tu trabajo», le dijo Wes. «No te toca cuidar a nadie más que a ti misma».

Pero sí es su trabajo. Cuando su padre se fue, le tocó a ella cuidar a Evelyn, que estaba tan decidida a autodestruirse. Sin ella, ¿cómo se sostendría el mundo en una pieza? ¿Cómo se sostendría ella en una pieza si no se encargara? Y quizá la pregunta más grande de todas: ¿en qué momento Wes se metió en su órbita? Margaret está cayendo en sus palabras vacías y su sonrisa falsa.

Sin esperar una respuesta, ella baja las escaleras para tomar un vaso de agua y una bolsa de chícharos congelados de la hielera. Para cuando vuelve, la puerta de Wes está cerrada. Toca suavemente y espera. Como no lo escucha adentro, empuja la puerta con la cadera y encuentra resistencia. ¿La habrá atrancado? No le sorprendería que Wes hiciera algo así.

Entre gruñidos por el esfuerzo, logra abrir la puerta y enciende la luz. Sin duda algo estaba atracando la puerta. Margaret hace a un lado la pila de ropa tirada en el suelo con un pie y observa el resto del cuarto con pesar. Las cosas de Wes están regadas por todas partes. Hay corbatas colgando de la silla de su escritorio, libros en pilas desordenadas en el suelo como si fueran los edificios de una pequeña ciudad y pedazos de papel con notas cubriéndolo todo como nieve. Es tan parecido a la madre de Margaret.

Y Wes no está ahí.

Margaret se queda como tonta al centro de la habitación vacía, con el agua y los chícharos en mano, hasta que la puerta se abre con tanta fuerza que se azota contra la pared. Wes aparece en el umbral, mirándola con gran consternación.

—¿Qué? —pregunta ella.

—No puedes entrar a mi cuarto sin avisar. ¿Qué tal que estoy desnudo?

—¿Qué tal que sí, Wes?

—Ajá, ¿querías agarrarme así otra vez? —Logra su cometido de una forma admirable y sus palabras caen en el lugar perfecto entre un tono de ofensa fingida y el coqueteo—. Margaret, Margaret, Margaret.

Ella pone un gesto de fastidio y señala hacia la orilla de la cama.

—Siéntate.

Wes la obedece y Margaret se sienta junto a él y le toma la mano entre las suyas. Sus nudillos ya tienen unos puntos morados y rojos. Wes ahoga un grito cuando ella le acaricia las heridas con la punta de los dedos.

—¿Te duele?

—No.

Obviamente no.

La luz de la luna que se cuela por la ventana es tan delicada como el encaje. Tiñe el cabello de Wes con una capa plateada y suaviza la negrura temperamental de sus ojos, dándoles el color profundo del café. Una pequeña parte de Margaret, la misma que suspira el nombre de ese muchacho en su habitación vacía, quiere perderse en esa imagen. Aún no termina de analizar lo que siente hacia él. Pero, en este momento, Wes necesita disciplina, no admiración. Margaret pone la bolsa sobre su puño hinchado e ignora el sonidito de protesta que hace él.

—Trátame con cuidado. Soy delicado.

—Sobrevivirás. —Se lleva la mano de Wes a su regazo. Su palma se siente tibia sobre su rodilla, un gratificante contraste con el frío de los chícharos congelados entre ellas—. Además, todo esto es tu culpa.

—Supongo. —Se queda en silencio por un momento—. No lo entiendo. Jaime también quedó en el primer grupo y no es como que necesite el dinero del premio.

—Para la mayoría no se trata del dinero. Ni siquiera es por la seguridad del pueblo. El punto es matar al hala y, más importante, quién lo mata. —Margaret no levanta la mirada—. Ese no es un honor que le entreguen a gente como nosotros.

—¿Qué quieres decir con «gente como nosotros»? —De pronto, Wes parece más sobrio.

—Gente que no es como Jaime —responde ella—. Quien mate al hala está haciendo el trabajo de Dios y eso es lo más patriótico que se puede hacer. Es la definición de héroe. La naturaleza dominante. Y entonces, ¿qué significaría que ganara alguien como tú? Para ellos, el alma de la nación está en juego.

—Entonces será muy heroico cuando ganemos. Admítelo, Margaret. Romperle la cara fue bastante heroico.

Margaret no va a admitir eso. Lo único que recuerda es el pánico que sintió cuando vio a Jaime, con toda su altura, frente a Wes y la expresión salvaje en los ojos de Wes al ver el rostro ensangrentado de Jaime. Si ella no hubiera interferido, quién sabe qué hubiera pasado. Aún le da miedo pensar qué pasará cuando Jaime decida dejar de contenerse.

—Tus intenciones son nobles, pero tus acciones son imprudentes. No sabes de lo que es capaz.

—Sí lo sé, Margaret. —Es la primera vez que escucha tanto cansancio en su voz—. ¿En serio crees que nunca me he enfrentado a personas como él? En la ciudad están por todas partes y gobiernan este país. Queman las iglesias súmicas, evitan que los yu'adir entren a las universidades y destruyen todas las ventanas de sus tiendas. Ponen cuotas de inmigración a la gente que huye de la hambruna y las masacres. Nos obligan a vivir en la periferia y a tomar trabajos que terminarán por matarnos. Ellos... —Deja de hablar y se pasa la mano libre por el cabello—. Estoy harto de esto. Estoy harto de soportarlo. ¿Tú no?

—¿Qué más podemos hacer?

—Defendernos. —Hay frustración en su voz—. Rebelarnos. Votar. Lo que sea.

—A mí eso no me serviría de nada. Yo estoy sola.

—No es cierto.

Margaret ya no puede seguir guardando su secreto, no ante la mirada tan honesta de Wes. No cuando está tan harta de mantener la distancia entre ellos.

—Soy yu'adir.

Tras su confesión, solo se escucha el suave movimiento de las cortinas por el viento y su respiración entrecortada. Margaret se prepara para alguna reacción, pero Wes solo frunce el ceño.

—¿Y eso qué importa? Yo estoy contigo.

Eso la alivia tanto que casi se desmaya.

—Sé que crees que soy imprudente —continúa él—. Pero no puedo ser de otro modo. No puedo quedarme callado o hacer concesiones si quiero cambiar las cosas. Cuando lo logre, no importará de dónde son nuestros abuelos.

Margaret no puede ni imaginarse un mundo así. Pero, claro, nunca ha podido ver más allá de la costa de Wickdon.

—No hay nada que quiera más que ver ese sueño hecho realidad, pero no puedes cambiar el mundo si no ganamos. No puedes llegar a la cima si Jaime te mata antes. Tienes que escucharme a veces. Tienes que permitir que te ayude.

«No puedes permitir que la alquimia te consuma».

Pero eso no lo dice. Las palabras se atoran en su garganta.

Normalmente, Wes es muy expresivo, pero ahora Margaret no puede descifrar nada en su cara.

—Recuerdo que dijiste que no tienes grandes sueños.

—Solo quiero sobrevivir a esto. Quiero volver a ver a mi madre. Eso es suficientemente grande para mí. —Margaret aprieta la mano de Wes entre las suyas—. Y quiero ayudarte a que cumplas los tuyos. Nuestros sueños viven y mueren juntos. ¿No fue eso lo que tú me dijiste?

Wes está tan borracho que ella alcanza a saborearlo en su aliento. Tiene el dulzor del licor y las manzanas acarameladas. Wes huele a pólvora, a su colonia y a mar. A todo lo que la hace sentir viva.

—¿Quieres ayudarme? ¿Cómo?

—¿Por ahora? Déjame aconsejarte. Déjame protegerte.

—¿Y cuando ganemos? ¿Qué pasará después de eso?

—Te enseñaré cómo sobrevivir a mi madre.

Wes niega con la cabeza.

—Después de eso.

«No hay nada después de eso».

—No lo sé.

Wes suelta un sonidito de frustración.

—¿No quieres irte? ¿Conocer el mundo? ¿Encontrar gente que no te juzgue solo por el dios que adoraba tu padre?

—Me gusta estar aquí. Es tranquilo.

—Entonces quizá me quede contigo.

—No. —Ella misma se sorprende de la severidad con la que lo dice. No sabe por qué Wes dice eso o qué se le metió en la cabeza—. Te aburrirías de mí. Te sentirías solo.

—Jamás podrías aburrirme —dice él con tono suplicante—. Piénsalo. Podríamos construir una casa junto a la estación de tren. Yo iría a la ciudad un par de días y los fines de semana iríamos al mercado y haríamos pasteles, mermeladas o algo así. Tendríamos campo para que paste Shimmer y bosque para ti y Problema, y todos los lugares soleados que se te antojen para que te sientes a leer.

Cuando le describe ese futuro, Margaret casi puede verlo. Los sueños de Wes son muy hermosos.

—¿Y para ti?

Wes la mira a los ojos, y ella casi se olvida de cómo respirar. Ya había notado su color, un café tan profundo como el de las secuoyas, tan oscuro como el de la tierra mojada. Pero, esta vez, el verlos despierta en ella algo más profundo que el deseo.

Es cierto que Wes es un tonto, y es cierto que Wes es brillante. Ambicioso y perezoso, entregado y egoísta, considerado y descuidado... todos sus opuestos encajan perfectamente para formar un todo, como una reacción alquímica. En el fondo, es noble y bueno, y está mirando a Margaret como si fuera algo digno de adoración. Eso la asusta más que el fracaso, más que la muerte.

—¿En serio necesitas que lo diga, Margaret?

Ella aleja sus manos de la de él.

Wes le sonríe con picardía.

—Todas las hermosas chicas campiranas creen que soy de mundo.

Margaret siente tanta decepción como alivio ante esto.

—Cállate y tómate tu agua.

—Sí, señora. —Agarra el vaso del buró y le da un trago sin ganas.

—Toda.

Wes frunce el ceño.

—¿Algo más?

—No. Eso es todo.

Margaret se queda a su lado, con una mano sobre otra en el regazo, hasta que Wes cabecea y el vaso se inclina en su mano, entonces ella se mueve, toma el vaso y lo deja en la mesita. Mañana va a tener una cruda horrible, pero por ahora no hay nada que se pueda hacer. Además, se lo merece.

Se ve tan apacible cuando duerme. Sin engaños, sin volatilidad, sin fuego.

Margaret estudia el futuro que él le ofreció como haría con una manzana en el mercado, contrastándolo con el brillante y cálido recuerdo de su familia. ¿Qué clase de vida tendrían juntos?

¿Ella seguiría siendo una sombra que pena en la nueva casa? ¿Seguiría viviendo sus días a medias, preparada para alguna tragedia inevitable que se llevará su felicidad?

No, no podría soportar perder algo tan valioso de nuevo. No puede desear a Wes y no puede entregarle su corazón a otro alquimista.

Lo mejor que puede pasarle es también lo más sencillo. Ganarán la cacería. Evelyn regresará y recordará cómo amar. Wes conseguirá la certificación de su madre. Y luego se irá a hacer sus sueños realidad. Margaret le retira cariñosamente los cabellos de la frente a Wes antes de salir del cuarto y cerrarle la puerta a sus deseos.

21

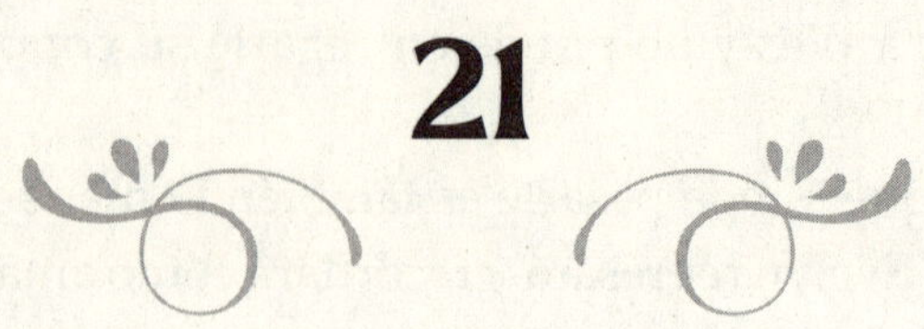

A la mañana siguiente, el sol despierta a Wes como un garrotazo en la cabeza. Lo primero que nota es que no está completamente vestido sobre las sábanas. Lo segundo, es que tiene tantas náuseas que la sola idea de incorporarse lo hace desear la muerte. Cuando por fin reúne la fuerza suficiente para abrir los ojos, se encuentra de frente con un vaso de agua intacto en el buró.

Nunca se había odiado tanto como en ese momento.

Con el velo borroso sobre sus pensamientos, le toma un par de parpadeos para comprender dónde está. Ve todos sus libros regados como mariposas sobre el escritorio, sus camisas hechas bola en una esquina de la habitación y esa nota que lleva días sin poder descifrar, un trozo de papel pegado al poste de la cama que dice «*¿quisa intenta agustar H?*».

Al menos logró volver a casa y a su cama. Luego, siente el dolor punzante en la mano y recuerda dónde estuvo anoche y lo que hizo. Insultó a Annette otra vez. Golpeó a Jaime y probablemente se rompió la mano en el proceso. Indirectamente le propuso matrimonio a Margaret. ¿Qué tanta parte de su comportamiento se lo puede achacar a la bebida?

Su conclusión es que, al menos, la propuesta de matrimonio sí. Esa no fue solo obra suya.

Con un gemido por el golpeteo en su cabeza, se cubre con una almohada para bloquear la luz del sol, que está excesivamente brillante. Quizás hubiera sido mejor dejar que Jaime lo matara. Al menos así no sentiría ni sabría nada. No podría torturarse con las imágenes de la expresión herida en el rostro de Annette o la terrible sensación de que ya se enredó demasiado con Margaret Welty.

El sonido de un balazo hace eco en su cráneo.

Intenta hundirse más en su colchón para ahogar el ruido, pero es insistentemente ensordecedor. Seguramente Margaret lo hace para castigarlo. Wes se quita las cobijas de encima, camina torpemente hacia la ventana y abre las cortinas. Ella está en la orilla del patio, con su rifle apuntando hacia un blanco que acomodó entre los árboles. Hay botellas de cristal, pedazos de cerámica y latas colgando de las ramas y posados sobre tocones de secuoyas. Margaret dispara y una botella estalla en mil pedazos, como un fuego artificial. Dispara de nuevo y un plato se rompe. Cada tiro lo enerva, pero Wes no puede despegar la mirada.

«¿Qué estoy haciendo aquí?».

¿Qué podría necesitar de él alguien como ella? Las reglas aceptan que las armas de la cacería estén encantadas, pero viendo a Margaret, Wes no sabe qué podría hacer para mejorar sus tiros. Es distinto a cualquier cosa que él haya visto antes, algo hermoso por todas sus sutiles imperfecciones. La concentración de Margaret, su seguridad... Es magnético.

Ella es magnética.

Wes se aleja de la ventana y decide encargarse del horrible sabor amargo que tiene en la boca. Se lava los dientes dos veces y luego se baña para quitarse la sensación pegajosa del aire marino y el alcohol en la piel. El vapor del agua caliente empaña el espejo. Él lo limpia para poder verse la cara. Se ve tan mal como se siente, pálido y con ojeras. Como siempre, su mentón está más redondo y suave de lo que él quisiera, pero si acerca la barbilla a la luz, puede ver una discretísima sombra de vello facial. Es resultado de varios días de esperanza, pero le basta para sentirse satisfecho, le basta para ponerse espuma en la cara y sacar uno de los rastrillos con mango de marfil del kit de su padre.

Cuando termina de rasurarse y tomar suficiente agua para limar los bordes más ásperos de su resaca, se va al laboratorio. En la semana que ha pasado desde la exposición, se puso a trabajar en destilar la esencia de la resistencia en un hilo encantado que cosió en la manta para la silla del caballo. Probablemente la costura lleva también unas gotas de su sangre. Christine es la que suele encargarse de los zurcidos, así que él no es muy bueno con la aguja. Con la semana que le queda antes de la cacería, puede ponerse a trabajar en otra cosa.

Pero aún no puede quitarse la preocupación de que la bala que hizo es insuficiente. Si las armas alquimizadas bastaran para matar al hala, ¿no lo habría logrado alguien ya? Si los demiurgos son realmente divinos o no, está en discusión. Pero que son inmortales, es un hecho, lo cual significa que probablemente son distintos de cualquier otra criatura o ser de carne y hueso compuesto de carbono. Para destruir algo alquímicamente tienes que saber de qué está compuesto. Si es que tienen alguna esperanza de matar al hala, él aún no ha encontrado cuál es.

Los extraños libros de alquimia de Evelyn están en el escritorio, burlándose de él, con sus secretos imposibles de traducir. «Ella sabe», piensa Wes. «Ella debe saberlo».

Y, sea cual sea la verdad, es tan peligrosa que Evelyn la tuvo que encriptar.

Wes toma su pluma y abre un libro llamado *Mutus Liber*. Es como *La Crisopeya,* lleno de ilustraciones extrañas. En cada página hay una nueva rareza perturbadora: el sol con el rostro de un hombre, horribles ángeles con alas llenas de ojos, gente subiendo escaleras hacia ninguna parte, demiurgos muertos que lo miran con sus ojos blancos, vacíos. Las páginas están enmarcadas por elaborados patrones geométricos y runas alquímicas. Pero, a diferencia de *La Crisopeya,* cada ilustración tiene notas con la letra débil de Evelyn. Son instrucciones, pero solo una de cada tres palabras está en albiano.

Seguramente Evelyn descifró el código del autor original y luego lo reescribió con el suyo. Los alquimistas son gente extraña, misteriosa e idiosincrásica. Siempre ponen sus investigaciones en código para protegerlas de quienes no deben verlas y atormentar a otros que, como ellos, también buscan la verdad.

Wes observa el manuscrito con los ojos entrecerrados y el dolor late violentamente en sus sienes. De por sí leer es bastante imposible para él casi siempre, pero esto es absurdo. Esas instrucciones no son más que un batidillo de números y palabras en idiomas extranjeros, incluyendo...

«¿Banvish?».

Al fin, formas de palabras que conoce. Wes va dando golpecitos sobre cada una con la pluma. «*Bás*». «*Athbhreithe*». «*Óir*». No entiende mucho, pues sus padres casi nunca hablaban banvish en casa, pero conoce lo suficiente como para saber que todas esas palabras son metáforas comunes para los pasos del proceso alquímico. Luego aparecen nombres de runas e ingredientes. Fue una decisión inteligente de parte de Evelyn el esconder su investigación en un idioma que pocas personas en New Albion conocen. Wes nunca ha sido bueno para leer, pero sí es bueno para los patrones. Con solo esa pequeña parte del código, podría descifrarlo a tiempo.

No suelta la pluma hasta que le empieza a doler la mano lastimada. Con la vista nublada mira al reloj, que le asegura que ya pasaron dos horas. Otra vez se le fue el tiempo, y lo único que logró fueron unas páginas llenas de traducciones malhechas y unos cuantos dibujitos de ojos que se ven sospechosamente similares a los de Margaret.

Wes cierra su libreta y se da un masaje en los músculos rígidos de su mano. Una semana no es tiempo suficiente para comprender todo eso, si es que realmente hay algo que comprender. Quizá Evelyn no resolvió el acertijo, o quizá esos manuscritos no son más que una broma muy elaborada.

No, tiene que descifrar el código. Si no encuentra la forma de matar al hala, su puesto como aprendiz y la seguridad de su familia están perdidos. Lo cual le recuerda que hace una semana que no llama a casa. Su madre debe estar enloquecida.

Wes sale casi arrastrándose al pasillo y se asoma por la ventana doble. Margaret ya no está en el patio y tampoco la escucha trasteando en la cocina. Pero la puerta del baño está entreabierta. El aire arrastra el vapor de la ducha hasta el pasillo, llevando consigo el aroma del jabón de lavanda de ella. Wes podría escaparse sin decir nada, pero es obvio que a Margaret le gustaría que le avise si va a salir. Quizá necesita algo del pueblo, o al menos apreciaría que le agradeciera por haberlo cuidado anoche. Wes se acerca con cuidado a la puerta de la habitación de ella y toca.

Se escucha movimiento al otro lado. El cerrojo se abre y, luego, la nariz y un ojo café de Margaret aparecen en el pequeño espacio que acaba de abrir. Sus dedos se enroscan en la orilla de la puerta.

—Hola —dice él.

—Hola.

La verdad es que los detalles exactos de la conversación de anoche están un poco borrosos, pero él y Margaret quedaron bien, o al menos eso cree. La incertidumbre le revuelve aún más el estómago. Quizá ella está tan rara por el asunto de la propuesta de matrimonio. Cómo desearía Wes a veces tener la capacidad de no abrir la boca.

—Entonces... —dice él—. ¿Así vamos a hablar o...?

Margaret abre la puerta de par en par y Wes tiene que hacer uso de todas sus fuerzas para no dar un salto hacia atrás. Ella trae una bata de flores, atada con un cinturón. Su cabello húmedo se ve tan oscuro como la tierra y su piel sigue sonrosada por el calor de la ducha.

Hace mucho tiempo que Wes olvidó lo que significa sentir pudor ante los distintos niveles de desnudez. Sus hermanas se pasean por el departamento con lo que se les da la gana: faldas a cuadros y mandiles feos, camisones de seda y corsés, pijamas extragrandes, toallas, ese vestido de lentejuelas que comparten entre todas. Pero ver que Margaret no está perfectamente presentable lo deja sin palabras. Se ve tan vulnerable, mucho más indefensa de lo que él la había visto. Su rostro es impasible, pero expectante, como si estuviera analizando la reacción de Wes o esperando que diga algo inteligente. Como siempre, él no tiene nada que decir.

Con un gesto exasperado, Margaret se da la vuelta. Deja la puerta abierta, lo que Wes decide tomar como una invitación. Y así como así, está en la habitación de Margaret Welty. La habitación de una chica. Una chica que no es su hermana. Eso lo abruma más de lo que quisiera admitir.

La habitación en realidad es horriblemente simple. Margaret tiene menos cosas que él, lo cual es mucho decir, teniendo en cuenta que Wes solo tiene un clóset con trajes baratos de catálogo. Todo es blanco y está limpio. Cortinas de encaje blanco sobre las ventanas. Estanterías blancas sobre su escritorio blanco. Una cama blanca con dosel tendida perfectamente bien, como era de esperarse. De pronto, Wes siente el impulso de romper el preciado orden de Margaret. Le dan ganas de destender la cama, de jalar las sábanas como una corbata que se afloja al final de un largo día, aunque sea solo para sacarla de sus casillas. Luego, nota la fila de armas bien pulidas sobre la cabecera y aquello ya no le parece tan buena idea.

Margaret se sienta en la orilla de su cama.

—¿Cómo te sientes?

Wes tiene la impresión de que esa no es la pregunta que quiere hacerle. Se tumba en la silla del escritorio de Margaret.

—Terrible, si te sirve de consuelo. Gracias por cuidarme anoche. Debo reconocer que no lo recuerdo con claridad, así que espero que no haya hecho el ridículo.

Margaret hace una mueca, y luego se pone a trenzarse el cabello sobre el hombro.

—No más de lo normal.

—¿Qué quieres decir con eso? —pregunta él con tono amargo.

—¿Necesitas algo?

—¿Tengo que necesitar algo para hablar contigo? ¿Sabes qué? Mejor no me respondas eso. Voy al pueblo a llamar a mi mamá y quería saber si necesitas algo. O si quieres acompañarme.

—Claro. —Se amarra el final de su trenza—. Podemos ir a caballo.

—¿A caballo? —repite él con escepticismo.

—Te queda una semana para aprender a mantenerte erguido.

—Ya sé, ya sé. —Wes tiene que hacer uso de toda su voluntad para no morder el anzuelo de ese «erguido». Es casi como si Margaret quisiera verlo sufrir—. Necesito ver si el encantamiento en la manta para el caballo funciona, así que es buena idea. Me gusta la bata, por cierto. ¿Vas a salir así?

—No. Pero te la puedo prestar, si quieres.

¿Acaso Margaret Welty le está coqueteando?

Mientras Wes intenta recuperarse, ella le ofrece una de sus sonrisas secretas tan poco vistas. Es apenas una delicada curva en sus labios, pero basta para casi fulminarlo.

—Te veo abajo.

Profundamente humillado, Wes toma la manta y baja las escaleras para esperarla. Cuando Margaret sale de su cuarto, de nuevo se ve como ella misma, con una falda hasta los tobillos, un suéter con las mangas enrolladas y botas llenas de fango seco.

Lo lleva hasta la cerca del pastizal y llama a Shimmer. El caballo viene galopando, con la presteza de un perro, y le saca un susto de muerte a Wes porque no se detiene hasta el último segundo posible. La bestia resopla y lo observa con un enorme ojo café, evidentemente con la misma desconfianza que Wes siente hacia él.

Margaret le mete un cabestro por la cabeza y lo ata al poste de la cerca. Le dedica un momento a quitarle la tierra del lomo y ajustar las correas de la silla. Cuando termina, le da unas palmaditas en el cuello y mira a Wes con gesto inquisitivo.

—¿Listo?

«No».

—Sí. ¿Cómo me subo?

Margaret le ofrece una mano.

—Súbete a la cerca y échale una pierna encima.

Su mano, tibia y llena de callos por el trabajo, se acomoda perfectamente en la de Wes, como la aguja de un gramófono en los surcos de un disco. Él se sube a la cerca y se trepa al lomo del caballo. Está mucho más arriba de lo que esperaba, y se siente mucho más inestable, especialmente por la sutil pero creciente energía que fluye de la montura alquimizada. Su náusea regresa y recargada, pero al menos ya confirmó que el encantamiento funciona.

—Lo guiaré caminando para que te acostumbres a la sensación de montar. —Margaret desata a Shimmer y engancha una correa a su cabestro—. ¿Estás bien?

Wes se aferra a las riendas con toda la fuerza de sus manos.

—Jamás he estado mejor.

Sin creerle mucho, Margaret abre la puerta de la cerca y guía a Shimmer por el camino hacia Wickdon. Cuando Wes se acostumbra al movimiento de los pasos del caballo, la experiencia se vuelve sorprendentemente relajante. El bosque bañado por el sol los envuelve en un patrón café y dorado que a él le recuerda a Margaret, térreo y con un resplandor otoñal. Están a medio camino del pueblo cuando ella detiene a Shimmer.

—Hazte para atrás. Ya me cansé de caminar.

—Bueno, eh... —Todavía ni termina de recorrerse cuando Margaret ya se subió ágilmente a la silla. Mientras se acomoda junto a él, Wes percibe de nuevo el aroma a lavanda y sal de mar.

—Agárrate.

—¿De qué?

—De mí.

Wes la toma por la cintura con los brazos. Ella le chasca la lengua a Shimmer, que suelta un suspiro resignado antes de echarse a andar de nuevo. Con cada paso, Margaret se va acercando más hasta que están perfectamente acomodados y el aliento de él le sacude los mechones de cabello sueltos sobre sus orejas. Wes puede sentir el movimiento de los músculos de ella y absolutamente cada tirón de sus caderas contra las suyas.

¿Algún día será más fácil tenerla cerca?

Margaret voltea a verlo. Bajo esa luz dorada y con la expresión dulce de su rostro, sus ojos brillan como mantequilla avellanada y miel.

—¿Quieres ir más rápido?

—Bueno —le responde él, sintiéndose un poco atolondrado por ella.

Margaret aprieta un par de veces a Shimmer con las pantorrillas. Como si se hubieran comunicado en un lenguaje secreto, Shimmer sacude las orejas y comienza a trotar. Un paso, dos y Wes siente el golpe del aire en la cara, lo que lo hace soltar un grito y aferrarse más a Margaret para no caerse.

Ella se ríe mientras se acomoda para que los dos recuperen el equilibrio.

—Oye, oye —exclama.

Es la primera vez que Wes la ha escuchado reír: un sonido suave y cálido que se va mezclando en su sangre como el vino. Mientras Shimmer baja la velocidad y les lanza una mirada de reproche, Wes observa el brillo del sol sobre el cabello de Margaret y pasa el resto del viaje soñando con las formas en que podría hacerla repetir aquello.

Margaret ata al caballo en la plaza del pueblo y le afloja la cincha. Luego, saca una zanahoria de su bolsillo, porque obviamente lleva una, y se la ofrece a Shimmer. Wes observa con horror cómo esos dientes que parecen mosaicos amarillos se acercan tanto a la piel de ella.

—Nos vemos aquí cuando termines. —Margaret le rasca la crin a Shimmer y luego se limpia la mano en su chamarra—. Yo iré a dar un paseo.

—De acuerdo. Nos vemos en un rato.

Wes se queda solo con Shimmer, que lo mira con resentimiento, espantando moscas invisibles con la cola. Wes no confía en esa cosa, ni por un segundo, no después de que casi lo mata.

—Compórtate mientras no estoy.

Considera ir con los Wallace para pedirles su teléfono, pero tiene la sensación de que Annette podría no querer verlo pronto. O nunca. Pasará mucho tiempo antes de que él pueda olvidar la decepción en los ojos de esa chica cuando la dejó en la playa. Puede gastar algunas monedas en la caseta telefónica para evitarse la incomodidad de ese encuentro.

Toma una calle estrecha que sale de la plaza de Wickdon, la cual está tan lúgubre como una feria abandonada. Todo el pueblo se ve como si lo hubieran saqueado. Las tiendas están a oscuras y los adoquines cubiertos de corazones de manzana y vasos de papel aplastados. Tras esquivar algunos charcos de líquidos misteriosos y cuestionables, encuentra la caseta telefónica al final del camino. Adentro es como un confesionario, con la privacidad de sus rejillas de acero. Wes se saca unas monedas del bolsillo y las pone en la ranura. Al chocar con el fondo sueltan un alegre cascabeleo.

El teléfono solo timbra una vez antes de que alguien conteste.

—¿Hola?

—Vaya, vaya, vaya. Pero si es mi hermana favorita. Qué agradable sorpresa. —La verdad, no es así. Mad es la última persona que quería que le contestara.

La línea cruje.

—Ah. ¿Qué quieres?

—Estoy muy bien, gracias por preguntar. ¿Qué te hace pensar que quiero algo?

—Solo llamas cuando quieres algo.

Eso es simple y llanamente falso. Wes frunce el ceño, pero mantiene un tono alegre en su voz.

—Solo quiero el regalo de hablar con mi querida hermana.

—Cómo dices estupideces. —Luego, tras un instante de silencio—. ¿Cuándo es la cacería?

—La próxima semana. —Wes se enreda el cable del teléfono en la muñeca—. Deberías venir. Sería divertido, si nadie muere, claro.

—Christine y yo tenemos que trabajar, y Colleen va a la escuela. No podemos irnos a pasear al campo por ti.

—Es en fin de semana, así que Frijol puede venir. —Lo piensa—. Y, si ganamos, ya no tendrás que volver a trabajar por un tiempo, si no quieres.

—¿En serio quieres pedirle a mamá que vea eso?

—Va a estar bien. Ya le dije que me iré a confesar. Llegué a la conclusión de que decir una o dos décadas de rosarios deberá bastar como penitencia. —Mad suelta un resoplido burlón y Wes se muerde el labio para no decir algo que se pase de la raya. Hacer bromas con Mad es como el boxeo: debes saber cuándo bajarte del ring—. Piénsalo, ¿de acuerdo?

—Bueno. Lo pensaré. ¿Con quién quieres hablar?

«Contigo». Pero la palabra se atora en su garganta y, aunque Mad se quedara en la línea, ¿qué podría decirle? ¿Que la extraña? ¿Que quiere que lo perdone? Sería la verdad, pero a ella nunca le han importado mucho sus intenciones. Hasta que Wes le llene de oro una bañera o arregle la mano de mamá por sí mismo, no habrá súplicas suficientes que lo ayuden.

—¿Puedes pasarme a mamá? —es lo único que dice.

—Claro.

Wes espera, rodeando su dedo con el cable del teléfono, tan apretado que la punta se le pone roja y luego blanca. Tras un minuto y otra moneda en la rendija, su madre dice: «¿Wes?».

—¿Cómo estás, mamá?

—Me alegra mucho escuchar tu voz. Hace siglos que no nos llamabas. Estaba preocupada por ti.

—He estado un poco saturado. Pero ¡ya estoy aquí! Sano y salvo.

—¿En serio? ¿Estás comiendo suficiente? ¿Duermes bien?

Wes se frota la cara con una mano.

—Sí, mamá...

—No me hables con ese tono. Es solo que suenas cansado.

—Solo estoy un poco estresado. ¿Tú cómo te sientes?

—La herida está sanando bien. Aunque no tengo mucha movilidad. Pero no te preocupes, mi tesoro. No hay nada que se pueda hacer por el momento. ¿Qué te preocupa?

Tiene que mentirle, pero en cuanto abre la boca para darle una respuesta evasiva, el estómago le da un vuelco, como si quisiera escapar.

—Muchas cosas, la verdad.

Su madre se queda en silencio por tanto tiempo que Wes cree que no lo escuchó. Luego, como si temiera asustarlo, ella vuelve a hablar.

—¿Por qué no me cuentas?

—La señora Welty aún no ha regresado a Wickdon. Los otros competidores son... —Contarle sobre Jaime la dejaría demasiado angustiada; no puede echarle esa carga—. Hay mucha gente que quiere ganar. Y si perdemos nunca seré alquimista y Margaret estará triste por siempre y nos quedaremos sin techo y, encima de todo, creo que Mad me odia.

—Tu hermana no te odia.

Wes arruga la nariz.

—Te escuché.

—¡No dije nada!

—Escuché lo que estás pensando —aclara ella—. Mad está enojada por muchas cosas y tú eres una salida fácil. No digo que ninguno de los dos tenga la razón. Solo digo las cosas como son.

—No entiendo por qué yo.

Su madre suspira.

—Madeline haría cualquier cosa por la gente que ama. Y tú también. Pero su cariño es difícil de ganar. Su corazón solo tiene espacio para unas cuantas personas. Y tú... Tú amas a toda la gente que conoces.

—Y aun así ella cree que soy egoísta.

—Quizás eso es lo que dice. La realidad es que eres demasiado idealista. Ella cree que valoras a los desconocidos tanto como a tu propia familia.

—Pero yo no...

—Lo sé. Pero no la ayudas a verlo. No ayudas a nadie a verlo. Y eres demasiado orgulloso para reconocer lo mucho que la lastimas.

—Creí que tú me amabas —dice él con pesar.

—Te amo, por eso te lo digo. Enfócate en lo que puedes controlar en este momento. Haz tu parte y confía en que Dios proveerá lo demás. Te necesitamos. —Hace una pausa—. Margaret te necesita.

—Más bien, yo la necesito a ella.

No le gusta el peso del silencio que su madre le da como respuesta. No le da confianza.

—Es una buena chica —dice ella al fin.

—¿En serio? —Wes suelta una carcajada—. Sabes que no es súmica, mamá.

—Con que se casen en una iglesia... ¿Quiere tener hijos?

—Ay, Dios —masculla él.

—Qué son esas expresiones, Weston.

—Perdón, perdón. —Se pasa una mano por el cabello—. Debo decir que no creo que ella... No creo que yo sea su tipo.

—Tonterías. Además, solamente lo dije por molestarte. Sé bueno con ella, ¿sí? La pobre necesita un amigo. ¿En serio su madre ni siquiera le ha escrito?

Wes recarga la cabeza contra el cristal de la caseta.

—No. Nada. Es como si hubiera desaparecido.

—¿Qué clase de madre le haría algo así a su hija? No me importa si ya tiene edad para cuidarse por sí misma. Nadie debería estar tan sola.

Wes ha pensado lo mismo incontables veces. Se pregunta qué ha vivido Margaret, si tan solo ver la oficina de su madre la hace entrar en crisis. Pero no sabe si tiene la energía, o el dinero, para seguir discutiendo el tema con su madre.

—Ya sé. Por eso necesita que todo el clan Winters le dé amor. ¿Vas a venir a ver la cacería?

—No sé si soportaré verlo, pero ahí voy a estar.

—Bien. —Wes hace una pausa—. Te extraño, ¿sabes?

—Ay, mi tesoro. Te veré pronto. Solo haz lo mejor que puedas. Tu hermana te perdonará, pase lo que pase. Sobreviviremos.

—Eso espero. Yo no... Ya no quiero hacerte daño. Quiero que seas feliz. Sé que los últimos años han sido difíciles, y sé que yo no he ayudado. He sido un mal hijo, pero...

Escucha cómo su madre toma aire.

—No te atrevas, Weston. Me enorgulleces todos los días. Es solo que me preocupo por ti. Hace años que no te veo sonreír como solías hacerlo antes de que tu padre muriera. No sé si alguna vez logré que me contaras cómo te sientes desde entonces, y yo...

Y ese es el punto: no lo logró. Wes no quería preocuparla, pero nunca se le había ocurrido que al cerrarse podría lastimarla aún más.

—Por favor, no llores, mamá —dice con voz rasposa—. No podría soportarlo.

—A veces me recuerdas mucho a él. Sé que él también estaría orgulloso de ti.

«¿En serio?». Los ojos se le llenan de lágrimas. Han pasado dos años, pero aún le sorprenden las cosas que reabren su herida. Se aclara la garganta para no sollozar.

—Gracias. Necesitaba escucharlo —suelta, cuando al fin se siente un poco más tranquilo.

—Te amo. Te veo el fin de semana, ¿de acuerdo?

—Yo también te amo. Te veo pronto.

La línea se queda en silencio. Wes no está seguro de cuándo llegará el momento en que hablar con su madre no se sienta como arrancarse el corazón. No está seguro cuándo comenzará a sentir que hace lo correcto, o si algún día será la clase de hombre que se merece el orgullo de sus padres. Pero, por ahora, mamá tiene razón, tanta como Margaret. Hasta que ganen, no puede hacer absolutamente nada por la gente que ama, mucho menos por todo el país.

Así que se va a enfocar en las cosas que puede controlar. Descifrar las notas de la investigación de Evelyn. Humillar a Jaime Harrington. Poner el cadáver del hala en las manos de Margaret.

Después de eso, tanto él como Margaret tendrán lo que querían. A Wes solo le queda preguntarse si eso realmente los hará felices. Pero eso lo decidirán cuando Evelyn vuelva. Siendo honesto, no está seguro de que pueda soportar aprender de alguien tan fría como Evelyn, o si podrá morderse la lengua cuando esté frente a frente con la mujer que le arruinó la vida a Margaret.

22

El mar está gris y embravecido bajo el cielo que se va oscureciendo. De vez en vez, una ola de bordes blancos se levanta, ruge y se estrella contra las rocas con la fuerza suficiente para demostrar que es una criatura salvaje. Margaret deja sus botas en la arena y camina hasta la orilla del agua, donde la espuma traza la costa. Su pálido brillo, bajo la luz del sol que se va, parece una media sonrisa llena de dientes.

Unos metros más allá de las olas, uno de los blancos de madera de la competencia de anoche se mece en sus cadenas como un hombre en la horca. Margaret encuentra un trozo de esa madera enredado en algas y hundido en la arena. Es un lúgubre recordatorio de que después de la noche anterior, ni ella ni Wes están a salvo.

—¿Maggie?

Se vuelve hacia la voz conocida de la señora Wreford, pero su alivio se apaga en cuanto ve a Jaime junto a ella. Su rostro parece aún más cruel de lo normal, con el labio roto y los moretes oscuros que se extienden por su mejilla. A Wes le encantaría ver el resultado de su obra.

Jaime mantiene la boca cerrada y la mirada desviada, cómo le avergonzaría que lo descubran haciendo algo tan banal como caminar en la playa. La señora Wreford le lanza una mirada severa, y él suelta un saludo entre dientes, casi inaudible.

La señora Wreford suspira. Tiene la cara enrojecida por el frío y, con el rocío del mar perlándole las hebras de cabello que se escaparon de su peinado, parece que tiene un halo de plata.

—¿Qué haces aquí? Se aproxima una tormenta.

Margaret señala con el mentón hacia las montañas, donde las gruesas nubes van bajando con la agilidad de un gato montés para extenderse sobre la oscura arboleda de cipreses. El rocío se cuela en la ensenada y se arremolina a sus pies. Falta poco para que no puedan distinguir el mar del cielo.

—Me dieron ganas de nadar —dice.

—¿Estás loca? Morirías congelada, o ahogada.

Está por decirle que el agua fría no puede hacerle tanto mal, pero cuando se da la vuelta para ver el mar, se le llena la boca de sal. El océano se revuelve sin control y, aunque da miedo, a Margaret le gusta más así, enojado. Hay algo que le da satisfacción en el poder de toda esa rabia. Se levanta la falda y se la ata con un nudo arriba de las rodillas.

—Y ustedes ¿qué están haciendo aquí?

—¿Nosotros? Estamos buscando a Zach Mattis. Su madre me dijo que el muy tonto no volvió a casa anoche y yo le dije que apuesto a que sigue tirado por la borrachera en esa horrorosa cueva donde ustedes se creen muy listillos de esconderse. Como si yo no hubiera tenido diecisiete años ni me hubiera bebido el licor que les robé a mis padres en ese mismo lugar. —Le da unos golpecitos acusadores a Jaime con el dedo—. Pero al menos yo tenía amigos con el suficiente sentido común como para llevarme a mi casa al final de la noche. Supongo que tú estabas demasiado ocupado peleándote.

—Ya le dije que me tropecé —dice Jaime, apenado.

Margaret agacha la cabeza para disimular su sonrisa.

—Claro. —La señora Wreford le lanza una mirada acusadora a Margaret, como si esperara una confesión—. Que se tropezó. ¿Tú qué crees, Maggie?

—No sé nada al respecto.

—No. Supongo que no. —La señora Wreford suspira y Jaime la mira con rabia—. Si quieres ayudarnos a buscar, te lo agradecería. Creo que el clima está por ponerse peor.

El viento sopla salvajemente a su alrededor y le jalonea la falda a Margaret. El sonido de la marea, cada vez más fuerte, le llena los oídos, hasta que solo puede escuchar su nombre.

«Margaret, Margaret, Margaret».

Aprieta un puño para mantener a raya el miedo que la sobrecoge al escuchar esa voz de nuevo, quebradiza como hojas secas, rasposa como caracolas trituradas en el mar. La arena cruje entre sus muelas. El sabor a cobre y sal le cubre la lengua.

Un terrible gemido se impone al creciente ruido de la tormenta.

La señora Wreford entrecierra los ojos para protegerlos del viento.

—Por Dios, ¿qué fue eso?

Margaret ya había escuchado un sonido como ese antes. El año pasado, un ciervo intentó cruzar la cerca del pastizal de los Halanan y se le atoró la cabeza entre los barrotes. Mientras se jaloneaba para intentar liberarse, se rompió el cuello. Ella lo encontró allí, jadeando, con los ojos en blanco y convulsiones en las piernas que ya no le respondían. El animal gimió una y otra vez. Un sonido horrible, suplicante. El sonido de la muerte. Margaret tuvo la clemencia de ayudarlo a morir, pero antes de eso, sufrió solo.

El gemido se vuelve a escuchar.

—Suena como Mattis —dice Jaime.

Corren. El viento los azota, hace que el cabello de Margaret le latiguee en el rostro y le llena los ojos de sal. La arena se ve completamente negra y tan brillante como un espejo que se pega desesperadamente a sus pies descalzos. Para cuando llega a la pequeña cueva en la ladera de un risco, ya le arden las pantorrillas. En las paredes de piedra está grabada la historia secreta de la juventud de Wickdon: iniciales encerradas en corazones, dibujos fálicos y algunas confesiones o fragmentos de poemas. Las botellas vacías chocan unas con otras sobre la arena.

En cuando suba la marea, la cueva quedará completamente sumergida.

Margaret mide cuidadosamente cada paso sobre el suelo inestable. La poca luz que hay allí se refleja en el agua quieta de las pozas de mar. Margaret no alcanza a ver mucho entre la penumbra y la luz marmoleada, pero sí ve una sombra oscura tumbada a unos metros frente a ella.

Mattis.

—Dios mío —susurra la señora Wreford—. No miren, chicos.

Pero Jaime ni vacila antes de cruzar chapoteando las pozas de mar y tumbarse de rodillas a su lado.

—¡Zach!

Con cuidado, Margaret se acerca a ellos y se acuclilla para examinar el daño. La piel de Mattis está pálida como un gis, sus labios tienen el mismo azul apagado de las escamas de un pescado y la mordida en su hombro es de un impresionante rojo encendido. Parece como si lo hubieran hecho pedazos para luego soldarlo. Tiene pedazos de piel quemada sobre partes con el músculo expuesto, y los bordes de la herida están cubiertos por una pasta negra de *caput mortuum*. Entre toda la sangre, Margaret puede ver hasta los tendones de su hombro. Apesta a alquimia, a mar y a muerte.

Seguramente el hala lo encontró solo: la primera víctima humana de la temporada. Si ya se atreve a atacar a alguien tan cerca del pueblo, significa que está por alcanzar su punto máximo de poder.

De pronto, Mattis suelta una muy leve exhalación, que suena casi como un silbido.

—Está vivo —grita Jaime—. ¡Consigan ayuda!

—No te muevas —ordena la señora Wreford—. Nadie se mueva.

Margaret obedece.

Mientras observa el ligerísimo subir y bajar del pecho del chico, escucha los pasos de la señora Wreford chapoteando en el agua. Sus gritos que van y vienen con el viento. A Jaime mascullando algo al ponerse de pie y caminar de un lado a otro como una fiera enjaulada. Y el mar se sigue acercando. Y las olas siguen susurrando su nombre.

«Margaret, Margaret, Margaret».

—Cállate —dice ella en voz bajísima—. Cállate.

El agua alcanza la boca de la cueva y empapa la tela de su falda. Está tan fría que la deja sin aliento. Mientras el hedor de la sal, a cobre y azufre llenan el aire, a Margaret se le va nublando la vista. El recuerdo de aquella horrible noche se cristaliza sobre el mundo real.

Está aquí y no está. Está arrodillada en la marea creciente y está arrodillada en el suelo del laboratorio de su madre. Tiene la cabeza de Evelyn entre sus manos mientras su cabello dorado pinta el piso con sangre. Su madre la toma por la muñeca. Sus dedos son como tiras de hielo.

«Maggie», dice con voz rasposa.

—Maggie. —Vuelve a su cuerpo de golpe y lucha por tomar aire. Su piel está empapada de sudor y mar. Mattis se aferra a ella sin fuerzas y abre un poco los ojos.

—No me quiero morir.

El sonido de su voz detiene los pasos de Jaime.

—Zach. ¿Estás...? Aguanta, ¿sí? Ya viene la ayuda. Vas a estar bien, te lo prometo.

A Mattis le tiemblan los labios. El rostro pálido y desorientado de Margaret se refleja en el terror vidrioso de los ojos de él. Si escuchó a Jaime, no le responde nada.

—Está en shock —dice Margaret.

Jaime suelta un sonido lleno de dolor del que ella no lo creía capaz. Luego hunde la cara entre sus manos.

—Se suponía que era una broma. Fue una maldita broma. No pensé... No debí... Es mi culpa. Dios mío, es mi culpa.

—Maggie —susurra Mattis—. Lo siento.

Jaime se tensa. Su mirada pasa desesperadamente de ella a su amigo una y otra vez.

—Lo siento. —Mattis comienza a llorar y se ahoga con cada palabra—. ¿No puedes perdonarme?

Si fuera más fuerte, si no siguiera medio fuera de su cuerpo, Margaret le preguntaría por qué. Por qué le pide perdón. Por qué debería perdonarlo. Mattis nunca fue bueno con ella, pero su crueldad era leve en comparación con la de Jaime. Era aprendida y sin intención, como el perro que hace un truco para complacer a su dueño. Fácil de tolerar, fácil de superar.

«Solo sobrevive», se dijo a sí misma por años. «Solo aguanta».

Pero está harta de aguantar, igual que Wes. No puede ofrecerle a Mattis ni consuelo ni absolución. En ese estado de escalofriante desapego, en lo único que puede pensar es en hundir su pulgar hasta el nudillo para tocar el hueso amarillento bajo los músculos destruidos. Quiere lastimarlo al menos una fracción de lo que él la lastimó a ella. Quiere que Jaime vea en lo que la ha convertido.

—Maggie —solloza Mattis—. Por favor.

Jaime se acerca a ella.

—¡Di algo!

Pero ¿de qué le serviría a Margaret apuntar la daga de su ira hacia él? El agua que gotea del techo cae con el peso de las piedras sobre el agua que sigue subiendo. El cabello de Mattis y la falda de Margaret se van extendiendo a su alrededor como sangre en el agua.

—Vas a estar bien —dice ella y cierra la mano que tiene libre sobre la de él—. Estás bien.

Cuando llegan los paramédicos, la mano del chico ya se está enfriando en la de ella.

La lluvia golpetea contra el techo del departamento de la señora Wreford, un chirriante grupo de habitaciones sobre el Blind Fox. Margaret está sentada frente a una mesa maltrecha que ocupa casi la mitad de la cocina calentada por el fogón, con la cabeza entre las manos, escuchando las risas ahogadas que se cuelan por los tablones del piso.

A pesar de todo lo que ha hecho la señora Wreford por calentarla, no puede dejar de temblar. En cuanto la llevaron a rastras hasta ahí, la señora Wreford la convenció de cambiarse de ropa y la puso frente al fuego. Margaret no dijo nada mientras la señora Wreford la secó con una toalla y le volvió a trenzar el cabello, pues sentía un nudo en la garganta ante esos simples actos de ternura. Cuando terminó y le amarró la trenza con una tirita de cuero, la señora Wreford se fue a ver al doctor para preguntarle sobre el estado de Mattis.

Margaret tiene una pesada cobija de piel sobre los hombros y un tazón de estofado de mariscos aún intacto se está enfriando frente a ella. El sabor de las almejas y su textura blanda y gomosa entre sus dientes le recuerdan inevitablemente la piel expuesta en el hombro de Mattis. Cada que cierra los ojos, ve la misma imagen clavada ahí. Mattis y su madre como uno mismo, pálidos y sangrando en el agua con su encaje de espuma. Margaret se frota la cara e intenta olvidar.

El departamento huele a cerveza en elaboración y pan horneándose, a harina y confort. Hay varias botellas sobre la barra y los barriles que no cupieron en el bar allí hacen las veces de muebles. Hay mesitas de café y sillas llenas de cervezas artesanales de distintos estilos.

Desde algún punto escondido del departamento, un radio crepita con estática y el trino alegre de un saxofón. Que sea un lugar tan familiar no basta para reconfortar a Margaret. Quién diría que lo que quiere es a Wes. Quiere su mirada firme sobre ella, su risa fácil.

Probablemente se está preguntando dónde está. Le prometió que se reunirían donde dejaron al caballo.

La puerta se abre con un chirrido y los tablones del suelo gimen bajo el peso de la señora Wreford. Lleva dos vasos fríos de cerveza oscura. Su abrigo está perlado por la lluvia y tiene el cabello empapado. Aún trae encima el olor de la cueva en la que encontraron a Mattis: a azufre y algas podridas. A Margaret se le llena la boca de hiel.

—¿Tienes sed? —pregunta la señora Wreford.

Se sienta en una silla frente a Margaret y pone los vasos en la mesa. Margaret toma uno y agradece el frío en sus dedos. Es algo que puede sentir.

—Gracias.

—Va a vivir.

Margaret cierra los ojos lentamente y exhala como un suspiro. Ahora que el miedo ya no la sostiene, se siente exhausta.

—Me alegra escuchar eso.

La mirada de la señora Wreford se posa sobre el tazón de estofado intacto.

—No comiste.

—No tengo hambre. Solo estoy cansada.

—¿Por qué no pasas la noche aquí? No quiero que vuelvas sola a casa en la oscuridad y la lluvia, especialmente porque el hala ya probó la sangre.

Margaret odia la idea de que la recojan como si fuera un gato callejero.

—Voy a estar bien. Conozco el camino.

—¿Cuándo vas a dejar de contradecirme, Maggie? —La frustración en la voz de la mujer la sorprende—. No tengo hijos, así que es como si tú lo fueras. Quédate, hazlo por darme paz. Serías tú quien me hace un favor a mí. Solo una noche.

—Bueno —dice Maggie en voz baja—. Pero Wes... el señor Winters está...

La señora Wreford señala hacia la ventana con la cabeza.

—Casi tira mi puerta cuando se enteró de que estabas aquí, pero le dije que quizá querrías un poco de espacio.

Margaret voltea. Wes está bajo un toldo con el aspecto de alguien que casi se ahoga y el cabello pegado a cada lado de la cara. Aleja suavemente la cabeza de Shimmer mientras este insiste en lamerle las solapas de su enorme abrigo. En ese momento, levanta la mirada y sus ojos se encuentran con los de Margaret. La sonrisa que le ofrece es sorprendentemente brillante y trae mezclado algo más que hace que el corazón de Maggie se revuelque como un perro que se tumba para dar la panza.

—Él también puede quedarse, si se comporta. —La señora Wreford le sonríe con una picardía que a Maggie no le encanta—. Es encantador.

Margaret le da un traguito a su cerveza. Su sabor es oscuro y a malta, como a chocolate y avena. La deja correr sobre su lengua antes de pasársela.

—Sí. Suele serlo.

—¿Te agrada?

—Lo suficiente.

—Vaya, es lo más positivo que te he escuchado decir sobre alguien.

Margaret espera que el rubor que se empieza a formar en su pecho no alcance a su cara. Pero es cierto. Hay pocas personas en su vida que han llegado siquiera a agradarle.

—Y me parece que se preocupa por ti.

Eso es algo en lo que Margaret no puede ponerse a pensar. En su lugar, se pone a trazar patrones sin mucho sentido en la condensación de su vaso.

—Maggie. —La seriedad en la voz de la señora Wreford la tensa—. ¿Por qué lo haces?

Para que su madre se quede. Por amor. Esa siempre ha sido la respuesta, sin lugar a dudas.

Pero desde que Wes se metió en su vida, ha comenzado a cuestionarse qué tan segura está de eso. El amor no es esa cosa afilada que ella siempre había creído. No es como el mar, que se le escapa entre los dedos si intenta asirlo. No es una moneda de cambio, algo que se gana, algo que te niegan o que puedes negociar. El amor puede ser firme. Puede ser seguro y constante, o tan salvaje como un incendio. Es una rebanada de pan con mantequilla para la cena. Es un rencor que nació del miedo. Es las heridas en la piel sobre unos nudillos hinchados.

Ya no basta hacerlo por Evelyn. Quizá también es por Wes.

Pero preocuparse por él podría matarla. Si Margaret gana, él se quedará para ser alquimista. Si pierde, se irá. Sea cual sea el resultado, ella terminará hundida. Haga lo que haga, forjará la espada que acabará con ella. Wes logrará sus sueños y se casará con una mujer hermosa y de mundo, o volverá a Dunway sin ella. No puede irse con él. No podría soportar tanto gris, las enormes multitudes y todo ese horrible ruido. Margaret pasaría sus días como un hada de mar encerrada en la casa de Wes, tan lejos de su hogar.

No hay un mundo en el que los dos puedan ser felices.

—¿Por qué esa carita? —le pregunta la señora Wreford.

—No es nada. Lo hago porque tengo que hacerlo.

—No tienes que hacer nada que no quieras.

—Mi madre...

La señora Wreford azota su vaso contra la mesa. La espuma sube hasta derramarse por la orilla.

—Casi viste morir a un hombre hoy. Olvídate de tu madre.

Margaret hace un gesto de dolor.

—Lo siento. Me pasé de la raya. —La señora Wreford se frota la sien—. Escúchame, por favor. He vivido unos cuantos años más que tú, lo cual, creo yo, me ha dado algo de perspectiva. Soy más sabia que tú en algunas cosas. Quizá en pocas, pero hay algo que te puedo decir con toda certeza. En este mundo hay poquísimas personas a las que vale la pena perseguir, y a veces ni una. Y son aún menos por las que vale la pena sufrir. ¿Me entiendes?

Margaret asiente, pero no parece ser suficiente respuesta.

—Cuando tu madre vuelva, ¿qué vas a hacer?

—Seré feliz y el señor Winters tendrá su puesto de aprendiz.

—Pero ¿qué vas a hacer?

«¿Y cuando ganemos?», le preguntó Wes anoche. «¿Qué pasará después de eso?».

No supo cómo responderle entonces y no sabe cómo responderle a la señora Wreford ahora. ¿Qué hay en ese pueblo para ella, además de la imponente promesa del regreso de su madre?

¿Quién es ella sin el dolor de su ausencia y el miedo de volver a perderla?

—Sigues creyendo que soy tonta, ¿verdad? —pregunta la señora Wreford—. Sé bien que tu madre no tiene ni idea de lo que has estado haciendo este mes. ¿Qué crees que va a hacer cuando se encuentre con un muchacho en su casa?

Margaret solamente ha pensado en eso con los ojos entrecerrados. Evelyn es muy cuidadosa con su investigación. De todas las reglas que le impuso tras la muerte de su padre, estas son las fundamentales: no confíes en nadie y no dependas de nadie. Dejar que Wes entrara tan fácilmente a su vida rompió ambas.

—Supongo que se va a enojar. Pero si tenemos al hala, el señor Winters podrá ganársela.

—Evelyn Welty no es la clase de mujer que acepta sobornos. Creo que en el fondo lo sabes.

—¿Y qué puedo hacer? ¿Renunciar?

—A mí me daría mucha tranquilidad que renunciaras, pero no pongo mi esperanza en eso. Lo único que te pido es que pienses bien qué es lo mejor para ti. No para tu madre. No para Weston. Para Margaret.

«¿Y si no lo sé?», quiere preguntar. «¿Cómo podría saberlo?».

—Sé que amas a tu madre y sé que ella te ama a su manera. Pero hay muchas otras personas que te quieren también. —La señora Wreford se estira sobre la mesa para poner una mano sobre el puño cerrado de Margaret—. Espero que lo sepas.

—Sí, lo sé —miente.

Al soltarle la mano, los ojos de la señora Wreford se llenan de una terrible tristeza.

Por la ventana, Margaret ve que Shimmer al fin logró quitarle el abrigo a Wes. Está sacudiendo la cabeza en un gesto triunfal, con la tela entre los dientes. Wes grita algo que ella no alcanza a escuchar, implorándole al animal que le devuelva esa masa empapada en la que se convirtió su abrigo.

—Ese chico es... especial, ¿verdad?

—Sí —dice Margaret con voz baja—. Lo es.

—Voy a dejarlo pasar.

Luego de que la señora Wreford rescata a Wes del caballo y lo deja entrar, le ofrece una toalla y le acomoda el sofá para que pase la noche. Wes se come el estofado de Margaret alegremente, llenando el silencio con una conversación casual hasta que el escepticismo bien practicado de la señora Wreford se apaga. Ya convenció a una más, solo que esta vez a Margaret, en lugar de molestarle, le alegra que alguien en su vida lo haya aceptado. La señora Wreford se prende del brazo de Wes y le hace un montón de preguntas demasiado directas hasta que queda satisfecha con la información obtenida sobre su familia, sus aspiraciones y las maneras en las que Wickdon es superior a Dunway. Después de eso, es como si fueran viejos amigos. La señora Wreford se ríe hasta que se le salen las lágrimas y así sigue hasta que tiene que irse a trabajar en el bar.

Con la mano en la perilla, la mujer voltea y les lanza una mirada a los dos.

—Voy a estar aquí abajo y tengo oídos en todas partes. Lo digo por ti, Weston.

—No se preocupe. La cuidaré.

La señora Wreford abre mucho los ojos, en un gesto de advertencia.

—Eso espero.

Tras cerrar la puerta, los deja solos.

Margaret se sienta en el sofá y se cubre con la cobija hasta la barbilla. De pronto le pesa el cansancio de los últimos dos días y siente como si aún no hubiera salido de las profundidades de su episodio en la cueva. El frío no se le ha ido de los huesos ni se ha disipado el denso muro de niebla que la separa del resto del mundo.

Tiene los dedos entumidos sobre las clavículas y siente como si la mano de un extraño estuviera posada en su pecho. No está segura de por qué la gente vive en el centro de Wickdon. Ni el silencio suena a silencio, con el constante rugir de los autos, el golpeteo de la lluvia y las voces de los turistas en las calles.

—Margaret. —Wes se acuclilla junto a ella. Se le acerca, como si quisiera quitarle un mechón de la frente o acariciarle el rostro, pero al final solo pone una mano sobre su propia rodilla—. ¿Estás bien?

—Estoy bien.

—¿Quieres hablar de eso?

«De eso». «Eso» no es el hala. No es siquiera lo que pasó con Mattis. Es sobre su madre. Es sobre él. Pero ¿cómo podría empezar siquiera a decirle cómo se siente sin asustarlo? ¿Cómo puede decidir qué es mejor para ella, si todo lo que desea la terminará lastimando?

—No. Quiero dormir.

—Claro, sí. Voy a apagar las luces.

Wes va al otro lado de la habitación para bajar el interruptor. Las luces se apagan y Margaret se acurruca en los cojines. Los resortes se le entierran en la espalda y gimen bajo su peso, pero está tan cansada que cree que se quedará dormida en el instante en que cierre los ojos.

Wes se tumba en el otro sofá y se acomoda de lado. Pese a la oscuridad, Margaret alcanza a ver el brillo felino de sus ojos. La luz de las farolas de la calle se cuela suavemente a la habitación, dando unos toques dorados a todo. Están tan cerca que ella podría estirar una mano y tocarlo si quisiera. Cuando sus ojos se acostumbran a la penumbra, puede ver la expresión preocupada en el rostro de Wes.

—La bala no es suficiente —dice él.

—Sí fue suficiente.

—Fue, pero no es. No creo que pueda matar al hala. De hecho, sé que no lo matará. Y si no tienes con qué matarlo, todo esto habrá sido por nada.

Margaret siente un nudo en la garganta. No, Wes se equivoca. Su bala tiene que funcionar. Debe haber otra manera. Tiene que haberla, porque si no, lo que le pasó a Evelyn le va a pasar también a Wes. La sola idea la empieza a hundir de nuevo en las gélidas aguas del miedo.

—No puedo hablar de esto. Ahora no.

—Claro, entiendo. Lo siento. —Wes se acomoda de espaldas y suspira—. Es solo que no puedo dejar de pensar en qué habría pasado si la víctima del hala hubieras sido tú.

—Pero no fui yo.

—Eso no es gran consuelo.

—No tiene por qué ser consuelo. Es lo que es.

—A veces no te entiendo. Casi nunca, la verdad.

Margaret sonríe, lo cual parece aliviarlo.

—Perdón por haberte preocupado.

—No hace falta que te disculpes. Supongo que tienes razón. Es lo que es. Pero el punto es que aún no he terminado mi trabajo. Lo único que puedo hacer es trabajar con más ahínco y para el fin de semana tendré una solución para ti. Te lo juro. —Extiende un brazo sobre el espacio que separa sus camas improvisadas, como si quisiera que Margaret le estrechara la mano.

—¿Y esto qué es?

—Una promesa.

—No seas ridículo.

—Lo digo totalmente en serio.

Margaret le agarra la mano. Comparada con la suya, es suave y no tiene heridas de trabajo. Ninguno de los dos la retira. Aunque ella puede ver los rasgos de Wes bañados en la suave luz ambiental, no logra descifrar qué está pensando. Él afloja el agarre de su mano lo suficiente para deslizar el pulgar hacia abajo, acariciando un costado de la muñeca de ella. Margaret se queda sin aliento al sentir la manera tan cuidadosa en que él toca su piel. Se pregunta si está consciente de lo que está haciendo. Pero, sobre todo, se pregunta si está consciente de lo que eso provoca en ella.

—La señora Wreford dijo que tiene oídos por todas partes —le recuerda a Wes.

—¿Y? —Una vez más, Margaret ve ese brillo en sus ojos oscuros. El peso de su mirada enciende una tensión conocida en sus entrañas—. No hay nada que escuchar.

Wes la toca con más ganas, cada caricia de su dedo es como el toque de una pluma y ella se estremece por las sensaciones que le corren por toda la espalda. Al escuchar la respiración irregular de ese chico, ya no puede convencerse de que solo ella se está imaginando que sus dedos están en otra parte.

—No. Supongo que no.

—¿Quieres que pare? —Pese al tono coqueto de su pregunta, suena genuinamente preocupado.

Si para, Margaret recobraría la razón. Pero ya no la estaría tocando y eso sería casi insoportable. Ella no cree que pueda decir nada, así que solo niega nerviosamente con la cabeza.

El pulgar de Wes presiona la curva de su muñeca y Margaret va acercando su mano a él hasta poder sentir el calor de su aliento chochando con su palma. Los labios de él, que están a milímetros de su pulso, se sienten como el momento previo a jalar el gatillo de su rifle. Escucha el correr de su sangre en los oídos, el corazón golpea contra su pecho y su respiración se congela en los puntos más altos.

Anticipación pura.

Pero en cuanto los labios de Wes tocan su piel, lo que hay entre ellos se convierte en concreto, imposible de ignorar o de verlo como una nimiedad. Es demasiado aterrador dar ese salto. Margaret se aleja.

—Espero que cumplas tu promesa.

Wes quita la mano y pone un gesto confundido, como si acabaran de quitarle un hechizo.

—¿Qué? Ah... De acuerdo. Esta vez lo haré bien. Será perfecta.

Margaret quiere creerle.

El silencio entre ellos se va suavizando con el paso de los minutos. Envidia la facilidad con la que él se queda dormido, pero al menos le da la oportunidad de admirarlo sin recato. Se ve tan inocente con la boca abierta y el brazo sobre la cara. Su cabello se extiende sobre la almohada como la cresta de un gallo.

«Perfecto».

Weston Winters está lejos de ser perfecto, pero en ese momento sí podría serlo. El tibio resplandor de las farolas de la calle que entra por la ventana y el burbujeante ritmo de la lluvia hacen que todo se sienta casi irreal. Es como si Margaret estuviera soñando con los ojos abiertos.

23

Los siguientes dos días se escurren como miel en la punta de una cuchara.

Margaret pasa sus días en el bosque y Wes en el laboratorio, traduciendo los libros misteriosos de su madre. Ha avanzado un poco en el primer paso de sus instrucciones, que parecen detallar un círculo de transmutación particularmente complicado. Cuando el código lo frustra demasiado, se pone a leer cuidadosamente los registros sobre muertes de demiurgos buscando alguna pista o señal. Todas son iguales: bajo la luz de la luna llena, un katarista piadoso con un arco, una plegaria en el momento perfecto o una roca particularmente afilada lo derriban en un arranque de rabia bien merecida. Por el momento, a Wes no le parece que Dios le vaya a echar una mano, dado el oscuro estado de su alma.

Margaret Welty lo condenó a vivir en pecado mortal.

Por la noche, cuando ella vuelve de su entrenamiento, Wes se lleva su trabajo a la biblioteca y lee con ojos cansados mientras Margaret se acurruca con sus libros de pacotilla o termina de coser su chaqueta con el hilo que él le alquimizó. Es el momento favorito del día para Wes, porque Margaret se suelta el cabello y brilla con ese color dorado de la luz del sol que se filtra en el agua. Siempre sabe lo que ella está leyendo por cómo le va subiendo el color en las mejillas.

Y eso lo distrae horriblemente.

Desde que lo tomó de la mano en el departamento de la señora Wreford, Wes siente como si lo hubiera atado con una especie de magia misteriosa. No puede dejar de mirarla. No puede dejar de pensar en ella. No puede dejar de notar el suave roce de las hojas cuando las pasa, ni de desear que fuera él quien le hiciera realidad ese pasaje. Quiere arrancarle el libro de las manos y arrancarle su nombre a besos y...

La alquimia. Debe volver a la alquimia.

Se está muriendo de deseo y Margaret ni siquiera está ahí. Seguramente lo desollaría si supiera la forma en la que piensa en ella, pero nunca ha sido bueno para concentrarse en lo que debe. Aún le queda mucho trabajo por delante antes de poder sumergirse en agua fría y suplicar perdón. Pero si la lujuria es algo tan perverso, ¿por qué Dios hizo a chicas como Margaret?

Pone su pluma contra el papel y se aferra a los maltratados restos de su concentración. Increíblemente, el trabajo le da estabilidad. El sonido rasposo de su pluma al escribir, y los símbolos que le van dando forma a sus pensamientos, lo guían lejos de Margaret como un faro en la tormenta.

Se talla los ojos y mira por la ventana, sintiéndose como un perro que espera que su amo vuelva a casa. Margaret se llevó a Problema y a Shimmer hace un par de horas, así que Wes espera que vuelva pronto. La luz cansada de la tarde se riega sobre las hojas rojas en el suelo con la suavidad de una caricia entre amantes. Y a Wes se le dificulta demasiado concentrarse, especialmente por la migraña tensional que ya se le empezó a anunciar. Lleva horas trabajando y siente que va a estallar si lo prolonga aunque sea un poco más.

En unos días, todos sus problemas se resolverán. Su familia estará estable y él tendrá la manera de asegurar su lugar como aprendiz. Eso, claro, suponiendo que logre descifrar los secretos del manuscrito. Suponiendo que Evelyn sí decida volver a la mansión Welty.

Alguien llama a la puerta y el sonido lo toma por sorpresa. Luego lo va llenando el miedo. Nadie va a esa casa a menos que lleve malas noticias.

Pero cuando abre la puerta, se encuentra con Annette.

—Oh —suelta él—. Buenas tardes.

La chica está en el porche con un vestido vaporoso con estampado de cachemir azul. Las enormes solapas le rodean el cuello como un par de manos y bajo sus clavículas lleva un moño perfectamente formado. Afuera, más allá de la verja principal, las ventanas de su auto lo miran, tan blancas como los ojos del hala bajo la cegadora luz del sol.

—Hola. —Annette se acomoda un mechón de cabello detrás de la oreja—. ¿Te molesta si paso?

La familia de Wes le ha dado muchas, muchísimas oportunidades a lo largo de los años. Pero Annette debe ser la persona más indulgente del planeta si aún quiere verlo.

—No, para nada. Adelante.

Al entrar, pasa tan cerca que él alcanza a percibir su perfume. Huele como a cereza, tan dulcemente rojo como su labial. Wes se pregunta si alguna vez él se habrá visto así de fuera de lugar en esa casa. Tan brillante y angulosa como un diamante, Annette se ve demasiado brillante contra los cobres y cafés terrosos de la mansión. A Wes le apenan las motas de polvo que bailan en las franjas que dibuja la luz del sol.

—¿Te ofrezco algo?

—No, gracias. ¿Está Maggie?

—No. —«Desafortunadamente».

Annette lanza una mirada hacia la puerta principal.

—¿Volverá pronto?

—Eso espero. ¿Por qué?

—Quería hablar contigo en privado.

—Estamos solos.

Annette enarca las cejas.

—¿Solos, *solos*?

—Ah. —Cualquier pensamiento coherente en la cabeza de Wes se ve reemplazado por un vacío y el ruido de la estática. Espera que el calor que le va subiendo por la nuca no se refleje en su cara—. Eh, claro. Sígueme.

Mientras la guía por las escaleras, no logra convencerse de que es real. No han hablado desde la noche de la competencia de tiro. Aunque se siente horriblemente confundido, no está en posición de decirle que no a Annette. Aún se siente atrapado en su propio cuerpo, desesperado, como si la piel le apretara. Pero con Annette frente a él, descubre que no quiere atormentarse pensando en Margaret. Esta vez, puede tener la mínima decencia de darle toda su atención a ella.

Wes se detiene en el descanso del segundo piso. El laboratorio está demasiado desarreglado, no hay donde se pueda sentar Annette y sospecha que ha comenzado a oler horrible, como a encerrado, azufre y depresión.

—¿Podríamos ir a mi cuarto?

—Perfecto.

Abre la puerta de su habitación e inmediatamente se arrepiente. Todas las superficies están cubiertas por una semana de tazas vacías y media biblioteca. Wes arranca su chamarra del respaldo de la silla de su escritorio y la avienta sobre la cama destendida.

—Puedes sentarte ahí, si quieres.

Él se pone en la orilla de la cama mientras Annette cierra la puerta, que hace un chasquido trágico y tajante. Ella observa la habitación con un gesto entre divertido y juzgón antes de detenerse frente a la ventana. La tibia luz del sol poniente se cuela entre los árboles y pinta las paredes con un brillo anaranjado.

Ella cierra las persianas.

—¿Esta habitación tiene llave?

A Wes se le seca la garganta.

—¿Quieres encerrarme? No quisiera estar en ninguna otra parte, créeme.

Annette parece sorprendida, como si la hubieran atrapado haciendo algo prohibido. Luego se ríe.

—Ya sabes, es solo la costumbre. Mi papá se la pasa patrullando la casa cada diez minutos cuando tengo visita.

Wes abre el cajón del buró con tanta fuerza que se azota cuando alcanza su tope. Luego saca de ahí una llave y la pone sobre la mesa.

—Para que estés tranquila.

—Qué amable. —Annette lo sorprende al sentarse a su lado. Los resortes de la cama gimen bajo el peso de los dos.

En ese momento Wes se da cuenta de lo solos que están. A ocho kilómetros de la civilización, en el purpúreo borde del ocaso, tras la puerta cerrada y con la rodilla de ella rozando la suya. Es precisamente la situación en la que no debería estar una chica como ella. La escena exacta por la que su padre revisa su habitación.

—Pareces nervioso —dice ella.

—¿En serio?

—Ajá. No me daba la impresión de que fueras tan tímido y recatado. ¿Será que solo te haces el valiente?

—No, no. Es solo que me tomaste por sorpresa. No te esperaba.

—Supongo que no tenías por qué. —Annette echa los brazos hacia atrás y se apoya en sus manos—. Perdón por venir sin invitación y por haberte dejado de hablar, y... bueno, lo siento. Eso es lo que vine a decirte.

—¿Qué? ¿Por qué?

—Porque hiciste lo correcto esa noche al enfrentarte a Jaime. Fuiste más valiente de lo que yo hubiera sido. No debí intentar detenerte.

—Oh. Gracias. La verdad, solo estaba borracho.

La puerta principal se abre con un crujido. Seguramente es Margaret, aunque no se escucha el conocido golpeteo de las uñas de Problema sobre el suelo de madera.

Annette le da un golpecito en la rodilla para recuperar su atención.

—Supongo que también debería disculparme por eso. Fui yo quien te atascó de alcohol.

—O sea que fuiste mi cómplice de valentía.

—O la arquitecta de mi propia miseria.

—¿Miseria? Espero que no hayas perdido el sueño por mí.

Ella le ofrece una pequeña sonrisa.

—Solo un poco. La verdad fue una tontería de mi parte.

—No quise hacerte sufrir. Y no es que no quisiera estar contigo. Es solo que... —«Carajo». Otra vez está pensando en Margaret.

—No hay problema, de verdad. Me alegra que hayamos hablado. —Annette juega con su falda, arrugándola entre sus manos—. Es fácil hablar contigo. Siento que me entiendes mejor que casi nadie en Wickdon y sin duda me pones a pensar mucho más que cualquiera aquí. Me avergüenza admitirlo, pero estaba muy molesta esa noche porque... Bueno, supongo que porque me agradas. Y pensé que quizá interpreté mal lo que sientes.

—No, no te equivocaste. Tú también me agradas. —Y no miente. Annette es una buena chica, aunque no sepa mucho del mundo. Pero, en cuanto lo dice, no está seguro de que lo estén diciendo en el mismo sentido.

Los ojos de ella se clavan en los suyos, muy abiertos y llenos de esperanza. El gesto lo hace sentir terrible.

—¿En serio?

Wes nunca había tenido un problema como ese. No es raro que reciba ese tipo de confesiones y después desaparezca cuando consigue lo que quiere. Mad lo ha regañado por eso muchas veces y, aunque siempre ha sabido que no es su mejor cualidad, esto se siente como una trasgresión en muchos niveles.

Los pasos de Margaret se escuchan en las escaleras y luego avanzando suavemente hacia su habitación al final del pasillo.

Wes se pasa una mano por el cabello, nervioso.

—¿Qué quieres decir con que «te agrado»?

Annette le da un apretoncito en la rodilla.

—¿Necesitas que te lo deletree?

La agitación en su estómago se desvanece para luego volver como un tirón de deseo cuando la mano de Annette sube un poco más por su muslo.

Ha estado demasiado atrapado los últimos días, torturándose con sus propias fantasías patéticas. Lo asusta lo mucho que desea a Margaret, cómo consume todos sus pensamientos, cómo lo hace querer ser vulnerable y lo mucho que le aterra perderla. Pero hace dos noches ella lo rechazó al alejar su mano. Aunque solo haya sido por nervios, fue lo mejor. No podrá estar con ella si se vuelve aprendiz de su madre y no podrá quedarse con ella si no está dispuesta a salir de Wickdon. Pero quizá si tiene una distracción logrará sobrevivir a su pena del corazón. Puede apagar lo que siente por Margaret como ha apagado cualquier otra emoción que ha intentado tomar control.

«Fácil», piensa. Solo tiene que permitir que pase. Y esta vez no es tan egoísta ceder a sus deseos. Es por autoconservación.

Annette se acerca aún más a él y sus labios encuentran la curva de su mentón. Wes echa la cabeza hacia atrás con un suspiro.

—Pronto va a oscurecer.

—¿Y? ¿Me vas a echar? —pregunta ella contra su oído, haciéndolo estremecer.

—Claro que no. Sería una falta de caballerosidad.

—No estoy segura de querer que seas un caballero.

Cuando la boca de ella se posa sobre la suya, el instinto toma el control. Su mano se acomoda en la curva de su cintura y la de ella lo jala del cabello que cuelga sobre su nuca. Wes se siente tosco y torpe, siente que sus dedos manchados de tinta arruinarán la delicada tela de su vestido, que le va a romper el ceñidor intentando desatarlo. Pero ella suelta un sonidito suave que lo invita a seguir y abre su boca contra la de él. Annette sabe tan dulce como suena.

Besarla se siente bien, como bañarse en las aguas de un mar conocido. Pero el corazón de Wes quiere algo, a alguien, diferente. Quiere solidez donde Annette es suave. Cabello rubio y no castaño entre sus dedos. No sabe cómo sería besar a Margaret, pero sospecha que habría dientes y fuego. Nada parecido a ese beso, tan elegante y cómodo. Wes lleva cómodo demasiado tiempo y ya no quiere ocultarse. Quiere estar completamente desnudo y ser consumido por completo.

Quiere a Margaret.

—Perdón —le dice a Annette, alejándose de ella.

La chica abre los ojos, que tienen un brillo sorprendido y herido.

—¿Perdón?

—Sí —responde él con pesar—. Lo siento. No puedo hacerlo.

—¿Por qué no?

Wes apoya los codos en las rodillas y esconde la cabeza entre sus manos.

—No sé.

—Hace un minuto parecías perfectamente capaz. —El sonido de la tela al rozarse le deja saber que Annette se está acomodando el vestido y volviéndose a atar el ceñidor. Y luego se escucha algo más, algo afilado, como un metal que se desliza contra la madera.

—No eres tú. Soy yo. Tengo la cabeza demasiado revuelta y mi vida se está cayendo a pedazos y...

—¿Es por Maggie?

—No —suelta él. Luego, con un tono más controlado, agrega—: No. No es por Margaret.

Annette lo mira con incredulidad, pero ¿qué esperaba que dijera? ¿Que sí? Wes sabe que es muchas cosas, ninguna de ellas buena, pero no es cruel. ¿De qué le serviría a alguno de los dos confesarle que se estaba imaginando que besaba a Margaret? Por más mal que se siente, ponerle fin a eso de inmediato es lo más noble que puede hacer. Lo más justo.

—No sé cuál de los dos es más tonto por no haberlo visto antes. ¿Cuándo le vas a decir que la amas?

—No la amo. —Cada palabra pesa como una piedra en su boca.

—Adiós, Wes —dice Annette con una expresión extraña y algo aún más raro en su voz, algo gélido y contenido.

La puerta se cierra detrás de ella.

Con un lamento, Wes se tumba en el colchón y mira el techo con su triste colección de telarañas y manchas de humedad. Siente el impulso de tocarse, aunque sea solo para poder volver a trabajar, pero es demasiado el pesar y la vergüenza que le provocaría hacerlo con el sabor del labial de cereza de Annette aún sobre su lengua.

«¿Cuándo le vas a decir que la amas?».

Suelta un resoplido burlón. Claro que no ama a Margaret.

¿O sí?

Durante el último mes, se ha hecho a la idea de que se siente irremediablemente atraído por ella, por más que en algún momento le pareció tan sin gracia. Nunca se le ha complicado reconocer que la admira: su fuerza silenciosa y su convicción, su sorprendente sagacidad y ternura, su devoción y su tenacidad. Más que otra cosa, Wes quiere que ella sea feliz, quiere protegerla como... como protegería a su familia.

Pero ¿eso es el amor? ¿Aún sabrá qué es, si lleva tanto esquivándolo y negándoselo? Alguna vez Colleen le dijo que las chicas no eran tan complicadas como él creía y quizá tenía razón. Quizás es la gente en general la que es complicada. Sobre todo él.

A lo lejos, escucha que un vaso se rompe y rueda por el suelo. Unas risitas ahogadas salen del pasillo. Reconoce esa voz.

Jaime.

Wes se levanta de la cama de un salto y va hacia la puerta, pero esta no se abre. Está cerrada por el otro lado. Se gira para descubrir que la llave desapareció de su buró. Seguramente Annette se la llevó.

—Maldita sea —gruñe, golpeando la puerta con el puño.

—¿Qué diablos estás haciendo? —pregunta Annette, claramente horrorizada—. No dijiste nada sobre...

Se escucha más cristal rompiéndose y un frío que nace en el metal del picaporte bajo su mano le recorre todo el cuerpo a Wes. Su única oportunidad de salir de ahí es derribar la puerta... o derretir el cerrojo. Solo le toma un minuto rodear el pomo con un círculo de gis y garabatear torpemente la composición química del bronce a su alrededor. Una llama alquímica va cobrando vida lentamente, pero basta para que el metal se convierta en *caput mortuum* permitiéndole abrir la puerta. El resto del objeto sigue burbujeando en el suelo.

Para cuando llega al pasillo, ya es demasiado tarde. Por las ventanas sobre la puerta principal alcanza a ver a Jaime, Annette y la alquimista pelirroja de Jaime corriendo hacia el carro.

O sea que no fue Margaret a quien escuchó llegar.

La puerta del laboratorio de Evelyn está abierta al final del pasillo y Wes no quiere ver lo que hay adentro. Pero debe hacerlo. Tiene que soportarlo. Mientras se acerca a la puerta, y al cruzarla, siente como si se estuviera moviendo bajo el agua.

El nudo en sus entrañas ante lo que ve lo hace detenerse de golpe.

Los alambiques están hechos pedazos por el suelo. Los cajones sin llave del escritorio fueron arrancados y los aventaron sin cuidado. Todo el piso está cubierto de papeles destruidos que se van convirtiendo en una pasta con el líquido dorado que corre por el suelo como sangre. La manta encantada está hecha jirones y los hilos alquimizados ya no están. Todo su trabajo de las últimas dos semanas, todos sus avances para descifrar el libro de Evelyn, todo el equipo del laboratorio...

Todo está arruinado.

Pero lo peor de todo es lo que escribieron con gis en el suelo. Uno de los insultos le resulta dolorosamente familiar. Se lo dijeron a él y a sus hermanas cuando fueron a buscar trabajo y cuando no lograba leer bien o concentrarse en sus clases. Era un eco en los callejones cuando volvía con sus amigos de los bares. El otro está dirigido a Margaret y lo llena de una rabia que no puede contener.

Jaime fue demasiado lejos.

Pero ¿a quién le va a importar? Da igual en qué ridícula justicia crea el pueblo, no los va a ayudar en sus posibilidades de ganar y no los protegerá. El hala no es el único monstruo en esos bosques. Los humanos son mucho peor. La cacería nunca fue para él y Margaret. Nunca se trató de proteger a ese pueblo ni de dinero, seguridad o gloria. Ni siquiera de Dios. Solo es por el veneno en el corazón de este país.

«La cacería es nuestra tradición más antigua. Nuestra herencia como verdaderos ciudadanos de New Albion», dijo Jaime la noche de las inscripciones.

Porque ¿qué significaría realmente para ellos, una chica yu'adir y un chico súmico de la ciudad, recibir esa herencia? La gente como Jaime nunca lo aceptaría. Y como no pudo hacer trampa ni sacarlos de la cacería con intimidaciones, decidió sabotearlos.

Y ahora lo va a pagar. Wes lo va a hacer sufrir.

Dedicará sus días a aprender la composición exacta de la vida de Jaime. Destruir todo lo que le importa será su obsesión, su obra magna. Acabará con sus huertos y destruirá su mansión tabla a tabla. Incinerará cada una de sus posesiones hasta que no haya más que *caput mortuum* que se lleva el viento.

Se siente tan bien imaginarlo, es más embriagante que cualquier vino, más seductor que la piel de cualquier chica. Se siente como el poder. Jaime podrá ser un verdadero ciudadano de New Albion, pero no es alquimista. Nunca ha tocado lo divino. Nunca se ha acercado a nada fuera de sus limitaciones. Es dolorosamente mortal y ridículamente poco ambicioso.

Y, sin embargo, lo único que Wes puede ver es la mirada acusatoria de Margaret. «¿En serio eso es lo que quieres hacer con tu vida, con tu alquimia? ¿Quieres ser como Jaime... como todos los demás? ¿Quieres ser un *bully?*».

—¡Carajo! —Wes toma un trozo casi intacto de alambique y lo lanza contra la pared. El cristal se hace pedazos que brillan como lluvia al caer. Por más que quiera, no podría ser tan ruin como Jaime. No soportaría que Margaret se volviera a decepcionar de él.

24

Cuando Margaret vuelve del entrenamiento, lo primero que nota es lo horriblemente quieta que está la casa. La luz del sol se cuela perezosa por las altas ventanas y dibuja patrones en el suelo. Nada se mueve, salvo por el suave gemido de la estructura balanceada por el viento y el polvo que baila a su alrededor cuando cierra la puerta.

Se quita el abrigo y se saca las botas.

—¿Wes?

Casi de inmediato, él aparece en lo alto de las escaleras, apenas iluminado desde atrás por la tenue luz de los apliques del pasillo. Tiene las mangas enrolladas hasta el codo, los primeros botones de su camisa arrugada desabrochados y su cabello se ve como si hubiera tocado un enchufe. Podría ser adorable si no fuera por la rabia que claramente está irradiando. Margaret no lo había visto así desde la noche de la competencia de tiro, tan diferente a su estado normal de desparpajo.

—¿Qué pasa?

—No subas.

Como si eso fuera opción después de verlo tan abrumado.

—¿Por qué?

Wes la mira con gesto desesperado mientras ella lanza su abrigo al perchero y comienza a subir las escaleras. Conoce todos los rincones de la casa. Sabe perfectamente dónde poner el pie en los escalones en ruinas para que no rechinen y donde la madera de los barandales está astillada para no lastimarse la mano. Pero en ese momento le parece un sitio desconocido, como un animal herido que se eriza ante su contacto. Wes la intercepta en cuanto llega al segundo piso. De cerca, se ve aún más lleno de rabia que cuando estaba a punto de golpear a Jaime. En ese momento estaba borracho, impulsivo y quería venganza. Ahora está completamente sobrio, con la mirada clara y una ira silenciosa que la desconcierta.

—De verdad, Margaret. Baja, por favor.

—No seas críptico. Dime qué pasó.

—Voy a matar a Jaime Harrington —es lo único que dice.

Ella sigue su mirada amarga hacia la puerta del laboratorio de su madre, que está abierta como una lóbrega invitación.

—¿Lo tienes amarrado ahí adentro?

—Ojalá. —Wes extiende un brazo para bloquearle el camino—. Es algo horrible.

—Ahí adentro no hay nada peor de lo que ya he visto. —Margaret baja su brazo, empuja la puerta para abrirla y se le revuelve el estómago.

Sí, es horrible, peor de lo que esperaba.

Los pedazos de alambique brillan en el charco rojo de la luz del sol y unos trozos terriblemente afilados de cristal resplandecen como hielo sobre el marco de la ventana. Por todo el suelo se ve un batido espeluznante de *caput mortuum* y *coincidentia oppositorum*, los restos de las transmutaciones que Wes no alcanzó a completar. No es la primera vez que Margaret ve esa habitación destruida y duda mucho que sea la última. El equipo se puede reemplazar. Hasta la investigación se puede reemplazar, considerando que casi todos los alquimistas pueden recrear su trabajo de memoria. Pero lo que más le duele son las palabras garabateadas en el suelo con el mismo fervor de un alquimista al dibujar un círculo de transmutación.

Palabras que ella ha escuchado entre susurros toda su vida, pero que nunca nadie se había atrevido a decirle directamente.

Palabras que, está segura, Wes también ha tenido que soportar muchas veces.

Él aparece a su lado.

—Lo siento.

—¿Por qué te disculpas?

—Porque no mereces que te traten así.

—Tú tampoco.

Un entendimiento silencioso se posa entre ellos. Toda su vida Margaret ha querido ser pequeña, no ser vista. Pero la gente como Jaime nunca se lo ha permitido y nunca se lo va a permitir. «Estoy harto de esto», le dijo Wes la otra noche. «Estoy harto de soportarlo. ¿Tú no?».

Sí, está harta. Jaime la ha acechado como un perro hambriento por años, sin morder lo suficientemente profundo como para sacarle sangre. Es solo una prueba de su poder, un recordatorio de que ella está indefensa. Pero ahora que al fin hundió los dientes, Margaret no se va a entregar tan fácilmente.

—¿Cómo pasó? —pregunta, sorprendida por lo firme de su voz.

—Bueno, eh... —Por primera vez, Margaret nota las manchitas de pintura roja en los labios y el mentón de Wes... y lo despeinado que está—. Annette vino y supongo que me distraje un poco.

—No necesito saber los detalles. —Margaret odia la indignación que se cuela en su voz. Los celos que se le están formando caen en su estómago como una piedra.

¿Por qué debería importarle lo que Wes hace con su tiempo libre? No es como que su interés en Annette fuera secreto, aunque Margaret estaba casi segura de que... No, no importa lo que ella creía. Se ha alejado de Wes las veces suficientes como para creer que la iba a esperar.

Margaret se prepara para recibir alguna insinuación, chiste o comentario sarcástico de Wes, pero él solo se encorva como si fuera un perro pateado.

—Escuché que alguien entró a la casa, pero supuse que eras tú. Y, de pronto, Annette empezó a ponerse rara, más rara de lo que ya estaba, y salió furiosa de mi habitación. Me dejó encerrado con llave y para cuando logré derretir la perilla, ya se habían ido.

—¿Derretiste la perilla?

—¡Perdón! No supe qué más hacer. Te la voy a reponer.

Margaret suelta un pequeño suspiro entre dientes.

—Entiendo por qué Jaime haría algo así, pero ¿Annette? Nunca ha sido abiertamente cruel.

—No, no creo que sea cruel. Al menos no a propósito. —Wes frunce el ceño—. Ya había hablado con ella sobre Jaime. Al parecer cree que se va a quedar sola si no le sigue la corriente.

A lo largo de los años, Annette nunca le ha dicho nada extremadamente grosero a Margaret. De hecho, en general ha evitado cruzar palabra con ella.

—Probablemente es cierto.

—No creo que supiera lo que Jaime tenía planeado. Sonaba muy agobiada cuando vio el laboratorio, pero... Dios mío, quizá es mi culpa. La rechacé la otra noche en la playa y no se lo tomó muy bien que digamos.

—No —dice Margaret con firmeza—. No es tu culpa. Es de ellos.

Wes le muestra una pequeña sonrisa.

—Supongo que sí.

Margaret toma un pedazo de cristal roto y lo sopesa en su mano.

—¿Y esto dónde nos deja?

Wes se mete las manos a los bolsillos y observa el daño.

—Destruyeron todo lo que hice. Y todo el equipo. Y todas las notas en las que estaba trabajando.

Las orillas del cristal se hunden en la palma de Margaret con un dolor agudo y punzante. Lo suelta cuando comienza a sangrar.

—O sea que todo está perdido.

—No. —Wes aprieta los labios—. Nos quedan cuatro días y recuerdo cómo recrearlo todo. Puedo hacerlo.

—Entonces tenemos que limpiar todo esto.

Trabajan en eso hasta que la noche cubre la mansión como una gruesa capa de nieve. Cuando terminan de barrer los cristales, echan una cubeta de agua al piso y lo tallan hasta que no queda rastro del mensaje lleno de odio que les dejó Jaime. Margaret observa el reflejo de Wes ondeando en el suelo, sintiendo una mezcla de miedo y admiración por la determinación que ve en sus ojos. Envuelve con su mano la llave que lleva al cuello y la aprieta. Con solo cuatro días, ¿cuánto más podrá aferrarse a su fantasía? Sin importar el talento de ella, sin importar lo mucho que lo intente Wes, va a fallar. Solo hay una forma de matar al hala.

Y entregarle ese conocimiento a Wes los destruirá a los dos.

Tras dos días, Wes sale del laboratorio.

Pasa cuando Margaret menos lo espera, cuando va saliendo de su habitación para ir a dar un paseo con Shimmer. Casi se estrellan en el pasillo y, por un momento, Margaret no lo reconoce. Se ve aún más desarreglado de lo normal. Trae el cabello parado en ángulos extraños y, para gran sorpresa de ella, tiene una ligerísima sombra de pelitos en el mentón. Las manchas de tinta y *caput mortuum* en su cara hacen que sus ojeras parezcan más profundas. Se ve agotado, pero de algún modo animado, como si estuviera poseído por un espíritu que se asoma bajo la máscara de su rostro. Margaret casi siente miedo al verlo.

—¡Oh! —Aparentemente encontrarla le resulta tan extraño como ver a un ave exótica—. Margaret.

Es tan inapropiado para las circunstancias. Tan casual, como si no hubiera desaparecido por dos días, dejándola sola con su miedo.

—¿Dónde habías estado?

—¿Trabajando?

Margaret quisiera que esa respuesta no la enfureciera tanto y también que su propio enojo no la avergonzara. Desearía poder comprender la tormenta de emociones que se ha estado formando en su interior y por qué le pesa tanto el súbito abandono de Wes.

—Hueles a café rancio y te ves como si no hubieras dormido en dos días.

—Quizá no he dormido —dice él con tono amargo—. Se ve que tú estás de buenas.

Ella niega con la cabeza y traga saliva para deshacer el nudo en su garganta.

—Voy a salir.

Wes comienza a molestarse.

—Se está haciendo tarde.

—¿Y?

—Quería que me ayudaras con algo. Rehíce todo y creo que ya sé cómo crear algo para matar al hala.

Margaret siente un escalofrío que le recorre la espalda. ¿Realmente habrá encontrado otra manera?

—¿En serio?

—Sí. ¿Puedes venir a ver?

—Claro. —Le tiembla la voz.

Mientras avanza tras él hacia el laboratorio, Margaret se siente otra vez como la niñita asustada que es en todas sus pesadillas. Cuando Wes abre la puerta, siente que el corazón se le va a salir del pecho. Adentro, el aire es tan denso como niebla. Las paredes están cubiertas por sus notas, todas escritas con desesperación y llenas de manchas de café. Sobre el escritorio está abierto un manuscrito conocido.

Margaret observa la escena sintiéndose entumecida y sin comprender nada. Los labios de Wes se mueven, pero el significado de sus palabras se pierde en un zumbido que recuerda al de las abejas. No es hasta que él frunce el ceño y se acerca a ella que lo escucha decir:

—¿Margaret?

Ella vuelve en sí.

—¿Qué?

—¿Qué te parece? —La voz de Wes se extiende en ondas, como si estuviera bajo el agua. Margaret casi se rompe al ver su mirada expectante, como un sabueso que acaba de hacer un truco particularmente difícil. ¿En serio quiere complacerla?

—Perdón. ¿Qué dijiste?

Wes parece desconcertado.

—Te decía que quiero preguntarte tu opinión sobre un problema al que le he estado dando vueltas. ¿Por qué nadie ha podido matar al último demiurgo? Si solo fuera un tema de crear una bala lo suficientemente poderosa, alguien ya lo habría logrado, ¿no crees? Creo que debe requerir alguna especie de arte perdido, algo que olvidamos en los últimos doscientos años. Y, como dijiste que tu madre estaba investigando al hala, concluí que probablemente ella sabía algo al respecto. Quizá incluso descubrió de qué se trata.

Mientras Wes avanza al centro de la habitación y aleja de una patada una pila de libros, los detalles de la habitación se van volviendo borrosos. El campo de visión de Margaret se va cerrando más y más hasta que lo único que alcanza a ver es el círculo de transmutación a los pies de Wes, detalladamente dibujado en gis. Una serpiente mordiéndose la cola hace las veces de la base del diseño, rodeada con unos rayones bien trazados que parecen los rayos del sol.

Margaret podría reconocer ese diseño en cualquier parte.

Vive en sus pesadillas. Es una herida en el suelo de ese mismo cuarto. Sus componentes llenan todos los cuadernos de notas en código de su madre. El primer paso de la *magnum opus*, la fórmula que descompondrá el cuerpo físico de un demiurgo. Con esto, Wes podrá reducir al hala a cenizas y, si descifra el resto de la investigación de su madre, purificará sus restos hasta convertirlos en la *prima materia* de la piedra filosofal.

—He estado analizando un libro las últimas semanas. Está lleno de unas ilustraciones de lo más extrañas, pero tu madre escribió instrucciones. Seguramente pasó años intentando extraer su significado.

«¿Cómo?». ¿Cómo logró Wes encontrar el único manuscrito en el laboratorio, quizá el único que queda en el mundo, que contiene instrucciones para llevar a cabo la *magnum opus?*

—Lo escribió todo en código, así que me tomó muchísimo tiempo descifrarlo. Por lo que alcanzo a entender, explica cómo dibujar tres diseños, empezando por este. Pero dejó las instrucciones inconclusas, probablemente a propósito. —Señala hacia el anillo más pequeño dentro del círculo—. Si tan solo supiera qué es lo que falta, creo que podríamos matarlo. Me preguntaba si...

—No —dice ella con la voz entrecortada—. No puedes hacerlo. ¡No puedes seguir con esto!

Wes se ve profundamente confundido.

—Pero...

—¿En serio esto es lo que has estado haciendo todo este tiempo?

—En parte, pero...

Margaret se deja caer de rodillas junto al círculo. Por la expresión en el rostro de Wes, sabe que debe parecer una loca, pero no le importa, no tiene fuerza para eso, solo se pone a borrar el diseño con las manos.

—¡Oye! —La voz de Wes está en un punto entre la indignación y la preocupación. Se acuclilla junto a ella y la toma por los brazos. Margaret dobla las manos en gesto impotente. Están muy blancas y no dejan de temblarle. La mirada de Wes pasa de sus manos del color del gis a su rostro y, mientras la visión de Margaret se nubla de lágrimas por derramar, Wes le habla como si fuera un pony asustado.

—¿Qué está pasando, Margaret?

—Destruye esto. Ahora mismo. Quema todo lo que encontraste. Olvida todo lo que crees saber. Tienes que hacerlo. Prométemelo, Wes. ¡Prométemelo!

—Esta podría ser nuestra única esperanza de ganar.

—Por favor —insiste ella entre lloriqueos.

—Bueno, de acuerdo. Te lo prometo. —Wes la mira con gesto derrotado. Lentamente la va soltando—. Me estás viendo como si estuviera a punto de hacer algo terrible.

—No tienes idea de la clase de cosas con las que te estás metiendo. Ese libro, esta transmutación... le hace cosas a la gente. La cambia.

—O sea que ya has visto que alguien intente usarla.

—Sí. Mi madre.

Wes abre la boca en expresión sorprendida. Luego, sus ojos se nublan de rabia.

—¿Qué hizo?

Margaret niega con la cabeza. Siente el cascabeleo de sus dientes más de lo que lo escucha.

—Puedes decírmelo. Por favor, dímelo.

—Ella no hizo nada. Fue la alquimia.

La expresión de Wes se vuelve de escepticismo, como siempre que Margaret habla mal de su amada ciencia. ¿Cómo podría hacerlo entender? Tiene que hacerlo entender, aunque reabrir esa herida la mate.

—Hace unos seis años, mi madre creyó que había completado la siguiente fase de su investigación. La noche en que puso a prueba el segundo círculo de transmutación que descifró de ese libro me despertó un sonido horrible. Un grito.

Al principio fue fácil creer que lo había imaginado, que no fue más que el aullido de un zorro allá afuera. Pero luego se repitió.

«Maggie».

Aun ahora, el recuerdo le cubre el cuerpo de escalofríos. Sonaba como si estuvieran destazando a Evelyn. Como si hubiera vuelto a encontrar el cuerpo frío de David en su cama.

—Era mi madre llamándome. Nunca me llamaba y ya nunca me permitía entrar a su laboratorio, así que supe que algo había salido terriblemente mal. —Fuera de la seguridad de su habitación, las sombras convertían a los muebles en monstruos. Había uno largo y bajo al pie de las escaleras, uno jorobado al acecho en el porche, uno con dedos como garras arañando la ventana. Esa noche todos parecían estar hambrientos y fuera de control—. Cuando abrí la puerta de su laboratorio, estaba muy caliente y olía horrible. A alquimia. A sangre.

Han pasado años desde la última vez que se permitió explorar los detalles de ese recuerdo y ya siente como si estuviera rascando la superficie del sol. El pecho se le aplasta tanto que tiene que hacer un gran esfuerzo para tomar aire.

—Vi a mi madre tumbada en el piso. Por alguna razón, lo único que puedo recordar con claridad es su cabello. Siempre estaba muy arreglada, pero en ese momento lo tenía revuelto y empapado de sangre. Al principio creí que estaba muerta. —Tenía el cabello grimoso regado alrededor de su cabeza como un halo. Y, junto a ella, el círculo de transmutación, trazado con gis y salpicado de sangre, brillaba con un rojo siniestro y espeluznante. Pero lo peor de todo era lo que estaba humeando en su centro.

Algo ennegrecido y sin forma que se movía como un pecho al sollozar desesperadamente.

Supuraba un líquido tan negro como la tierra mojada, tan negro como el mar a medianoche. Margaret no recuerda su forma exacta, por más que lo intenta. Solo recuerda que la llenó de un terror que le abrió un hueco en el estómago, un terror que aún la hace sentirse mareada y con pánico.

—¿Qué fue lo que hizo? —pregunta Wes con voz ronca.

—No sé. Era una... una cosa malformada. No era nada. Se sentía su maldad. Como si no debiera existir. Como si fuera un castigo para mi madre por intentarlo.

Cuando volteó a Evelyn boca arriba, tenía el rostro pálido y los ojos hundidos y bordeados de morados. «Estuve tan cerca», gimió. «Lo pude sentir. Lo pude escuchar».

«Vamos, madre», dijo Margaret con una voz que llevaba años trabajando, ese tono suave pero serio que su padre solía usar antes de que se fuera. «Te llevaré a la cama».

Recuerda cómo incorporó a Evelyn hasta ponerla de pie y cómo su cuerpo colgaba como un niño agotado que se aferra a su madre.

—Primero estaba petrificada. Y luego, de pronto, dejé de sentir miedo. Ya no sentía nada. Nada se sentía real, ni siquiera yo misma. Solo hice lo que tenía que hacer. La saqué del laboratorio y la llevé a la bañera. Ella solo repetía «lo siento» una y otra vez.

Después, Margaret fue a la cocina y llenó una cubeta con agua. Subió las escaleras maltrechas sin buscar a los monstruos de la oscuridad. Fue al laboratorio, que seguía lleno de humo, y vació la cubeta entera en el suelo. El agua corrió sobre sus pies descalzos y le empapó el camisón cuando se arrodilló. Talló y talló hasta que le sangraron las manos y las rodillas, hasta que no quedó ni un rastro de la reacción alquímica.

—¿Qué hiciste con...? —pregunta Wes.

—Lo enterré en el bosque.

Él se pone pálido.

—¿Ahora lo entiendes? —Margaret no está segura si suena convencida o desesperada—. Antes creía en todas esas mentiras. Que la alquimia es por un bien mayor. Que es el camino a la redención, a la perfección o a la verdad. Pero no es cierto. Es lo que va pavimentando el camino al infierno. Lo vi esa noche. Casi la mata.

—Margaret, lo que tu madre hizo... —Wes se detiene a pensarlo por un instante—. No sé qué fue lo que hizo exactamente, pero, lo que haya sido, no lo provocó la alquimia. Solo le dio los medios. Fue elección de ella ponerse a experimentar con la transmutación y, si sabía que era peligrosa, no debió haberte expuesto a eso y mucho menos debió dejarte a cargo del desastre.

Pero no fue su elección. Porque, si lo fue, si la mujer en la que se convirtió su madre salió de un lugar podrido en su interior, Margaret no sabe qué hacer. No sabe cómo sacarse ese veneno. La alquimia corrompió a Evelyn. Eso debió ser. De otro modo, ¿qué clase de persona sería? ¿Qué clase de madre?

No puede verlo de nuevo. No puede ver que le pase a alguien como Wes.

—Necesito aire.

Wes ahoga un grito cuando ella sale corriendo del laboratorio. Margaret está empapada de sudor frío, la cabeza le da vueltas y las costillas le aplastan los pulmones como un corsé. Aunque el sol ha comenzado a ponerse y las nubes se van oscureciendo, no puede quedarse en esa casa ni un minuto más. La mataría, lo sabe.

Toma el arma que está montada en la pared de su habitación, se pone el abrigo y abre la puerta principal con desesperación. Margaret no lo llamó, pero Problema corre a su lado, sacudiendo la cola ansiosamente. El sol languidece en el horizonte, derramando una luz tan roja como una rebanada de carne viva. El susurro del viento recorre los árboles, llamándola.

—¡Espera! —le grita Wes desde el porche.

Se está poniendo los zapatos como puede y solo trae un brazo cubierto por su abrigo. El viento le azota el cabello contra la cara y se lleva su voz. Margaret apenas lo alcanza a escuchar muy débilmente gritando su nombre entre el escándalo de las hojas rojas secas sacudiéndose.

—Vámonos —le susurra ella a Problema.

El perro suelta un quejido pero la sigue hacia las sombras del bosque que pronto la devoran toda.

Margaret corre hasta que no puede pensar en nada más que el agotamiento en sus piernas, hasta que su cuerpo entero está adormecido por el frío y la adrenalina, hasta que siente como si cada respiración le arañara los pulmones, igual que si estuviera inhalando ortigas. Lo único que importa es que está lejos, muy lejos de esa casa y de todos los recuerdos que quisiera poder borrar como un círculo de gis en el suelo de madera.

Cuando sus piernas amenazan con rendirse, se tumba en una roca. Problema, jadeando con fuerza, se acomoda a su lado. Tan leal y confiable como siempre, es el único que no la ha dejado y el único que no la dejará. Acomoda su cabeza en el regazo de ella y suelta un suspiro tibio y lleno de alivio contra sus manos. No se merece correr tanto solo por ella.

Margaret se agacha y le planta un beso en la cabeza.

—Lo siento. ¿Estás bien?

Los árboles hacen guardia a su alrededor, meciéndose con el viento. La luz que se filtra por el dosel de hojas es densa y roja como la sangre. En cierta forma, Margaret sabe que cometió un error al irse sola. Ha visto el daño que puede infligir el hala. Pero ese bosque solía ser su hogar, su santuario. Aunque no ha sido suyo en las últimas semanas, en este momento la mansión se siente más peligrosa que cualquier bestia. Le alegra haberse separado kilómetros de ella.

Se recoge el cabello y se echa hacia atrás hasta que el frío de la piedra se le filtra por la piel. Entonces deja que su cabello caiga y se extienda como un charco sobre la hierba. Arriba, las estrellas más grandes se van encendiendo en el cielo violeta con un brillo frío y despiadado. Margaret cierra los ojos.

Y, de pronto, el conocido olor del azufre comienza a rodearla.

«Margaret, Margaret, Margaret».

Ella se incorpora de golpe.

La temperatura desciende violentamente. Cuando Margaret exhala, su aliento se vuelve vapor frente a su cara y el mundo detrás se ve como un sueño. Con el olor de la alquimia creciendo a su alrededor y sus peores recuerdos encendidos, está tan confundida que no distingue qué está en su cabeza y qué es real.

«Ya voy, ya voy, ya voy».

Un gruñido empieza a nacer en la garganta de Problema y se le erizan los pelos. Las hojas caídas se sacuden y sisean.

«Llegué». El sonido hace eco a su alrededor. «Llegué, llegué, llegué».

Una rama se quiebra con el sonido de un hueso al romperse. Margaret vuelve a ver borroso. En algún punto entre los matorrales, un par de ojos redondos y blancos como el mármol brillan en la oscuridad.

Con solo dos días para la Luna Fría, su magia es mucho más potente, o mucho más maligna. Margaret la puede sentir sobre su piel como electricidad.

«Escóndete», piensa. Tiene que esconderse.

Quita el seguro de su rifle y agarra a Problema por el collar. Unos metros más adelante hay una pendiente que lleva a un arroyuelo con un dique de hojas. Es el único refugio que tienen ahí, a menos que quiera meterse en un hueco estrecho en el tronco de una secuoya. Si el hala la encuentra ahí, no tendrá adónde correr.

—Vámonos, Problema —susurra.

Se desliza por la pendiente y hace un gesto de dolor cuando siente que se le tuerce el tobillo. Al llegar al fondo, la tierra le hiela la espalda y sus botas se hunden en el fango. El agua negra va rodeando lentamente sus suelas como la sangre que corre de una herida. Entre los murmullos del agua lo único que Margaret puede escuchar es el batir de su corazón y los jadeos de Problema a su lado. Le cierra el hocico con una mano y echa la cabeza hacia atrás para no ver el gesto ofendido del animal.

Al fin, todo se queda en silencio.

Suelta un tembloroso suspiro de alivio mientras la pudrición que se extiende como dedos va cubriendo el terraplén lentamente. Disuelve la tierra como el fuego consume a la yesca, como la descomposición se apodera de una fruta que se pasó de madura. Un líquido brillante va formando charcos en los huecos hasta que se derrama y cae, cae, cae y va goteando sobre su cabeza.

«Llegué».

Margaret se muerde la lengua para no soltar un chillido. Otra rama se rompe en el claro y el *caput mortuum* la baña como la ceniza de un incendio forestal.

«Vete, por favor», piensa ella. «Por favor, por favor, por favor».

Cuando se atreve a levantar la mirada, el hala la está mirando directamente. Margaret da unos pasos torpes hacia atrás, conteniendo un grito de terror. La criatura está completamente inmóvil, pero los árboles parecen querer alejarse de él entre quejidos y crujidos como articulaciones rígidas. Su mirada, completamente blanca e insondablemente profunda, va devorando a Margaret hasta que sus pensamientos se materializan en un horrible chillido metálico.

Los labios negros del hala se separan para revelar todos sus dientes en lo que pareciera una sonrisa perversa. Problema gruñe.

—¡Quieto, Problema!

Margaret toma su arma torpemente, pero se siente como una ramita endeble entre sus manos. ¿De qué le servirá una bala sin alquimia? Y ni siquiera es luna llena. Pero, si no hace nada, va a morir, y ¿qué sería de Wes? Tras soltar una maldición, se acomoda la mira del rifle frente al ojo. Dispara, y la bala se entierra en el hombro del zorro, cerca de un punto vital. La criatura no chilla ni sangra, pero su cuerpo se estremece como si sus huesos se estuvieran realineando.

Da un paso atrás y se tropieza con una rama. Al impactar el arroyo, se baña por completo en el agua helada. Antes de que pueda recuperarse, Problema se echa a correr por el terraplén, aullando y gruñendo.

El hala no parece moverse en absoluto. Está ahí y luego no. Margaret solo vuelve a verlo cuando le hunde los dientes en el hombro a Problema. El perro suelta un chillido y se sacude al caer.

—¡Problema!

Le tiemblan las manos, pero mantiene la mira puesta en el hala. No piensa, solo actúa. Jala el gatillo una y otra y otra vez, hasta que se le acaban las balas.

Para cuando se disipa el humo, el hala ya desapareció. Unos cuantos mechones de pelo blanco flotan con la brisa. Entre el zumbido en sus orejas y el distante rugir de los truenos, Margaret no está segura de si los lloriqueos son suyos o de Problema.

«Problema».

Está tumbado, inmóvil, y su pelo cobrizo parece una mancha de sangre sobre la hierba. Margaret suelta su arma.

—No, no, no.

Lo repite una y otra vez como un rezo mientras se arrastra hacia él. Dios nunca la ha escuchado, sin importar cuánto ahínco ponga a sus súplicas. Tras el fracaso de su madre en el laboratorio, tras todo lo que ha soportado en su nombre, no está segura de que realmente exista o que le importe la gente. Si los kataristas tienen razón, son humanos imperfectos, reflejo de un dios imperfecto. ¿Qué interés podría tener en ellos? Pero si hay algo de bondad en él, aunque sea un poco, la dejará conservar a Problema. Solo eso, lo único que es realmente suyo.

Pone la cabeza sobre él y suelta un sollozo ahogado al sentir cómo la barriga del animal sube y baja lentamente contra su oreja. De los agujeros en su hombro corren un líquido plateado y sangre, pero está vivo. Gracias a Dios, está vivo. La herida es tan profunda que tendrá que suturarlo, pero no es nada de lo que no pueda encargarse sola.

—Problema —susurra—. ¿Estás bien?

La cola del perro golpea suavemente la tierra como respuesta. Por primera vez en lo que se siente como años, Margaret se echa a llorar. De culpa, miedo y alivio. El hala lo dejó vivir.

La lluvia comienza a caer, abriéndose paso entre las ramas desnudas sobre sus cabezas. En la distancia, escucha que algo viene corriendo por el bosque. Es demasiado torpe para ser de nuevo el hala. Suena como un grupo enorme de ciervos recorriendo la maleza.

—¡Margaret!

«Wes».

—¿Margaret?

Ella hunde la nariz en el cogote de Problema. Ahora que se ha abierto de par en par, ahora que le ha mostrado su alma desnuda a Wes, no le queda más que una rabia débil pero obstinada. Rabia porque él desenterró el trabajo de su madre. Rabia porque ella fue demasiado cobarde para confiar en él o enfrentar su compasión. Rabia contra sí misma, porque ya no puede contener sus emociones. Si todo se está derrumbando a su alrededor, ¿cómo podría mantener en pie sus murallas? Ya no las quiere.

No quiere estar sola.

—Aquí estoy —dice en voz baja—. Aquí estoy.

25

Mientras Wes corre hacia el sonido de la voz de Margaret, la única imagen en su cabeza es la de esa cosa y sus horribles ojos. Sus dientes clavándose en el cuello de Margaret. El cabello rubio de ella empapado en un charco de sangre. El miedo y la rabia hacen presión detrás de sus ojos. Si algo le pasó a Margaret...

No, no puede perder a alguien más.

Jadeando, recorre el bosque corriendo hasta encontrarla arrodillada en un claro, con Problema entre sus brazos y el rifle abandonado en el arroyo. Wes lo toma y lo pone junto a ella.

—Margaret. —Nunca había escuchado así su propia voz, tan cruda, tan desesperada—. Gracias a Dios que estás bien. Estaba tan...

Cuando ella voltea a verlo, se encuentra con la potencia de un relámpago en su mirada. Eso lo descoloca.

—¿Qué haces aquí? Es peligroso.

—¡Claramente! —Durante las últimas tres semanas, Wes la ha visto alejarse una y otra vez. Está tan harto de verla ahogándose—. Escuché que soltaste como mil disparos. ¿Qué diablos pasó? ¿Y por qué huiste de mí?

Un trueno estalla a lo lejos. Margaret no le responde.
Wes se hinca a su lado y se estremece al sentir el fango bajo sus rodillas. Luego ve que las manos de Margaret están cubiertas de un líquido claro que brilla como diamantes triturados. *Coincidentia*

oppositorum. La sustancia está saliendo de una herida en el hombro de Problema. A Wes se le hace un nudo en el estómago.

—¿Va a estar bien?

—Sí. —Margaret acaricia las orejas de Problema sin parar—. El hala lo mordió.

Creó una reacción alquímica con su perro, eso fue lo que hizo, y tienen suerte de que no haya hecho algo peor.

—Debemos irnos a casa. Puedo preparar algo para que lo ayude con el dolor.

Margaret no se mueve, aunque la lluvia ha comenzado a caer con más fuerza. Se ve tan frágil, con las gotas brillando sobre su piel y haciendo que el abrigo se le pegue al cuerpo. Wes quiere acercarse, quiere sacudirla hasta que salga del hechizo que la tiene así. Quiere llevársela en brazos para sentir los latidos de su corazón contra el suyo. Pero entre ellos hay un océano que él no puede cruzar.

—Margaret —dice en voz baja—. Ya habíamos quedado en que soy algo tonto, así que vas a tener que explicarme qué pasa. Estás enojada conmigo y quiero arreglarlo, pero no sé cómo si no lo hablas conmigo. Por favor, habla conmigo, no me vuelvas a ignorar.

—Te veías exactamente igual que ella. Estos días te estuviste portando igual que ella. Te importan las cosas abstractas, tus ideales y tus ambiciones. Pero ¿ves a las personas que están frente a ti?

Eso le duele a Wes, porque es una pregunta que Mad podría haberle hecho. Lo cual significa que tiene algo de verdad.

—Claro que sí. Te veo.

Margaret hace un gesto de dolor y Wes sabe que le dio al clavo.

—Te dije que haré cualquier cosa que esté en mis manos para ayudarte a cumplir tus sueños, ¿te acuerdas?

El recuerdo de esa noche sigue borroso, como si estuviera detrás de una ventana bañada por la lluvia. Pero Wes sí lo recuerda.

—Lo más que puedo.

—Entonces, hazme caso cuando te digo que no saldrá nada bueno de eso que desenterraste. Tú quieres ayudar a la gente y esa investigación solo puede hacer daño.

—La quemaré en cuanto regresemos a casa si eso es lo que quieres. No me importa la investigación. Solo me interesa si nos va a ayudar a ganar, si te va a ayudar a ti y... Supongo que lo arruiné. Perdón. Nunca he sido bueno para darte lo que necesitas.

—Eso no es cierto, Wes. —Margaret no deja de mirar a Problema—. Pero tienes razón respecto a que ese círculo de transmutación que dibujaste, cuando esté completo, podrá matar al hala. El manuscrito es solo un registro de cómo hacerlo, hasta donde sé.

—Oh. —Wes no está seguro de que quiera saber la respuesta, pero tiene que preguntar—. Sé que dijiste que no sabes qué fue lo que hizo tu madre esa noche. Pero ¿qué se suponía que iba a ser?

—Se suponía que iba a ser la *prima materia*. Ella hizo lo que creía que era el segundo paso de la *magnum opus*. Lo que tú estabas haciendo es el primero.

La *magnum opus*: la gran obra. La creación de la piedra filosofal. Con ella, se dice que un alquimista puede vivir por siempre y crear materia a partir de nada, como un dios.

—Y supongo que preferirías que nadie lo termine —dice Wes.

Por un momento, le da la impresión de que Margaret le va a volver a cerrar la puerta. Tiene esa expresión en la mirada que se ha vuelto tan conocida para él. Hay veces en que una chica quiere que vayas tras ella y veces en las que solo quiere que te vayas. Y, por más que le duela, Wes se irá si ella se lo pide.

—Así es. Haría cualquier cosa por evitarlo —dice Margaret, y su expresión se suaviza—. Mi madre no siempre fue como es. Pero cuando yo tenía como seis años mi hermano se enfermó y murió mientras dormía. Después de eso, mi madre se hundió en su trabajo. Se la pasaba consiguiendo y traduciendo textos apócrifos antiguos. Cuando encontró el *Mutus Liber*, logró unir todas las piezas del proceso de creación de la piedra.

La piedra filosofal es solo una nota al pie de página en la mayoría de los libros, relegada a una lectura de entretenimiento o un punto en una lista de tabús alquímicos. Los alquimistas antiguos dedicaron sus vidas a investigar la *prima materia*, «la chispa divina que habita en lo más oscuro de la materia», como decía uno de los maestros de Wes, con la misma intensidad de un santo asceta. Creían que destilar esa sustancia divina y convertirla en la piedra filosofal era la llave para la prisión de la materialidad.

Pero nunca nadie lo consiguió y casi todos los que lo intentaron terminaron locos. Con el tiempo, la iglesia katarista la declaró como una búsqueda sacrílega, una ofensa contra el mismísimo Dios.

Wes casi puede entender cómo la búsqueda de la piedra podría llevar a alguien a la total autodestrucción. Solamente los más desesperados o hambrientos de poder esperarían alcanzar algo así.

—Creí que tu madre era más pragmática. La mayoría de la gente dice que es un mito. ¿Por qué ella le dedicaría su vida a algo así?

—Porque cree que puede devolverle la vida a mi hermano.

—¿Qué?

Si, en teoría, la piedra puede crear cualquier cosa, hasta su último átomo, ¿quién dice que no puede resucitar a alguien o, más bien, recrearlo a partir de la memoria? Wes siente asco. Ni el mismo Dios logró crear a los humanos de la manera correcta. Además, eso que crearía la piedra ¿sería siquiera humano o sería un contenedor vacío, sin alma? Una masa de carbono con el rostro del hermano de Margaret.

—Se convirtió en su obsesión. Creo que se culpaba por lo que pasó. Dejó de comer y de dormir la mayoría de los días, y luego dejó de salir de su oficina por completo. Mi padre intentó protegerme de lo más duro, pero creo que no pudo soportarlo él solo. Se fue y nunca volvió por mí. Ni siquiera me escribió.

¿Qué clase de padre deja a su hija sola con alguien así?

—No tienes que pasar tu vida esperando que alguien regrese, Margaret. No tienes que seguir aquí.

Ella se cubre el centro de su cuerpo con los brazos. Con el agua que le perla las pestañas, Wes no logra saber si está llorando.

—Sí tengo que seguir aquí. Necesito creer que Evelyn no cambió para siempre. Puedo recuperarla. No puedo renunciar a mi propia madre. ¿Tú lo harías?

—No, no lo haría. Pero no porque me aferre a quien solía ser.

—Lo hago porque la amo.

—Lo sé —dice él, aunque no puede entender por qué—. Pero te hizo daño.

—No a propósito. Nunca a propósito. —Le tiembla la voz. Aunque la lluvia ha comenzado a amainar, los dos están empapados y el cabello de Margaret está chorreando. Tiene los labios pálidos y un brillo febril en la mirada—. Ni siquiera sé si recuerda la noche en que intentó hacer el segundo paso. Pero yo no puedo dejar de recordarlo. Cada vez que algo me lo recuerda, siento como si estuviera de nuevo en esa habitación. Siento como si dejara de existir salvo por el miedo que siento. Lamento que lo tengas que presenciar una y otra vez.

—No. Por favor, no te disculpes por eso. Soy yo el que te debe pedir perdón, Margaret. —Tristemente, eso tiene mucho sentido y a Wes le dan ganas de darse un golpe por no haber notado el patrón antes. Nunca en su vida se había sentido tan inútil. Nunca le había pesado tanto la insuficiencia de un «perdón». No hay nada que desee más que tocarla, pero no se puede arriesgar a que se asuste y vuelva a huir—. Tu madre... bueno, tú sabes mejor que yo cómo es. Pero lo que te pasó, lo que le pasó a ella... Nada de eso fue tu culpa y no era tu responsabilidad mantenerla a flote. Solo eras una niña. Merecías que te cuidaran y alguien debió hacer algo. Mereces ser amada.

Por un horrible momento, Margaret lo mira como si le hubiera dicho algo impensable.

—No estoy segura. A veces me sentía invisible y con el tiempo aprendí a convencerme de que lo era, que no existía. Creo que esa es la única razón por la que sigo aquí.

—No eras invisible, Margaret. Y no lo eres ahora. Hiciste lo que tenías que hacer para sobrevivir. —Pone una mano en el charco de fango entre ellos y roza las puntas de los dedos de Margaret con las suyas—. Yo no creo que la alquimia sea buena o mala, así como tampoco creo que la gente sea buena o mala. Hay algo dentro de mí, algo dentro de todos, que puede cambiar. Por Dios, cuando mi papá murió, hubiera hecho cualquier cosa por recuperarlo. Quizá si hubiera sabido de la piedra cuando pasó, yo también lo hubiera intentado. Pero sé que se fue y lo único que tengo es a las personas que siguen aquí. Te juro que no las voy a abandonar.

Espera que Margaret escuche eso que él no tiene el valor de decir: «No te voy a abandonar».

Como ella no dice nada, Wes cruza el espacio que los separa para entrelazar sus dedos con los de ella. Margaret se le aleja y toma el arma que está en el suelo. Mientras se levanta, Wes ve cómo algo dentro de ella se abre de golpe, como una presa que se rompe.

Y luego, Margaret levanta su arma y la apunta justo entre los ojos de Wes.

—O-oye, fíjate adónde apuntas esa cosa.

—Eso hago.

Wes levanta las manos en gesto de rendición, pero no se mueve del lugar donde está, arrodillado a sus pies.

—Me estás asustando.

—Qué bueno.

Wes abre la boca para decir algo, pero todas las palabras que conoce se le escapan en el momento en que las nubes se abren. El cielo está increíblemente iluminado esta noche. Bajo la luna casi llena, las gotas de agua que caen de las hojas y del cabello de Margaret tienen un brillo de plata. Y así, sin más, Margaret está chorreando estrellas. Esa mujer es más brillante de lo que él se hubiera podido imaginar.

En ese momento, Wes se da cuenta de que ella está llorando. Margaret levanta la barbilla y se limpia los ríos de lágrimas con la manga de su brazo libre. Se deja las mejillas manchadas de lodo. Es una imagen aterradora y salvaje, como una de las Aos Sí, y verla le abre un hueco en el pecho a Wes, lo deja sin aliento, mareado, y esa sensación...

No es solo que Margaret se vea aterradora y salvaje. No es que Wes la desee a pesar de su simpleza o que lo haya enloquecido o embrujado. Es mucho más que eso. ¿Cómo pudo estar tan ciego por tanto tiempo? Margaret Welty es la mujer más hermosa que ha visto en su vida y está total e irremediablemente enamorado de ella.

Ahora sí que se metió en un enorme problema.

—Me dijiste que nuestros sueños viven y mueren juntos —dice Margaret—. Pues este es el mío. No habrá más alquimistas como Evelyn Welty en el mundo.

—No soy lo suficientemente inteligente para ser como ella.

—Hablo en serio.

—Lo sé. Te juro que si vuelvo a pensar siquiera en hacer algo como lo que hizo tu madre, yo mismo me pintaré una diana para ti. —Wes se pone de pie con movimientos inseguros y, aunque Margaret sigue con el rifle apuntando a su cabeza, toma el cañón. Puede sentir el temblor de ella a través del metal. Con cuidado, lo aleja de su cara—. ¿De acuerdo?

Margaret destensa los hombros. La frialdad en su cara se derrite y su arma cae al suelo entre ellos.

—De acuerdo.

Y luego se abraza a la cintura de Wes. Él suelta un gruñido de sorpresa ante el contacto, pero devolverle el abrazo le resulta la cosa más natural del mundo. Mete una mano bajo la chamarra de ella para acercarla más y le acuna la cabeza con la otra, enredando sus dedos en el cabello que cuelga sobre su nuca. A través de la blusa empapada, Wes alcanza a sentir su calor. Siente también los latidos de su corazón contra el suyo. Le planta un beso en la frente e inhala su aroma a lluvia y tierra.

Tiene que decírselo. Ahora que estuvo tan cerca de perderla, ahora que la ha tenido entre sus brazos así, no podrá soportar ese peso en silencio por mucho más tiempo. Quiere muchas más cosas de las que se ha permitido imaginar. La quiere a ella, desesperada y completamente. Pero, por lo pronto, que esté entera y a salvo entre sus brazos le basta.

26

Para cuando Margaret termina de limpiar y suturar la herida de Problema, Wes se aparece en la puerta del laboratorio con dos tazas de barro con té. Aunque ya se secó el cabello con una toalla, sigue húmedo y más esponjado que nunca. Está rogando que lo peinen. Wes se sienta con las piernas cruzadas en el suelo junto a ella y le pone una taza entre las manos. El humo que emana huele deliciosamente a canela, cáscara de naranja y azúcar morena.

—Gracias.

—No hay de qué. —Wes resopla como caballo—. Oye, Margaret...

Nunca nadie había pronunciado su nombre así, lenta y deliberadamente; es como si Wes quisiera saborear cada sílaba. Margaret no dice nada.

—Ya que estamos poniendo las cartas sobre la mesa... —Él deja de hablar y echa la cabeza hacia atrás, como si quisiera encontrar las palabras que necesita escritas en el techo—. Lo de Annette y yo... No sé en qué estaba pensando.

A Margaret se le hace un nudo en el estómago.

—No pasa nada, Wes.

—No, sí pasa. Las confundí a las dos. —Pone su taza entre los dos y se lleva las manos a las rodillas—. Cuando mi padre murió, fue como si el mundo se nos viniera encima. De pronto, mi mamá se quedó con cinco hijos de los que tenía que encargarse, además de su trabajo. Christine estaba destruida, pues era la más cercana a papá, así que después del funeral, Mad y yo decidimos que íbamos a ser fuertes. Para mí, supongo que eso significó apagar una parte de mí. Me daba mucho miedo enfrentar lo mucho que lo extrañaba y pensé que lo mejor sería convertirme en el que estaba bien, el único del que mi mamá no se tendría que preocupar.

«Tengo que hacerme el chistosito, porque si no me volvería loco», le dijo Wes un día. Y ahora Margaret entiende exactamente de qué estaba huyendo.

—Y me salió muy mal, pues ahora Mad cree que no me tomo nada en serio y aparentemente mi mamá notó lo que intentaba hacer, pero... Son mi familia, así que soy muy bueno ignorando las cosas que me dicen y que no quiero escuchar. Pero, desde que te conocí, no me has dejado salirme con la mía en nada.

»—Me fuiste ganando poco a poco, pero esta noche, cuando te vi allá afuera, fue como si todo lo que estaba intentando evitar sentir volviera con el doble de fuerza. —Wes lo piensa por un momento—. Me he equivocado tantas veces. Desperdicié casi todas las oportunidades que tuve para ser sincero contigo. Te lastimé. Pero sigues confiando en mí. Sigues abriéndote. Sigues impulsándome a ser mejor.

Margaret se siente extrañamente mareada y como si hubiera perdido por completo su conocimiento del lenguaje.

Él le lanza una sonrisa apenada pero también llena de esperanza.

—He sido un tonto, ¿verdad?

«No», piensa ella. «Pero yo sí».

Quizá Margaret ya debería haberse dado cuenta. Quizá él ya se lo dijo mil veces, en la forma en que lo descubre mirándola, en la forma en que se veía exultante en la punta de su arma, en la forma en que ha luchado por ella una y otra vez.

Pero ella no quiere su confesión.

¿Podría siquiera creerle? ¿Cambiaría algo cuando llegue el momento de que Wes se vaya definitivamente de Wickdon? Margaret le tiene miedo a lo que pasaría si se permite tomar esta felicidad tentativa que ha comenzado a nacer en su interior. Si no le permite a Wes que lo haga real, no podrá perderlo. No puede perderlo.

—No lo hagas —susurra.

El rostro de Wes va pasando entre el alivio y la desesperanza tan rápido que Margaret no sabe dónde termina. Le duele más de lo que esperaba, pero consolar a Wes sería el equivalente de hacerle su propia confesión.

—Bueno —dice él con una expresión más tranquila—. Lo más importante en este momento es que la cacería será en dos días. Estamos arruinados, ¿verdad?

Sí lo están. A menos, claro, que tomen el camino más obvio para seguir adelante.

—No —responde ella—. No lo estamos.

—¿Qué quieres decir?

Margaret lleva el té al escritorio de su madre y abre el cajón de arriba, donde un montón de papeles esconde la cerradura para abrir el fondo falso. Con manos temblorosas, se quita la cadena que trae al cuello y toma la llave. La gira en el cerrojo y saca el panel de madera del cajón.

Adentro hay un diario con tapas de cuero, uno que contiene la pieza faltante del círculo de transmutación, el último de los secretos de su madre. Evelyn le confió su ubicación; le pidió que lo destruyera si algo le pasaba. Más vale que el trabajo de toda su vida muera con ella. No hay alquimistas en el mundo con la suficiente pureza de intenciones para merecer el conocimiento de la piedra filosofal.

Pero Wes es diferente.

Margaret sacude la capa de polvo de la tapa, que tiene costuras de oro y la imagen de un uróboro grabada en rojo. Wes la ve acercándose con la visión nublada por el vapor que emana de su taza.

—¿Qué es eso?

—Dijiste que creías que algo faltaba en el círculo de transmutación que dibujaste. Tenías razón. Estas son las notas completas de la investigación de mi madre. Aquí encontrarás lo que necesitas.

Explica a detalle cómo hacer el círculo de transmutación para matar a un demiurgo.

Wes se queda con la boca abierta.

—No. Después de todo lo que me dijiste, no puedo aceptarlo.

—Tienes que hacerlo.

—No es cierto.

—Entonces, quiero que lo hagas. —Margaret le acerca el cuaderno—. No puedo castigarte por mis miedos. No voy a permitir que tu familia sufra porque fui una cobarde y no confié en ti. Si tenemos alguna posibilidad de ganar, debemos tomarla.

—¿En serio confiarías en mí para esto?

—Sí. —Margaret presiona el libro contra el pecho de Wes—. Confiaría.

Wes toma el libro con indecisión.

—Sabes que no puedo grabar el círculo de transmutación en la bala, ¿verdad? No puedo activarlo a distancia.

Matar al hala de cerca no es ideal, pero Margaret tendrá que arreglárselas.

—Está bien. Si lo pones en un cuchillo de caza, puedo hacerlo.

—¿Sabes cómo hacer una transmutación? Porque si no sabes...

Si no sabe, tendría que ser él quien dé la estocada final. La sola idea de que Wes esté cerca de esa bestia la llena de pánico.

—No puedes hacerlo tú. El hala te mataría.

—Estaré bien. —Margaret puede escuchar el miedo entrelazado en su conocido tono casual—. Solo tendrías que sostenerlo.

Margaret se agacha junto a él. Están arrodillados en el centro de la habitación, sobre los restos borroneados del fallido círculo de transmutación de su madre. Margaret siempre ha sabido lo que implica la cacería. Y nunca ha tenido miedo de morir. Pero esta noche, con menos de cuarenta y ocho horas para el disparo de salida, todas las posibilidades desastrosas se sienten demasiado reales.

Perder. Y, peor aún, perderlo a él.

—Es una locura.

—Quizá. —Él le sostiene la mirada—. ¿Estás segura de que realmente quieres hacerlo? ¿Y si tu mamá no vuelve?

—En ese caso, encontraremos a alguien más que pueda darte el puesto de apre...

—Eso no me importa —dice él con tono suave—. ¿Qué significaría para ti?

Es un destino demasiado cruel hasta para pensarlo. Pero han pasado casi cuatro meses, mucho más de lo que Evelyn prometió. Quizá el poco sentido del deber que la mantenía ahí terminó por romperse.

—Si no vuelve, pues no volvió. Esto lo hago por tu familia. Por nosotros.

Wes separa los labios y sus ojos se nublan por el sentimiento que ella le ha prohibido nombrar. Está ahí un instante y, mientras talla sus lágrimas sin derramar con los nudillos, desaparece antes de que vuelva a mirar a Margaret.

—Carajo. Se alborotó muchísimo el polvo desde el otro día que barrimos, ¿verdad?

Ella le pone una mano en la espalda.

—Vaya que sí.

Wes toma aire y sus hombros suben y bajan lentamente mientras va recuperando la compostura. Cuando la vuelve a mirar, sus pestañas oscuras están húmedas y pegadas unas con otras.

—Bueno. Vamos a ver qué nos dejó tu mamá, ¿sí?

Pone el diario en el suelo y lo abre con una reverencia temerosa. Margaret siente la boca seca al ver la letra de su madre, tan conocida y frenética. Wes la mira una vez y se ríe, con un sonido ahogado y lleno de amargura.

—Creo que tu madre tiene un sentido del humor muy oscuro.

—¿Por qué lo dices?

—Todo está en código. Y este es completamente diferente del otro libro. Lo siento. No creo que pueda hacer nada con... ¿adónde vas?

Margaret toma una pluma del escritorio y luego le quita el libro a Wes. Con trazos cuidadosos e inseguros, escribe una sola palabra en yu'adir.

Wes pasa los dedos sobre la página cuando ella le entrega el libro.

—¿Qué es eso?

—La clave. Lo que Dios usó para crear al mundo.

Davar.

Pasan toda la noche metidos en la biblioteca, armando, página a página, las piezas del diario en código de su madre. Casi no duermen, salvo por unos momentos robados cuando Margaret cabecea y su rostro queda a unos centímetros de la de Wes en la mesa. Tiene que controlar el impulso de trazar la suave línea de su quijada y retirarle el cabello de la frente. Especialmente cuando Wes se despierta de golpe y le muestra una sonrisa amodorrada. Especialmente cuando la sigue mirando como si quisiera decirle que es el secreto más hermoso que ha guardado en su vida.

No es hasta el amanecer que logran decodificarlo, y cuando al fin terminan, quedan con un códice de símbolos y el preciso acomodo de ellos alrededor de un círculo formado por una serpiente que se muerde la cola.

—Deberías irte a dormir —le dice Wes, que ya comenzó a pintar cuidadosamente el círculo de transmutación en el mango del cuchillo de caza de Margaret—. Yo puedo terminar esto solo.

Ella no quiere dejarlo. Se siente como si durante la noche los hubiera atado una magia irrompible, pero Margaret hace lo que él el pide. El agotamiento le está ganando y, como la cacería es mañana, necesitará todo el descanso que pueda conseguir.

Horas después, despierta con el golpeteo rítmico de la lluvia. Las nubes son tan gruesas que no sabe qué hora es. Abajo, encuentra a Wes agazapado sobre la mesita de la sala de estar, rodeado de pilas de notas sin orden.

—¿Qué hora es?

Él se sobresalta al escucharla y voltea a verla con los ojos adormilados.

—Casi las cuatro.

Margaret no recuerda la última vez que durmió hasta tan tarde.

—¿Dormiste algo?

—Un poco. —Wes gira el cuchillo de caza entre sus manos una y otra vez. El filo lanza un brillo blanco, plateado, blanco hasta que Margaret encuentra su mirada reflejada en el acero. Él se lo entrega—. Ya lo terminé.

El detalle en el mango es increíblemente intrincado, con cada escama del uróboro pintada de rojo sangre. En las manos de Margaret, es un arma cruel. En las de Wes, es casi divina. A ella le cuesta trabajo creer que eso sea lo que matará al hala. Que esos símbolos que tiene inscritos indican la composición de una bestia mítica, lo que la magia de Wes convertirá en cenizas. Margaret recorre cada símbolo con movimientos suaves.

—¿Cómo te sientes? —le pregunta Wes.

—Bien. —Deja el cuchillo sobre la mesa—. ¿Y tú?

—Estoy exhausto. Y un poco nervioso. Pero estoy listo. —Los dos saben que es más complicado que eso, pero Margaret supone que ya les gustó ese juego de que lo que quieren decir es mucho más de lo que dicen—. ¿Es hora de quemar la evidencia?

Mientras Wes recoge sus notas, Margaret echa fajina en la chimenea y le devuelve la vida al fuego. Cuando al fin comienza a subir por el lado de los ladrillos de la chimenea, Margaret se acuclilla y disfruta de la dulce caricia del calor en su cara.

Wes le pasa los papeles.

—¿Puedes hacer los honores?

Ella lo piensa por un solo instante antes de lanzarlos a las llamas. Mientras el fuego chisporrotea, las notas se mecen como hojas caídas y luego se incendian. Wes está con las manos en los bolsillos y una expresión indescifrable frente a la luz danzarina. No es hasta que el último pedazo se convierte en ceniza que la presión en el pecho de Margaret empieza a bajar y se va con el humo.

—Y ahora ¿qué? —pregunta ella.

—Deberíamos celebrar.

—¿Celebrar?

—Sí, celebrar. —Wes cruza la habitación hacia donde está el viejo y empolvado tocadiscos del padre de Margaret—. Ya sabes, soltarte, relajarte, disfrutar tu última noche en el plano material.

—No es gracioso.

—Sí es gracioso. —Wes busca en una caja de cartón hasta que encuentra una carátula colorida y saca el vinilo que tiene adentro. Luego lo pone en la tornamesa y ajusta la aguja hasta que unas trompetas cantarinas comienzan a salir por la campana. Margaret reconoce la canción, era una de las favoritas de su padre.

—¿Al menos sabes cómo relajarte?

Margaret hace una mueca. Wes se cree muy listo.

—Claro que sé. Pero tú me lo complicas.

—Dame este gusto. ¿Qué te parece si te pones cómoda? —La picardía brilla en sus ojos como el filo de una espada—. ¿O si bailas conmigo?

Margaret no bailaría por nada del mundo, así que solo le lanza una mirada de odio mientras se va a sentar con la espalda muy recta al borde de una silla.

—Aquí estoy bastante cómoda.

—Bien. —Wes apaga todas las luces y luego se va a saquear el botellero en la esquina de la habitación. Con un triunfal «¡ajá!», saca una botella de whisky. A Margaret la llena de nostalgia estar en esa habitación, escuchando esa música mientras Wes descorcha el valioso licor por el que su padre nunca volvió. Wes la mira con ese gesto juvenil y socarrón ante el que ella no puede evitar una sonrisa.

—¿Le puedo servir un trago, *madame*? —dice él con fastuosidad exagerada.

Los temores de Margaret la van abandonando poco a poco. Quizá todo será más fácil si Wes está ahí para alejar los recuerdos.

—Sí puedes.

Wes sirve una copita para cada uno. El líquido brilla como ámbar al fondo de sus vasos de cristal, reflejando la luz de la chimenea y cuando él pone el trago en la mano de Margaret, ella inhala ese aroma dolorosamente conocido. Turba y humo de madera.

—Hace años que no tomaba esto —dice.

—Pero sí lo habías tomado. Eres una cajita de sorpresas.

—Solo una vez. ¿Y tú?

Wes se tumba en la silla junto a la de Margaret y echa los pies sobre la mesita de centro.

—Por favor. Esta botella vale más que mi vida. Debo decir que me alegra dar una imagen que te haga pensar que he tomado whisky escocés y no pura cerveza barata.

Margaret suelta un suspiro de pura exasperación. Mientras gira el licor en su vaso, se da cuenta de pronto de lo irreal que es todo esto. Siente como si estuviera viendo por la ventana, observando a otra Margaret que vive esa vida feliz y hogareña que ella nunca pudo ni soñar. Jamás había pensado que ella podría existir fuera de la sombra de su madre, o que es algo que podría querer.

Pero aquí está, ahogada en la luz del fuego y en el café profundo de los ojos de Wes. Casi es romántico. Antes de que pueda permitirse caer en sensiblerías, Wes se acerca a ella.

—¿Brindamos? —le pregunta.

—¿Por qué?

—Por ganar.

—Por ganar —repite ella y chocan sus vasos.

Mientras beben, Wes la observa con una expresión que ella no logra descifrar. Un nudo de tensión da unos placenteros tirones en su interior.

—¿Qué? —pregunta ella.

—Nada. —La voz de Wes es tan cálida como el whisky en la barriga de Margaret.

—No sueles guardarte lo que piensas.

—Solo porque tú me lo pediste. Y lo hago porque no quiero presionarte, aunque me mata cada vez que me miras, porque puedo ver exactamente lo que dirías y ¿por qué...? —Wes deja su vaso sobre la mesa con gesto de determinación y el ceño fruncido—. ¿Por qué no me dejas decirlo?

Margaret no recuerda la última vez que alguien le dijo que la amaba. No puede ni pensar en esas dos palabras. Caen en sus entrañas como piedras desde lo alto, haciendo un sonido hueco. No quiere ver el gesto herido en el rostro de Wes cuando el escepticismo llene sus ojos. No quiere escucharse a sí misma ahogándose al intentar decirlo ella. Lo mejor es que se quieran en silencio, que se queden en el reino seguro de la negación plausible.

El amor la aterra. Pero tampoco quiere convencerlo de que no la ame. No cuando la está mirando con tanta desesperación. No cuando no quiere que renuncie a ella.

—Porque no quiero tener que acusarte de mentiroso.

—No tengo que hablar —dice él tras un momento—, si eso ayuda en algo.

Un dolor sordo comienza a formarse en el centro del pecho de Margaret y luego se expande como una gota de tinta en el agua. Es la bebida lo que le está encendiendo el rostro, aunque solo le dio un trago. Eso debe ser.

—Sí. Creo que sí ayuda.

El breve espacio entre sus sillas se siente imposiblemente grande. Wes la mira como un coyote, hambriento e inquieto. Se levanta y, aunque Margaret no está segura, ella también está de pie. Wes surca la distancia entre ellos con un solo paso y la toma por la cintura. La lleva hacia atrás hasta que ella choca con el escritorio frente a la ventana. Mientras la levanta, Margaret tira los libros y papeles que se interponen en su camino y caen al suelo con un golpe seco que ella apenas alcanza a registrar.

Cuando Margaret ya está acomodada, Wes le separa las rodillas y se acomoda entre ellas. Su cálido aliento corre sobre Margaret y, mientras él la observa, la intensidad voraz de su mirada se convierte en una veneración silenciosa. La luz de la chimenea les da un halo dorado a las facciones de Wes y baña sus irises de un rojo que recuerda a un té bien cargado. En ese momento, Margaret puede leer hasta el último de sus pensamientos. Wes no esconde nada, no tiene armadura ni trucos secretos.

Es solo él, sincero y suyo.

Margaret siente un vuelco nervioso en el estómago cuando él le quita el prendedor del cabello, dejándolo caer como una cascada sobre sus hombros. Entrelaza sus dedos en las hebras y la besa, primero en la frente y después en la nariz. Al fin, su boca roza la de ella con tal ternura que Margaret se queda sin aliento.

El Wes real es mucho más delicado que el de las fantasías de Margaret. Casi reverente, como si ella pudiera quebrarse o salir corriendo si no la trata con el máximo cuidado. Sus manos encienden cada milímetro del cuerpo de ella mientras la recorren por el mentón, las costillas, y van bajando hasta posarse en sus rodillas, donde dibuja círculos una y otra vez. Cada una de sus caricias apenas perceptibles son deliciosas y la dejan sintiéndose mareada y vergonzosamente llena de deseo. Ha esperado tanto tiempo por eso y es exactamente como él prometió.

No necesita las palabras para decirle cómo se siente.

—Wes —susurra ella y su voz está llena de emoción.

Él aprovecha la oportunidad para que su lengua cruce la frontera de sus labios. Sabe exactamente como Margaret se imaginó: a café negro y whisky. Wes la besa como si quisiera tomarse su tiempo con ella, para atormentarla y saborearla. La enloquece lo mucho que sus acciones aumentan el deseo que crece dentro de ella en vez de aliviarlo. Las semanas de desearlo consumieron toda su paciencia y racionalidad. Margaret lo toma por el cabello y el gemido que Wes le da como respuesta reverbera en su pecho. Ese extraño poder sobre él la llena de valor.

Margaret va bajando una mano por el pecho de él hacia su estómago y no se detiene hasta encontrar el frío metal de la hebilla de su cinturón. Lucha contra él hasta que se suelta y cae al suelo con el cascabeleo de un hielo que se suelta sobre un vaso de cristal, pero su triunfo dura poco. Ahora que lo hizo, no sabe cuál será su siguiente paso. Wes se aleja apenas lo suficiente para que ella pueda ver sus ojos desorbitados que la devoran junto con toda la luz. Se ve a la vez en pánico y listo.

—Um... —Su voz tiene la ronquera del deseo a pesar de su rostro sonrosado—. Debería decirte que en realidad yo nunca...

—Yo tampoco.

Margaret lo jala por la solapa y atrapa sus labios con los de ella de nuevo. Él la recompensa con otro sonidito que viene de lo profundo de su garganta y la acerca más. Su palma contra la espalda baja de ella, sus caderas unidas, apretando una contra la otra con fuerza. Con su mano libre, Wes encuentra el borde de la falda de Margaret y la va subiendo hasta que el frío de la habitación le recorre la piel desnuda. Sus dedos, que corren delicadamente por su muslo, provocan un sonido de Margaret que ella misma no se creía capaz de hacer. Y ahí siente una sonrisita de Wes contra sus labios, el muy creído.

Y, entonces, Problema suelta un aullido.

Margaret se sobresalta y choca sus dientes con los de Wes. Alguien gira el picaporte de la puerta principal.

Wes se aleja como si Margaret fuera fuego y el horror que arde en sus ojos es un reflejo de los de ella. Solo hay una persona además de ellos que tiene llave de la casa.

Lo cual significa que su madre al fin regresó.

27

Con su traje impecable, Evelyn Welty se aparece como una dura silueta contra la suave y tibia luz de la sala de estar. Aunque es delgada como una rama, su fuerte presencia llena toda la habitación. Cuando Wes se recupera del impacto inicial, lo primero que nota sobre Evelyn es que es alarmantemente parecida a Margaret. Lleva el cabello dorado recogido en la nuca y detrás de los lentes sus ojos son tan redondos como los de su hija. Pero mientras los de Margaret son del color del whisky, los de Evelyn son de un color oscuro, como el de un ron fuerte. Él ve cómo la expresión de la mujer va pasando de la sorpresa al enojo y finalmente a la rabia en un solo instante.

Wes analiza la escena a través de los ojos de Evelyn. Margaret, que aún está en la orilla del escritorio, con el cabello suelto y revuelto. Él, igual de desaliñado, intentando desesperadamente abrocharse el cinturón. Un disco sonando alegremente, un fuego que baila animado y dos vasos de cristal con el brillo del whisky.

No se atrevería a decir qué es lo que parece.

—Señora Welty —suelta, tartamudeando, al mismo tiempo que Margaret logra decir: «Madre».

Dejaron a Evelyn sin palabras, pero su rabia se puede sentir, es una cosa que se posó sobre el cuello de Wes como una guillotina. De pronto, se vuelve dolorosamente obvio de dónde aprendió Margaret a mirar a un hombre como si lo estuviera desollando vivo.

Junto a él, Margaret se pone pálida. Sus dientes cascabelean a pesar del calor del fuego. Él también debería estar angustiado, y lo está, pero la fuerza de su vergüenza queda ahogada por el frío torrente de su ira, más negro que el océano.

«¿Dónde diablos estaba?» «¿Por qué no estaba aquí para ella?».

Al fin, Evelyn encuentra su voz.

—Váyase. Ahora.

Aunque le está hablando como si fuera un perro de la calle, Wes se traga su orgullo. Por el bien de Margaret y también el suyo, tiene que guardar la compostura. Se pasa una mano por el cabello, pero no hay ni esperanza de arreglar lo que Margaret hizo con él.

—Por favor, permítame explicarle, señora Welty. Mi nombre es Weston Winters y yo...

—No me importa si es el maldito presidente. Quiero que se largue de mi casa. —Evelyn patea la puerta. Problema ladra moviéndose por los rincones y sacudiendo la cola ansiosamente.

Margaret logra recuperar la cordura suficiente para hacerle un gesto a Problema indicándole que se vaya, pero, mientras se pone de pie, su voz suena apagada y lejana.

—Es un prospecto de estudiante. No tiene adónde ir en el pueblo, así que ha estado viviendo aquí.

—O sea que ha estado viviendo aquí —repite Evelyn. La frialdad en su voz asusta a Wes más que nada. Y luego se ríe y el sonido es como un golpeteo seco y sin humor que a él le hiela la sangre—. ¿Permitiste que un extraño viviera en la casa en mi ausencia? ¿Qué tan ingenua puedes llegar a ser?

Margaret se encoge ante el desdén en la voz de su madre. Se va haciendo cada vez más y más pequeña, va desapareciendo frente a los ojos de Wes. Ya no hay nada de fuego en ella, nada del valor de la chica a la que besó o la fiereza de la que lo apuntó con un arma.

—Y en cuanto a usted... ¡Ya basta, Problema!

Problema gruñe de nuevo pero se acurruca obedientemente junto a la chimenea, con los ojos puestos en Evelyn. Ella se frota las sienes y suelta un suspiro cargado de frustración.

—Y en cuanto a usted: no acepto estudiantes, lo cual ya debería haberle dicho mi hija. Creo que ya sabe dónde está la salida. Ya se ha aprovechado lo suficiente de su hospitalidad, ¿no le parece? —Evelyn toma sus maletas y sube las escaleras con pasos furiosos—. Ven para acá, Margaret. Tenemos que hablar.

Margaret le responde con un tono bajo, casi inaudible.

—No.

Evelyn mira a su hija como si fuera la primera vez.

—¿No?

—No puedes echarlo.

—Te estás portando como una niña. Sube y lo hablaremos como adultas.

Un recuerdo vuelve a Wes y, de pronto, tiene seis años de nuevo y está pegado al radio casi inservible de la sala. Casi todas las noches se negaba a ir a dormir y su padre lo tomaba en brazos para llevarlo así a la cama. Wes se aferraba a todos los objetos que encontraba en el camino: la orilla de la mesa, una perilla; mientras su padre, con silenciosa paciencia, le iba separando uno a uno los dedos de lo que se estuviera agarrando.

Eso es lo que Evelyn tendrá que hacer con él.

No va a dejar a Margaret sola con ella y no se va a rendir tan fácil cuando aún tiene su carta ganadora.

—Sé que quiere el hala y sé en lo que ha estado trabajando. No puede obtenerlo sin mí. Margaret y yo entramos juntos a la cacería.

Evelyn se detiene en la escalera y se vuelve hacia Margaret.

—¿Es cierto lo que dice?

—Sí —susurra ella.

—Mañana, cuando ganemos, considérelo mi pago. —Wes le pone a su voz toda la seguridad que logra reunir—. Tanto por su hospitalidad como por sus enseñanzas.

Evelyn deja la maleta y avanza hacia él con la precisión lenta y fría de un depredador. Es alta, mucho más alta que él y lo aplasta con una mirada de sus ojos enrojecidos que podría derretir metal. Wes siente el olor a café acedo y azufre al fondo de su garganta.

—¿Con qué boberías le llenó la cabeza a mi hija para convencerla de meterse en esto con usted, maldita víbora?

—Madre...

—Basta —le ordena a Margaret—. En este momento no puedo ni verte.

—¡No se atreva a hablarle así!

Evelyn sonríe, como si disfrutara la rabia de Wes.

—Tiene muchas agallas para aprovecharse de mi hija bajo mi propio techo y luego decirme cómo educarla, señor Winters. Sé que cree que puede vencerme con su astucia, pero créame, no quiere meterse conmigo. ¿En serio cree que tiene algo que yo pueda querer? ¿Que no tengo la forma de conseguir lo que necesito sin usted? ¿Que el mundo de la enseñanza es tan grande que podrá esconder un insulto así? Si insiste en meterse conmigo, con mi trabajo y con mi hija, le aseguro que no tendrá ni carrera ni futuro ni esperanza. Si me convierte en su enemiga, nunca en su vida volverá a hacer ni una transmutación. ¿Nos estamos entendiendo?

A Wes no se le ocurre ni una sola palabra como respuesta. ¿Qué podría decir? No tiene nada. Solamente la rabia que hierve en su interior, y ¿qué es eso contra la influencia de Evelyn? Haga lo que haga, siempre estará indefenso.

—Eso pensé. Ahora, a menos que quiera que todas las universidades, todas las oficinas políticas, todos los seminarios, ¡vaya!, incluso todos los hogares de este país reciban una carta, quiero que sus cosas estén fuera de aquí en una hora. —Evelyn se da la vuelta—. Que tenga una gran noche, señor Winters.

Las orillas de la habitación se vuelven borrosas mientras Wes escucha los pasos que van subiendo la escalera, cada uno con la potencia de un disparo. Arriba, una puerta se cierra de golpe. Margaret se hinca junto a la chimenea y hunde su rostro en el pelaje de Problema. Aunque Wes no está tan cerca, alcanza a verla temblando. La mansión se ha quedado sin calor. Ese sitio que en algún momento se sintió como un hogar se eriza a su alrededor, gélido y desolado.

—No importa. —Wes se ahoga con cada palabra—. Déjala. Si ella no me enseña, mi carrera estará arruinada de cualquier manera. Mi familia ya debe haber llegado al pueblo. Recogeré mis cosas y podremos irnos...

—¿Para hacer qué? —Margaret voltea hacia él y, cuando sus miradas se encuentran, Wes se queda sin aliento. Es hermosa pero está demasiado lejos, como una estrella. El abismo en sus ojos lo convence de que aquel beso solo fue un sueño—. ¿Qué vida tendríamos si los dos renunciamos a todo?

Wes siente un nudo en el estómago.

—Una vida buena. ¿Qué me estás queriendo decir?

—¿Tú crees?

—¡Claro que sí! Sería mejor que esto. Cualquier cosa lo sería. —Pero ¿Wes realmente estaría satisfecho si nunca pudiera ser alquimista? ¿Se sentiría así por el resto de su vida, derrotado y completamente impotente? Eso no es realmente un futuro.

—No puedo dejarla.

—¿Qué? ¿Por qué? La forma en la que te acaba de tratar...

—Basta. No hables como si supieras algo sobre ella.

—Perdón. —Wes se sienta en el suelo a su lado—. Solo sé lo que vi.

—No siempre es así. Solo está... —Margaret se presiona los ojos con las palmas de las manos—. Las cosas podrían ser distintas esta vez. Y, sin mí, no sé qué sería de ella. Ya lo ha perdido todo. Sería una crueldad.

—Se las arregló bastante bien sin ti por cuatro meses. Lo que le pase no es tu responsabilidad. —Aunque no quiere que suene así, la frustración empapa cada una de sus palabras—. No es tu obligación cuidarla cuando ella nunca ha tenido esa cortesía contigo, Margaret. Así no es el amor. ¿No lo ves?

—¿Y cómo se supone que es? —Le tiembla la voz—. ¿Que te siga sin hacer preguntas?

—¡No! Por Dios, no. No es eso lo que te estoy pidiendo. —Desearía poder tocarla de nuevo, poder tomarla por los hombros y hacerla entender—. Podemos ir adonde tú quieras. Lo iremos resolviendo juntos.

Por un momento, cree que ella ha comenzado a abrirse. Los ojos de Margaret se llenan de esperanza y le tiemblan los labios. Pero luego los aprieta con fuerza y niega con la cabeza.

—No puedo. No puedo confiar en que será mejor. No soy como tú, Wes. Lo único que he deseado en toda mi vida es estar a salvo. Este es mi hogar y es la única seguridad que conozco. No puedo soltarlo y no puedo pasarme la vida esperando que pase lo peor.

—Pero ¿y si nunca pasa? —Ya está suplicando. Se escucha en las notas desesperadas en su voz, pero es demasiado tarde para preocuparse por su orgullo—. ¿Cómo podrías saberlo?

Margaret se tensa de cuerpo entero, como si se preparara para recibir un golpe.

—No puedo arriesgarlo todo por un «y si». Las promesas vacías no bastan.

Wes siente como si le hubiera arrancado el corazón. ¿Promesas vacías? ¿Eso es todo lo que Margaret cree que hay en él?

—Entonces ¿es todo?

—Sí. Es todo. —La expresión de Margaret se cubre de hielo—. No puedo irme contigo.

Algo se rompe dentro de Wes. Así, de pronto, no tiene nada. Ni dinero ni Margaret. Otra vez no es más que un niño imprudente de Fifth Ward con un sueño demasiado grande para alguien como él. Solo que, esta vez, ya no le quedan oportunidades. Lo peor de todo es que no tiene nada que decirle a Margaret. Siempre fue muy buena para dejarlo sin palabras.

Wes sube las escaleras para recoger sus cosas. Empacar e irse es un ritual que ya conoce muy bien. Luego, mientras camina hacia Wickdon en la luz mugrosa que queda del día, no recuerda con claridad cómo lo hizo, solo que no le tomó más de diez minutos meter todas sus cosas en una bolsa que trajo de Dunway. Lo que sí recuerda es la expresión en el rostro de Margaret cuando él le dijo «cuídate».

Anhelo.

Cree que pasará el resto de su vida intentando deshacerse de esa sensación. Lo llena desde adentro como agua fría y oscura.

Margaret lo rechazó. Puede vivir con eso. El hecho de que vio a la mujer que ama por última vez casi lo acaba, pero puede soportarlo. Lo peor es que ella rechazó todo. La visión de él, los sueños de los dos, su futuro.

Wes no pudo convencerla. Falló.

Por primera vez, Wes entiende cómo se siente tener el corazón roto. Sin alquimia, solo es un hombre. Y, sin Margaret, ya no tiene idea de cómo orientarse.

Annette se pone pálida en cuanto lo ve cruzar la puerta del Inn.

Cualquier otro día, Wes podría haber disfrutado la vergüenza y el pánico en su rostro, pero en este momento está mucho más allá del agotamiento emocional como para que le importe proteger los sentimientos de Annette o alimentar su rencor. No siente nada al verla ahí, pegada a la pared como si pudiera convencerlo de que es parte del escenario y eso es escalofriante. Bajo las brillantes luces de cristal del candelabro, todo parece falso y estéril. Wes se quita el gorro y se lo guarda bajo el brazo antes de arrastrar su maleta hacia el mostrador.

—Hola.

—Wes —dice ella, tartamudeando—. ¿Qué haces aquí?

—Busco a mi familia.

Annette se pone a hablar como si él no hubiera dicho nada.

—¡Lo siento muchísimo! Si hubiera sabido lo que Jaime tenía planeado, te juro por Dios que no habría ido con él.

—¿No? —Wes mantiene un tono calmado, casi conversacional—. ¿Y qué creías que iba a pasar?

—¡No lo sé! Solo pensé que te iba a dar un susto, no que...

—Y estuviste de acuerdo con eso.

—No estaba pensando. Estaba herida y Jaime puede ser muy persuasivo cuando quiere lastimar a alguien. —Se estira sobre el mostrador y su voz se convierte en un susurro—. Eso no significa que estuviera bien y no me enorgullece. Pero es la verdad. Ambos sabemos que soy una cobarde cuando se trata de él.

Wes se siente tentado a preguntar por el número de habitación de su familia, darle las buenas noches y nunca volver a hablar con ella en su vida. Pero aparentemente sus emociones no están tan secas como creyó, porque se siente abrumado y súbitamente lleno de rabia. Todo ese tiempo negó lo que sentía por Margaret. ¿Y para qué? Una chica igual a él, que intercambia palabras vacías bañadas de oro. Fue un tonto por no haberlo visto antes.

—¿Todo fue falso?

—No todo —dice ella en voz baja.

—¿Cuánto? —Wes se siente humillado porque la voz se le quiebra al preguntar.

—La primera vez que te vi, coqueteé contigo porque sabía que eras de la ciudad y que molestaría a Jaime. Quería que me desearas. Quería creer que podrías ser mi boleto de salida de este lugar. Pero terminé pasándola bien contigo y aunque me enojé en la exposición, no me pesó cuando Jaime me pidió que te mantuviera ocupado durante la competencia de tiro.

—¿O sea que sabías que iba a hacer trampa?

—¡No! Te juro que no sabía. —Agacha la mirada—. Pero sí me gustabas, Wes. Sí me gustas. Por eso me molestó tanto no poder conservar tu atención. Y supongo que después de que me contaste sobre tus padres...

—¿Ya no te parecí tan buen prospecto? —dice él con sarcasmo.

—No —reconoce ella.

—Entonces nunca te gusté yo. Te gustaba la idea de mí.

—Suena horrible cuando lo dices así. —Tiene los ojos vidriados por las lágrimas, pero cuatro hermanas han hecho inmune a Wes a eso. Son la clase de lágrimas que salen por el deseo de absolución, no por querer resarcir los daños.

—Si quieres irte, vete. Nunca necesitaste que yo te sacara de aquí y sin duda tampoco necesitas a Jaime ni a los demás. Esa gente saca lo peor de ti. —Hay un dejo de crueldad en su voz, de lo cual no se arrepiente. Es parte de su código no gritarles a mujeres que no son sus hermanas y no quiere violarlo en un momento de debilidad. Wes toma aire para recuperar la compostura y se pasa una mano por el cabello—. Lo que hiciste fue cruel, pero eso ya no importa. Jaime obtuvo lo que quería, aunque no gracias a su plan. Renuncié.

—¿En serio? ¿Por qué?

—Evelyn quiere que me vaya, así que me voy. Mañana volveré a Dunway.

—Pero ¿y Maggie?

Su nombre basta para sentir que le entierran un puñal de añoranza en el centro del corazón. Wes está cerca de no poder más.

—¿Qué hay con ella?

El silencio está lleno de las pláticas de la gente en el bar y el chocar de las copas sobre el ritmo alegre de la música. Todo eso lo hace sentir horrible e insoportablemente solo.

—Perdón, Wes —dice Annette—. Por todo. Si de algo sirve, ahora sé que Jaime no es inofensivo. Desearía poder regresar en el tiempo o encontrar alguna manera de compensarte.

A Wes le dan ganas de reírse. ¿Cómo podría alguien compensarlo? Si pudiera arrancar el corazón podrido de New Albion, ese que les da vida a hijos de puta como Jaime Harrington, quizá Annette podría compensarlo. Pero solo es una chica que nunca enfrentará ninguna consecuencia por lo que les hizo a él y a Margaret.

Y, sin embargo, Wes tiene corazón de pollo y, al menos ahora, Annette parece sincera.

—Te perdono —dice él, suspirando—. Más que nada porque solo quiero irme a dormir. ¿Viste llegar recientemente a cuatro mujeres y una niña? Muy gritonas. Más o menos parecidas a mí.

—Sí, de hecho... Espera. ¿Son tu familia?

A Wes se le forma una sonrisa sincera en el rostro al ver la expresión alarmada en el rostro de Annette.

—Lo son.

La chica abre un cajón y se pone a buscar algo.

—Déjame regalarles la estancia. Por favor. Es lo menos que puedo hacer.

—¿No te vas a meter en problemas por eso?

—Ya me tocaba meterme en problemas por algo, ¿no crees? —Le pone un montón de billetes en la mano a Wes. Es más dinero del que él ha visto junto en un buen tiempo. Seguramente Mad usó una parte importante de sus ahorros para llevarlas, lo cual le hace un nudo en el estómago a Wes, en parte de culpa y en parte de gratitud.

—Gracias. Esto significa mucho más de lo que crees.

—Con gusto. —Annette le muestra una sonrisa insegura—. Están en el segundo piso, habitación doscientos.

Wes cruza el lobby, sube las escaleras y, casi de inmediato, las escucha. Pobres de los vecinos. La voz de Colleen alcanza a escucharse a casi dos kilómetros y las carcajadas de Christine amenazan con romper el espejo con marco dorado que cuelga al final del pasillo. Wes deja de mirar su reflejo. Ya siente suficiente lástima por sí mismo y no necesita el recordatorio visual de lo acabado y desaliñado que se ve para ponerse aún peor. Sus pasos hacen eco contra el brillante suelo de madera mientras se va acercando a la habitación doscientos. Cuando llama a la puerta, apenas pasa un segundo antes de que esta se abra de par en par.

—¡Wes! —Colleen le rodea el cuello con los brazos y casi lo tumba. Cuando lo suelta de su llave para mirarlo, frunce el ceño—. Oh. Te ves terrible.

Antes de que Wes pueda formar una desganada respuesta burlona, aparecen en la puerta otras cuatro cabezas de cabello oscuro. Su madre se ve prácticamente radiante de felicidad, pero, en cuanto lo mira, su expresión se nubla de preocupación.

—Ay, mi tesoro. ¿Qué pasó?

—¿Por qué estás triste? —suelta Edie.

—¿Qué pasa? —pregunta Christine.

Mad lo mira en silencio, lo cual él agradece, considerando que no sabe por dónde empezar con ninguna de las preguntas. Lo único en lo que puede pensar es en lo desesperado que está por acostarse. Suelta su maleta en el suelo y se tumba en la cama más cercana, que está cubierta por una cantidad sorprendente de almohadas decorativas coloridas e innecesarias. Los resortes gimen en protesta cuando sus hermanas y su madre se acomodan en el colchón junto a él.

—Pues ya no estoy en la cacería —dice con el tono más alegre del que es capaz—. Pero la buena noticia es que recuperé tu dinero, Mad.

Con la velocidad de un relámpago, le empiezan a arder los ojos y su visión se nubla, y... carajo, está llorando como un maldito idiota frente a toda su familia. No van a dejar de recordárselo por lo que le queda de vida.

Christine suelta un «awww» que logra ser reconfortante y condescendiente a la vez. Colleen se levanta de un salto de la cama para ir a traerle un pañuelo del baño y Edie se acurruca con más fuerza contra él.

Mad pone una mano tensa sobre la frente de Wes y le quita el cabello de la cara. Su ternura lo sorprende.

—¿Dónde está Margaret?

La historia sale a chorros, desde el sabotaje de Jaime hasta la investigación de Evelyn y la negativa de Margaret para irse con él. Para cuando termina, todas están en silencio. Wes no puede interpretar sus expresiones confundidas. Hasta la espeluznante pintura del zorro sobre la cabecera lo está juzgando.

—Déjame ver si entiendo —dice Christine—. ¿Me estás diciendo que la dejaste ahí sin más?

—¿Qué otra cosa podía hacer? ¿Ponerme de rodillas y rogarle?

—¡Sí! —Colleen se ruboriza cuando todos voltean a verla—. O sea, yo creo que eso hubiera sido romántico.

La rabia y la pena de Wes regresan con más fuerza y junto con ellas toda la lástima que siente por sí mismo. Se limpia las lágrimas de las mejillas.

—No hay nada romántico en eso. Aunque hubiera venido conmigo, no tengo nada que ofrecerle. Ni dinero ni trabajo ni oportunidades. Nada. No valgo nada.

Lo único que tiene es el sueño de un mundo mejor donde podrían ser felices juntos. Pero es solo eso. Un sueño estúpido. Una promesa vacía, como ella dijo. En algún momento creyó que con el poder de su voluntad bastaría para sacarlo adelante. Pero ahora ve que Mad y Margaret siempre tuvieron razón. Era ingenuo al creer que podía hacer algo con nada, una visión del mundo basada en la imposibilidad alquímica.

—Weston Winters —dice su mamá—. No te voy a permitir que hables así de ti.

—¡Basta de tonterías, mamá! Margaret misma me lo dijo y es verdad. No pude ayudarte a ti. No pude ayudarlas a ninguna de ustedes y claramente no pude ayudar a Margaret. ¿De qué sirvo si no puedo hacer ni una cosa concreta por la gente que amo?

—Tu padre y yo no teníamos más que el uno al otro y un sueño cuando nos fuimos de Banva. Tú tienes más que suficiente para ofrecerle. —Lo pica con un dedo justo al centro del pecho—. Esto.

Wes cierra los ojos y los aprieta con fuerza, desesperado por mantener la compostura.

—Ella no lo quiere.

«Ella no me quiere».

—Ay, cállate —suelta Mad—. ¿Cuándo te ha detenido eso?

Christine la detiene.

—¿Podrían no pelear, aunque sea por una noche? Estoy harta de esto. Llevan años atacándose uno a la otra y...

—Yo no quiero pelear. —Mad se pasa una mano sobre la falda para acomodársela—. Quiero que responda mi pregunta. ¿Cuándo te ha detenido un rechazo? ¿Cuándo has concluido que te quedaste sin opciones? ¿Cuándo has permitido que las opiniones de alguien sobre tus decisiones ingenuas y egoístas te detengan de tomarlas?

Wes frunce el ceño.

—Nunca.

—Exactamente. Ahora, explícame por qué esta situación sería distinta.

—Porque ella me dijo que me fuera.

—¿Y? Lo mismo te han dicho todos los maestros de alquimia de Dunway. Y no quiero decir que ella no tuviera una buena razón para mandarte al diablo. Te amo, Weston, pero estoy de acuerdo contigo cuando dices que no eres el pretendiente más prometedor. Eres un idealista cabezadura sin dinero y ella es una chica práctica que se encerró en esa casa para esconderse del mundo. Tiene sentido que tuviera miedo.

«No todos tenemos grandes sueños», le dijo Margaret alguna vez.

En ese momento, Wes la consideró limitada de visión y ahora quiere darse una patada por haber sido tan tonto. Claro que no tenía grandes sueños, si no podía ver mucho más allá de sobrevivir una semana más. Margaret no puede sostener los sueños entre sus manos como un arma, ni comérselos ni echarlos a la chimenea para mantener su casa caliente.

—¿Le dijiste lo que sientes? —pregunta Christine.

—No, pero...

Todas, menos Mad, gritan algo inarticulado y lleno de indignación.

—Pero ¿por qué eso bastaría para convencerla? —gime Wes.

—Porque no solo le estarías ofreciendo tu amor —dice Mad—. Le ofrecerías esperanza.

«No puedo arriesgarlo todo por "y si", Wes. Las promesas vacías no bastan».

Entonces, le dará algo sólido a lo que pueda asirse. Si puede convencerla de una sola cosa en la vida, que sea esta: una vida fuera de esa casa, fuera de todos los fantasmas que la habitan, es un sueño en el que vale la pena creer. Uno por el que vale la pena luchar.

—Mad... Gra...

—Luego me agradeces. —Le da un apretón en el hombro—. Ve por tu chica, ya.

28

Ahora que la puerta del laboratorio de su madre se ha cerrado y el silencio de la mansión se siente como un frío que se le cuela hasta los huesos, Margaret no sabe qué hacer. No sabe cómo descansar mientras la rabia de su madre va llenando la casa como humo.

En poco tiempo, todo volverá a la normalidad. Recuperarán el ritmo cómodo de sus vidas, un planeta y la luna que lo orbita. Esa idea debería reconfortar. El resplandor que se asoma bajo la puerta cerrada debería ser un alivio. Al fin, Evelyn está en casa, al fin es toda suya.

Pero Margaret sigue estando sola.

El sonido de la puerta al cerrarse detrás de Wes sigue haciendo eco en los pasillos y Margaret podría jurar que la tensa formalidad de su despedida y el dolor en sus ojos la van a atormentar por el resto de su vida. Verlo irse casi fue más de lo que ella puede soportar, ahora le duelen hasta sus heridas más viejas. Si se permite seguir pensando en él, se va a derrumbar. Así que se pone a limpiar la casa. Talla cada superficie hasta dejarla reluciente, hasta que su mente comienza a desconectarse de la realidad, hasta que su dolor se siente lejano. Pero, cuando comienza a lavar los trastes, regresa de golpe a su cuerpo al ver las tazas manchadas de café que Wes acumulaba en su cuarto por días y días. Ese hombre alteró hasta su rutina. Ya no hay nadie que la distraiga o llene el silencio con pláticas sin fin y tarareos y risas. Eso, por donde se le vea, debería ser una bendición.

Pero no lo es. Es agobiante.

No queda un solo lugar en esa casa que Wes no haya tocado. Margaret quiere tirar por la ventana el perchero en el que colgaba su abrigo raído. Quiere partir por la mitad hasta el último de los discos de su padre. Quiere estrellar todos los vasos de cristal y quemar todos los libros de alquimia que están juntando polvo en la repisa. Quiere gritar hasta que lo que le traiga el eco no sea solo su voz, no su sola voz. Mientras llena una cubeta en el fregadero, observa su reflejo rompiéndose una y otra vez, pálida y medio muerta. Su madre siempre se ha conformado con fantasmas, pero Margaret está viva por primera vez en años. No está lista para volver a ser un fantasma en esa casa, silenciosa e invisible.

—Margaret. —La alta silueta de Evelyn se aparece en lo alto de las escaleras—. Tenemos que hablar.

A Margaret le tiemblan tanto las manos que casi se le voltea la cubeta. Sintiéndose entumida, la pone en el suelo. El agua le salpica los pies y se va dejando huellas húmedas por la casa en su camino mientras sigue a su madre hacia el laboratorio.

Durante las últimas semanas, ella y Wes reemplazaron casi todos los recuerdos dolorosos en esta habitación con algo nuevo y feliz. Pero cuando su madre se sienta detrás del escritorio y dobla las manos, el lugar se siente de nuevo opresivo y demasiado oscuro para la luz de la tarde. Las mangas del saco de Evelyn están un poco recogidas y dejan ver sus muñecas. A Margaret no debería sorprenderle lo frágiles que son, pero siempre le pasa.

—La ventana está rota —dice Evelyn— y parece que mis alambiques y varios de mis manuscritos desaparecieron.

A su manera, su madre es una cazadora brillante. Puso su trampa con observaciones sencillas y un tono tranquilo. Ahora solo tendrá que esperar a que Margaret caiga. Pero de todos los lugares donde podría haber comenzado su interrogatorio, ese es por mucho el más fácil. Margaret no tiene nada que esconder.

—Fue Jaime Harrington. Destruyó el laboratorio.

—¿Y por qué haría algo así?

—Tú sabes por qué.

—Supongo que sí. —Evelyn se quita los lentes y se frota el puente de la nariz—. ¿Ya informaron a su padre de esto?

—No.

Ahí aparece la primera grieta en su compostura, aunque diminuta.

—¿Por qué?

—No habría hecho nada. Wes y yo…

—Wes. —Hace una mueca al decir su nombre, como si le dejara un gusto amargo en la lengua—. Sí, hablemos de él. Creo que entiendes por qué estoy frustrada, Margaret. Si ustedes dos no hubieran actuado a mis espaldas para ir a registrarse a la cacería, dudo mucho que Jaime se hubiera fijado en ti. Y dudo que yo hubiera perdido varios dólares en reemplazar mi equipo y dudo que estuviéramos teniendo esta incómoda conversación. Pero aquí estamos.

El diario con tapas de piel de su madre cae en el escritorio entre ellas. Una niebla comienza a apoderarse de los ojos de Margaret hasta que no ve más que el brillo de la estampa de uróboro, tan roja como un atardecer. Ondea como una moneda que se lanza al fondo de un pozo.

—Ahora, ¿podrías explicarme por qué sacaste esto de mi escritorio?

Margaret lo volvió a poner en el cajón exactamente como lo encontró. Borró hasta la última marca que le hicieron. ¿Cómo lo descubrió su madre?

—¿Y bien? —Evelyn sigue sin alzar la voz. Nunca ha tenido que recurrir a eso para dejar en claro su punto. Su rabia es como el lento hervor del agua. Y enfrentarla es como dar el primer paso inseguro sobre el delicado hielo de un lago.

—Lo siento —es lo único que Margaret logra decir entre el cascabeleo de sus dientes.

—Como lo sospeché —sisea su madre.

Cayó en la trampa. El cepo se va cerrando alrededor de su garganta.

—Lo siento.

—¿Por qué te portas como un perro pateado? No te he hecho nada. —La voz de Evelyn suena ahogada, como si a Margaret le hubieran cubierto las orejas con la lana más gruesa. Es muy difícil apegarse a los detalles cuando tiene una necesidad tan desesperada de huir—. ¿Esperabas que encontrara mi laboratorio saqueado y destruido, con mi hija revolcándose con un advenedizo y que me alegrara? ¿Que me hiciera de la vista gorda? No. No voy a aceptar estas faltas de respeto. Ahora, respóndeme. ¿Se lo enseñaste a él?

—Sí.

—¿Tiene una copia?

—No. —Margaret se encorva aún más—. No, te lo juro.

—Pero lo vio. Por Dios, Margaret. ¿En qué estabas pensando?

Margaret siente como si la hubieran regresado a la cueva y estuviera en cuclillas junto a Mattis mientras la marea iba convirtiendo la sangre en espuma rosa a su alrededor. Si no se mueve, se va a ahogar, pero no puede. Solo puede temblar mientras las aguas de su miedo van subiendo y se le meten en las orejas, en la boca, en los ojos. Su madre nunca la ha golpeado, pero cuando Margaret piensa en lo que pasará si la decepciona a un nivel en el que no pueda perdonarla, se encuentra con un vacío tan vasto y aterrador como su recuerdo de esa cosa que humeaba al centro del círculo de transmutación de Evelyn. Por tanto tiempo Evelyn ha sido su mundo entero y también su dios. Hay castigos mucho peores que los golpes. El abandono y el desamor son los peores destinos posibles.

Wes siempre se enojaba mucho por eso. «Alguien debió hacer algo», le dijo alguna vez. Pero ¿qué podrían haber hecho? ¿Cómo podrían haber intervenido? Evelyn nunca la ha herido de alguna manera que los demás puedan ver.

—¿Entiendes cuáles serían las repercusiones si esa transmutación decodificada comenzara a circular abiertamente? ¿Tienes idea siquiera de lo que pasaría si esta investigación cayera en las manos equivocadas?

—Sí, sé lo que pasaría —Margaret se petrifica en cuanto salen esas palabras. No está segura de si realmente fue ella quien las dijo y claramente tampoco su madre, porque la está mirando con un gesto atónito, como si le hubiera dado una bofetada.

—Cuidado con lo que insinúas.

—He visto con mis propios ojos lo que hace esta investigación en las manos equivocadas. —La voz le tiembla casi tanto como el cuerpo, pero Margaret se obliga a continuar—. Se lo mostré porque no hay otra manera para matar al hala. Se lo mostré porque confío en él y porque es mi amigo.

—¿Eso que vi fue amistad? ¿Segura? —Evelyn se levanta del asiento. Su sombra se extiende por el suelo—. ¿En serio estás tan hambrienta de atención que dejas que cualquier muchacho con palabras bonitas te envenene la cabeza…?

—¡Sí! Porque tú me dejaste aquí, sola. Llevo tanto tiempo viviendo como si no existiera. Y creía que era la *magnum opus* lo que consume a la gente. Creía que era la alquimia. Pero siempre fuiste tú. Tú permitiste que te consumiera. ¿Cómo quieres hacer ahora el papel de madre si no lo has sido en años?

Decirlo en voz alta le rompe algo adentro y, ahora, puede verlo con claridad. Lo peor ya le pasó un millón de veces y sobrevivió. Evelyn ya la había abandonado.

«Así no es el amor».

Margaret no puede creer que se negó la oportunidad de comprobarlo. No puede creer que casi sacó a Wes a empujones de su casa.

—Y ahora ¿qué te picó? —Hay un brillo herido en los ojos de Evelyn—. Puedes criticarme todo lo que quieras, pero todo lo que hago, lo hago por nuestra familia. Lamento no poder ser como todas las buenas mujeres kataristas del pueblo y dedicarte mi vida entera. Cuando tu padre se fue, tuve que encargarme sola de ti y no te habría dejado sola si no supiera que eres suficientemente madura para manejarlo.

—Quizá no soy suficientemente madura.

Evelyn toma aire, como si estuviera haciendo acopio de todo lo que le queda de paciencia.

—No. Quizá no lo eres. Pero ya estoy aquí y pensé en ti todos los días. He sido lo más paciente que he podido dadas las circunstancias. ¿No te basta? Lo menos que podrías hacer es tratarme con decencia en vez de ser cruel.

Margaret quiere decir que no, «no basta».

Evelyn regresó, pero no está presente y hace años que no lo ha estado. Una parte de ella se fue el día de la muerte de David y nunca regresó. Mientras las lágrimas le corren por la cara, Margaret siente el sabor de la sal en sus labios. Se siente humillada por llorar, humillada por demostrarle a su madre que tiene razón. Quizá no es lo suficientemente madura para enfrentar nada de eso, pero ya se cansó de intentar serlo. Ya se cansó de esperar a que las cosas cambien.

Ya se cansó de estar sola.

—Mañana a primera hora —dice Evelyn— iremos al pueblo y me anotaré como tu alquimista en lugar de ese muchacho. Claramente no es lo que yo tenía planeado, pero ya que me diste la oportunidad, sería una tontería no aprovecharla.

—No —dice Margaret en voz baja—. No puedo seguir con esto. No contigo.

Evelyn suelta una carcajada de incredulidad.

—¿Tú también quieres extorsionarme? Ya ves lo bien que le salió a tu amiguito. A ver, inténtalo.

—No. No es una extorsión. Es una negociación. Me voy. Mañana, Wes y yo ganaremos la cacería y tú podrás hacer lo que quieras. Sigue trabajando hasta el cansancio por tu familia de una persona.

Antes de que se acobarde, Margaret sale al pasillo. Escucha que su madre va a seguirla sin ganas. El exasperado chirrido de su silla raspando la madera del suelo, el golpeteo lento y condescendiente de sus tacones.

—¿Quién diablos te crees que eres para hablarme así?

Margaret abre de golpe la puerta de su habitación y saca la maleta que tiene debajo de la cama. Lo único que escucha son los latidos salvajes de su corazón reverberándole en las orejas y el ritmo desesperado de su respiración. «Contrólate». Le están temblando tanto las manos que casi desgarra todos sus suéteres al quitar los ganchos en su clóset para echarlos en la maleta.

Seguramente se le olvida algo, algo más que es suyo. Pero fuera de su ropa y su arma, no hay nada en esa casa que tenga valor sentimental para ella. Solamente sus libros, pero las páginas desgastadas se convertirían en polvo si intenta llevarlos en carreta por la montaña. Tendrá que dejarlos.

Evelyn la espera en el descanso de la escalera, con los brazos cruzados y gesto impaciente.

—¿A dónde piensas ir? ¿Siquiera tienes un plan?

«Lejos de ti. A donde sea. Con Wes».

—Muévete.

—No te voy a permitir que huyas de esta conversación.

Margaret pasa junto a Evelyn y baja corriendo las escaleras.

—¡Problema!

El perro se pone de pie de un salto mientras Margaret agarra el cuchillo de caza pintado que estaba en la sala de estar y se lo guarda lo más discretamente que puede en el bolsillo de la falda.

—Basta. —La dureza en la voz de su madre casi la doblega—. No puedes hacer esto. No puedes dejarme tú también. Te quiero, Maggie. ¿Eso no significa nada para ti?

«Te quiero». ¿Hace cuánto que Evelyn no le decía eso?

Hubo un tiempo en el que se lo decía todos los días de mil maneras distintas. Cuando Margaret busca en ese rincón iluminado de su cabeza, donde están todos sus recuerdos más felices y seguros, encuentra uno tan dorado como el centeno y la luz del sol. En primavera, recorrían las colinas donde las amapolas crecían por todas partes y los halcones planeaban sobre sus cabezas. Evelyn recogía las flores salvajes que se iban encontrando y les decía sus nombres como si fueran un valioso secreto: milenrama y mañanita y esculetaria. Se tumbaban lado a lado mientras su madre iba tejiendo las flores para hacer una corona. «Reina Maggie», decía con reverencia y le colocaba la corona en la cabeza.

Margaret ahoga un sollozo al tomar la perilla de la puerta.

¿Cómo puede alejarse para siempre de su propia madre? ¿Cómo puede corresponder su amor con abandono? ¿Cómo puede obligarse a olvidar todos esos detalles y la ternura que le dio? Pero eso nunca ha sido el todo de su Evelyn, de su familia, por más que Margaret desearía que así fuera. A lo largo del tiempo se ha ido construyendo una madre con esos hermosos recuerdos y con eso sobrevivía. Pero ya no puede seguir subsistiendo de migajas.

Mientras abre la puerta, comete el error de mirar atrás. Aunque Evelyn tiene como iluminación de fondo la espeluznante luz amarillenta que emanan los apliques, Margaret la ve cambiar en un instante. Su expresión angustiada se transforma en una máscara tan tranquila y compuesta que es como si no se hubiera quebrado nunca.

—Está bien. Vete. Eres una digna hija de tu padre.

Margaret azota la puerta al cerrarla.

Camina con lóbrega determinación hasta el potrero y llama a Shimmer. Luego, con su caballo y su sabueso, se interna en el bosque. Mientras se siga moviendo, no se derrumbará. La señora Wreford le dijo una vez que hay más en la vida que cuidar esa mansión, que hay gente que la ama. Gente como ella… y Wes. Ellos le han lanzado salvavidas tras salvavidas y al fin está lista para tomarlos. En algún lugar al otro lado de esas secuoyas, un mundo la está esperando.

Poco a poco, los enormes árboles se abren para dar paso a las colinas cubiertas de centeno. El mar Medialuna se extiende perezoso sobre la playa esta noche, brillando bajo la luz de una luna creciente. Y ahí, en la distancia, ve la silueta borrosa de una persona.

Su corazón se acelera, expectante. Es poco común que alguien se aleje tanto de Wickdon, especialmente a pie y a esta hora. Margaret trota por el camino hasta que puede ver la figura con más claridad, bañada en el brillo de plata de la luna. Desde ahí, alcanza a distinguir el faldón de un abrigo meciéndose con el viento y un montón de cabello negro revuelto.

—¿Wes? —grita. El viento se lleva su voz.

Pero Margaret sabe que él la escuchó por la manera en que sus hombros se relajan. Nunca en su vida había probado algo más dulce que ese alivio. Dudó de él. Lo rechazó. Y, aun así, Wes volvió por ella. Tan obstinado como siempre.

Margaret suelta la brida de Shimmer y su maleta y corre hacia él. En cuanto están lo suficientemente cerca, Wes la envuelve en un abrazo que la deja sin aire. Podría vivir ahí: el calor de su cuerpo contra el de ella, el ridículo e intoxicante aroma de su loción y el salvaje sabor salado del mar; la manera en la que él la abraza como si fuera algo valiosísimo.

—No debí dejarte —le dice él en el oído.

—No debí dejar que te fueras.

Wes se aleja apenas lo suficiente para mirarla a los ojos, pero no le suelta los hombros. Tiene una expresión muy seria, que a ella le hace un nudo en el estómago.

—Margaret, sé que no tengo mucho que ofrecerte y sé que es difícil imaginar que algo saldrá bien después de la cacería y sé que probablemente puedes pensar en al menos mil hombres mejores que yo para que sean tu esposo, pero créeme cuando te digo que hay una vida para nosotros, una vida buena. Un país donde no tengamos que vivir con miedo. Una casa en el campo. Una biblioteca llena de libros cochinos y una cocina enorme y siete hijos... o sin hijos... y cinco sabuesos iguales a Problema. Lo que tú quieras, te juro que lo haré realidad. Te juro que te haré feliz.

Eso la deja sin palabras. Un día, cuando Wes estaba muy borracho, le describió exactamente esa misma escena y fue la cosa más hermosa que Margaret había escuchado en su vida. Ella nunca fue capaz de imaginar nada fuera de Wickdon o de las paredes de la casa de su madre. Pero con los ojos de Wes puede ver mil posibilidades, todas tan reales y brillantes como perlas.

¿Cómo puede creer Wes que no tiene nada que ofrecer? Margaret nunca ha tenido el don de la imaginación, ni un sueño ni un futuro en el cual creer, pero él le dio eso. Ella lo quiere, lo quiere a él, más que a cualquier otra cosa que haya querido en su vida, y eso la aterra. Siente como si acabara de dar un paso en la orilla del precipicio. Pero quizá, solo por una vez, puede permitirse creer que alguien estará ahí para atraparla.

—¿Me acabas de proponer matrimonio?

—¿Qué? ¡No! No, por Dios. —Wes se pone pálido al procesar lo que ella le acaba de decir—. Y no porque no quiera, pero… Ni siquiera tengo un anillo y aún no te he dicho que…

—Lo sé. —Margaret toma el rostro de Wes entre sus manos.

—Solo quiero hacerlo bien. Y lo haré algún día, si me lo permites. —La mira como si fuera lo más brillante del lugar, más brillante aún que la Luna Fría y todas las estrellas en el cielo—. ¿Cómo estás?

Margaret suelta unas risitas.

—Honestamente, no sé. Nunca me había sentido más miserable ni más feliz.

—Me basta con eso. —Wes le acaricia los brazos. Margaret tiene la piel de gallina—. ¿Dónde está tu abrigo?

—Seguramente se me olvidó. Salí corriendo.

—Pues no quiero que te me mueras congelada. Se quita el abrigo y se lo pone a Margaret sobre los hombros como una capa, como él siempre la ha usado. Huele a él y la tela está muy suave de tan desgastada. Wes tiene una expresión peculiar en la cara mientras le acomoda las mangas, como si estuviera analizando una obra de arte muy extraña.

—¿Tan mal me veo?

—No, no es eso para nada. Te queda muy bien. Me gusta cuando me dejas hacer esto.

—¿Hacer qué?

—Cuidarte. —Wes se frota el cuello con una mano—. Toda mi familia te está esperando. Están emocionadas de verte.

—¿En serio?

—En serio. Pero puedo mantenerlas a raya si estás cansada.

Extrañamente, la idea de pasar tiempo con las cinco mujeres Winters suena… agradable.

—No, está bien. A mí también me emociona verlas.

Wes la toma de la mano y le planta un beso en los nudillos.

—No sabes lo que dices, Margaret.

Con abrigo o sin él, mientras Wes le sonría así, Margaret no sentirá frío.

Las dos suites contiguas en el Wallace Inn se ven como si una tormenta hubiera arrasado con ellas. Con seis maletas, todas las sábanas y almohadas regadas por el suelo, solo hay un pequeño pasillo de espacio despejado. A Margaret se le complica saber dónde poner los pies cuando la arrancan de la mano de Wes y va pasando de unos brazos a otros. No está segura de si en su vida la abrazaron tanto. Es una sensación extraña y embriagante y, cuando al fin le permiten sentarse, le ponen una taza de té entre las manos. Está comenzando a entender por qué la familia Winters puede convertir en un hogar en cualquier sitio al que lleguen.

—Te extrañamos, cariño —dice Aoife—. Y nos alegra mucho que estés aquí.

Margaret sonríe y baja la mirada.

—Gracias. A Problema también le alegra, o eso creo.

El perro rápidamente eligió como su favorita a Edie, quien está acuclillada en el suelo junto a él, rascándole detrás de las orejas.

—Voy por algo para cenar. ¿Tú quieres algo?

—No, estoy bien. Gracias, señora Winters.

Aoife suspira, claramente ofendida.

—Bueno. Vuelvo en un momento.

—Espero que sepas que de todos modos te va a obligar a comer —le dice Christine cuando se cierra la puerta detrás de su madre—. No tiene caso negarse.

—Ya cruzaremos ese puente cuando lleguemos a él. —Wes se estira y bosteza exageradamente, y luego va a tomar la maleta de Margaret—. Ha sido un día largo para los dos, así que voy a poner nuestras cosas en el otro cuarto.

—Pero claro que no. —Christine le arrebata la maleta—. No vas a usar esa habitación como tu suite de luna de miel mientras todas estamos a un lado.

—¿Es en serio? ¿Podrían no hablar de eso? —pide Colleen, tapándose las orejas.

—Margaret y yo compartiremos la habitación. —Todas las cabezas se giran hacia Mad, quien está recargada en la ventana con vista al mar. Le da unos golpecitos a la larga boquilla de su cigarro, haciendo que caiga la ceniza—. De todos modos quería conocerla mejor.

Wes tiene cara de derrota.

—No seas dramático. Christine, Margaret, vengan conmigo —dice Mad—. Vamos a arreglarlos.

—¿Para qué? —pregunta Christine.

—Para salir.

—¿Con qué dinero? —se burla Wes.

—Si mal no recuerdo, hiciste tu magia con la chica del mostrador.

—Claro. —Wes se frota la nuca—. Un momento, ¿estás reconociendo al fin que sí contribuyo a la familia?

—¿Puedo ir yo también? —pregunta Colleen, emocionada.

—No —dice Christine con tono amable—. Sé enfadosa sola. O juega con tu hermana.

—¡Yo no quiero jugar con ella! —Edie abraza a Problema, quien suelta un gruñido, pues lo despertó de su sueño. Luego la mira con los ojos adormilados—. Tengo a Problema.

—Entonces creo que tu única opción será hablar con Wes. Qué lástima. ¡Adiós!

—¡Oye! —protesta Wes.

Margaret apenas puede mantener la compostura mientras Christine y Mad se la llevan a la otra habitación. La sientan frente al tocador, que tiene más cosméticos de los que ella había visto juntos en su vida. Un espejo flanqueado de luces demasiado brillantes le muestra el reflejo de su rostro cansado. Las dos hermanas mayores de la familia Winters la observan con los ojos entrecerrados, estudiándola.

Christine es la primera en romper el silencio.

—No tienes que venir si estás cansada, aunque Mad dice las cosas como si no tuvieras opción.

—Sí quiero ir —dice Margaret, aunque no sabe qué es exactamente lo que está aceptando. Nunca antes ha tenido una salida así.

Pero su fácil aquiescencia parece complacer a Mad, quien toma un mechón de su cabello.

—¿Puedo?

Margaret asiente y Mad le recoge el cabello con cuidado y lo deja caer sobre su espalda. Lo trae muy enredado por el viento del mar, pero Mad le va pasando diligentemente los dedos hasta que se le acomoda. A Margaret le arden los ojos y le dan ganas de darse una patada por conmoverse tan fácil con cualquier mínimo acto de ternura. No quiere llorar frente a las hermanas de Wes y menos cuando están siendo tan amables con ella.

—Oye. —Christine le da un apretoncito en el hombro—. Estamos contigo. Todo va a estar bien.

—Es cierto —dice Mad sin mucha emoción—. Y, cuéntanos, ¿cuáles son tus intenciones con nuestro hermano?

Christine suelta un quejido.

—¿En serio crees que es buen momento?

—Solo estoy haciendo conversación.

—No, te estás preparando para iniciar un interrogatorio. Ignórala, Margaret, en serio. Es como una aplanadora.

—Simplemente hago lo que me toca. Además, Margaret tiene que saber en qué se está metiendo. —Mad la mira a los ojos a través del espejo—. Le gustas y supongo que no te lo ha dicho con todas sus letras porque es alérgico a la honestidad la mitad del tiempo. Es muy hablador, pero se acobarda cuando tiene que dar el siguiente paso. Pero, cuando lo hace, no es capaz de hacer nada a medias si tiene la opción de hacerlo a lo grande. Entiendo si crees que no puedes con eso. Pero no quiero que lo lastimen. Es enfadosísimo cuando está triste.

Nada de lo que dijo Mad la sorprende ni la asusta, pero quiere asegurarse de dar la respuesta correcta. Aprovechándose de su silencio, Mad se pone a buscar algo en una bolsa que está sobre el tocador. Saca un potecito de sombra de ojos y le pasa una brocha. Toma a Margaret por la barbilla para echar su cabeza hacia atrás con un dedo y comienza a delinearla. Los ojos le lloran en protesta, pero no se atreve a moverse ni a respirar hasta que Mad se aleja y suelta un gruñido de aprobación.

—Tienes razón —dice Margaret—. Es todas esas cosas, pero también es noble y de buen corazón. Mañana, planeo protegerlo con mi vida. Y, después de eso, planeo hacer todo lo que pueda para que sus sueños se cumplan.

Y, algún día, será lo suficientemente valiente para permitirse amarlo como quiere y como él se merece.

Mad tapa el potecito con un enfático clic.

—Entonces, tienes mi bendición. Vámonos.

Christine suelta un suspiro de alivio y el corazón de Margaret se llena de esperanza.

Mañana por la mañana comenzará la cacería. El sueño que ella y Wes comparten pende de un hilo, así como el futuro de toda su familia. Pero, en este momento, rodeada de gente que la acepta, no es difícil creer que en verdad todo va a estar bien.

29

A menos de veinticuatro horas para la cacería, Wickdon está caótico y lleno de vida.

En el Blind Fox, una banda toca sobre un escenario improvisado y una suave neblina de tabaco recorre el bar como la niebla en el puerto. La gente baila con sus vestidos cortos y las mangas enrolladas en sus camisas de vestir. Esta noche, todo brilla. Lentejuelas y vasos de cristal y los ojos de Margaret al mirarlo todo. Wes no puede dejar de verla a ella.

Casi al fondo del bar, encuentran una mesa vacía. Christine se tumba en la banca para apartarla. Margaret se sienta frente a ella, abrumada por el plan, a juzgar por lo tenso de su postura. Wes no logra procesar cómo su Margaret, salvaje y cubierta de lodo, y esa Margaret con los ojos delineados pueden ser la misma.

—¿Wes? —Christine hace un gesto adorable, batiendo las pestañas—. Muero de sed. ¿Podrías ayudarme, querido?

—¿Qué quieren? —pregunta él con un suspiro—. Les traeré bebidas a las dos.

—Lo que sea está bien —dice Margaret.

—¡Gin!

Mad le pone una mano en el hombro a Wes.

—Te acompaño.

—Claro. —Es un milagro que a Wes no se le quiebre la voz por la sorpresa... y por el miedo.

Se abren paso entre los danzantes y las faldas con barbas que se mueven de aquí para allá hasta llegar al bar. Al otro lado, Wes ve a la señora Wreford sirviendo una cerveza con mucha espuma que se escurre por los lados de un vaso escarchado. Al fin, un barista agobiado les toma la orden y deja a Wes y Mad solos, realmente solos, por primera vez en semanas. Ella se recarga en la barra y apoya la barbilla sobre su puño, observando el lugar como si esperara a alguien, o algo.

—Dijiste que te lo agradeciera luego. Así que te lo agradezco. —Wes se acerca a ella para no tener que gritar—. Y te pido perdón.

—¿Por qué?

—¿Qué? ¿Quieres una lista?

—Sí, humíllate —dice ella, aunque sin crueldad. Pero a Wes le gustaría que sonriera o al menos que quitara su gesto impasible—. Estoy esperando.

—Perdón por empeorar tu vida.

—No basta.

El barista les entrega sus bebidas. Aunque ya tienen los tragos de todos, Mad no intenta volver a la mesa, solo gira su whisky en el vaso con gran concentración. El líquido lanza una sombra acuosa y ambarina sobre el bar.

—Te decepcioné. Prometimos hacernos cargo entre los dos, pero dejé sobre tus hombros más de lo que debías soportar sola cuando empecé con mis estudios de alquimia.

—Nunca quise que pusieras tu vida en pausa por mí, ¿sabes?

—Lo sé. Pero pude haberte tenido más en cuenta. Perdón por pensar que la traías contra mí y que no querías que estuviera bien, y por esperar que estuvieras de acuerdo con todo lo que hacía y...

—Bueno, bueno, con eso es suficiente.

—Lo extraño —dice Wes tras un momento—. Lo extraño todos los días.

La expresión de Mad se suaviza.

—Yo también.

—Y te extraño a ti.

—Yo también te extraño. —Mad lo toma por el cuello y lo jala para envolverlo en un abrazo. Wes tiene que agacharse un poco para que lo alcance, pero, cuando lo hace, ella le da un beso en la cabeza—. Y te pido perdón por asumir lo peor de ti.

—Tenías razones para hacerlo. Pero te prometo que lo voy a arreglar.

—Más te vale que no te mueras. Si lo haces, te juro por Dios que...

Wes sonríe de una forma que sabe que la haría enojar si pudiera verlo.

—Aw, Madeline, ¿te estás poniendo sentimental?

—Ugh. —Mad le da un empujón—. Eres imposible.

—Me amas.

—Pues sí. —A Wes no le gusta la mirada que ella le está echando, que es algo entre travieso y calculador. Mad abre la bolsa que trae al hombro, una cosa enorme y llena de cuentas que le dieron en su cumpleaños pasado—. Cierra los ojos y extiende una mano.

La infancia de Wes le enseñó que no debe obedecerla. La misma Mad le ha puesto distintas cosas desagradables en la mano con un truco así. Un cubo de hielo. El diente de leche de una de sus hermanas. Una cucaracha muerta. Pero su hermana tiene un brillo en los ojos que no da lugar a discusiones, así que él hace lo que le está pidiendo. Algo cruje en su palma y, cuando lo ve, casi se lo avienta en la cara a Mad.

—¿En serio? —exclama.

Una envoltura de condón brilla como el metal bajo la luz.

Mad finge inocencia mientras saca un paquete de cigarros de su bolsa y enciende uno.

—Mamá no te lo va a dar y preferiría morirse antes que pronunciar la palabra «sexo», así que te quedaron a deber esta plática. Si tú y Margaret se van a quedar con nosotras hasta que te estabilices, Dios sabe que no necesitamos más niños en la casa.

Wes quiere que se lo trague la tierra. O prenderse fuego. O cualquier cosa para salir de ese infierno.

—Muy bien. Gracias. ¿Algo más que me quieras decir? ¿Algún otro consejo?

—¿Consejo? Claro. No seas egoísta, pregúntale a ella qué quiere y, por el amor de Dios, no te le quedes viendo como si te fuera a arrancar el alma por la boca toda la noche. Es como si nunca hubieras visto a una mujer.

Wes se guarda el condón en el bolsillo con la esperanza de que nadie lo haya visto. Aunque tiene una idea bastante clara de lo que habría pasado si Evelyn no los hubiera interrumpido, la sola idea de tener ese objeto lo hace sentir un montón de cosas, casi todas atrevidas. Y aterradoras. Quizá más aterradoras que nada.

—Era sarcasmo. Dios mío. ¿Podríamos no hablar de esto ahora, por favor? O, idealmente, nunca.

—Un día me lo vas a agradecer. Y ya vámonos, antes de que Christine asuste a Margaret.

Toman sus bebidas y, mientras comienzan a abrirse paso entre la multitud, alguien empuja a Wes. La cerveza de Margaret se derrama un poco en sus manos y lo hace soltar un suspiro molesto.

—Winters.

A Wes se le revuelve el estómago al escuchar esa voz siniestra. Jaime Harrington está a menos de un metro de él, bamboleándose ligeramente y con la cara sonrojada por el frío y el alcohol. Irradia odio, pero al menos los moretones en su mejilla lo ayudan a mantener un tono jovial.

—Harrington. Un gusto, como siempre.

Mad se detiene junto a Wes y mira a Jaime a la cara.

—Y este ¿quién es?

Jaime abre la boca, probablemente para decir algo mordaz e inane, pero, cuando ve a Mad, solo se queda con la boca abierta. Sus ojos pasan de ella a Wes y de regreso, como si no pudiera comprender lo parecidos que son o la apariencia de Mad. Wes ya aprendió su lección pero lo que daría por darle otro golpe. Cómo se atreve ese bastardo a mirar así a su hermana.

—Él es Jaime Harrington —dice—. Y ella es mi hermana, Madeline.

—¿Hermana? —repite Jaime.

—Ah, sí, reconozco ese nombre. —Mad sonríe con el gesto más dulce que Wes le ha visto en su vida y eso lo petrifica—. Me gusta tu chamarra. Es cara esa marca.

—Oh. —Jaime baja la mirada, claramente aún confundido—. ¿Gracias?

Antes de que siquiera termine de hablar, Mad le voltea toda su bebida en la chaqueta. Mientras pasa junto a él, le da un golpecito en el hombro.

—Uuups.

Jaime maldice y Wes se queda sin saber qué hacer, medio pasmado y en un punto entre el miedo y el deleite. Antes de que se recupere lo suficiente como para irse, Jaime lo toma por el cuello de la camisa y lo jala. Están tan cerca que Wes puede oler la cerveza rancia en su aliento y el whisky seco en su chamarra.

—Annette ya no me habla y sé que tienes algo que ver con eso.

—Quizá deberías controlarte. Estás haciendo el ridículo. —Wes ve cómo la ira se enciende en los ojos de Jaime en el momento exacto en que reconoce sus propias palabras—. A mí también me ha pasado, pero he aprendido que a las mujeres les agrada que reconozcas que pueden tomar decisiones por sí mismas.

Jaime le pela los dientes.

—Quítate esa sonrisita de la cara. Siempre tienes un plan y un chiste para todo, ¿no? Pero ya me harté de jugar contigo, Winters. Más vale que no te vea solo durante la cacería porque, si pasa, voy a hacer que mi sabueso te destace como la alimaña que eres.

Wes se quiere reír, pero todas las respuestas burlonas que se le ocurren mueren al ver los ojos de Jaime. Hay algo salvaje y ansioso en ellos que no había visto antes. Es algo más profundo que la frustración, más aún que el odio. Es desesperación pura.

Ese hombre no está hablando en metáforas.

Jaime lo suelta, pero no rompe el contacto visual. Desconcertado, Wes da un paso atrás y luego otro antes de darse la vuelta y volver a la mesa a toda prisa. Odia que Jaime lo haya puesto nervioso, pero no puede negar que eso se sintió más como un augurio que como una amenaza. En las leyendas de su madre, la diosa de la guerra siempre aparece justo antes de una batalla, presagiando tragedias para los hombres malhadados. Es como si la diosa hubiera hablado a través de la boca de Jaime para anunciar su macabro destino. Wes se imagina siendo arrastrado por la tierra como un ciervo que intentó escapar.

Se sienta junto a Margaret y pone el brazo sobre el respaldo de la silla de ella. De inmediato, ella le clava una de esas miradas demasiado perceptivas que suele lanzarle.

—¿Está todo bien?

—Sí. —Wes se toma su bebida de un solo trago—. Perfectamente bien.

—Alguien está lista para bailar —anuncia Christine con voz cantarina.

—Yo —dice Mad.

—Vamos.

Christine la arrastra hacia la multitud, que está en un punto álgido mientras la banda entona una canción alegre y exageradamente rápida. Al verlas bailar y bailar, a Wes le sorprende lo distintas que se ven sus hermanas bajo esa luz. Parecen despreocupadas, como si fueran la clase de chicas de la ciudad que andan de bar en bar todos los fines de semana. Como si no estuvieran al borde de la ruina.

Tienen que ganar mañana, por ellas.

Cuando mira a Margaret, descubre que ella no le ha quitado los ojos de encima. Wes suspira. No tiene caso querer escondérselo.

—Me topé otra vez con Harrington. Estaba feliz de verme.

—Ya lo creo.

—Dijo que si me ve solo mañana, me va a matar.

—No le voy a dar la oportunidad. —Margaret pega su rodilla a la de él y Wes nota que la está rebotando como loco—. Le prometí a Mad que te iba a proteger con mi vida y planeo cumplir con mi palabra.

—¿Qué haría yo sin ti? —Hace girar lo poco que queda de licor en su vaso y el hielo repica con un sonido tan frágil como sus nervios—. ¿Sabes? Hasta ahora, siempre fue fácil para mí decir que tenía el valor para hacerlo, pero ahora mírame, con miedo de Jaime y con miedo de mí mismo. ¿Qué va a pasar si no me atrevo a hacerlo?

—¿Qué quieres decir?

—No puedo hacer nada de lo que quiero sin poder. Pero si mato al hala, ¿cómo seré mejor que cualquiera de los demás alquimistas de este país? Si estoy dispuesto a sacrificar mis raíces, estoy dispuesto a jugar con sus reglas del juego...

—Pero no eres como ellos. Estás jugando su juego y eso es verdad. Pero en el momento en que entraste a la cacería, rompiste sus reglas. Si ganamos, irás en camino a cambiar el juego por completo.

¿Qué significaría que un chico súmico de Fifth Ward y una chica yu'adir del campo ganaran? No significaría nada, y significaría todo. Sería algo que, al menos por una noche, al menos en ese pueblo olvidado, obligaría a New Albion a reconsiderar cómo son los héroes. A reconocer que su herencia y su identidad no son ni nunca fueron homogéneas.

Wes solo desearía que hubiera una forma de hacerlo sin cometer un pecado mortal.

—¿Eso es lo que te dices a ti misma? —le pregunta a Margaret.

—No. —Ella le muestra una sonrisa amable, casi triste—. No sé si tengo el derecho a decir que estoy traicionando algo o a alguien, como tú. Lo que me digo es que estoy haciendo lo que debe hacerse. Y tú también.

—Sí. Supongo que sí. —Apoya la cabeza en la mesa.

—Eres un buen hombre, Wes. —El peso de la mano de Margaret en su espalda lo invita a incorporarse para mirarla a los ojos—. Tu madre te va a perdonar. Y si Dios puso al hala en esta tierra por nosotros, no puede enojarse tanto porque lo usemos. Intenta dejar de pensar en eso esta noche. Deberías ir con tus hermanas.

—Deberíamos ir con mis hermanas.

—No, yo no puedo.

—Ay, por favor —insiste él con coquetería—. Baila conmigo.

—No sé cómo.

Wes extiende una mano hacia ella.

—Te prometo que no es difícil.

Muy a regañadientes, Margaret toma su mano. Mientras deja que Wes la lleve hacia la orilla de la multitud, donde hay menos gente, él siente cómo apaga un poco de su inquietud. La canción cambia de ritmo justo cuando toma a Margaret entre sus brazos y no puede evitar sentirse embobado, incluso feliz, porque ella está ahí con él y lo está dejando abrazarla después de que casi la perdió esa misma noche.

«Nunca me había sentido más miserable ni más feliz», le dijo Margaret.

Wes lo entiende muy bien. Mientras el cantante va bajando la voz y las percusiones van subiendo de intensidad, el lugar se vuelve suave, nebuloso y brillante, y la magia que Wes siente entre toda esa gente al fin se refleja en los ojos de Margaret. Se ven tibios y embriagantes como el whisky y, si no la besa ahora mismo, cree que podría morirse.

Como si ella pudiera leerle la mente, lo toma por la solapa. Pero, antes de que Wes pueda pensar siquiera en plantarle el beso, se petrifica por lo que ve sobre el hombro de ella.

Jaime Harrington los está mirando con la expresión de un hombre que sabe que ya ganó.

En la mañana de la Cacería de la Medialuna, Wes despierta antes que el sol.

Christine está roncando a su lado, todavía vestida con lo que traía anoche. Wes hace una nota mental para burlarse de ella más tarde mientras se levanta de la cama. Su madre y Edie no se han movido y, en la suite de al lado, Mad y Colleen están tumbadas a cada lado de un muro hecho de almohadas. La cama de Margaret está vacía, con las sábanas perfectamente tendidas y acomodadas como si nadie hubiera dormido ahí.

A juzgar por el agotamiento sordo que zumba en la cabeza de Wes y la oscuridad del cielo, no pueden ser más de las tres o cuatro de la mañana, lo que lo preocupa un poco. Quizá Margaret no pudo dormir y bajó a leer. Dios sabe que él no puede dormir ahora, ya lo llenó la terrible conciencia de que la cacería comenzará en un par de horas.

Se cepilla los dientes, se toma una taza de agua y se viste en la oscuridad antes de bajar silenciosamente a buscar a Margaret. El lobby está en un silencio de muerte. Solo se ve a Annette, cabeceando con la barbilla sobre un puño en el mostrador.

—¿Has visto a Margaret? —le pregunta Wes.

Annette se sobresalta.

—¡Ah, Wes! Buenos días. Sí, de hecho sí. Vi que se fue hace unos quince minutos. Creo que dijo que iba a nadar.

Suena tan ridículo que debe ser verdad.

—Gracias.

Ella le ofrece una sonrisa cómplice.

—Buena suerte.

Wes se pone su abrigo y sigue el camino pedregoso hacia los peñascos que dan al mar. La luz de una fogata baila cerca de una ensenada y sus llamas lanzan chispas púrpura al quemar la sal y los metales. El reflejo de la luna llena brilla sobre las olas como un puente de luz que a Wes lo hace sentir que podría subirse y caminar por ahí hasta el horizonte. Y allá, en la playa, una silueta oscura.

Margaret.

Wes ve que dejó su ropa perfectamente doblada sobre la arena, apenas a salvo de la marea. Hay una parte tímida y con temor a Dios dentro de él que le dice: «Date la vuelta y vuelve al Inn». Pero hay otra parte mucho más fuerte que le ordena: «Díselo ya, cobarde, antes de que sea demasiado tarde».

Hoy, uno de los dos podría morir. No hay nada que se puedan decir el uno al otro que no sepan ya. Wes lo ve en los ojos de Margaret. Lo ha probado en sus labios. Ella lo escribe en su piel cada vez que lo toca. Pero en todas las leyendas de su madre en las palabras hay un poder que ata y Wes no quiere morir sin que su alma esté unida a la de ella.

Baja por el camino, maldiciendo cuando las rocas se sueltan bajo sus suelas. Es una noche tranquila. Solo una brisa muy ligera le acaricia el cabello y le pinta los labios con sal. Siente que esa paz tan frágil como el cristal se podría quebrar si tan solo se atreve a hablar. Se acerca a la orilla del agua hasta que puede ver a Margaret con claridad. La luna está enorme, brillante como una farola y su luz dorada le baña los hombros a Margaret, que tiene el cabello mojado y liso, flotando con la forma de un abanico donde se encuentra con el mar. En ese momento, a Wes le parece una criatura de otro mundo. Una sirena, o una de las Aos Sí que podría arrastrarlo hacia una tumba de agua. Una magia misteriosa tan antigua y salvaje como el hala con la piel de una mujer.

Es tan hermosa.

Durante las últimas semanas, Wes ha memorizado todo de ella. Cada cambio de luz en sus ojos de miel. La manera en la que le sonríe cuando está a punto de reírse o no puede seguir fingiendo que lo encuentra molesto, como quisiera hacerlo creer. La manera en que lo mira cuando está a punto de derrumbarse. Pero esto no se parece a nada que haya visto antes. Wes no sabe qué pasará si se lo confiesa sin rodeos y sin presentarle escenarios hipotéticos. Su futuro es brillante y con posibilidades infinitas, pero el presente le hace sentir tanto miedo como emoción.

No sabe lo que haría si Margaret quiere ponerle fin a lo que comenzaron. Pero Wes ya no tiene dónde esconderse y ahí no hay nadie más que ellos dos.

Este momento, decide, será perfecto.

Wes se aclara la garganta escandalosamente y Margaret voltea. Mientras se hunde más en el agua, exclama como un grito ahogado: «¿Wes?».

Él intenta mostrarle una sonrisa pícara, pero no le sale muy bien.

—Hola, Margaret.

—¿Qué haces aquí?

—Me pareció que era una hermosa mañana como para dar un paseo en la playa —dice él, con el tono más casual del que es capaz—. Y creo que no fui el único que pensó eso.

—Hay mucha playa para caminar.

—Me gusta este punto en particular. —Ahí encuentra un lugar donde se siente más seguro, en ese tonito de voz que sabe que la irrita tanto—. Creo que me voy a quedar aquí, si no te molesta.

Ella le lanza una mirada furiosa, como si estuviera a punto de ir a arrastrarlo por la playa hasta ahogarlo. Wes piensa que no le vendría tan mal morir por su mano.

—Como quieras.

—Ya, en serio, quiero hablar contigo. Tenemos asuntos por resolver.

La expresión de Margaret se suaviza mientras comienza a armar las piezas.

—Pues ven.

—El problema es que no sé nadar.

Ella le sonríe. Y es una sonrisa llena de cariño y exasperación, como las favoritas de Wes.

—Está bajo, puedes tocar el suelo.

—Mejor me quedo aquí.

En algún punto entre tirar el abrigo en la arena y desabotonarse la camisa, Wes se da cuenta de que están en público y cualquiera podría encontrarlos. Pero aún faltan unas horas para el amanecer y la emoción de estar ahí, con ella, arde hasta desaparecer como sal en una fogata.

Se quita los zapatos, luego el cinturón y cuando hasta su última prenda está sobre la playa, da un paso hacia el agua y se queda petrificado. Está helada, carajo, lo cual no lo ayuda en nada, pero al menos Margaret parece estar mirando hacia otro lado para ayudarlo a conservar un poco de dignidad.

Tras armarse de valor, entra de lleno al mar. El frío lo deja sin aliento en cuanto el agua le llega a la cintura, pero sigue adelante.

Ahí, a solo unos centímetros de ella, se vuelve a paralizar. Piensa en el condón en su bolsillo en la playa. Piensa en cómo sería tocarla en ese mismo momento, recorrer la línea del agua que corre por su cuello con la lengua.

—Así que ¿esto es lo que querías?

Sí quería hablar. Quería decirle algo. Pero ya no sabe qué, especialmente al ver que Margaret se está mordiendo el labio y mirándolo con deseo. Wes pone una mano sobre la curva del cuello de ella y se acerca hasta que solo puede sentir el aliento tibio de Margaret en sus labios.

—No me acuerdo.

Margaret pone las manos en el pecho de él, separándolo un poco de su cuerpo.

—¿Y si alguien decide que es una hermosa mañana para dar un paseo?

—No me importa. Que nos vean. Sé que me dijiste que no lo hiciera, pero no puedo no decirte que...

—Ya lo sé, Wes.

Él suelta un quejido.

—Me estás matando.

—Entonces dime por qué.

—¿Cómo puedo decirlo de alguna forma que lo incluya todo? Nunca nada va a parecer suficiente. —Apoya su frente en la de ella—. Porque eres leal y noble, aunque el mundo quiera que no lo seas. Porque me haces reír y ser realista y me retas a crecer. Porque probablemente podrías matarme si quisieras.

—Oh —es todo lo que dice Margaret antes de abrazarlo por la cintura.

De algún modo, se siente casi febril dentro del océano helado. Wes suelta un suspiro de indefensión y va bajando su mano por la espalda de Margaret para luego pasar a su cintura y a sus caderas. Es adictiva la forma en que su aliento se corta cuando besa la suave piel bajo su quijada. Wes siente el revolotear del pulso de Margaret en sus dientes y, por Dios, ese sonido que está haciendo podría ser todo lo que él necesitara. Podría vivir de nada más que eso.

Cuando sus labios se encuentran al fin, se enciende dentro de Wes un fuego más ardiente que el de cualquier reacción alquímica. Si Margaret no está dispuesta a escucharlo, le va a decir que la ama de la única forma que conoce. Enreda los dedos en el cabello que cae sobre su nuca y se bebe la sal de sus labios. El día que la conoció, llena de mugre y con gesto de desprecio, nunca se imaginó que ella sería capaz de hacer algo así. ¿Cómo puede imaginarse que la alquimia se lo va a ganar si ya está irremediablemente perdido en ella?

Margaret se separa de él apenas un poco.

—Hace frío.

—¿En serio? —pregunta él, embobado—. No lo había notado.

—En serio.

Wes intenta no decepcionarse demasiado cuando Margaret lo toma de la mano y lo lleva hacia una pequeña ensenada. Es un alivio que el lugar los protege de las miradas indiscretas y el viento. Se acurrucan muy cerca del fuego, que lanza unas chispas que al apagarse bailan como motas de polvo en el aire. Milagrosamente, ella no protesta cuando él se le queda viendo mientras se seca, memorizando con desesperación hasta la última parte de su cuerpo. Cuando termina, le lanza la toalla a Wes, la cual choca contra su pecho con un sonido húmedo.

—Gracias —dice él sin emoción.

Con una sonrisita de satisfacción, Margaret se pone el vestido y se exprime el cabello como si fuera un trapo de cocina. La toalla ya está casi inservible. La arena que tiene pegada le araña la piel a Wes, pero es suficiente para que pueda volver a ponerse sus pantalones húmedos.

Extiende su abrigo junto al fuego y se tumba sobre él. Se siente adormecido mientras disfruta el fuego... y a ella, tan brillante como una santa iluminada por las llamas azules.

—¿Qué hacías aquí?

—No podía dormir, así que vine a despejarme. —Margaret se lleva las rodillas al pecho—. El océano siempre me relaja.

—¿Funcionó?

—Casi.

Wes se acomoda un brazo como almohada bajo la cabeza y le muestra la sonrisa más odiosa de la que es capaz.

—Ajá. ¿Sigues pensando en mí, Maggie?

Ella hace un gesto de fastidio.

—Ni te lo creas.

—Pues yo sí estoy pensando en ti —dice, haciendo su mejor esfuerzo por sonar herido—. ¿Podrías acercarte a mí?

Margaret suspira y va a sentarse a su lado. Incapaz de resistirse, Wes la envuelve por la cintura con un brazo y la jala para que se acueste junto a él. Margaret suelta un sonidito sorprendido. Su cabello se derrama sobre el abrigo de Wes y en la arena como oro líquido, y sus ojos se ven oscuros, del color de la melaza tibia. Ella lo mira como si estuviera considerando darle un empujón solo para molestarlo, pero el deseo en su mirada lo convence de que, si se queda quieto, va a salir con vida de ahí.

Wes la va acariciando con los dedos y, cuando acomoda su rodilla entre las de ella, Margaret levanta la cadera en el ángulo exacto que casi lo hace perderse de deseo. Ante ella, está desvalido. «Inútil». Entierra la nariz en su cabello e inhala su aroma a mar.

—Eres insistente —le dice Margaret, aunque sin molestia.

—Soy débil —murmura él—. Y tú eres una belleza. Pero, si así lo quieres, me voy a controlar.

—No. Por favor, no. —Margaret le quita los mechones de cabello mojado de los ojos y sus palmas, llenas de arena, le raspan la cara a Wes. Y luego se acerca y lo besa hasta que todo el mundo y hasta el último pensamiento de Wes son de ella.

Wes se separa de sus labios y comienza a bajar lentamente, por su cuello y clavículas y, luego, cuando termina de levantar su falda, por su estómago y cada lado de la cadera. Siente en los labios lo rasposo de la arena y la sal, pero no le importa, no al sentir que ella entrelaza los dedos con su cabello y prácticamente lo jala hasta donde quiere que esté. Wes considera hacer algún comentario burlón por su impaciencia, pero decide que lo mejor es no probar su suerte cuando sería tan fácil para ella aventarlo a la hoguera. Cuando levanta la vista para mirarla, se queda admirado de la manera en que la luz azulada del fuego se refleja en todas las curvas de su cuerpo y luego le besa la parte interior del muslo. Margaret ahoga un grito.

—¿Sabes cuántas veces he pensado en hacer esto? —Wes disfruta la forma en que el rostro de Margaret se pone completamente rojo, cómo se estremece con cada palabra que él pronuncia contra su piel. Es una escena exageradamente adorable—. Desde que vi esa escena en tu libro, ha sido una tortura verte leyéndolo.

—Entonces, ¿por qué no dejas de hablar y haces que dejemos de sufrir? —le pregunta ella con la voz más dulce.

Wes no puede negarse a eso, así que hace lo que se le indicó. Cuando encuentra el ritmo exacto que a ella le gusta, le llega un pensamiento distante de que quizá debería ser más consciente de lo que está pasando, pero la presión de los dedos de ella en su cráneo y su sabor lo reducen a esto, un ser ansioso que gime suavemente contra su cuerpo. Nunca en su vida había experimentado algo más delicioso que la satisfacción de escuchar a Margaret gimiendo su nombre cuando la lleva al límite.

Apenas está recuperando el aliento cuando Margaret lo pone de espaldas y se monta sobre su cintura. Su pecho sube y baja desesperadamente y a Wes le enloquece la manera en que su arrugado vestido de algodón la esconde de él.

Cuando Margaret lo mira así, ruborizada, llena de deseo e iluminada por la luna, Wes vuelve a creer en la existencia de Dios y su nombre en Margaret Welty.

Mientras ella se acerca a su boca, su cabello cae sobre los dos como una cortina que los cubre.

—Te deseo.

—Dios, sí —dice él y son todas las palabras que alcanza a formar. De pronto, en un súbito arranque de claridad, agrega tartamudeando—: Solo... solo necesito... Eh. Espera.

Siente que el corazón le va a estallar por los nervios y parece que los dedos no le responden mientras busca el condón en sus bolsillos. Cuando al fin lo encuentra, se baja los pantalones y abre el empaque. Margaret lo observa poniéndoselo con absoluta atención. Wes nunca en su vida se había sentido tan fuera de control, tan inseguro, tan todo.

Margaret lo mira con calidez y confusión mientras le acaricia los labios con el pulgar.

—¿Estás nervioso?

—Claro que estoy nervioso. Quiero que esto sea...

Margaret se le queda viendo con gesto de que espera que termine su frase. Wes debió saber que no lo iba a dejar así. Ella le va a sacar hasta la última verdad.

—Quiero que esto sea perfecto —dice él.

Ella le concede otra de sus sonrisas secretas.

—Ya es perfecto.

«Ya es perfecto». Las tres palabras más dulces que Wes ha escuchado en su vida.

Margaret se acomoda encima de él, lenta y agónicamente, y se siente tan bien que Wes teme que nunca va a recuperarse de tanto placer. En los ojos de ella están las palabras que él tanto anhela decir. Pero esto es lo más cercano que tendrá a una confesión. Podría pasar una eternidad aprendiendo a amarla de este modo y siempre querrá más. Pero todo termina mucho antes de lo que él hubiera querido. Acomoda a Margaret sobre su pecho y le susurra «lo siento» al oído.

Ella se ríe y acurruca la cabeza bajo su barbilla.

—No te preocupes, por favor.

Juntos, escuchan al mar yendo y viniendo sobre la playa. La respiración agitada de Wes se va relajando hasta que toma el ritmo de la marea, que lleva y trae un susurro que repite «Margaret, Margaret, Margaret». En unos minutos, ella se duerme, y Wes la deja dormir hasta que el alba tiñe al cielo de lavanda.

30

En solo tres horas comenzará la cacería.

Cuando Margaret y Wes regresaron al Inn, se colaron a la habitación lo más sigilosamente que pudieron. Margaret se trenzó el cabello y se puso su atuendo de cacería formal: cuello de tortuga blanco, bombachos y botas cafés de montar. Su chamarra negra cuelga sobre el respaldo de la silla que eligió en el comedor del Inn. Está en una mesita pequeña, desmigando nerviosamente el pan que Annette insistió en llevarle mientras espera que Wes baje.

La ventana junto a ella le ofrece una vista del agua, gris y marmoleada por la espuma de las olas. Se siente como un océano totalmente distinto a ese en el que estuvo por la mañana, tumbada en la arena y escuchando el rítmico latido del corazón de Wes contra su oído. Aún cree que está soñando. Tiene miedo de que ese dolor placentero en su interior se diluya con la tormenta, que esa felicidad imposiblemente brillante le sea arrancada antes de que termine el día.

El sonido de unos pasos hace eco en el silencio. «Wes», dice el vuelco alegre de su corazón.

Pero no es Wes quien se va acercando a su mesa. Es Evelyn.

—Madre.

Evelyn lleva un traje de *tweed* y el cabello recogido en una cola no muy apretada que cuelga sobre su hombro como una serpiente. Sin la niebla del pesar o el agotamiento en sus ojos, se ve más lúcida de lo que se ha visto en años. Casi como Margaret la recuerda antes de que la tragedia destrozara a su familia.

—Necesito hablar contigo.

—Solo tengo un minuto.

—Solo necesito un minuto. —Margaret siente el corazón en la garganta cuando Evelyn se sienta frente a ella. El aire se pone denso y se vuelve más difícil respirar—. No tenías que irte, Margaret. ¿Cuánto tiempo piensas esconderte de mí?

Margaret solo mira fijamente las mancuernillas de su madre, pues no confía en que las palabras no le van a fallar.

—Me preocupas. ¿Qué bien podría hacerte que te vayas con él?

—Es un buen hombre.

—No es mejor que los demás. Vienen y se van en cuanto obtienen lo que quieren. Quizá te he protegido demasiado si no entiendes eso. Tu padre...

«Eres una digna hija de tu padre».

—No quiero que me hables de mi padre. Y no quiero escuchar lo que tienes que decir sobre Wes.

—¿Por qué no escuchas la voz de la razón? Eres una chica bien educada. Aunque hayamos tenido nuestros problemas, el apellido Welty tiene peso. Y ese tal Winters es... —Evelyn hace un gesto vago con la mano—. Es un rufián. Lo único que puede ofrecerte son problemas. Te va a arruinar, suponiendo que aún no lo haya hecho.

Margaret siente cómo la rabia empieza a arder en su interior.

—Lo que yo haga no es tu problema.

—Soy tu madre. Claro que es mi problema.

—Y ya me has demostrado lo que eso significa para ti.

Evelyn parece genuinamente herida, tanto que Margaret desearía no haber dicho eso. Se estira sobre la mesa, como si quisiera tomar su mano.

—Significa todo para mí. Todo lo que hago y todo lo que he hecho ha sido por mis hijos.

Hijos. No hija.

—Te amo, Margaret. He intentado darte los mejores cuidados de los que soy capaz y supongo que eso no bastó para ti. Pero créeme cuando te digo que conozco a los hombres como Weston Winters. He sido maestra. He sido pareja. Se irá en cuanto termine contigo. Ya sea después de la cacería o cuando ya se haya casado contigo para quedarse con mi casa.

—Te equivocas.

—Te está usando —insiste Evelyn con voz suplicante—. ¿No lo ves? ¿Por qué se interesaría en ti? ¿Qué te ha dado además de promesas y palabras bonitas? Quizá te quiere ahora, pero ¿qué pasará dentro de un año cuando se aburra de ti y empiece a impacientarse? Lo noté desde el primer instante en que lo vi. Ese chico ve al mundo como si quisiera tragárselo entero.

Su madre acaba de poner en palabras sus miedos más grandes, esos que había escondido desde que vio cómo Wes se enamoró de ella al otro lado de su arma. Pero, ahora, no puede quitarse de encima el miedo de lo que hay más allá del manto de este día. Podrían tener una vida juntos, una vida tan buena como la que él sueña. Pero también podría ser terrible. Wes, hambriento de lo que se privó por ella. Y ella como su esposa triste, languideciendo en Dunway, tan lejos del mar. Los dos pobres, resentidos y atrapados.

«Se va a aburrir». «Te va a mentir». «Te va a dejar».

Wes le ha mostrado sus dos lados: el amoroso y el vengativo, el ambicioso y el entregado, el desinteresado y el irremediablemente fiel. Él es ambos. Siempre será ambos. Margaret no puede cometer el mismo error otra vez, no puede hacer un todo de solo la mitad de él. Si hay una ley alquímica en la que cree, es esa.

—Me veo en él. Es la clase de persona a la que le interesa más cómo podrían ser las cosas que cómo son. Pero tú no eres así, Maggie. Sus ambiciones terminarán por agotarte.

—Él no quiere ser alquimista por la investigación. Quiere ser político... para ayudar a la gente.

—Escucha lo que estás diciendo. —Evelyn la agarra del brazo—. Si le mostraste mis notas, ya sabe cómo destilar la *prima materia*. Si ganas, tendrán el hala. Y, mientras lo tengan, esa tentación siempre existirá para él. La política no es más que tonterías burocráticas. Pero ¿qué crees que pasará cuando se dé cuenta del potencial que tiene esa piedra? ¿Qué idealista puede negarse al poder de hacer realidad cualquier sueño? No hay un hombre sobre esta tierra que sea capaz de rechazar el poder de un dios si está a su alcance.

A Margaret le tiemblan las manos.

—¿Y qué quieres que haga?

—Dame el zorro a mí. —Los dedos de Evelyn se clavan tanto en la gruesa tela de su suéter que la lastiman. Margaret está a punto de llorar—. Esta vez lo haré bien. Seremos una familia de nuevo.

«Una familia». Eso la llena de una nostalgia tan intensa, que siente asco. Lleva tanto tiempo languideciendo como si estuviera en el desierto, encadenada junto al oasis del cariño de su madre. Escuchar esas palabras es como el primer trago de agua dulce que ha probado en años. Si su madre falla, su sufrimiento terminará. El hala es el último demiurgo, la última oportunidad de crear la piedra. Cuando desaparezca de este mundo, la búsqueda de Evelyn habrá terminado. Realmente podrían volver a ser una familia.

Pero ¿realmente volvería a ser igual, tan fácil como regresar las manecillas en un reloj? Después de todo lo que Wes le ha prometido, ¿realmente se podría conformar con la seguridad de esa vida tranquila que recuperó?

—Piénsalo. Buena suerte hoy. —Dicho eso, Evelyn la suelta. Se levanta de su asiento y se acomoda las solapas del saco.

Cuando Evelyn sale al lobby, Wes va bajando las escaleras. Los dos se detienen en seco cuando sus miradas se cruzan. Wes aprieta un puño. El mundo se congela. El aire se cristaliza en los pulmones de Margaret.

Pero la expresión de Wes no se altera. Se guarda las manos en los bolsillos y sigue caminando hacia Margaret como si no hubiera visto a Evelyn.

Margaret suelta una exhalación temblorosa y esconde la cara entre sus manos.

Las patas de la silla sueltan un chillido al raspar con el suelo de losa cuando Wes la jala para sentarse. El sonido se escucha demasiado escandaloso en los oídos de Margaret, que de por sí ya le estaban zumbando.

—¿Qué te dijo? —le pregunta Wes.

—Nada, nada.

—Margaret... —La preocupación en la voz de Wes y la forma en la que mira su comida aplastada, sin dar un solo bocado, es más de lo que Margaret puede soportar. El corazón se le va a partir en dos antes de que termine el día.

—Estoy bien. Por favor, no te preocupes por mí.

Siente como si le hubieran pasado un cableado eléctrico por dentro, temblorosa y encendida por el miedo. Nada puede estar bien cuando nada es seguro. Lo único seguro en su vida ha sido la misma verdad fundamental. La supervivencia implica aferrarse a lo que conoce. Significa luchar con uñas y dientes por lo que tiene, no por lo que quiere. Pero, en este momento, no sabe ni lo que quiere ni lo que tiene.

Wes le toma las manos y se las lleva a los labios, que se sienten suaves y tibios contra los nudillos de Margaret. Él trae el cabello relamido hacia atrás y brilla como charol. Aunque unas cuantas mechas rebeldes aún le caen sobre los ojos. A veces, es adorable. Margaret piensa que es un tonta por amarlo.

«Lo amo». No le sorprende reconocerlo al fin para sí misma. No lo siente como una revelación ni como una epifanía, solo como un chiste cruel y predecible. Con eso solo le ha dado más municiones al universo para herirla.

—¿Estás lista? —le pregunta él.

—Sí. —Margaret sonríe aunque no quisiera hacerlo—. ¿Y tú?

—Lo más listo que puedo. —Lo piensa por un momento—. ¿Tienes miedo?

—Estoy aterrada. —Pero no es el hala lo que la aterra.

La aterra que, cuando llegue el momento, pueda tomar la decisión equivocada.

Hace demasiado frío para ser mitad de otoño, más frío de lo que ha hecho en semanas.

Para cuando registran sus artículos alquimizados con los oficiales de la cacería, ya es muy pasado el mediodía y el cielo está manchado por nubes gruesas y grises. En algún punto en la distancia, Margaret escucha el retumbar de un trueno como el gruñido de advertencia de un perro. La emoción cruje en el aire como estática. Están entre las hojas de centeno que les llegan hasta la cintura y se extienden frente a ellos por más de kilómetro y medio. La imagen solo se interrumpe por las cercas de los pastizales y termina perdiéndose en arboledas de cipreses y maples cuyas ramas están dobladas y torcidas como dedos que los llaman a acercarse.

A su alrededor hay jaulas llenas de perros que le gruñen a los barrotes y caballos formando nubecillas con sus resoplidos al viento gélido. Los cazadores vestidos con su ropa de gala en color escarlata charlan entre ellos, mientras los niños demasiado pequeños para ser parte de la cacería van ofreciendo copas de jerez en bandejas de plata. Más cerca de Wickdon, los del último grupo, ansiosos por ver el espectáculo, espolean a sus caballos. El viento jalonea salvajemente sus capas negras y la tela ondea como una ola oscura contra los campos dorados.

Son más de los que Margaret esperaba. La mayoría de los turistas siguen la cacería por la celebración y no por la matanza. Dormirán para curarse la resaca hasta la noche, cuando el hala sea desmembrado en la plaza y unjan a los primerizos con su sangre. Todo lo que los ganadores no se queden será para los sabuesos, suponiendo que haya un ganador este año.

Sí lo habrá. Tiene que haberlo.

Pero la idea de ganar, que en algún momento fue tan poco complicada, a Margaret solo la llena de un horrible terror. Si le entrega el hala a Wes, su madre no volverá a hablarle nunca. Si se lo da a su madre, se arriesga a perderla por la piedra. Si renuncia a la competencia, la familia de Wes quedará hundida. Haga lo que haga, va a lastimar a la gente que ama.

—Ahora comenzaré con la bendición de los sabuesos —anuncia una voz flemática al micrófono.

El pastor Morris está de espaldas al bosque, vestido con una solemne sotana púrpura y una estola de terciopelo negro. Entrecierra los ojos para protegerse de la invisible luz del sol al mirar hacia las jaulas de los perros. Entre todos esos sabuesos sacudiendo sus jaulas, está Problema. Margaret casi no puede con la idea de perderlo. La magia del hala se siente en el aire, llamando a los sabuesos y, como todos fueron entrenados hasta el límite para la caza, ella teme que el suyo termine hecho trizas.

Cuando el pastor Morris comienza a hablar, Margaret apenas puede escucharlo entre el salvaje aullido del viento y el susurro del centeno que se mece como un mar embravecido por la tormenta a su alrededor.

—Padre, que estás en el cielo, creador de todas las cosas, tú que eres todas las cosas, estamos aquí reunidos para llevar a cabo la tradición más antigua y más sagrada de este país. Te pedimos que bendigas a todos los cazadores que están frente a mí y que uno de ellos pueda al fin matar al hala, el último de los falsos dioses. Te ofrecemos nuestras alabanzas y te damos gracias por nuestros vivaces sabuesos, por nuestros caballos que avanzan con pasos seguros, por el bosque y el mar, y por todas las criaturas en nuestra tierra libre de New Albion. Protégenos, Padre, guíanos y bendícenos a todos los que celebramos este deporte sagrado y a todos los que han muerto en tu nombre. Guía sus almas hacia tu santa luz, libres al fin de las cadenas de este mundo material. Amén.

Su respuesta es un coro de «amén» entre susurros. En cuanto el silencio vuelve a posarse, la maestre de la cacería le da unas patadas a su caballo para echarlo a galopar hacia el bosque.

—Qué lúgubre —murmura Wes—. Y ahora ¿qué sigue?

—Va a buscar una presa en el escondite. Es tradición que la maestre de la cacería saque al zorro y ponga distancia entre él y los sabuesos. No sería una caza real si se termina demasiado rápido.

—Y eso ¿cuánto tarda?

—Un par de minutos. Un par de horas.

—¿Un par de horas?

—No lo sé. —Shimmer acuesta la cabeza en el hombro de Margaret y ella le acaricia el cachete. Por la mañana, Aoife le trenzó la crin con un complicado diseño que les aseguró que les traería suerte.

Al final no tienen que esperar más de unos cuantos minutos. El estruendo de un cuerno de caza recorre los campos bajo el rugir de un trueno. Luego, a lo lejos, alguien grita: «¡A la caza!».

La multitud estalla en vítores y un grupo de voluntarios corre a abrir las puertas de las jaulas. Cientos de perros salen aullando y tirándose mordidas al aire unos a otros. Como un río de color cobre y negro, se van corriendo hacia la hierba mecida por el viento. El sonido es horrible y no se parece en nada a algo que Margaret haya escuchado antes.

—¡Primer grupo! ¡Primer grupo a la línea de salida!

A Margaret se le revuelve el estómago. Todo está pasando demasiado rápido. Justo cuando siente que está por separarse de su cuerpo, Wes entrelaza sus dedos con los de ella y con eso la hace volver a la realidad.

—Nos toca —le dice él.

—Sí. —Aun con la mano de Wes entre la suya, toma la brida con más fuerza y comienza a llevarlos hacia la línea de salida. La gente está cerca, muy cerca de ellos, casi aplastándolos, y de pronto esos pocos metros se sienten como si fueran kilómetros. Alguien le da un codazo en las costillas y, mientras siguen avanzando entre la multitud, alguien más dice con odio «banvish», «yu'adir».

Seguramente ya se corrió el rumor y a Margaret le sorprendería que no haya sido Jaime quien lo inició. Alguien derrama cerveza en las botas de Wes. Otra persona lanza un montón de monedas en su camino, que en contraste con la nieve brillan como gotas de sangre derramada.

Shimmer está intimidado y resopla ansioso. Margaret tiene la cara sonrojada por la rabia y la humillación, pero mantiene la frente en alto. A su lado, Wes parece tenso y más infeliz de lo que ella lo había visto bajo los reflectores de cualquier reunión.

Pero siguen su camino hasta llegar a donde ya está reunido el resto del primer grupo. Están en formación detrás de la maestre de campo, todos con chamarras de colores tan brillantes como piedras preciosas. Pero Margaret no puede permitirse que la intimiden. Nadie, ni siquiera Jaime.

De inmediato lo encuentra entre la multitud, montado en su yegua. El atuendo de Margaret es tan negro como la tormenta que se está formando sobre ellos, y es un increíble contraste con la capa escarlata de Jaime. Él deja de mirarla y le dice algo a su alquimista, la pelirroja que va a su lado y quien levanta la vista y le sostiene la mirada a Margaret con una sonrisita de superioridad. Tiene los labios pintados para la guerra, con un salvaje color rojo sangre.

Margaret solo puede pensar en lo que Wes le dijo la noche anterior: «Dijo que si me ve solo mañana, me va a matar».

Y por eso el plan de Margaret es perderlos lo más pronto posible.

Margaret ayuda a Wes a montarse en Shimmer y luego se trepa ella. Shimmer está muy inquieto, extrañamente ansioso por echarse a correr. Mientras Wes acomoda los brazos alrededor de su cintura, Margaret toma las riendas. Allá, en el horizonte, el sol lanza un resplandor rojo por un hueco entre las nubes enfurecidas. Es del rojo de una brasa bajo las cenizas. El rojo de la piedra filosofal.

Margaret puede escuchar los laditos de su corazón en sus oídos. El viento sisea su nombre. Un cuerno suena estruendosamente.

Y, con eso, la cacería comienza.

31

Van corriendo entre nubes tan oscuras como *caput mortuum*. Ante el viento inclemente, el cabello de Wes se libera de las capas de gel y el de Margaret de su prendedor, y se enredan unos entre otros, rubio con negro, y le azotan la cara a Wes hasta que le lagrimean los ojos. Por encima del hombro de Margaret, puede ver claramente el caos que se extiende frente a ellos en el campo. La hierba está quemada por donde pasó el hala y salpicada de *coincidentia oppositorum*. Más caballos de los que puede contar pasan galopando junto a ellos y sus cascos parecen el eco de los truenos cada vez más cercanos.

Margaret tiene los nudillos blancos por la presión que está haciendo sobre las riendas. Wes va aferrado a su cintura con todos los músculos tensos y los pies bien plantados en los estribos de su montura doble. Poco a poco, alcanzan a los sabuesos, que están todos aullando. En medio de la manada, Wes ve un pelaje color cobre que le resulta conocido... y las orejas de Problema ondeando al viento mientras corre. Parece torpe en comparación con los pequeños y delgados beagles y foxhounds que lo rodean, pero va a su mismo paso. Mucho más adelante se ve una figurilla blanca que va cortando la hierba como una navaja.

El hala.

La criatura se cuela bajo una cerca, seguida de una nube de humo que se va elevando. Los sabuesos se meten como pueden entre los tablones de la valla, lanzándose mordidas amenazadoras unos a otros. Los cazadores que van más adelante cruzan la cerca de un salto para seguir a la jauría, pero si Wes y Margaret intentan saltar así, él va a salir volando o al menos terminará con el coxis roto. Les va a costar un tiempo que no tienen tomar la ruta larga, por el pastizal, pero no les queda más opción.

Margaret guía a Shimmer a dar la vuelta y seguir junto a la cerca hasta rodearla. Algunos de los jinetes más débiles los pasan. Wes casi pierde una pierna aplastada entre dos caballos y se siente mareado por el denso hedor del azufre pero, como está completamente rodeado, no tiene adónde ir. Los dientes le rechinan por la tensión. Al levantar la vista, descubre que alguien está por alcanzarlos.

La alquimista de Jaime.

Su cabello rojo ondea detrás de ella como una llamarada al acercarse a Shimmer. En sus guantes de cuero brilla un círculo de transmutación bordado con fino hilo azul. A Wes solo le toma un segundo reconocer los símbolos de la descomposición del carbono. Debe hacer algo, pero en ese momento, es imposible. No puede soltarse de Margaret sin caerse del asiento.

—¡A tu derecha, Margaret!

Ella gira la cabeza justo a tiempo para ver cómo el cuchillo de caza de otro jinete hace un corte en el caballo de la alquimista. El animal se ladea y la mujer se cae. Wes no se atreve a mirar atrás cuando escucha su grito de dolor.

—Tenemos que salir de aquí —dice Margaret—. Agárrate.

A Wes ya le duelen los brazos de tanto agarrarse, pero encuentra la fuerza para aferrarse aún más a ella. Salen del punto de conflicto, destrozando el centeno a su paso mientras van cerrando la distancia entre ellos y los líderes. Pese al ardor, Wes mantiene los ojos fijos en aquel pelaje blanco y brillante hasta que desaparece entre la maleza. Los sabuesos cruzan el otro lado de la cerca y se lanzan sin detenerse hacia el bosque. Los altos árboles ya los esperan.

Entre los aullidos de los perros, alguien grita «¡Vamos por él!».

A Wes se le revuelve el estómago mientras cuenta los segundos antes de que el bosque los devore por completo.

Allí, bajo los pinos, no hay luz. Le cuesta más trabajo respirar y su aliento se vuelve vapor en el viento. Por alguna razón, sus respiraciones suenan más fuerte que el escándalo de los sabuesos, que los resoplidos cansados de Shimmer, que las ramas que se van quebrando a su paso. Ya están tan cerca de los líderes que puede ver a Jaime con su capa escarlata, como una mancha de sangre sobre el negro profundo de su montura. ¿Qué diablos cree que está haciendo sin su alquimista?

Una ráfaga de viento los azota y hace estremecer a Wes. Es la misma sensación que experimenta cuando está canalizando la alquimia y el mismo miedo paralizante que sintió antes de ver al hala solo en el bosque.

En un parpadeo, los sabuesos se dispersan como bolas de billar en todas direcciones. Sus aullidos llenos de determinación se convierten en chillidos desesperados y confundidos. Debe ser obra del zorro, el resultado de un poder sutil que aquel tiene sobre la chispa divina dentro de cada uno de los perros. Margaret gira violentamente a la izquierda para seguir a Problema. El viento que silba en los oídos de Wes le habla con un susurro que le resulta perturbadoramente familiar.

«Ven».

Wes maldice.

—¿Escuchaste eso?

—Sí —dice Margaret con gran severidad.

El caballo frente a ellos repara y se tambalea, lo que provoca que su jinete caiga de cabeza contra la orilla de un tocón. Wes apenas lo alcanza a ver como un borrón al pasar, pero la imagen se queda grabada dentro de sus párpados. Por el ángulo del cuello y la sangre que le corría de las orejas, sabe que esa persona nunca volverá a levantarse. Wes siente el estómago revuelto. La muerte ha tocado su vida profundamente. Pero nunca ha visto cuando ocurre el simple y terrible acto de morir. Alguien está aquí y de pronto ya no. Nunca ha visto ese momento en el que el alma de alguien se separa de su cuerpo.

¿Qué clase de persona hace algo así cada año? No han pasado más de treinta minutos y él ya vio suficiente para toda una vida. Hunde su frente en la espalda de Margaret e intenta desesperadamente recordar una oración, cualquier oración.

«Dios», piensa. «Solo te pido que permitas que Margaret sobreviva».

Cuando gira la cabeza para quedar con la mejilla contra la espalda de Margaret, descubre que el mundo se volvió borroso, como si su visión estuviera cubierta por una capa de hielo. Una niebla plateada se va deslizando entre los gruesos troncos de las secuoyas como un gato entre las piernas de su dueño. El bosque entero sisea como el océano, furioso y salvaje, y aunque Wes no ve mucho más que figuras oscuras e indistintas a su alrededor, podría jurar que hay ojos blancos que se asoman entre parpadeos desde la negrura. Es imposible saber cuánta gente hay a su alrededor, si es que aún queda alguien.

Es como si el hala estuviera intentando aislarlos. Los ha ido alejando como si ellos fueran su presa.

Los cascos de Shimmer alborotan el polvo de *caput mortuum* que cubre la maleza. El aire está lleno del olor a azufre que emana de las manchas oscuras de descomposición que el hala fue dejando a su paso como un rastro de migas de pan. El crepitar de las hojas se escucha cada vez más fuerte, más áspero y, entre esos horribles ruidos, el sonido de sus nombres se levanta de entre la niebla.

Y luego: el conocido golpeteo de cuatro en cuatro de un caballo galopando que se acerca.

—Tenemos compañía. —Wes mira sobre su hombro justo a tiempo para ver a un elegante foxhound que pasa corriendo junto a ellos.

Y luego, un disparo.

La bala silba sobre sus cabezas y la rama de un árbol estalla en mil pedazos y los baña como granizo. Shimmer sacude la cabeza jaloneando las riendas, con los ojos completamente desorbitados, pero Margaret lo mantiene en su lugar.

—¿Qué diablos fue eso? —pregunta ella.

Wes se atreve a mirar de nuevo detrás de ellos. Y ahí está Jaime Harrington, saliendo como un espectro de entre la bruma y el humo de los disparos. En una mano trae un manojo de la crin de su caballo y en la otra trae colgando su arma. Con razón su tiro fue tan malo.

—¿Estás loco? —le grita Wes—. ¡Vas a matar a alguien!

—¡Te dije que si te encontraba solo, te ibas a morir, Winters!

—No puedo evadirlo —dice Margaret, con el pánico revelándose en su voz—. Es demasiado rápido.

—Está bien. Ya se me ocurrirá algo. —Pero las ideas están dando tantas vueltas en la cabeza de Wes que no logra asir ni una sola. El amargo sabor del miedo le llena la boca. Su única ventaja es que Jaime no puede recargar su arma mientras se esté moviendo.

Jaime se les acerca a gran velocidad, hasta que están lado a lado en el camino escabroso. Tienen que agacharse para esquivar el ataque de las ramas más bajas. Jaime fácilmente podría adelantárseles, fácilmente podría seguir a sus sabuesos hacia el final de la persecución, fácilmente podría dar el último paso para ganar. Pero entonces Wes se da cuenta de que no está buscando ganar.

Está buscando que ellos pierdan.

Cuando están muy cerca de un barranco, Jaime los obliga a acercarse más y más a la orilla. Con cada golpe de los cascos de Shimmer lanza una lluvia de piedritas hacia el acantilado. Ya están hombro a hombro. Tan cerca que Wes puede ver cómo los ojos de Jaime arden con malicia pura.

El tiempo se vuelve más lento cuando Jaime extiende un brazo para empujar a Wes. Si pierde el equilibrio, arrastrará a Margaret con él. Wes no piensa, solo saca los pies de los estribos, suelta a Margaret y se agarra de la muñeca de Jaime.

Y luego, no hay nada más que vacío.

—¡Wes!

Se estrella contra el suelo con tal fuerza que se queda sin aire y escucha que algo cruje. Juntos, Wes y Jaime van cayendo por la ladera, gruñendo y soltando ataques a diestra y siniestra como perros de pelea. Las rocas y raíces expuestas los arañan a su paso. Cuando al fin llegan al fondo, Jaime se pone encima de Wes y le clava las rodillas en los brazos, aplastándolo con todo su peso. Por la adrenalina, Wes no pudo sentir qué fue lo que hizo aquel crujido en el momento, pero ahora el dolor en su hombro es tan intenso que lo ve todo negro. Lo único que puede hacer es soltar un grito entre la oscuridad.

La capa escarlata de Jaime está embarrada de fango y tiene los ojos llenos de venas rojas, como un pedazo de concreto agrietado. Lo último que Wes ve antes de que su visión se cubra de estrellas es el puño y la sonrisa cruel de Jaime. Un segundo después llega la agonía, que le va consumiendo la cabeza desde adentro como un incendio. Para cuando recupera la conciencia un instante después, siente la sangre cálida y húmeda corriéndole por la cara.

—Hace mucho que quería hacer eso.

Wes siente el sabor a cobre y escupe sangre. Luego se pasa rápido la lengua sobre los dientes para confirmar que, al menos, aún los tiene todos en su lugar.

—¿Ya obtuviste lo que querías, Harrington? ¿Echaste por la borda toda la maldita cacería solo por esto?

—Es mejor dejarlo ir que permitir que tú te lo quedes.

—¿A pesar de lo que le pasó a tu amigo? ¿Quieres que esa cosa vuelva el próximo año y lo ataque de nuevo?

—¡Esto es lo último que nos queda! La última tradición de New Albion que es realmente nuestra.

Jaime se quita el morral que trae en la espalda y busca algo hasta que encuentra una bala deslustrada y gris. Se pone de pie y carga su escopeta.

—No soy idiota, Winters. —Prepara su arma—. No hay forma de parar el flujo de la gente como tú, por más cuotas que se pongan.

Muy pronto, hasta los lugares como Wickdon estarán llenos. Pero prefiero morirme a ser alguien que no protegió nuestra forma de vida por el mayor tiempo posible.

—Y has hecho muy buen...

Jaime lo apunta.

—No quiero escuchar ni un solo comentario listillo más de tu boca. Lo digo en serio.

—Y yo también. Ya dejaste clara tu postura, ¿por qué no lo dejamos aquí? No eres un asesino.

—Y no lo seré a ojos de nadie, aunque te mate. ¿Crees que alguien va a tener la más mínima preocupación si no regresas? ¿Crees que te van a extrañar? Serían dos alimañas menos en este país.

«Dos».

—¡A ella no la metas, hijo de perra! Si le pones un dedo encima... —Antes de que Wes logre ponerse de pie, Jaime lo patea en las costillas y lo deja hecho un ovillo, tragando aire con dificultad.

—Jaime.

—Margaret —suelta Wes como puede. Ella está a unos metros de ahí, con el rifle apuntando directamente a Jaime y su cabello dorado ondeando en el viento—. Vete de aquí.

—Baja el arma, Maggie —dice Jaime.

Ella no se mueve. En sus ojos arde una furia silenciosa.

—¡Hazlo ya! Te juro por Dios que le voy a disparar antes de que parpadees.

Margaret tensa la quijada. Cada segundo se vuelve una eternidad.

«Por favor», piensa Wes. «Vete de aquí. Solo vete».

El corazón se le aplasta cuando ve que Margaret deja el rifle en el suelo y levanta las manos en gesto de rendición.

—¿Qué crees que estás haciendo?

Jaime deja de apuntar a Wes para apuntarle a ella.

—Voy a hacer que este te mire a los ojos mientras la vida abandona tu cuerpo. Y cuando termine de hacerle lo que él me hizo a mí, lo voy a matar.

«No». No puede terminar así. Wes no puede fallar en su intento de proteger a alguien, no en la única vez que importa. Intenta levantarse, pero se cae de inmediato por el dolor agudo en sus costillas. Cada respiración se siente como una cuchillada en sus pulmones.

—No te atrevas. ¡No te atrevas, carajo! ¿No hiciste ya suficiente daño?

—¿En serio crees que hay alguna manera en la que podríamos quedar a mano? Su gente echó a mis padres de la ciudad y yo perdí a Annette por tu culpa. ¡Por ti! Un banvish que no tiene nada. Ustedes y su gente toman y toman todo lo que no se merecen y van a dejar este país en ruinas. Para ustedes no es más que una marioneta para su papa y su farsa de religión. Esto le hace tanto bien al país como matar al monstruo.

Jaime se pone el arma sobre el hombro y toma aire. Margaret no dice nada, pero Wes la conoce tan bien que detecta el brillo desesperado del miedo en sus ojos. Ella solo los cierra y echa los hombros hacia atrás.

—No lo hagas. Te voy a matar. —Wes apenas puede reconocer su propia voz de tan llena de rabia—. ¡Te voy a matar! Te juro por Dios que...

Una ráfaga de viento recorre el claro. Sacude las hojas en el suelo y hace crujir las ramas desnudas. Wes siente la lengua cubierta de sal y el hedor del azufre le raspa la garganta.

Y luego, por el rabillo del ojo, lo ve.

Como si fueran marionetas a las que les jalaron los hilos, los tres voltean al mismo tiempo hacia allá. El hala está a menos de un metro, resplandeciendo entre la niebla. Esos horribles ojos vacíos están abiertos de par en par, tan grandes que podrían caer en ellos. Y están mirando directamente a Jaime, completamente inmóvil y en el más absoluto silencio. Ni cuando lo vio solo se sintió así.

Irradia un aura malévola.

—¿Qué demonios está haciendo? —masculla Jaime.

Los labios del hala se abren para mostrar una sonrisa cruel y sus dientes que encajan como un cierre.

Jaime apunta su arma hacia la criatura, pero antes de que pueda jalar el gatillo, el hala salta y le hunde los dientes en la pantorrilla con un crujido asqueroso.

Jaime grita mientras su piel se quema y burbujea. El arma cae a sus pies y el fango se bebe su sangre. La tierra se baña de negro, rojo y plata. En cuanto Jaime cae, el zorro lo suelta y le muerde el hombro. Su piel cede fácilmente, exponiendo un sangriento manojo de carne y fibras. Wes no puede hacer nada más que observar horrorizado mientras intenta ponerse de pie.

Margaret saca el cuchillo que trae envainado junto a su cadera. Su filo refleja el brillo blanco del pelaje de la bestia. Y lo entierra en el lomo del zorro.

La criatura suelta un chillido que le cuaja la sangre y le sacude los huesos a Wes. Es horrible, como mil alaridos humanos bajo el espeluznante aullido de dolor de un zorro. El hala se sacude hasta que logra incorporarse y luego se echa a correr al bosque con la empuñadora grabada asomándose sobre su lomo.

—¡Ve! —dice Wes.

—No puedo matarlo sin ti.

—Te alcanzo en un minuto. —Mira a Jaime—. Necesito encargarme de él.

Margaret vacila por un segundo, pero luego asiente. Cuando desaparece entre la maleza, Wes vuelve su atención a Jaime. Está tumbado en la punta de sus botas llenas de fango y sangre. Tiene una mano en el hombro, como si pudiera volver a meterse el músculo hecho pedazos. Una pequeña parte de Wes admira lo controlado que se ve. Sin lágrimas y sin ruegos. Solo mira a Wes con los ojos llenos de orgullo rencoroso.

—Hazlo ya —dice Jaime.

—¿De qué hablas?

—No te hagas el tonto. ¿No te quedaste por eso? ¿Para tu venganza?

Wes no puede negar que la idea lo llena de una extraña fascinación. Quizá Margaret siempre tuvo razón al dudar de él y temer. Hay algo oscuro en su interior que disfruta cómo se siente el poder. Es embriagante tener al fin todas las cartas, sostener una vida entre sus manos. La divinidad de Dios vive en cada uno, pero solo un alquimista puede utilizar esa chispa. La de Jaime es solo un brillito deslucido e insignificante contra la suya.

Para esto quería ser alquimista. Para proteger a la gente de personas como Jaime Harrington. Por todo lo que les ha hecho, por todo lo que seguirá haciéndole a los grupos vulnerables de New Albion, sería justo acabar con su miseria, o al menos darle la espalda y dejar que se desangre hasta la muerte. Nadie pondría en duda que fue obra del hala si utilizara alquimia. Noventa y nueve por ciento del cuerpo humano está conformado por seis componentes simples: carbono, hidrógeno, oxígeno, nitrógeno, calcio y fósforo. Wes se pregunta si dolerá o si el fuego se comerá al cuerpo de inmediato. Se pregunta si será tan fácil disolver a un humano como es disolver una piedra. Si Todo es Uno y Uno es Todo, ¿cuál es la diferencia?

Claramente, Jaime ve lo que está pensando. Traga saliva.

Pero Wes no puede hacerlo.

No puede resolver así un problema sistemático. Y no basta creer en un futuro mejor, como si fuera algo tan inevitable como Dios mismo. Tiene que exigirlo. Tiene que trabajar para que sea una realidad. Y aunque Jaime merece sufrir, aunque nunca va a cambiar, aunque lo odia, Wes no puede blandir ese momento robado de superioridad como un garrote. Si quiere cambiar el mundo y matar al hala con la conciencia tranquila, tendrá que hacerlo bajo sus condiciones.

—Vamos —dice Wes—. Levántate.

Como puede, considerando que Jaime tiene el doble de su tamaño y es de movimientos muy torpes, Wes lo carga sobre el hombro de su brazo bueno. El dolor en sus costillas empeora con cada paso, pero logra arrastrar a Jaime hasta un árbol. Tras recargarlo en el tronco, Wes se quita la chamarra.

—¿Qué haces? —gime Jaime.

—Desvistiéndome —suelta él—. ¿Quieres morir o no?

Jaime no dice nada, aunque Wes aún puede sentir la rabia palpable que emana de él. Hace un gesto de dolor cuando Wes le amarra las mangas sobre la herida de su hombro, lo suficientemente apretadas para detener el flujo de sangre.

—¿Por qué?

—Yo preferiría dejarte morir, pero creo que Margaret me mataría si lo hiciera y todavía no puedo permitir que eso pase. —Le da una palmada sobre el hombro sano—. Y ahora estás en deuda con un banvish. Que no se te olvide.

Por más que quisiera quedarse a disfrutar de la amargura y la confusión reflejadas en el rostro de Jaime, hay una chica a la que debe encontrar... y un zorro al que debe matar.

32

A Margaret le arden los pulmones como si estuvieran llenos de agua de mar, pero no baja la velocidad. Si se detiene, aunque sea un momento, el hala se esconderá y todo lo que han sufrido, todo por lo que han luchado, habrá sido por nada.

Las ramas sobre su cabeza van rasgando la débil luz de la luna, pero basta para lanzar un brillo iridiscente sobre el rastro de sangre del hala. Frente a ella, Problema y el sabueso de Jaime son dos borrones negros y cobrizos entre la niebla. Desaparecen entre los matorrales y Margaret los sigue hasta salir a un claro un instante después, sacudiéndose las hojas y las telarañas que se le enredaron. Llegó justo a tiempo para ver al hala trepando por el grueso tronco de una secuoya. Problema le da vueltas al árbol y aúlla, triunfal.

Al fin, está acorralado.

Margaret toma el rifle que trae colgando en la espalda y apunta. Es casi patético tener algo tan majestuoso como el hala herido y asustado en su mira. No le da ninguna alegría acabar con su larga vida, no cuando siente que tiene una extraña relación con él. Es algo más que su sangre yu'adir, más que el hecho de que esa criatura le salvó la vida. Es que, durante cientos de años, ha evadido a todos los que quisieron matarlo. Sobrevivió. Igual que ella, quizá eso es lo único que quería.

Tras tomar aliento, nerviosa, dispara.

La delgada rama en la que el hala se había refugiado se quiebra y, aunque el animal intenta desesperadamente aferrarse con sus garras, cae, girando en el aire antes de azotar contra el suelo de costado con un trágico sonido seco.

Los sabuesos de inmediato se lanzan sobre él. Problema lo toma por el cogote y el sabueso de Jaime por la pierna. El hala les tira mordidas mientras se retuerce y chilla. A Margaret le parece terriblemente cruel dejar que sufra así, pero hasta que Wes los encuentre, no hay nada más que hacer.

Lo logró, pero no se siente como un triunfo. Solo siente náuseas por la culpa y la indecisión. El último demiurgo caerá por su mano. Una chica yu'adir será recordada por este país. La familia de Wes estará a salvo. Y Wes...

Las palabras de su madre la siguen atormentando. «¿Qué idealista puede negarse al poder de hacer realidad cualquier sueño? No hay un hombre sobre esta tierra que sea capaz de rechazar el poder de un dios si está a su alcance».

Margaret le confió la *magnum opus*, pero eso fue antes de que hubiera algo tangible que él pudiera tomar. Ahora, mirando al hala, instrumento de su desgracia o de su salvación, no sabe cómo hacer lo que la señora Wreford le imploró que hiciera: decidir qué es mejor para ella. Sobrevivencia o esperanza. El dolor que conoce o una vida más allá de Wickdon, infinita en sus posibilidades, tanto desastrosas como maravillosas. Evelyn o Wes. Incluso en este momento, esos dos le desgarran el corazón como sabuesos.

Las hojas crujen detrás de ella y Wes aparece tambaleándose entre los matorrales. Respira con dificultad y lleva una mano aferrada a su costado. Tiene el ojo derecho hinchado, pero el otro está muy abierto y con el brillo del asombro. En un lado de su cara se dibujan los moretes con puntos violeta como una galaxia. Aun en ese estado, es la cosa más hermosa que Margaret ha visto en su vida. No hay nada que quiera más que quedarse con él.

Pero no puede.

Ayer pensó que tenía la fuerza suficiente para dejar a su madre. Por una noche, creyó que el amor de Wes bastaría para salvarla. Pero si se permitió dudar de él otra vez tan fácilmente, no sabe si algún día podrá ser algo más que ese miedo que la habita, que ese gélido y salvaje impulso de supervivencia.

Las nubes se abren y la fría luz de la luna baña el claro. Es como si estuvieran en medio de un enorme círculo de transmutación. La magia es como un resplandor en el aire y un cosquilleo en los brazos de Margaret.

—¿Lo logramos? —Wes suena completamente maravillado.

—Casi. —Lo único que queda por hacer es que Wes active el diseño pintado en la empuñadura del cuchillo. Mientras Wes se acerca al hala, Margaret acomoda su rifle y apunta hacia él—. No te muevas.

Cuando se escucha el clic del seguro, Wes se gira lentamente hacia ella con las manos en alto y una expresión completamente inescrutable.

—Te advertí que te dispararía si me dabas una razón para hacerlo —dice Margaret.

—Sí, me lo advertiste. ¿Te di una razón?

—No. —Ella busca algo en el rostro de Wes—. Ese es el problema.

El rostro de él se llena de confusión.

—No entiendo.

—Me prometiste todo. —A Margaret le tiemblan las manos—. Y a pesar de eso no puedo... No sé qué se supone que debo hacer. No sé cómo se supone que confíe en que no vas a romper tus promesas. No sé cómo se supone que crea que no me vas a dejar esta misma noche en cuanto cierre los ojos, o que no vas a crear la piedra o que podemos ser felices. Que yo puedo ser feliz. ¿Cómo puedo saberlo?

—No puedes saberlo. Por favor, Margaret... ¿Qué quieres que te diga? ¿Qué quieres que haga?

—¡Nada! No hay nada que puedas hacer ni nada que puedas decir. Nunca voy a cambiar. Siempre estaré rota. Esto es lo que soy.

El viento sopla con violencia entre los árboles, siseando y ululando.

—No estás rota. Eres increíble. Has cambiado muchísimo desde que te conocí, aunque sigas teniendo miedo. Aunque tengas dudas. Cuando te miro, no veo a alguien rota. Veo a alguien herida... Alguien que está sanando. Tomará tiempo, pero a mí eso no me importa. —Wes avanza con pasos inseguros hacia ella, hasta que el cañón de la escopeta se anida en su pecho, justo sobre su corazón—. Te amo. Por favor, permíteme hacerlo.

Ella retrocede al escuchar esas palabras, pero Wes toma el cañón del arma con los dedos para mantenerlo en su lugar. Su expresión es insoportablemente sincera y sus ojos tan cálidos y brillantes como el café.

—Lo dije y lo diré de nuevo: te amo, Margaret Welty. Creo que te he amado desde la primera vez que te vi. Te amo ahora y te amaré cuando regresemos a Wickdon con todo el mundo odiándonos y te seguiré amando pase lo que pase mañana. Mírame a los ojos y dime que te miento.

Margaret no puede hacerlo.

—En cuanto el hala esté muerto, es tuyo. Puedes dárselo a tu madre si eso quieres. O podemos quemarlo esta misma noche hasta convertirlo en puro *caput mortuum*, carajo, y luego lo echamos al mar, si eso es lo que necesitas. Ya no habrá palabras ni promesas ni la posibilidad de que existan más alquimistas como tu madre. Y si eso no basta, yo... —Se le quiebra la voz—. Podemos salirnos de la competencia.

Ese tonto romántico no puede estar hablando en serio. Qué promesa más estúpida y autodestructiva. Si Evelyn no lo toma como su aprendiz y Wes no tiene el cadáver del hala como prueba de sus habilidades, no habrá manera de que se convierta en alquimista.

—Si no ganamos, no te convertirás en alquimista. No serás político.

—Lo sé.

—No podrás pagar la cirugía de tu madre.

—Lo sé —dice Wes, esta vez tras pensarlo un poco más.

Margaret cierra los ojos.

—No. Eso no es aceptable, Wes. No puedo pedirte algo así. No puedo pedirte que renuncies a todo por mí.

—Es la única garantía que te puedo dar.

—Entonces no la quiero.

En cuanto las palabras salen de su boca, las lágrimas nublan la visión de Margaret. No quiere vivir en un mundo donde Wes sufre por ella. No soportaría ser quien aplastó sus sueños. Una garantía sobre algo que ya juró que no va a hacer no vale eso. Nada vale eso, especialmente cuando la paz mental de Margaret es algo imposible de garantizar. Ha vivido toda su vida preparada para el siguiente golpe y toda esa preparación nunca ha evitado que lleguen.

Durante toda su vida el amor ha sido un recurso preciado y escaso, algo que se gana o se niega, algo que anheló todos los días. Pero con Wes el amor es distinto. Es temerario e inagotable. Es gratis. Simplemente es. Una y otra vez, él se ha quedado a su lado a pesar de sus dudas. Le ha demostrado que ella es suficiente, que merece amor a pesar de sus miedos y sus muros. Que es más de lo que le pasó y los dolores que ha elegido para evitar que pase de nuevo. Y ahora Wes le dio la oportunidad de demostrárselo.

Lleva tanto tiempo sobreviviendo. Pero ahora quiere vivir.

—Solo quiero que seas feliz. Y para eso tengo que confiar en ti. Confío en ti.

—Soy fácil de complacer —dice él en voz baja—. Solo permíteme cuidarte. Te juro que no te voy a decepcionar. No te dejaré hasta que me pidas que me vaya.

—Entonces, no te vayas. —Margaret baja el rifle y se abraza al cuello de Wes—. Yo también te amo.

Wes parece sorprendido y el rubor va subiendo rápidamente por su cara. Luego, le muestra a Margaret una sonrisa tan radiante que duele.

—Desearía poder quedarme aquí contigo a pasar el rato, pero tenemos una cacería por ganar.

Wes es incorregible y Margaret está profundamente enamorada.

La marea embravecida dentro del pecho de Margaret baja cuando su mirada se encuentra con el hala, tumbado bajo la luz de la luna. Su costado sube y baja pesadamente, pero el resto de su cuerpo está completamente inmóvil y rendido en las fauces de los sabuesos. Esa es la bestia por la que la mitad de los cazadores ahí reunidos los habrían matado. El último demiurgo: el último de los falsos dioses kataristas, el último hijo del dios súmico, el último de los regalos del dios yu'adir.

Ya casi no tiene energía, pero los árboles aún tiemblan y se estremecen mientras Margaret y Wes se le acercan. Margaret se hinca junto a la criatura y es casi reconfortante escuchar que el viento susurra su nombre. La reconoce.

Un día le preguntó a su padre cómo algo tan terrible y destructivo podía ser un regalo, aunque Dios hubiera guardado el secreto de la creación del mundo en su corazón. Esto fue lo que él le respondió: «Hay una palabra en yu'adir para la sabiduría: *chokhmah*. Las escrituras nos dicen que *chokhmah* es el espejo inmaculado del poder de Dios, la imagen de su bondad. El temor de Dios es la base del entendimiento. Debemos buscar siempre el *chokhmah*, por mucho que nos cueste».

Wes toma el mango del cuchillo que sigue enterrado en el lomo del hala. Entre los dedos de él, Margaret alcanza a ver el brillante círculo de transmutación. Wes la mira entre el cabello que le cayó a la cara, como pidiéndole permiso.

Ella asiente.

Wes toma aire y el arma se enciende con brillo tan cegador como el de un trueno, tan blanco como los ojos del hala. La bestia suelta un chillido ahogado y lleno de pesar. Luego se estremece, pierde toda la fuerza en el cuerpo y no vuelve a moverse. Los sabuesos lo sueltan. El viento vibra, tan trémulo como una exhalación largamente contenida.

Y hay menos magia en el mundo.

Wes solloza bajito. Margaret se acuclilla junto a él para limpiarle las lágrimas que corren por sus mejillas. Él saca el cuchillo y lo deja caer al suelo. El negro *caput mortuum* que lo cubre se descascara como óxido.

—Me habló.

—¿Qué dijo?

—No sé exactamente. —Wes sonríe con remordimiento—. Sé que era algo que tenía que hacerse, pero me siento mal.

—Mi padre me dijo que Dios le dio los demiurgos a la humanidad para que aprendiéramos de ellos. Él creía que el propósito de un alquimista es buscar siempre el *chokhmah*, la verdad. —Margaret lo toma de la mano—. Decía que no se puede alcanzar el verdadero entendimiento del mundo sin dolor y sacrificios. Solía citar este salmo: «El *chokhmah* puede hacer todas las cosas y renovar todas las cosas». Si hay alguien que puede hacer eso, hacer de este mundo un lugar mejor, ese eres tú.

—Margaret... —exclama él con voz temblorosa.

—Además, tu familia estará a salvo. Nadie más morirá por el hala. Y tú creías en su dignidad. Todo eso es noble.

—Gracias. —Wes le ofrece una pequeña sonrisa y le aprieta la mano—. Y ahora ¿qué hacemos?

—Tenemos que hacer el sonido.

—¿Qué sonido?

—El aullido de la muerte.

—¿Disculpa? ¿El aullido de la muerte? Eso lo acabas de inventar.

—No. Tienes que hacer así tres veces.

Margaret acuna su boca con ambas manos para amplificar el sonido y suelta un «wuuup», un sonido que inicia bajo y va creciendo, como una ola. Un aullido en tres partes que Problema replica con su propio aullido lleno de emoción.

Wes la mira, perplejo, como si no pudiera creer que un sonido así salió realmente de ella. Y, luego, echa la cabeza hacia atrás y se pone a imitarla. Para el tercer aullido, ambos están delirantes, casi doblados por las carcajadas. Sus sonidos vibran en el aire quieto. Antes de que el silencio vuelva a apoderarse del bosque, se escucha el claro sonido de un cuerno de caza en la distancia.

Al fin se terminó.

Wes mira a Margaret con una sonrisita boba que le provoca un vuelco en el corazón. Pese a su rostro herido, pese a la sangre seca en su piel, Wes la abraza y la besa hasta que no queda en el mundo nada más que ellos dos.

Sin Shimmer, pues el muy cobarde seguramente ya está pastando en algún jardín, les toma casi dos horas salir del bosque. Arriba, el cielo nocturno está imposiblemente despejado y brillante con ese color azul profundo del océano al anochecer. La luna llena está acurrucada entre las nubes como una perla en una ostra semiabierta.

Pero en la tierra aún se ven los trágicos recordatorios de la cacería. La ceniza flota sin gracia en el viento, la sangre perla las hojas como rocío y por todas partes hay cuerpos cubiertos con sábanas blancas.

Wes mantiene a Margaret abrazada hasta que salen a un campo abierto. Una procesión a caballo va hacia a ellos; parecen manchas de carbón sobre la hierba dorada. Seguramente Jaime se encargó de correr el chisme. Por la expresión en sus rostros, Margaret se da cuenta de que tienen la misma preocupación que ella: ¿Qué va a hacer la multitud cuando se den cuenta de quién ganó?

—¿Crees que nos van a echar a los perros? —le pregunta Wes, susurrándole al oído, mientras se acercan.

Margaret lo mira con el rostro inexpresivo.

—Probablemente.

Los oficiales de caza se detienen en seco frente a ellos, formando una fila de imponentes caballos negros cuyos resoplidos parecen columnas de humo al tocar el aire frío. La maestre de la cacería mira a Margaret y a Wes por un largo rato, evaluándolos.

—Esperen aquí en lo que decidimos qué hacer con ustedes.

Vuelven casi una hora después con la señora Wreford y un paramédico. El caballo de la mujer todavía no se ha detenido por completo cuando ella se baja de un salto y corre hacia Margaret y Wes. Se ve como un gato esponjado con su grueso abrigo de piel.

—Muchachos —gruñe—, casi me matan del susto.

Y luego los atrapa a ambos en un abrazo asfixiante. Wes suelta un chillidito en protesta, pero solo dura un momento antes de que la señora los suelte y haga una seña hacia los oficiales de caza. Uno se acerca para tomar la correa de Problema que Margaret trae en la mano mientras la señora Wreford observa al hala con un gesto casi triste.

—¿Puedo? —Cuando Margaret asiente, la mujer lo toma y lo envuelve en una tela como a un queso del mercado.

—Como podrán imaginarse, nos preocupa lo que la multitud podría hacer si nos extendemos en la celebración, así que lo vamos a hacer de la forma más rápida y eficiente posible. Primero, tenemos que hacer algo con tu cara... —Wes se ruboriza cuando la mujer lo apunta con el dedo— y luego iremos al pueblo a presentarlos brevemente. Ustedes no dirán nada y no se me van a perder de vista hasta que lleguen a casa o no sé qué podría pasar. ¿Entendido?

Los dos asienten.

—Bien. —La señora Wreford suspira—. Como no podré hacerlo más tarde, más vale que lo haga ahora. La tradición dicta que hay que ungir a los primerizos con la sangre de la presa.

Acuna al hala en un brazo y le pasa un dedo sobre la herida en su lomo. Tras ponerlo en el suelo, toma a Wes por la barbilla. Él hace un gesto de pesar mientras la mujer le pinta la frente y las mejillas con esas líneas plateadas. La sangre ilumina su cara con un brillo suave y pulsante.

—No pongas esa cara, Weston. Es una falta de respeto —dice entre dientes la señora Wreford, aunque Margaret sabe que su enojo es fingido—. Ahora, ve a que te revisen esas heridas.

La señora pasa a Margaret. La toma de la cara y le unge la sangre del hala en las mejillas. Se siente caliente. Mientras se seca sobre su piel, mientras la señora Wreford la mira a los ojos con reverencia y el mundo se cubre de una luz plateada, Margaret comienza a darse cuenta de que todo eso es real. Aunque el pueblo entero los desprecie, aunque solo haya seis personas y la Luna Fría como sus testigos en medio del silencio, lo que pasó esa noche es innegable.

Una chica yu'adir y un banvish ganaron la Cacería de la Medialuna y tienen todos sus sueños al alcance de su mano.

—Y dime... ¿Ya decidiste? ¿Ya sabes qué vas a hacer?

Margaret le echa un vistazo a Wes, que ya está platicando con el paramédico nervioso que le revisa los ojos con una linterna. Ella no puede evitar la sonrisita que se asoma en su boca.

—Sí. Creo que sí.

A la señora Wreford se le llenan los ojos de lágrimas y le planta un beso en la frente.

—Me alegro mucho por ti, Maggie. Ven a visitarme a veces, ¿sí?

El resto de la noche es confuso.

Cuando la tierra revuelta por los cascos de los caballos se convierte en adoquines y la luz de las linternas comienza a bañarlos, el ruido de la multitud se vuelve casi ensordecedor. Están por todas partes, desfilando por las calles bajo los cordeles con banderas rojas y la luna como un ojo abierto de par en par hasta el escenario improvisado que se montó en la plaza principal. Absolutamente todas las personas de Wickdon los están viendo.

Con sus chamarras, forman una masa de color, café, azul y negro como una poza de mar revuelta en la noche. No todas las miradas son hostiles, pues Margaret alcanza a ver a Annette Wallace y Halanan saludándolos con entusiasmo al pasar, pero las que sí lo son la llenan de terror.

La ceremonia es tan breve como les prometió la señora Wreford. Los presentan y el pastor Morris da sus comentarios finales, un discurso poco animado sobre la bondad de Dios y lo perverso de lo material. Hay fotografías, más fotografías de las que Margaret se hubiera imaginado. Y aunque ella solo quiere irse a dormir por unos mil años, Wes está encantado con la atención. Los paramédicos hicieron lo mejor que pudieron con su cara y lograron reducir la inflamación, aunque aún tiene un ojo rojo y la herida que le recorre la nariz como un arroyuelo. Durante la mayoría de las fotos, se encarga de mover la cabeza para acá y para allá para asegurarse de que siempre tomen su lado bueno.

Para cuando los liberan, casi todos los participantes ya se fueron al bar o a sus habitaciones. Pero Margaret tiene una cosa más por hacer antes de irse a descansar.

Cuando el tráfico comienza a aligerarse, llaman a un taxi para que los lleve a la mansión Welty. En cuanto Margaret ve la casa, tan desamparada, como un perro acurrucado en el rincón, desearía poder irse. Su respiración se acelera por el miedo, pero la mano de Wes sobre la suya le da valor. Solo se ve una luz, en el segundo piso, que se asoma entre los huecos de la ventana rota de su madre.

—Estaré aquí contigo —dice Wes mientras bajan del carro—. No te voy a dejar.

El conductor se asoma por la ventana.

—Solo esperaré diez minutos, ¿entendido?

—Gracias, señor. —Wes suena convincentemente afable—. Eso es todo lo que necesitamos.

Margaret toma aire para controlar su miedo mientras suben los maltrechos escalones del porche y abren la puerta. Un sudor frío le corre por la espalda bajo su blusa. Adentro, las motas de polvo bailan en las columnas azuladas de la luz de la luna. Es como entrar a una tumba. Todo tan quieto y con un silencio aplastante.

No hay movimiento arriba, ni cuando cierran la puerta, ni cuando suben a la habitación de Margaret para echar lo que quedó de sus cosas en una maleta. Evelyn la dejará ir sin una sola palabra y, de algún modo, eso es aún peor que la otra opción.

No es hasta que bajan de nuevo al vestíbulo que ella se aparece en lo alto de las escaleras. Su mirada se clava en las manos entrelazadas de Wes y Margaret y luego en la maleta que va cargando él. Margaret no puede leer su expresión detrás de la luz blanquecina que reflejan sus lentes.

—Veo que ya tomaste una decisión.

—Así es.

—Muy bien. —Evelyn suena exhausta—. Entonces me dirigiré a usted, señor Winters. Quizá usted sea más razonable y pueda hacerla entrar en razón.

—Se va a decepcionar. No tengo nada de ganas de decirle qué hacer a su hija. Es bastante obstinada.

—Supongo que es algo que tienen en común. Como no responde a las amenazas, supongo que tendré que buscar un acuerdo. Quédesela. Quédese también con la casa, si insiste, cuando inevitablemente lleve a Margaret a la corte y solo le quede esperar a que me lleve la muerte. Lo único que le pido es que me dé al hala. Le daré cualquier cosa. ¿Quiere ser mi aprendiz? Tengo algo mejor para usted. Lo graduaré ahora mismo y le escribiré una carta de recomendación para la Universidad de Dunway, o para cualquier otra que desee donde tenga conexiones. Usted manda. Lo que sea que esté en mis manos, será suyo.

—No. Me parece que no.

La ira tensa el rostro de Evelyn, pero, mientras el silencio se va extendiendo, su expresión termina por volverse de derrota y sus dedos aprietan el barandal con tanta fuerza que los nudillos se le ven blancos.

—Por favor, Margaret. No me hagas esto. No tengo nada.

Al fin, Margaret la ve como realmente es: una mujer frágil que se aferra a su último vestigio de poder. Siente lástima por ella. Está mal ver a una mujer como su madre reducida a eso, cuando en su tiempo fue tan apasionada, cariñosa y llena de vida. Pero Wes tenía razón cuando le dijo que hay oscuridad en todos. Quizá todos tienen esa otra parte que espera en la oscuridad como el otro lado de la luna. La muerte de David encendió algo dentro de su madre y su pasión se pudrió hasta convertirse en obsesión.

—¿En verdad es la piedra lo que quieres? —le pregunta Margaret—. No va a arreglar nada de esto. No lo va a traer de regreso y, aunque lo hiciera, ¿de qué serviría, con todo lo que has destruido? ¿O siempre amaste más su recuerdo que mi realidad?

Ahí está. Ese pequeño y horrible miedo que se había guardado por tanto tiempo.

—Siempre estuve aquí. Crecer a tu lado fue como estar siempre muriendo de hambre. Hambre de todo. De tu cariño, de tu protección, de tu interés. Creí que si nunca necesitaba nada, si nunca te molestaba, si me hacía cargo de las dos hasta que terminaras tu trabajo, me amarías. Pero no funcionó. Nunca me viste. Nunca te importó.

—Lo mismo te digo, Margaret. Si esa es la versión que tienes de mí, supongo que tú tampoco me viste nunca. —Esas palabras son como un baño de agua helada.

Su madre nunca va a cambiar.

—¿Por qué mi padre nunca escribió? —De todas las cosas que esperaba decir, esa no era una—. ¿Por qué nunca regresó por mí?

Evelyn parece igual de sorprendida y suelta un suspiro derrotado.

—Quería llevarte con él, pero yo no soportaba la idea de perderte a ti también. Le dije que se arrepentiría si volvía a acercarse a ti.

Margaret lo siente como una puñalada en las entrañas, pero también como una absolución. Él no la olvidó. No la abandonó. Los recuerdos que tiene sobre la clase de hombre que fue su padre no la engañaban. Pensar en la clase de vida que pudo haber tenido la llena de una añoranza y una rabia tan grandes que se extienden dentro de ella como un incendio forestal. Pero Margaret aún no puede odiar a su madre. Cuando su ira se apaga, lo único que queda es una tristísima certeza.

Esta será la última vez que ponga pie en la Mansión Welty.

—Gracias —dice en voz baja—. Adiós, madre.

No espera respuesta antes de abrir la puerta y salir. El conductor suelta un bocinazo impaciente en cuanto los ve, pero Margaret no puede con la idea de meterse en ese carro cuando lo que quiere es arrancarse la piel. Siente que se va a desmoronar en cualquier momento, así que solo se sienta en el porche y Wes hace lo mismo junto a ella. El claxon suena de nuevo y Wes le hace una seña con la mano, mostrándole una sonrisa tensa.

—Pendejo —masculla—. Fuiste muy valiente —le dice a Margaret.

—No lo sentí como algo valiente. Lo sentí cruel e injusto.

—No lo fue. —Wes la abraza de lado y Margaret desearía poder perderse en el reconfortante calor de su cuerpo y su conocido aroma a laurel y azufre—. Ella fue cruel e injusta contigo. No le debes nada, Margaret. Estás haciendo lo que es mejor para ti.

—¿En serio lo crees?

—Me gusta pensar que sí. —Wes le ofrece una sonrisita tímida. No es para nada como sus otras sonrisas felinas o coquetas. Es una de las pocas que solo son para ella—. Pero no quiero ser presuntuoso.

Margaret recarga la cabeza en su hombro.

—Puedes serlo.

—Vamos. —Le da un beso suave en la sien—. Es hora de irnos a casa.

33

El pueblo de Wickdon le emite un cheque bastante grande a Wes. Cuando el banquero se lo entrega, siente una deliciosa especie de satisfacción al ver el nombre de Walter Harrington escrito en unas letritas garabateadas, como si el simple acto de firmarlo hubiera sido una imposición intolerable. El número que se lee en él le vuela la cabeza. Setenta y cinco dólares es más dinero del que Wes ha visto en su vida y más del que espera volver a ver. Lo suficiente para cubrir la cirugía de su madre. Lo suficiente para mudarse con Margaret a otra parte, a cualquier lugar que no sea ahí.

Lo suficiente, o eso espera, para compensar a su familia por todo lo que la ha hecho pasar.

Como la cacería terminó ayer, el pueblo ya se vació. El silencio de la mañana solo es interrumpido por los graznidos de las gaviotas cazando pedazos de pan viejo. Desde donde está, Wes puede ver las olas acariciando la playa, tan dóciles como un gatito. La fresca brisa que recorre las calles le peina el cabello como dedos. No tiene voces. No tiene ningún secreto del universo que lo haga sentir que pasará el resto de su vida intentando recordarlo. Huele a mar, lleno de esperanzas.

Wes encuentra a su familia con Margaret en el café. Están sentadas en una mesa exterior rodeadas de una pila de maletas que parece el inicio de una pequeña ciudad. Su familia está siendo como es su familia, o sea, ruidosísima. Margaret bebe su té en una delicada taza de té, claramente intentando decidir si sentirse apenada o divertida por la escena.

Wes se acerca lo más sigilosamente que puede y le cubre los ojos a Colleen.

—Adivina...

Ella da un salto en su silla, se tambalea y le da un golpe en las costillas que lo deja sin aire. El dolor le recorre el cuerpo entero. Los paramédicos le dijeron que tenía una costilla rota y, aunque pudieron acelerar el proceso de sanación con alquimia, pasará un tiempo antes de que se recupere del todo. Y ahora va a tardar más.

Colleen se lleva una mano a la boca.

—Ay, Dios mío. ¡Perdóname, Wes!

—Te lo merecías. —Christine deja su taza de té sobre el platito con un clink.

—Debería quitarles su parte a las dos por eso —dice él—, pero, por suerte, me siento generoso.

Pone el cheque sobre la mesa frente a su madre. Ella ahoga un grito escandaloso, lo que le hace un nudo en el estómago a Wes.

—Es demasiado. No puedo aceptarlo.

Mad le da un largo trago a su café.

—Yo sí puedo.

Christine de inmediato lo toma de la mesa.

—Claro que no.

—¡Déjame verlo, anda! —pide Colleen, queriendo tomarlo.

—Si lo rompen, las mato a las dos —advierte Mad.

—Todas necesitan compartir —dice Edie con tono sereno.

Mientras sus hermanas discuten, su madre se levanta y lo envuelve en un abrazo.

—No sé qué decir más que gracias.

Wes descansa la barbilla sobre la cabeza de la mujer.

—No me lo agradezcas a mí. Agradéceselo a Margaret.

Margaret se ruboriza pero lo esconde de inmediato detrás de su taza de té.

—No es nada.

—Es todo. —La madre de Wes toma la mano de su hijo en su mano vendada y la une con la de Margaret—. Estoy muy agradecida con los dos. Y me alegra tanto que se hayan encontrado. Siempre quise una quinta hija, ¿sabían? Y Weston tiene que sentar cabeza.

—¡Mamá! —protesta él—. Basta, por favor. La vas a asustar.

—Bueno, bueno. —Su madre le muestra una sonrisa cómplice—. Tendremos una habitación lista para cuando lleguen en la noche. Creo que ese es nuestro taxi.

Wes le da un beso en la mejilla.

—Te veo pronto. Cuídate, ¿de acuerdo?

Un carro negro se acerca hasta estar frente a ellos. Wes se asoma por la ventana, ve un bigote rubio enrollado y suelta un quejido. Obviamente es Hohn. Wes ve el momento exacto en el que el conductor se arrepiente de haber tomado la llamada. Se pone completamente pálido, pero baja la ventana y le muestra una sonrisa nerviosa.

—¡Oh, señor Winters! Y... ¿las señoritas Winters?

—¡Así es! —dice Colleen alegremente.

Mientras su familia se acomoda en el carro, Wes abre la cajuela y acomoda todas sus cosas.

—Cuídalas, Hohn. Y ¡que tengas buena suerte!

La va a necesitar.

Wes se despide agitando una mano y, mientras el taxi se aleja, jura que puede escuchar los gritos y risas de sus hermanas por toda la cuadra.

La brisa del mar le acaricia la cara y agita el cabello que cuelga sobre la nuca de Margaret. Ella lo mira con gesto reflexivo y el tibio reflejo del sol en sus ojos del color del whisky. Tienen toda la tarde para hacer lo que deseen mientras ella se despide de ese lugar. Y luego...

Wes supone que las posibilidades son infinitas.

—Al fin solos —dice él, con la mayor picardía de la que es capaz.

—Así es. —Sus palabras suenan tensas, pero Wes puede escuchar la sonrisa que esconden.

La toma por la cintura y la acerca tanto que alcanza a saborear el dulce té en su aliento. Menta, miel y algo muy poco característico de ella.

—¿Y cómo será que vamos a pasar este tiempo?

Margaret se muerde el labio para no reírse. Antes de que pueda responder, una voz les corta la inspiración.

—Perdón por interrumpir. Eres Weston Winters, ¿verdad?

—Sí, soy yo. —Wes suelta a Margaret y levanta la vista a regañadientes. Tarda un momento en reconocer a la joven que tiene enfrente, considerando que está mucho menos arreglada que cuando la conoció en la exposición de alquimia. Pero no olvidaría a alguien con una sonrisa tan inocente, o alguien que lo ayudó desinteresadamente.

—¿Señorita Harlan?

—¡Lo recordaste! Dime Judith. Primero que nada, creo que toca felicitarte. Creí ver algo especial en ti, pero, carajo. ¿Quién se hubiera imaginado que un alquimista sin licencia sería quien al fin iba a lograrlo?

Margaret se tensa junto a él e intercambian una mirada. Wes aún no ha planeado qué decir si alguien le pregunta cómo lo hizo.

—Yo no… —dice con una risita nerviosa—. Pero gracias por la felicitación.

—No es nada. Me alegra haberte encontrado. De hecho, tengo una propuesta para ti.

—¿Qué clase de propuesta?

—¿Qué te parece si vamos a dar un paseo?

Wes mira a Margaret, que asiente.

—Aquí te espero —dice Margaret, pero él nota la advertencia en su mirada que más bien le dice «cuidadito».

—Muy bien. —Wes se mete las manos en los bolsillos—. Vamos.

Caminan junto a las coloridas fachadas de las tiendas donde los vendedores intentan desesperadamente deshacerse de los artículos con temática de la cacería que les quedan: estolas de zorro, cornetas hechas de cuernos de vaca y pastelillos con diseños de zorros blancos. Apenas han avanzado una cuadra cuando él ya siente que está a punto de explotar por la curiosidad.

—No te voy a preguntar cómo lograste matarlo —le dice Judith— y de cualquier modo dudo que me lo dirías. Eso a mí no me importa. Obtuve mi licencia hace poco y estoy algo corta de fondos. Ya sabes cómo es. Vivo en Bardover, a unos pueblos al norte de aquí y quiero tener un aprendiz para recibir apoyo gubernamental y construir mi reputación.

—¿Y me quieres a mí? ¿Por qué?

—Los chicos de Fifth Ward tenemos que apoyarnos entre nosotros. Además, el talento no es algo que se pueda enseñar y de eso tú tienes mucho. Sería una pena que se desperdiciara. —Judith se detiene para inspeccionar un puesto de panecitos de canela—. Dime, ¿qué quieres hacer de tu vida?

Wes lo piensa por un momento.

—Quiero ser político.

—Pues yo me gradué en la Universidad de Dunway, así que quizá podamos ayudarnos mutuamente. —Busca algo en su bolsa hasta que encuentra una tarjeta. Wes la toma, animado—. Llámame si andas cerca y quieres conseguir tu carta de recomendación. Y lleva a tu chica. A los votantes les encantan las historias de mendigos a millonarios, ¿sabes? Especialmente cuando hay romance involucrado.

Wes observa la tarjeta entre sus manos. El nombre de Judith está grabado en oro y atrapa la luz como un dije. Todo el asunto lo hace sentir como una botella de champán agitada. La presión que va creciendo en su pecho le dificulta encontrar las palabras correctas. Su chica. Una carta de recomendación. Otra oportunidad para cumplir sus sueños.

Es todo lo que siempre deseó.

—¿Qué dices?

—Déjame hablar primero con mi familia y eh... mi chica. —Wes se aclara la garganta, buscando su voz más madura y ecuánime—. Estaremos en contacto.

—Así será.

Tiene que hacer uso de toda su fuerza de voluntad para caminar y no correr con su sonrisa más enorme y estúpida hasta donde dejó a Margaret. El futuro al fin es tan brillante como siempre soñó.

34

Esa noche, van al mar.

Margaret está sentada en un trozo de madera tan suave y pálida como el mármol, observando a Problema corriendo de ida y vuelta por la orilla del agua. Le lanza mordidas al agua salada que salpica con sus patas en cada salto lleno de alegría. Más allá, Wes dibuja un círculo de transmutación en la arena con un palo. Sus zapatos están junto a Margaret y lleva los pantalones enrollados por encima de los tobillos.

Cuando termina, pone una caja de madera en el centro. En el interior se encuentran los restos del hala, bañados por la luz de la luna menguante. Como un trozo de hielo que brilla bajo el sol, su pelaje tiene un resplandor gélido contra el recubrimiento de terciopelo de su ataúd improvisado. Wes se acuclilla a un lado y pone las manos sobre el círculo.

No es de sorprender que la gente considere a la alquimia como magia. Aparentemente no hay esfuerzo en ella. Ahí está Wes, arrodillado en la arena y, un instante después, ahí está Wes, levantando un brazo contra la ráfaga de aire caliente que emana de las llamas que creó. Se elevan hacia la noche, más brillantes que una estrella fugaz.

Cuando el fuego comienza a extinguirse, crepitando hasta convertirse en brasas, lo único que queda en la caja es una pila de negro *caput mortuum*. Con una transmutación más, Wes podría purificarla para hacerla *prima materia* y de ahí forjar la piedra filosofal.

Después de esta noche, ya nadie podrá hacerlo.

Margaret se levanta de su lugar y se acerca a Wes. Aun ahora puede sentir el calor de la reacción alquímica. La cubre de pies a cabeza y el olor del azufre se mezcla con el del mar. Wes toma la caja y la pone entre los brazos de ella. Se siente cálida contra su piel y su contenido es tan negro como el mar. Todo el dolor de Margaret, toda la tradición y el odio y la verbena por una pila de ceniza.

La marea les cubre los tobillos. Margaret hunde los dedos de los pies en la arena al sentir el frío. En el horizonte, el reflejo de la luna centellea sobre las olas, como si Dios hubiera lanzado un puño de diamantes sobre el agua. Wes se guarda las manos en los bolsillos y mantiene los ojos fijos en un punto lejano que Margaret no puede seguir. El viento le revuelve el cabello y sacude el faldón de su abrigo.

Bajo esa luz, Wes se ve muy serio, casi maduro. Hay una pequeña parte de Margaret que se avergüenza de desperdiciar la oportunidad de concretar la *magnum opus*. De descartar sin piedad todas las ambiciones estériles de su madre.

—¿Estás seguro? —le pregunta a Wes.

—¿Para qué me serviría una pila de cenizas, Margaret?

Sus palabras no esconden una sonrisa. Wes está tratando el evento con la solemnidad de un funeral, lo cual ella agradece. La alivia que él no considere ridícula su ceremonia inventada. Mad tenía razón sobre él. En cuanto a dramatismo, Wes nunca se queda corto.

Margaret siente que el anhelo le hincha el corazón. Algún día, cuando Wes logre concretar sus planes, habrá programas de radio y artículos en el periódico sobre él. Hablarán de un hombre que ama a un país que nunca lo amó a él. Un hombre que lo hizo mejorar. Margaret sabe que detallarán muchas cosas de él: sus agallas y su terquedad, su temperamento y su hambre de justicia. Pero espera, más que cualquier otra cosa, que el mundo pueda ver lo que ella ve cuando lo mira. Su compasión y su nobleza. Su disposición de irse al infierno si es a su lado.

—Si alguien puede terminarlo, ese eres tú —dice ella.

—No, no lo creo. Aún no logro descifrar qué fue lo que me dijo, qué se supone que debería aprender de todo esto. Pero creo que la *magnum opus* es una trampa, una prueba o un callejón sin salida. No lo sé. De lo único que estoy seguro es que si Dios o la verdad o como quieras llamarle está ahí afuera y es algo que puede alcanzarse, no lo vamos a encontrar en esa caja. Lo encontraremos en otras personas.

Margaret piensa en esas palabras.

—O quizá solo en ti —corrige Wes.

Ella agacha la cabeza para que Wes no la vea sonreír.

—Vaya blasfemia.

Wes le guiña.

—Quizá deberías buscarte a un buen hombre katarista.

—Creo que me las puedo arreglar contigo.

Margaret no sabe qué futuro les espera. Todas sus cosas están metidas en las maletas apiladas sobre la playa. Pero, estando junto a Wes, el extenso horizonte no se siente tanto como el fin del mundo, sino como su inicio. Wes la mira y lo que Margaret ve en sus ojos la llena de tal felicidad que siente que podría explotar.

Es seguridad. Es amor.

Mientras Problema da vueltas y vueltas en el mar y Wes entrelaza su mano con la de ella, el viento le levanta el cabello de la nuca con dulzura y le susurra sus secretos al oído. Con la mirada fija en el horizonte, Margaret suelta las cenizas.

AGRADECIMIENTOS

Todos te advierten sobre la segunda novela. Pero, milagrosamente, este libro solo se me alebrestó un par de veces y sin muchas ganas. En más de un sentido, escribirlo fue como volver a casa. Se sintió como dejar que la luz llenara una habitación que había estado a oscuras por mucho tiempo. Estoy increíblemente agradecida con todas las personas que hicieron posible a *A Far Wilder Magic* y que me apoyaron a cada paso.

Primero que nada, gracias a mi editora, Jennie Conway. Es un verdadero honor y un placer trabajar contigo, ¡estoy tan orgullosa de lo que hicimos con este libro! Gracias, como siempre, por tus increíbles comentarios, por todo tu apoyo para mí y mi trabajo y por amar tanto a Margaret.

A mis agentes, Jess Mileo y Claire Friedman. ¿Dónde estaría sin ustedes? Gracias por estar a mi lado y siempre decirme la verdad. Aunque al principio me rompió cuando me pidieron que me deshiciera de toda la segunda parte del borrador de este libro, tenían razón, como siempre.

Al equipo de Wednesday Books, que les ha dado a mis libros el hogar perfecto. Un agradecimiento especial a Mary Moates por todo tu trabajo, ¡y porque siempre eres una luz en mi bandeja de entrada! También quiero agradecer a Rivka Holler, Brant Janeway, Natalie Figueroa, Sara Goodman, Eileen Rothschild, Melanie Sanders, Lena Shekhter y NaNá Stoelzle. Gracias a Kerri

Resnick por diseñar la sobrecubierta de mis sueños, a Em Allen por la hermosísima ilustración, a Devan Norman porque otra vez hizo un maravilloso trabajo en el diseño interior y a Rhys Davies por el increíble mapa. Este libro, como objeto, es arte gracias a ustedes.

Gracias a todas las personas que le dieron forma a este libro. Alex Huffman, tú encendiste la chispa y me diste la energía que lo hizo posible. Christine Herman, no me dejaste salirme en nada con la mía; agradezco mucho haber sufrido en tus manos. Ava Reid, me animaste a escribir sobre las partes más vulnerables de mí misma y abrazarlas, lo cual me hizo descubrir de qué debía tratar este libro.

Al resto de los Mighty Five: Audrey Coulthurst, Elisha Walker, Helen Wiley y Rebecca Leach, gracias por su apoyo moral en la vida y en la escritura. Ustedes me ayudaron a sobrevivir a este año. Gracias especiales a Audrey por el bello texto para la portada y a Elisha por orientarme sobre la conducta de los animales. Aunque quizá me haya tomado un par de libertades, te aseguro que ningún caballo va a relinchar de miedo si está en mis manos.

A Lex Duncan y Skyla Ardnt. Su talento y su increíble ética de trabajo me inspiran todos los días. A Zoulfa Katouh, Meryn Lobb y Kelly Andrew. Gracias por las primeras lecturas y por su apoyo (para mí, claro, pero sobre todo para Wes). A Courtney Gould y Rachel Morris, sin ustedes estaría completamente perdida. Soy muy afortunada de conocer a personas tan nobles y talentosas.

No fue fácil hacer un lanzamiento en 2021, pero tanta gente en la comunidad de los libros fue tremendamente generosa con su tiempo, energía y amor. Gracias a Joss Diaz por ser una persona increíble y por tu gran trabajo en mi campaña de preventa. Gracias, Cody Roecker, por tu texto en Indie Next y, lo más importante, por tu amistad. Vas a arrasar con el mundo editorial. Gracias a Cossette de teatimelit y Taylor (taylorreads), quienes fueron promotoras incansables de *Down Comes the Night*. ¡No sé qué hice para merecerlas! Gracias con todo mi corazón a DJ DeSmyter, Cristina Russell, Kalie Barnes-Young, Rachel Strolle, Mike

Lasagna, Maddie de Books Inc. Palo Alto, Lori y Glen de Books Inc. Mountain View, Chloe (theelvenwarrior), Skye de Quiet Pond, Charlotte de Reads Rainbow, Michelle de Magical Reads, Allie Williams, Cheyenne (cheykspeare), Emily de Adaptation Brain, Cait Jacobs y todos los miembros de la Queen's Guard. Su apoyo fue fundamental para mí e hizo toda la diferencia.

A Aziz, Fudge, Brandon y Ryan, el jefe final de BYB, por mantenerme cafeinada y humilde. Gracias por sacarme de la casa para que me diera el sol (y a veces el humo de los incendios forestales).

A Mitch Therieau. Gracias por amarme. Gracias por ayudarme a soñar.

Y, por último, a todos los lectores que han elegido este libro. Gracias, gracias, gracias. Ustedes son la razón por la que hago lo que hago, la chispa sin la cual mi escritura se enfriaría. Si lo necesitan, espero que encuentren consuelo en estas páginas.